Ro'ha
Teil 2 - Erwachen

Katja Tamara Spreckelsen

1. Auflage, September 2014

Deutsche Erstausgabe Dezember 2013 als E-Book

Am Blindgraben 18a, 64331 Weiterstadt

ISBN: 1499757611
ISBN-13: 978-1499757613

Korrektorat: Katrin Lenz, flottes skript, Norderstedt

www.facebook.de/K.T.Spreckelsen

schlossen die Außenwelt aus. Sie ließ sich auf dem ungemütlichen Hocker vor dem Schreibtisch nieder und starrte auf die dunkle Platte.

Sie hatten die Erde vernichtet.

Was war wohl aus den anderen Planeten geworden? Ihr Mond hatte sicherlich das Schicksal des Blauen Planeten geteilt, doch was war mit den weiter entfernten Himmelskörpern passiert? Hatte die Druckwelle, die der Explosion gefolgt war, vielleicht sogar das ganze System ausgelöscht?

Ihr Blick fiel auf eine flache Metallschale auf der Tischkante, die sie irgendwann hier abgestellt haben musste und die sie bislang noch nicht weggeräumt hatte. Sie betrachtete den Stauschlauch, die wenigen Tupfer und die lange Kanüle, mit der sie den Nicht-Xhar-Crewmitgliedern vor Kurzem Blut abgenommen hatte. Dieses Set musste sie wohl bei Ka'anda Roc verwendet haben, dem Daru, der nun nebenan auf den Tod wartete.

Gedankenverloren nahm sie die lange Kanüle in die Hand und drehte den Gegenstand langsam, ehe sie die Spitze schließlich gegen den Zeigefinger der linken Hand drückte, bis ein Tropfen Blut hervorquoll. Sie fühlte den Einstich nicht. Eigentlich fühlte sie gar nichts.

Mit dem Daumen drückte sie leicht unterhalb der Einstichstelle gegen die Haut, bis sich der Tropfen löste und unnatürlich langsam auf die Tischplatte fiel. Er hatte die gleiche Farbe, wie das Geschoss, das die Erde vernichtet hatte.

Lange Zeit saß sie einfach da und sah zu, wie das Rot trocknete.

Irgendwann drang Azarions Stimme zu ihr durch und aus dem Nebel um ihren Geist schälte sich langsam die Erinnerung daran, dass der junge Soldat noch immer inmitten des Rekonstruktionsprozesses seiner Hand war.

»Lillja? Langsam mache ich mir wirklich Sorgen - wenn du nicht in den nächsten zehn Sekunden da herauskommst, demontiere ich diesen Kasten und komme zu dir!«

Seine Hand steckte bis fast zum Ellenbogen in dem kleineren OPG, das seinerseits mit dem Behandlungsbett fest verschraubt war und nur mit dem richtigen Werkzeug ohne Beschädigung abgenommen werden konnte.

Da der Xhar seine Drohung vermutlich wahr machen würde, stand Lillja schließlich auf und ging zurück in den großen Hauptraum.

»Da bist du ja«, kommentierte der junge Soldat mit deutlicher Erleichterung. »Was ist denn nur passiert?«

Lillja schloss kurz die Augen und sah das Bild der vergehenden Erde vor sich. Ja - was war denn nur passiert?

»Dale weiß, dass ich seiner Tochter auf Torkash 4 begegnet bin«, sagte sie ausweichend und fragte sich im gleichen Moment, warum sie ihm nicht erzählte, was passiert war.

»Seine Tochter war auf dem Mond?«, wiederholte Azarion ungläubig und sah kurz darauf betreten zur Seite. »Es hat ihn sicher tief getroffen, dass wir nichts unternommen haben, um der Station zu helfen.«

Lillja nickte einfach. Er hatte Recht - sie war nicht die Einzige, die einen schlimmen Verlust hatte erleiden müssen. Sie waren damals einfach weggeflogen, als die Basis angegriffen worden war, und hatten nicht einmal einen einzigen Schuss abgefeuert. Captain Dale hatte seine Befehle befolgt, ohne zu wissen, dass er damit sein Kind dem sicheren Tod überließ - aber war der Tod einer einzigen Person wirklich vergleichbar mit dem Unvorstellbaren, das mit ihrer Heimat passiert war? Wohl kaum.

»Dann hast du wohl nichts über diesen selbsternannten Captain Radu erfahren?«, fragte Azarion weiter und hob das Schubfach wieder zu und schloss den Spind. Sie hatte überlebt - warum auch immer. Sie gehörte zu den wenigen Menschen, die es jetzt noch gab, zu dem kümmerlichen Rest, der von der Erde, der wunderschönen Erde, noch geblieben war. Sie würde sich jetzt nicht aufgeben und in Verzweiflung versinken!

Mit einem Blick zur Uhr über der Eingangstür stellte sie fest, dass es fast vierzehn Uhr war. In den nächsten Minuten würde sich ein Teil der Besatzung auf Deck drei im Hauptspeisesaal zu einer gemeinsamen Mahlzeit treffen. Lillja hatte das Frühstück heute verpasst und, obwohl sie keinen Hunger fühlte, entschied sie sich, ihr Quartier zu verlassen.

Die Ro'ha durchflog immer wieder bedrohte Abschnitte des Alls und es war jederzeit möglich, dass sie angegriffen wurden. Vielleicht würde man ihre Hilfe auf der Krankenstation benötigen - da konnte es für niemanden nützlich, wenn ihr Kreislauf in einem ungünstigen Moment zusammenbrach.

Mit einem Gefühl der Entschlossenheit in sich, das zumindest eine winzige Ecke der Leere übernommen hatte, trat sie auf den Korridor hinaus und machte sich auf den Weg.

Mit dem trägen Lastenaufzug fuhr sie ein Deck nach oben und erreichte kurze Zeit später die mittlere Sektion und den Speisesaal. Die Türen glitten automatisch vor ihr auf und Lillja sah in den großen Raum, dessen Rückwand von einer Art Theke eingenommen wurde, auf welcher der Schiffskoch bereits die ersten Speisen für die Xhar ausgelegt hatte. Im Inneren der freien Fläche zwischen ihr und dort befanden sich einige Stehtische - ihre Verbündeten zogen es in der Öffentlichkeit vor zu stehen - und einige wenige Essplätze mit niedrigeren Tischen und Stühlen, die für Menschen, Yndra und Daru angenehm waren, aber auch von diesen eher selten genutzt wurden.

Es waren bereits einige Crewmitglieder anwesend. Ein schneller Blick in die Runde ließ sie H'Rega, Cor, Fenric, Kalira und knappe zwei Dutzend andere erkennen.

Bei ihrem Eintreten breitete sich eine bedrückende Stille über dem Raum aus und Lillja erkannte, wie sich langsam alle Blicke in ihre Richtung wandten. Die junge Frau blieb überrascht stehen und starrte in die ausdruckslosen Gesichter, bis die Xhar nach und nach die flache Rechte an die Brust legten und die Köpfe leicht senkten. Eine Geste des Mitgefühls.

Kalira Torras, die bislang bei Lilljas Team gestanden hatte, löste sich von dem Tisch und kam mit schnellen Schritten auf sie zu, um sie fest in die Arme zu schließen. Lillja war überrascht und ließ die rothaarige Daraa gewähren. Und endlich dämmerte es ihr - sie wussten von der Erde.

»Es tut mir so leid«, flüsterte Kalira dicht an ihrem Gesicht. Am liebsten wäre die junge Frau vor dieser geballten Zurschaustellung des Mitgefühls geflüchtet, doch das hätte die letzten Lebewesen, an denen ihr noch etwas lag, vermutlich vor den Kopf gestoßen. So ließ sie es zu, dass die Daraa sie langsam zum Tisch führte und dort neben Cor abstellte, der ihr sogleich eine Hand auf den Rücken legte.

»Wir fühlen mit Ihnen«, sagte H'Rega ernst und blickte sie aus seinen bernsteinfarbenen Reptilienaugen an. »Wir alle wissen, wie es ist, seine Heimat zu verlieren.«

Mit einem Ruck hob Lillja den Kopf und starrte ihn an. Sollte das ein Witz sein?

»Sie wissen gar nichts«, sagte sie kalt. »Ankur existiert noch.«

Sie fühlte, dass Cors Hand zu ihrer Schulter wanderte, während er den Druck seiner Finger etwas erhöhte - vermutlich wollte er ihr signalisieren, dass sie zu weit ging. Irgendwo tief in ihrem Inneren wusste sie das auch selbst, dennoch konnte sie sich einfach nicht zurückhalten. Sie schüttelte die Hand des Soldaten ärgerlich ab und trat einen Schritt zurück.

»Ihr wisst vielleicht, wie es ist, wenn die Heimat etwas umgeformt und besetzt wird - aber ihr habt keine Ahnung, was es bedeutet, sie zu verlieren! Ihr wisst nicht, wie es sich anfühlt, wenn eure Verbündeten - eure einzige Hoffnung! - euch im Stich lassen!«

Erneut versuchte Cor nach ihr zu greifen, doch sie begab sich schnell aus seiner Reichweite und schrie ihn fast an:

»Lass mich bloß in Ruhe!« Sie fühlte, wie ihr Tränen in die Augen schossen und ihre Hände zu zittern begannen.

»Deine Leute haben versprochen, die Erde zu schützen! Wir haben euch dafür alles gegeben: unsere Ressourcen, unsere Leute - sogar die verdammte Absolution, mit uns zu experimentieren!« Letztlich hatte sie doch geschrien, obwohl sie gar nicht sicher war, dass irgendeine Regierung gewusst hatte, was ihre Verbündeten mit den Menschen auf der Suche nach einem Schutz vor der Seuche gemacht hatten. Aber das war egal.

Entschlossen trat der Soldat wieder an sie heran, ergriff ihre zur Abwehr erhobenen Hände und zog sie an sich. Tränen schossen ihr in die Augen und plötzlich war die Leere weg, ausgetauscht gegen einen unbegreiflichen Schmerz, der alle Gedanken aufzehrte.

Hätte Cor sie nicht gehalten, wäre sie vermutlich zusammengebrochen, doch das erkannte sie nur ganz am Rande ihres Bewusstseins. Wie aus weiter Entfernung nahm sie wahr, dass Lt. Soran irgendetwas zu den Anwesenden sagte und dann mit Lillja den Speisesaal verließ.

Sie gingen ein Stück den Gang entlang, während Lillja von so starken Ausbrüchen geschüttelt wurde, dass sie kaum noch atmen konnte.

Nach ein paar Metern blieben sie stehen und der Soldat schob sie auf Armeslänge von sich, um ihr Gesicht mit beiden Händen zu ergreifen und sie ernst anzusehen.

»Ich …«, begann Lillja, doch sie brachte nicht mehr hervor.

»Es ist das Schrecklichste, was man sich vorstellen kann«, sagte Cor leise. »Schlimmer noch als alles, was du erleben musstest, aber du wirst das überwinden.«

Wie sollte das möglich sein? Lillja versuchte durchzuatmen und suchte verzweifelt diesen winzigen Funken Entschlossenheit, den sie noch vor wenigen Minuten tief in sich gefühlt hatte. Aber es gab nur endlosen Schmerz.

»Atme«, sprach Cor weiter und legte währenddessen ihre Rechte gegen seine Brust, während er seine Stirn auf ihre senkte. Es war bereits das zweite Mal, dass sie diese vertraute Geste mit ihm erlebte und auch dieses Mal kämpfte sich sein Herzschlag allmählich durch die nebelige Wand um ihre Gedanken und sie fühlte, wie sie langsam die Kontrolle zurückerlangte. Schließlich lösten sie sich von einander und Lillja blickte ihm für einen Herzschlag in die grauen Augen.

»Der Feind hat die Erde zerstört«, sprach sie es aus. »Ich will, dass sie dafür bezahlen! Ich will, dass wir sie vernichten! Sie alle!«

»Das werden wir …«

DAS PERSONENTRANSPORTSCHIFF 'PRACHT DER SCHÖPFERIN'

Siran Kaz'Dun streckte sich auf den weichen Kissen und fuhr mit der Linken über den dunklen Stoff, mit dem sie bespannt waren. Es war eine synthetische Seide, stellte er mit leichtem Widerwillen fest und zog die Hand zurück. Weich und nett anzusehen vielleicht, aber dennoch ein billiger und künstlicher Ersatz, den er vielleicht an Bord eines Yndra- oder, ganz sicher sogar, Xhar-Schiffes vermutet hätte, der auf der 'Pracht der Schöpferin' jedoch vollkommen fehl am Platz war.

Verärgert über diese Nachlässigkeit stand er auf und ließ seinen Blick nun deutlich skeptischer durch die Kabine schweifen, die er seit seinem Abflug von RS 12 bewohnte. Sie war von annehmbarer Größe und recht ansprechend möbliert. Auf rund sechs mal sieben Schritt verteilten sich ein flaches, breites Bett, das er, je nach Laune, mit einer oder auch zwei der hübscheren Mitreisenden teilen konnte, und ein Gebetsschrein aus Andukholz mit feinen Intarsien aus einem Material, das sich *Elfenbein* nannte und von der Erde stammen sollte. Beide Möbelstücke nahmen die gesamte linke Seite ein. Rechts davon standen ein Arbeitstisch aus hellem Metall, mit passendem Hocker und eine Vitrine aus schwarzem Glas.

Nicht mehr lange und Siran würde endlich wieder eine von seinem Volk erbaute und betriebene Station erreichen.

Die 'Pracht der Schöpferin' war ein eher mittelmäßiges Schiff, das zwar über ein Mindestmaß an Komfort verfügte, darüber hinaus jedoch kaum etwas von der vielgerühmten Ästhetik oder Zerstreuungskunst seines Volkes vorweisen konnte. Die meisten Bereiche außerhalb der Wohnquartiere waren klein, die Belüftung schlecht und das Mobiliar ... nun, das sah aus, als wäre es von Xhar-Handwerkern erbaut worden - grob zusammengezimmert, unansehnlich, mit unharmonischen Farben beschmiert - dafür, so würden vielleicht die Vertreter dieses Volkes anmerken, sehr *funktional*.

Das leise Summen seines Kommunikators zog seine Aufmerksamkeit auf sich. Siran warf einen kurzen Blick auf das flache, runde Gerät und zog dann den zugehörigen Visor aus seiner Tasche. Per Knopfdruck verlinkte er beide Geräte und setzte das feine Drahtgestell an die Stirn. Als das Metall seine Haut berührte, veränderte es in Sekundenschnelle seine Form und passte sich perfekt seinem Schädel an, sodass er, nur Augenblicke später, einen holografischen, halb durchscheinenden Bildschirm vor den Augen und einen Kopfhörer über den Ohren hatte. Er öffnete die Nachricht, die ihn soeben erreicht hatte, und stellte zufrieden fest, dass sie von der Ro'ha kam.

Sein Mann hatte ganze Arbeit geleistet und eine wirklich gute Wahl bei den Szenen getroffen, die er Siran hatte zukommen lassen. Das Geschehen, das er nun vor sich sah, spielte sich auf einem Schiff der Xhar ab, vielleicht auf der Gi'vol, dem Kreuzer, der von dem menschlichen Teil seiner Besatzung übernommen worden war, nachdem Siran einem der höherrangigen Menschen eine brisante Nachricht hatte zukommen lassen.

Wie erwartet, war das Schiff seiner Wahl in der Nähe gewesen und der Aufstand war von der Crew der Ro'ha niedergeschlagen worden - und wie er es ebenfalls erwartet hatte, war man nicht gerade zimperlich mit den Menschen umgegangen.

Die Bilder vor ihm zeigten die Exekution zweier Menschen, einer war auf die Knie gesunken und flehte einen Xhar um Gnade an, der ihm mit knappen Worten klar machte, wie sein

Schicksal aussehen würde. Er war ein hochgewachsener, dunkelhäutiger Soldat, der mit tiefer und fester Stimme sprach, der man anhören konnte, dass der Sprecher es gewohnt sein musste, Befehle zu erteilen.

»Sie wurden des Verrats schuldig befunden und zum Tode verurteilt«, sagte er knapp und nickte einem zweiten Soldaten zu, der schräg hinter ihm stand und eine Waffe auf die beiden Männer richtete.

»Verrat?!«, fuhr einer der Männer auf. Vielleicht war das Adrian Radu, kam es Siran in den Sinn, aber er war sich nicht sicher. »Ich habe euch durchschaut - ihr seid die Verbrecher! Ich spucke auf euch!« Tatsächlich spuckte er aus und traf den dunkelhäutigen Soldaten an der Brust. Der Xhar reagierte nicht darauf.

»Bitte«, wimmerte der andere Mann. Er saß auf den Knien und hatte die Hände flehend erhoben. Es war erbärmlich.

Schließlich nickte der Sprecher dem Bewaffneten erneut zu und beide wandten sich dem Ausgang zu. Sie verließen den kleinen Raum und Siran konnte hören, wie sich ein schweres Schott jenseits seines Blickfeldes schloss. Kurz darauf erklang ein zischendes Geräusch und die Wand hinter den Menschen klappte einfach weg. Von einem Herzschlag auf den anderen wurden beide in das tödliche Nichts des Alls gesaugt ...

Siran ließ sich auf dem Hocker nieder und nahm den Visor ab, der sich sogleich zu seiner handlichen Größe zurück zu falten begann, bis schließlich nur ein kaum fingerlanges Metallröhrchen auf der Platte vor ihm lag. Anschließend öffnete er die zentrale Schublade, in der er den flachen Computer aufbewahrte, der ihm einen sicheren Zugriff auf das Datennetz gewährte. Er legte das Gerät vor sich und aktivierte den Projektor, der sowohl eine holografische Tastatur vor ihm wie auch einen Bildschirm aufbaute.

Zufrieden konvertierte Siran die Nachricht und machte sie für ihren nächsten Empfänger bereit. Er überarbeitete die Bilder ein wenig, sodass sie weit dramatischer wirkten, und fügte die Datei an, die er bereits an Adrian Radu geschickt hatte: Ein eindrucksvolles Video aus einer geheimen Einrichtung der Seuchenforschung, in der die grausamsten Experimente an Menschen - es waren nur Klone, so weit er es wusste, doch das musste seine Empfänger nicht weiter interessieren - festgehalten wurden. Auch diese Bilder waren bedeutend nachbearbeitet worden und nur ein kleiner Teil von ihnen war tatsächlich authentisch, doch auch das war etwas, was die Menschen kaum in Erfahrung bringen konnten - zumindest nicht mit ihrem beschränkten technischen Verständnis.

Nachdem er mit dem Ergebnis zufrieden war, verschlüsselte er die Nachricht mit einem einfachen, pseudomilitärischen Code, dessen Entschlüsselung die Menschen sicherlich genug Zeit kosten würde, um ihn für echt zu halten.

Sein Teil der Arbeit war damit abgeschlossen. Sobald er Jiserijas Wacht, einen vorgelagerten Posten in der Umlaufbahn seiner Heimatwelt, erreichen würde, konnte er, mit Hilfe seiner Kontakte, die Nachricht abschicken.

Er hätte auf KalaTaan 9 bleiben sollen, kam es ihm kurz wehmütig in die Gedanken. Es war dort angenehm gewesen - wenig Aliens, die die Schönheit und Ruhe des Ortes hätten stören können. Aber nein, er hatte gehen müssen. Schon kurz nach seiner Abreise war man auf die Toten im Verwaltungsgebäude aufmerksam geworden und man hatte die junge Frau in Gewahrsam genommen, die ihm geholfen hatte. Wäre er geblieben, hätte auch er sich dieser Gefahr ausgesetzt.

Er seufzte bei der Erinnerung an die junge Schönheit, zwang sich jedoch, diesem Gedanken nicht länger zu folgen.

Es war an der Zeit, sich auf eine andere Aufgabe vorzubereiten.

Mit routinierten Bewegungen gab er ein paar Befehle ein, die seine Aktivitäten verschleierten und den Standort des Rechners verbargen. Dann verschaffte er sich Zugang zum Nachrichtendienst seiner Organisation und ließ sich die neusten Meldungen anzeigen.

Adrian Radu und Tamas Nagy, die beiden Menschen, deren Hinrichtung er gerade noch mitverfolgt hatte, hatten offenbar umfassende Auskunft über den Grund ihrer Meuterei gegeben. Das war nicht geplant, aber durchaus im Bereich des Möglichen gewesen und würde keinen weiteren Einfluss auf den Lauf der Dinge haben.

Eine zweite Meldung kam herein und schob sich in den Vordergrund. Priorität eins, erkannte Siran, öffnete das Fenster und zog es mit einer Geste in den Vordergrund. Und plötzlich starrte ihm etwas vollkommen Unerwartetes entgegen: Die Erde war vernichtet worden.

Das war nicht geplant gewesen!

Nur Sekunden später hatte er den Kommunikator wieder ergriffen und öffnete eine sichere Verbindung zu seinem Kontaktmann in der Basisstation. Es dauerte unerhört lange, bis sich die Verbindung aufbaute, die jedoch nach wenigen Augenblicken wieder zusammenbrach. Das ganze interne Netz schien mit einem Mal überlastet und brach zusammen.

Siran zwang sich zur Ruhe, schaltete beide Geräte aus und legte sie zurück in die Schublade. Er konnte jetzt nichts tun und würde sich gedulden müssen, bis man Kontakt zu ihm aufnahm.

Er faltete die Hände und betrachtete seine perfekt gefeilten Nägel nachdenklich, ehe er aufstand, zum Schrein des vergessenen Traumwebers hinüber trat und davor auf die Knie sank. Die Erde und all die Menschen und Möglichkeiten, die mit ihr verbunden waren, waren verloren - er konnte nicht viel mehr tun, als ein stilles Gebet für sie zu sprechen und den Traumweber um eine Vision zu bitten, die ihm seinen Weg weisen würde …

KAPITEL 1

Sechs Tage waren vergangen, seit Captain Dale ihr gezeigt hatte, was aus ihrer Heimat geworden war. Sechs Standardtage der Xhar - sechs mal achtundzwanzig Stunden, einhundertachtundsechzig mal siebzig Minuten, elftausendsiebenhundertsechzig mal siebzig Sekunden.

Neuneinhalb Erdentage.

Die Zeit war belanglos geworden, während Lillja stumm und ausdruckslos auf einem der Säcke in ihrem Quartier gesessen und das Weltall betrachtet hatte. Hunderte von Sonnen waren als kleine Lichtpunkte an ihr vorbeigezogen und in der Bedeutungslosigkeit der Weite verschwunden, während die Ro'ha durch den Raum glitt und mehrere Hyperraumsprünge absolvierte, während deren Ein- und Austrittsphasen die Außensensoren kurzzeitig kein Bild überlieferten.

Die Gi'vol, das Kriegsschiff, das sie aus den Händen der meuternden Menschen zurückerobert hatten, war irgendwann von einem massigen Bergungsschiff abgeholt worden und musste jetzt auf dem Weg zurück zu einer der größeren Stationen sein. Lillja hatte nur wenige Gedanken darauf verwenden können, und war sich folglich nicht sicher, was mit dem Schiff passieren würde. Es gab für nahezu alles eine Standardprozedur, also auch für diesen Fall. Lillja ging davon aus, dass man es erneut unter Quarantäne stellen würde, um anschließend die Schäden zu beheben und es neu zu bemannen. Es war nicht mehr wichtig.

Cor war lange bei ihr geblieben, und als er schließlich gegangen war, hatte Fenric seinen Platz eingenommen, bis auch er irgendwann von H'Rega abgelöst worden war.

»Wir haben zwei weitere Stationen verloren«, berichtete Sha

H'Rega hinter ihr. Seitdem sie in ihr Quartier zurückgekehrt war und jemand auch den Rest der Crew informiert hatte, was mit der Erde passiert war, verbrachte stets mindestens ein Crewmitglied seine Zeit bei ihr. Zunächst war es Cor gewesen, ihr, wohl spätestens ab diesem Zeitpunkt, engster Vertrauter, der stundenlang neben ihr gestanden und mit ihr in das weite Nichts gestarrt hatte. Später waren andere Xhar gekommen: Ensign Azarion Tiron, dessen Hand in der Zwischenzeit offenbar vollständig wiederhergestellt werden konnte, Schiffskörperinstandsetzungstechniker Nefaris Tar, sogar Crelon Reka, zu dem sie eigentlich vom ersten Tag an ein schlechtes Verhältnis gehabt hatte, fand sich an ihrer Seite ein, um mit ihr diese schweren Stunden zu ertragen.

Crelon hatte mit mürrischen Worten angemerkt, dass sie sich auf seine Anwesenheit nichts einzubilden brauchte, doch er war Stunde um Stunde bei ihr geblieben und hatte ihre Trauer stumm geteilt.

Das war das Wesen der Xhar.

Auch Dr. Kalira Torras und Lt. Fenric, die Daraa und der Yndra, hatten ein paar Stunden bei ihr verbracht, waren dabei jedoch nicht halb so schweigsam und geduldig gewesen, wie es die großen, andersartigen Aliens mit den ausdruckslosen Gesichtern gewesen waren.

Zwar hatte Lillja kaum mit ihren Freunden und Kameraden gesprochen, dennoch war sie froh und dankbar für ihre Anwesenheit - alleine hätte sie den Wahnsinn wohl nicht verkraften können, den es bedeutete, seine Heimatwelt vergehen zu sehen.

H'Rega war vor ein paar Stunden eingetreten und hatte lange Zeit über seinen Berichten gebrütet. Er legte stets ein etwa gleiches Verhalten an den Tag, wenn er sie aufsuchte: Er trat mit einem Datenpad ein, studierte den Inhalt und berichtete ihr dann von dem einen oder anderen Punkt, von dem er zu glauben schien, dass er Lilljas Sicherheitsfreigabe nicht überschritt. So war sie zumindest halbwegs auf dem Laufenden geblieben, auch wenn sie wusste, dass die eigentlich wichtigen und interessanten Dinge ihr sicherlich nicht erzählt wurden - und ganz besonders nicht von Lt. Commander Sha H'Rega.

»Außerdem ist der Kontakt zu acht Agrarschiffen abgebrochen«, fuhr der Soldat fort.

»Wir werden uns auf eine Verknappung der Ressourcen einstellen müssen. Rationen, Gebrauchsgüter, Energieträger, Munition und Truppen - in allen Bereichen sehen die Berichte schlecht aus.« Er seufzte hinter ihr und Lillja konnte hören, wie er ein paar Schritte durch den Raum ging, ehe die Spiegelung seiner Gestalt vor ihr sichtbar wurde.

»Ich habe etwas ganz Ähnliches bereits vor ein paar Jahren erlebt. Damals besetzte der Feind einen zentralen Energielieferanten und unterbrach unsere Nachschublinien. Er setzte eine Technologie ein, die uns hinderte, auf den ÜLA zu nutzen - also saßen große Teile unserer Truppen überall im Quadranten fest. Eine schwierige Zeit.« Erneut hielt er inne und Lillja konnte fühlen, dass er sie ansah, doch sie reagierte nicht auf ihn. »Bis wir die Kontrolle über den Sektor zurückerlangt hatten und die neue Technologie unbrauchbar machen konnten, verloren viele Xhar ihr Leben.«

Versuchte er etwa sie so aufzubauen? Eine wirklich seltsame Art, schoss es ihr durch den Kopf.

»Aber letztlich haben wir es überstanden«, endete er nach einem Moment. Da war sie also, die fragliche Pointe.

»Nicht alle«, kommentierte sie düster und brachte H'Rega damit zum Schweigen.

Nach einer Weile der Stille erklang der Signalton, der daran erinnerte, dass in einer halben Stunde die gemeinsame Mahlzeit in der Mannschaftsmesse ausgegeben werden würde und für einen kurzen Moment wurde Lillja etwas bitter bewusst, dass sie nicht einmal sicher wusste, ob es nun früher Morgen oder vielleicht schon wieder Abend war. Absurderweise wollte sie jedoch in keinem Fall auf die Uhr sehen.

»Sie können nicht ewig hier bleiben, Winter«, richtete H'Rega das Wort wieder an sie. »Sie haben Pflichten, denen Sie nachkommen müssen. Wie lange wollen Sie noch von Ihren Kameraden verlangen, dass sie ihre Freizeit hier oder auf der Krankenstation verbringen?«

Sie schwieg und sah weiterhin nach draußen, doch diesmal ließ sich der Xhar nicht so einfach ignorieren. Er ging an ihr vorbei, schaltete die Projektion aus und stellte sich demonstrativ vor sie.

»Ich verlange von niemandem irgendetwas«, meinte sie daraufhin schleppend, sah ihn kurz an und wandte dann den Blick ab.

»Natürlich tun Sie das.« Seine Stimme klang hart - härter, als die eines jeden anderen, der in den vergangenen Tagen mit ihr gesprochen hatte und sie musste sich unwillkürlich fragen, ob es nun so weit war, dass man die Geduld mit ihr verlor.

H'Rega seufzte, während er in die Hocke ging und sich so wieder in ihr Blickfeld schob.

»Sehen Sie sich an, Winter. Ich hätte nie erwartet, dass Sie aufgeben würden. Wir alle waren im Laufe der Jahrzehnte gezwungen, schlimme Verluste zu ertragen ...«

»Verluste?!«, unterbrach sie ihn und hob den Blick. »Wagen Sie es bloß nicht, die Vernichtung meines Planeten und die Ermordung von über sieben Milliarden Menschen nur als irgendwelche *Verluste* abzutun!«

Die Berichte, die bis zu ihr vordrangen, waren niederschmetternd. Seit dem ersten Angriff des Feindes hatten sich rund vier Millionen Menschen den Verteidigungsstreitmächten angeschlossen und die Erde verlassen. Nur etwa die Hälfte von ihnen war außerhalb des Sol-Systems gewesen, als die Erde vernichtet worden war. Soweit sie wusste, waren nur noch zwei Millionen Menschen übrig.

Wütend stand sie auf und ging an ihm vorbei zur Bedienkonsole, um die Projektoren wieder hochzufahren. Der Lt. Commander verharrte noch einen Moment in seiner Haltung, dann stand er auf und sah zur Eingangstür. Lillja musste sich nicht umwenden, um zu wissen, dass seine Ablösung gekommen war, obwohl sie in ihrem Streit die Türhydraulik nicht gehört hatte.

»Es wird Zeit, sich zusammenzureißen«, meinte er, während er den Raum durchschritt und schließlich auf den Gang hinaustrat.

Lillja konnte fühlen, dass sich ihre Augen erneut mit Tränen füllten, und schloss sie.

Sie kämpfte einen Moment um ihre Fassung, und als sie sich schließlich halb umwandte, waren die Tränen versiegt und sie erkannte Azarion, der gerade eine große Kiste in der Raummitte abstellte und den Deckel abnahm. Sie war voller Waffen, erkannte Lillja, die der junge Soldat langsam vor sich auf dem Boden ausbreitete und sich dann selbst in deren Mitte mit unterschlagenen Beinen niederließ. Er hatte weitere Geräte dabei, die Lillja bislang noch nicht begegnet waren, doch offenbar zur Wartung und Reinigung der Handfeuerwaffen benutzt wurden.

Lillja sah ihm einen Moment lang zu, dann gab sie die letzte Befehlsfolge ein, woraufhin sich erneut das Bild des Alls aufbaute, das die Sensoren entlang der Außenpanzerung aufnahmen. Sie sah die fernen Sonnen an, die sich ihr als kleine

Punkte zeigten, die sich zu langen Strichen formten.

»Früher hat es mich getröstet zu wissen, dass einer dieser Punkte meine Sonne ist«, sprach sie ihre Gedanken aus, während sie sich wieder schwer in den Sitzsack fallen ließ.

»Sie ist noch immer dort«, sagte der Xhar leise. Lillja nickte schwach - sicher, die Sonne war noch da, nur die Erde war es nicht mehr. Erneut fragte sie sich, ob vielleicht noch andere Planeten ihres Systems zerstört worden waren, doch es hatte zu diesem Thema keine Berichte gegeben. Sie wusste nur, dass alle Schiffe und Stationen im Sol-System zerstört worden waren. Die erdnahen waren von der Explosion und der enormen Druckwelle zerstört worden, während alle anderen offenbar den Truppen des Feindes zum Opfer gefallen waren. Die Menschen hatten an diesem Tag einfach alles verloren, doch auch die Xhar hatten schwere Verluste ertragen müssen.

»Es ist nicht einmal ein halbes Jahr her«, murmelte Lillja. Hinter ihr konnte sie hören, wie Azarion etwas Metallisches beiseitelegte und sich erhob.

»Was meinst du?« Er trat an ihre Seite und sah auf sie herab.

»Ich habe meine Notizen durchgesehen und versucht, die Tage zusammenzuzählen, die vergangen sind, seit ich die Erde verlassen habe. Ich habe irgendwann aufgehört, in Erdentagen zu denken und ich bin mir nicht ganz sicher, aber es waren weniger als sechs Monate. Vier oder fünf vielleicht.« Voller Bitterkeit sah sie auf und fühlte, wie ihr eine Träne über das Gesicht lief. Sie weinte ständig.

»Vor einem halben Jahr war noch alles normal - ich habe mich auf meine Hochzeit gefreut, meinen Abschluss gefeiert. Ich hatte alles …« Sie schluckte schwer und verbarg das Gesicht für einen Moment zwischen den Händen. Alles war verloren. Sie konnte den Blick des jungen Xhars auf sich fühlen und wusste, dass ihm die richtigen Worte fehlten. Sie überforderte ihn mit ihren Emotionen ebenso, wie sie auch die anderen Soldaten überfordert hatte - lediglich Cor schien ihrer Trauer gewachsen zu sein, aber vielleicht war das auch nur etwas, das sie gerne glauben wollte.

Das alles war ein einziger Alptraum.

Im Hintergrund öffnete sich die Tür erneut und Lillja erkannte in der Reflexion vor sich Schiffskörperinstandsetzungstechniker Nefaris Tar. Im Vergleich zur massigen Gestalt Azarions wirkte der Techniker geradezu schmächtig, obgleich ihm das Narbengewebe rund um sein rekonstruiertes Auge eine gewisse Verwegenheit verlieh.

»Lillja«, begrüßte er sie, nachdem sie sich zu ihm umgewandt hatte. »Sie sehen schrecklich aus.« Er machte ein paar Schritte auf sie zu und stieg dabei sehr betont über die am Boden liegende Ausrüstung des Soldaten hinweg. »Wann haben Sie zuletzt Ihr Quartier verlassen?«

Vor einer guten Stunde war sie auf der Toilette gewesen - doch das war es wohl kaum, worauf er hinaus wollte, also zuckte sie einfach mit den Schultern.

»Stehen Sie auf«, verlangte er plötzlich mit Nachdruck und ging im gleichen Atemzug zu ihrem Spind hinüber. »Sie können nicht ewig hier bleiben.« Er öffnete die metallene Tür und zu Lilljas Erstaunen griff er nach einer frischen Uniform und einem Satz Wäsche und nur ganz am Rande ihres Bewusstseins war sie ein wenig erstaunt über die Tatsache, dass er so genau zu wissen schien, wo er danach hatte suchen müssen. Irgendjemand musste in den vergangenen Tagen für sie in der Schiffswäscherei gewesen sein, doch sie konnte sich beim besten Willen nicht daran erinnern, wer das gewesen sein mochte oder wann das passiert war.

»Sie haben seit Tagen nichts gegessen«, fuhr er fort, »und

geduscht haben Sie auch nicht.«

H'Rega hatte ihr irgendwann eine Ration mitgebracht, die nun vor sich hin schimmelte und einen unangenehmen Geruch verströmte und sie selbst machte wahrscheinlich einen nur bedingt besseren Eindruck.

»Stehen Sie auf«, wiederholte Nefaris mit noch deutlicherem Nachdruck und tatsächlich erhob sie sich langsam. Der Techniker ließ ihr den Vortritt und die junge Frau trat hinaus auf den Gang, der die einzelnen Räume des vierten Decks miteinander verband und an Heck und Bug vor je einem Aufzug endete, und wandte sich den Waschräumen zu.

Der Boden des gefliesten Raumes war noch nass, was, gemessen an der Tageszeit, es war nach dreizehn Uhr, wie sie mit einem flüchtigen Blick auf den digitalen Zeitmesser über der Tür feststellte, und der herrschenden Unordnung, auf Kalira deutete.

Nefaris trat nach ihr ein und legte sein Bündel auf das Waschbecken, das der Tür am nächsten war, ehe er sich mit einem knappen Nicken verabschiedete und die Tür hinter sich verschloss.

Die Dusche tat gut und Lillja nahm sich ungewöhnlich viel Zeit, legte anschließend sorgsam die Uniform an und trocknete ihr Haar. In ihrem alten Leben hätte sie sich jetzt vielleicht die Augenbrauen gezupft und sich geschminkt, ganz sicher hätte sie ihre Nägel maniküren und lackieren lassen und sich vom Frisör ihres Vertrauens den Haarschnitt verpassen lassen, der gerade im Trend lag. Aber lag nun alles weit hinter ihr. Ihr Frisör war vermutlich tot, ebenso die Frau vom Nagelstudio. Make-up besaß sie keins. Sie seufzte schwer, band sich das Haar zurück und sah sich eine Weile in die blauen Augen.

Letztlich trat sie vom Spiegel zurück und maß sich selbst mit einem langen Blick. Ihr altes Leben war vorbei - das hier, das war nun alles, was ihr geblieben war. Das war nun das Einzige, was zählte.

Das leise Murmeln eines Gespräches, das auf dem Gang vor den Waschräumen stattfinden musste, zog ihre Aufmerksamkeit auf sich, ehe jemand den Rufton der Tür von außen betätigte und Lillja auf den Öffner drückte. Die Türblätter schoben sich langsam auseinander und ihr Blick fiel auf das Gesicht des Yndras. Fenric lächelte sie an und trat ungefragt ein. Er trug einen schwarzen Kampfanzug und die leeren Schulter- und Oberschenkelholster verrieten, dass er bis vor kurzem noch voll bewaffnet gewesen war.

»Es ist gut, dich zu sehen«, sagte er und griff nach ihren Händen, um sie flüchtig zu drücken. Seine Haut war warm und glatt und die feinen Schuppen fühlten sich seltsam weich und … gut an.

Wie jedes Mal, wenn sie sich so nahe waren, nahm seine Erscheinung sie vollkommen ein und schien sie in seinen Bann zu ziehen. Trotz der Andersartigkeit wirkte er ihr so ähnlich, so vertraut – aber das waren nur die Fähigkeiten seiner Spezies, rief sie sich selbst in Gedanken zur Ordnung, setzte ein Lächeln auf, löste sich von ihm und trat einen Schritt zurück.

»Nefaris hat darauf bestanden«, erklärte sie, »und vielleicht ist es wirklich an der Zeit, dass ich wieder an die Arbeit gehe.«

Fenric begann damit, seine Ausrüstung abzulegen, öffnete den Brustschutz und legte ihn schließlich auf eines der Waschbecken. Fast schon gegen ihren Willen ließ sie den Blick über ihn wandern und verfolgte die verschlungenen schwarzen Muster seiner Haut, die sich auf dem Rücken vereinten. Der Soldat hatte zahlreiche Narben in den Jahren seines Dienstes davongetragen, die von den unterschiedlichsten Verwundungen erzählten, die er erlitten und überlebt hatte.

»Ich würde dir ja anbieten, zu bleiben …«, riss er sie aus

ihren Gedanken und mit einem Mal begriff Lillja die Situation. Sie rettete sich in ein verlegenes Lächeln und verließ den Raum.

Im Gang erwarteten sie noch immer Nefaris und Azarion, wobei der junge Soldat die Kiste aus ihrem Quartier geholt hatte und in den Händen hielt.

»Das hat wirklich lange gedauert«, beschwerte er sich und warf einen neugierigen Blick durch die sich schließende Tür.

»Du kannst ja wieder Zähne zeigen«, fuhr er fort, nachdem sich die Türen ganz geschlossen hatten. »Hätte ich das geahnt, hätten wir dir schon viel früher einen halbnackten Soldaten vorbeigeschickt.« Er lachte kurz und ehrlich, während er sie von der Seite aus ansah, während Lillja fühlen konnte, wie ihr die Röte ins Gesicht stieg.

Gemeinsam suchten sie den hinteren Aufzug auf, und als die Kammer sich endlich für sie öffnete, wählte Azarion Deck drei aus.

»Mein Kommentar eben«, meinte der Xhar, als sich der Lift in Bewegung setzte, »das wiederholen wir besser nicht, wenn Cor in der Nähe ist.«

»Nein, das tun wir nicht«, stimmte Nefaris ernsthaft zu und nun musste Lillja doch gegen ihren Willen lächeln. Sie hatte die ausgelassenen Scherze und unbedachten Bemerkungen des jungen Mannes in den letzten Tagen vermisst. Azarion hatte einfach ein gutes Wesen – war er in der Nähe, dann erschien alles irgendwie leichter und besser, einfach weniger schlimm.

Als die drei den Hauptspeisesaal erreichten, war es bereits kurz nach vierzehn Uhr, und als sich die großen Türen vor ihnen aufschoben, sah Lillja, dass der Raum bereits recht gut besucht war.

Sie ließ ihren Blick über die anwesenden Xhar schweifen, bis er Cor und H'Rega erreichte, die sie anblickten.

»Du bist hier«, grüßte Cor sie leise, als sie sich zu ihnen gesellt hatten, und berührte flüchtig ihren Oberarm.

»Oh ja«, kommentierte Azarion und stellte die mitgebrachte Kiste unter dem Tisch ab. »Nur ein paar Stunden mit mir und unsere Lillja ist wieder ganz die Alte.« Er machte sich zur Theke auf und inspizierte den Inhalt der dargebotenen Schüsseln, aus denen sich die Mannschaft bediente. Nefaris hatte sich indes zu seinen Bekannten aus dem Maschinendeck gesellt und eine leise Unterhaltung begonnen.

»Wie fühlst du dich?« Cors Hand zuckte kurz in ihre Richtung, als wollte er sie erneut berühren, schien sich aber dagegen zu entscheiden und legte sie stattdessen auf den Tisch. Er schien sich wirklich über ihre Anwesenheit zu freuen.

»Gut – und schrecklich«, gab sie wahrheitsgemäß an. »Ich …« Plötzlich schossen ihr wieder Tränen in die Augen und sie musste sich selbst unterbrechen und schloss für einen Moment bewusst die Lider. Trotz ihrer Anstrengung löste sich eine Träne und Lillja wischte sie mit dem Handrücken weg.

»Was hast du wieder gemacht?«, verlangte Azarion zu wissen und stellte vor Lillja eine ihrer Rationen auf den Tisch. Sie hörte den hochgewachsenen Xhar seufzen, während sie die Druckplatten unter der Silberfolie drückte, woraufhin sich das Essen zu erwärmen begann. Wirklichen Hunger hatte sie nicht, aber sie würde es zumindest probieren.

»Ich weiß schon, was deine Laune wieder hebt«, fuhr Azarion fort und senkte den Blick glücklich auf seinen eigenen Teller. »Wir gehen auf Deck elf und schießen auf irgendetwas.«

Sie lächelte, auch wenn das eher etwas war, dass die Laune des Soldaten heben würde – sie würde das vermutlich eher an die Leben erinnern, die sie in den letzten Wochen beendet hatte.

»Oder du kommst mit zum Nahkampftraining - das würde dir generell nicht schaden.«

Sie zog die Folie ab und ihr Blick fiel auf ein Reisgericht, das mit viel Fantasie einmal von der indischen Küche inspiriert worden war. Es würde, so wie auch jede Mahlzeit zuvor, nach Erbsen schmecken.

Hinter ihnen betrat Fenric den Raum, holte sich ebenfalls eine seiner Rationen und gesellte sich zu ihnen. Er und Azarion tauschten einen kurzen Blick, der augenblicklich dazu führte, dass Cor beide misstrauisch musterte.

»Gibt es etwas Neues von den Menschen oder der Gi'vol?«, ergriff sie wieder das Wort.

»Die Quarantäne ist problemlos überstanden«, antwortete ihr Cor. »Das Bergungsschiff bringt sie zu einer Daru-Station im angrenzenden Sektor.«

»Und die Menschen? Gibt es einen Hinweis darauf, was in sie gefahren sein könnte, dass sie sich zu einer Meuterei entschlossen haben?«

»Ja.« Er schwieg und Lillja hob die Augenbrauen – er kannte sie inzwischen gut genug, um ihre Mimik deuten zu können, auch wenn sein eigenes Gesicht durch die natürliche Panzerung für ein ungeübtes Gegenüber kaum zu lesen war.

Nach ein paar Augenblicken gab er sich geschlagen, ließ den Blick durch den Raum schweifen und fuhr leiser fort: »Ja, unsere Techniker konnten die handschriftlichen Texte der Datenbank hinzufügen und eine Übersetzung erstellen. Sie stimmt mit dem überein, was du uns erzählt hast.«

»Natürlich tut sie das«, unterbrach sie ihn verärgert. »Wobei die automatisierten Übersetzungen grauenhaft sind – vielleicht kann ich helfen.«

»Möglich.« Er machte eine längere Pause und es war deutlich sichtbar, dass er mit sich rang, ehe er fortfuhr: »Die

Männer sind noch bei der Datensichtung, aber es sieht so aus, als befände sich geheimes Videomaterial im Speicher eines der Verräter.«

»Woher stammt es?« H'Rega wirkte angespannt und Lillja begann sich zu fragen, warum er davon nichts zu wissen schien, immerhin stand er im Rang über Cor.

»Unklar. Es wird derzeit noch auf seine Echtheit geprüft.«

»Und was zeigt es?«, wollte Lillja wissen.

»Das ist geheim.« Cor machte eine nachdenkliche Pause, schüttelte dann jedoch bestimmt den Kopf. Lillja konnte sich jedoch auch so denken, was es zeigen mochte, wenn es dazu geführt haben sollte, dass sich die Menschen an Bord der Gi'vol gegen ihre Verbündeten gewandt hatte – Experimente an ihrem Volk.

»Du glaubst, dass dieses Video für die Meuterei verantwortlich ist?«, fragte sie dennoch nach.

»Was ich glaube oder nicht, ist vollkommen irrelevant.«

H'Rega stellte seinen Becher geräuschvoll auf die Tischplatte und starrte Cor über den Tisch hinweg an.

»Oh bitte, ich weiß doch ...«, begann sie, doch ein unmerkliches Kopfschütteln des Lt. Commander ließ sie verstummen und sich umsehen. Captain Simarim Dale hatte den Speisesaal betreten und steuerte ihren Tisch an.

»Winter«, sprach er sie mit einem knappen Nicken an. »Sie haben mein tiefempfundenes Mitgefühl.«

»Und Sie meins, Captain«, antwortete sie, ohne weiter darüber nachzudenken. Der Xhar hatte an diesem katastrophalen Tag ebenfalls einen schrecklichen Verlust erlitten – es war nicht nur der Tod seiner Tochter Kima, Lillja hatte in den vergangenen Tagen erfahren, dass der Admiral, der auf der Aufzeichnung zu sehen gewesen war, auf den Namen Fim Dale gehört hatte - er war sein Vater gewesen.

Dale schien für einen Augenblick verwirrt durch ihre Worte, fing sich jedoch schnell und wandte seine Aufmerksamkeit Cor zu.

»Lieutenant Soran – auf ein Wort.« Cor nickte und warf einen kurzen Blick in die Runde, ehe er seinen Becher in die Hand nahm und Dale folgte.

Lillja sah den beiden hochgewachsenen Gestalten einen Moment lang nach, die auf einen dritten Xhar zusteuerten, der sie an der Tür erwartete, dann sah sie H'Rega an.

»Was hat das zu bedeuten?«

»Sie sollten Ihre Situation nicht ausnutzen, um Ihre Freunde dazu zu bringen, Ihnen Informationen anzuvertrauen, die nicht für Sie bestimmt sind«, wies er sie statt einer Antwort zurecht. Lillja senkte den Blick und nickte.

»Da haben Sie Recht«, räumte sie ein und sah nachdenklich zur Tür, hinter der Cor und Dale verschwunden waren. »Ob es Probleme gibt?«

»Es gibt immer Probleme. Das System der Erde war nicht das erste Gebiet, das wir innerhalb des letzten Standardjahres verloren haben – unsere Verluste gehen längst in die Millionen.« H'Rega drehte seine Tasse in den Händen und hob ebenfalls den Blick zur Tür. »Wir kämpfen an zu vielen Fronten und es scheint vollkommen irrelevant, wie hart wir den Feind treffen - es kommen immer neue Truppen mit immer besseren Waffen und Schiffen.«

Er seufzte und löste seinen Blick von der Tür, um bedeutungsvoll in die Runde zu sehen.

»Ich dachte nicht, dass es so schlecht steht«, murmelte Lillja.

»Das sind die normalen Schwierigkeiten«, winkte der Lt. Commander ab, leerte seine Tasse und räumte das Geschirr weg. Er hatte nichts gegessen, bemerkte sie am Rande, sagte jedoch nichts dazu, während H'Rega sich mit einer knappen Geste verabschiedete und den Speisesaal verließ.

»Warum bespricht sich Captain Dale mit Cor und lässt H'Rega außen vor?«, sprach Lillja ihre Gedanken aus.

»Cor und die Ro'ha haben eine ziemlich lange gemeinsame Geschichte«, erklärte Azarion nach kurzem Zögern. »Er war schon vor Dale hier – vor uns allen anderen.«

Das war keine Erklärung in ihren Augen, doch der junge Soldat sprach nicht weiter und so gab Lillja sich zunächst damit zufrieden …

Nach einer ganzen Weile war Azarion mit seiner Kiste gegangen und hatte Fenric und Lillja zurückgelassen. Der Yndra hatte sie daraufhin zurück in ihr Quartier begleitet und der jungen Frau war klar geworden, dass es nun wohl in seinem Aufgabenbereich lag, ihr Gesellschaft zu leisten.

»Du musst nicht hier bleiben«, meinte sie nach einer Weile. Fenric hatte sich, nachdem er die Projektion wieder aktiviert hatte, auf einen der Säcke gesetzt und las auf einem Pad, während Lillja anfing, die gröbste Unordnung zu beseitigen.

Ein Blick in den Dienstplan hatte ihr gezeigt, dass sie noch immer freigestellt war, aber sie hatte sich trotzdem entschlossen, ihre Arbeit wieder aufzunehmen, sobald ihr Quartier in einem halbwegs vorzeigbaren Zustand war. H'Rega hatte Recht – sie hatte wirklich mehr als genug von ihren Freunden verlangt und langsam war es an der Zeit, mit der neuen Realität klarzukommen.

Plötzlich durchzuckte ein helles, blaues Leuchten die Abbildung, während die Ro'ha von einem heftigen Beben erfasst und aus dem Hyperraum geschleudert wurde. Nur Sekundenbruchteile später schlug eine ganze Salve von Erschütterungen mit ohrenbetäubendem Lärm ein.

»Was …«, begann Fenric, wurde jedoch unsanft unterbrochen, als sie beide von den Füßen gerissen und rückwärts durch den Raum gestoßen wurden. Lillja prallte unweit der Tür unsanft auf den Rücken und blieb für einen Moment benommen liegen. Sie kämpfte sich mühsam auf und erkannte erschrocken, dass Fenric weniger Glück gehabt hatte. Er war gegen das massive Bettgestell geworfen worden und dort zum Liegen gekommen.

Auf Händen und Knien kroch Lillja zu ihm herüber. Ein eindringlicher Alarmton wurde gestartet und die schiffsweite Durchsage des Hauptkoordinators die Crew auf ihre Gefechtsposten befahl.

Das Bild der Projektion hatte sich indes wieder stabilisiert und offenbarte ihr, als sie es mit einem Blick streifte, dass sie in den normalen Raum eingetreten waren und sich innerhalb eines Systems befinden mussten – inmitten eines Asteroidengürtels oder Trümmerfeldes.

Sie brachte ein erschrockenes Keuchen zustande, als das Bild plötzlich von einem gigantischen Gesteinsbrocken ausgefüllt wurde, der schräg auf sie zuraste. Dann erlosch die Projektion, während ihr ein kreischend-berstendes Geräusch bestätigte, dass sie das Objekt gerammt hatten. Beim Aufprall wurde sie erneut zurückgeworfen und schlug diesmal hart gegen die Seitenwand ihres Quartiers, mühte sich aber sofort wieder auf die Beine und eilte zu Fenric.

Als sie neben ihm in die Hocke ging, stöhnte er leise und hob schlecht koordiniert die rechte Hand, um nach seinem Kopf zu tasten. Helles Blut lief ihm aus Nasen- und Ohröffnungen. Möglicherweise hatte er sich eine Schädelfraktur zugezogen, überlegte sie erschrocken.

»Fenric – hörst du mich?«

»Ja.« Er berührte die Hautschuppen unterhalb der Ohröffnung und zog die Hand zurück, um sein eigenes Blut zu betrachten, das an seinen Fingern haften geblieben war.

»Kannst du aufstehen?«

Ohne eine Antwort abzuwarten, packte sie seinen Arm und zog ihn hoch. Möglicherweise hatte die Hülle einen Schaden davongetragen – sie mussten sofort hier raus und die Tür versiegeln, damit bei einem Hüllenbruch nicht das ganze Schiff gefährdet wurde.

Schwankend kam der Soldat auf die Beine, musste sich aber schwer auf ihre Schulter stützen und wirkte dabei so schlecht koordiniert, dass Lillja sich große Sorgen zu machen begann. Endlich erreichten sie die Tür und Lillja betätigte den Öffner, doch nichts passierte. Für einen panischen Moment glaubte sie, dass man diese Sektion vielleicht schon versiegelt haben konnte, doch dann zwang sie sich zur Ruhe, lehnte Fenric gegen die Wand und stemmte die Türblätter unter einiger Kraftanstrengung auseinander.

Im Gang war die Notfallbeleuchtung aktiviert worden, welche die grob verkleideten Wände in düster blinkendes Rot tauchte. Die Türsteuerungen mussten ausgefallen sein und das plötzliche Fehlen jeglicher Durchsagen ließ sie vermuten, dass auch die Kommunikation in Mitleidenschaft gezogen worden war. Ein paar Meter den Gang entlang erkannte sie eine geplatzte Energieleitung, die die direkte Umgebung mit Ruß und Hitze überzogen hatte. Das Feuer jedoch war zum Glück von der automatischen Brandbekämpfung gelöscht worden, ehe es sich hatte ausbreiten und größere Schäden anrichten können. Lillja wandte sich Richtung Heck und machte, Fenric nun wieder stützend, ein paar Schritte, entschied sich dann aber anders.

»Warte kurz«, meinte sie, löste sich von ihm und ging in die entgegengesetzte Richtung. Sie durften um keinen Preis einen

Brand riskieren. Hinter einer Wandverkleidung holte sie einen Handfeuerlöscher hervor und ging auf die Explosionsstelle zu – hielt jedoch erschrocken inne, als sie an ihrem Nachbarquartier vorbeikam, dessen Türen offen standen. Auf etwa einem halben Meter Breite und dreifacher Länge war die Außenwand aufgerissen und ließ den Blick ins All frei. In einiger Entfernung erkannte sie riesige Gesteinsbrocken und viel weiter dahinter einen kleinen Teil eines weit größeren Gasriesen. Ein Kraftfeld hatte den Bruch verschlossen und flimmerte hellblau. Es hatte sich jedoch nicht schnell genug materialisieren können, um zu verhindern, dass zahlreiche Teile der Einrichtung, die nicht fest mit Boden oder Wänden verschraubt waren, nach draußen gerissen worden waren.

»Was ist?«, drang Fenrics Stimme hinter ihr in ihre Gedanken.

»Hüllenbruch!«, gab sie mit rasendem Herzen an und bemerkte dabei, wie fremd sich ihre Stimme in ihren Ohren anhörte.

Sie konnte hören, wie er sich langsam in ihre Richtung zu bewegen begann, doch dann wurde das Schiff erneut von einer ganzen Reihe von Einschlägen getroffen, die Lillja von den Füßen rissen. Sie prallte gegen die Wand hinter sich und fiel auf den Rücken. Der Feuerlöscher flog ihr aus den Händen und rollte in das beschädigte Quartier, während über ihr etwas mit einem lauten Knall explodierte. Ein heißer Regen aus Funken ging auf sie nieder, dann gab das Material der Deckenverkleidung mit einem reißenden Geräusch nach und begrub sie unter sich. Irgendwie schaffte es Lillja, die Arme schützend über den Kopf und vor das Gesicht zu reißen, dann trafen sie die schweren Teile der Verkleidung und der Unterkonstruktion.

Ihr wurde die Luft aus den Lungen gepresst, während ein

scharfer Schmerz durch ihren rechten Oberschenkel schnitt.

»Lillja!« Fenric erschien in ihrem Blickfeld und blieb erkennbar ratlos kurz über ihr stehen, bis er sich mit einer deutlich unsicheren Bewegung auf ein Knie sinken und seinen Blick über sie wandern ließ. Sie folgte ihm und erkannte, dass ein größeres Teil quer über ihrer Hüfte lag, ansonsten hatte sie Glück gehabt. Kleinere Splitter hatten ihre Haut an den ungeschützten Stellen zerschnitten, während etwas Heißes ihre linke Handfläche verbrannt hatte, doch sonst war sie unverletzt.

»Hilf mir, das runter zu schieben«, verlangte sie und packte die Metallplatte mit beiden Händen. Der Yndra nickte, griff ebenfalls danach und schleuderte sie mit sichtbarer Kraftanstrengung zur Seite. Augenblicklich schoss eine dünne, pulsierende Blutfontäne aus ihrem Oberschenkel und pumpte mit beunruhigender Ähnlichkeit zum Herzschlag das Blut aus ihrem Körper.

Geschockt starrte sie auf die verletzte Schlagader. Fenric überwandte seinen Schrecken als Erster und presste die Hand auf die Wunde. Es tat überraschend wenig weh, kam es ihr absurderweise in den Sinn, während sie mit bizarrer Faszination betrachtete, wie ihr Blut zwischen seinen grün-schwarz gemusterten Fingern hindurchrann.

»Verflucht«, murmelte der Yndra.

»In meinem Quartier steht eine Notfalltasche«, sagte sie eindringlich und suchte seinen Blick. Sie richtete sich in eine sitzende Position auf, lehnte den Rücken gegen die Seitenwand und schob ihre Hand unter seine, um den Druck auf dem Schnitt aufrecht zu halten.

»Hol sie.«

Er nickte, sprang wankend auf und verschwand aus ihrem Blickfeld. Es war ungeahnt schwierig, genug Kraft aufzubringen, um die Blutung wenigstens dürftig in den Griff zu bekommen. Sie konnte ihren eigenen Puls fühlen, der gegen ihre Handfläche pochte und versuchte, das Leben aus ihr herauszudrücken. Aber so würde sie nicht sterben, verlangte sie gedanklich von sich, den Göttern und dem Schicksal. Sie hatte die Vernichtung der Erde und all die Gefahren und Schrecken der vergangenen vier Monate nicht überstanden, um jetzt und hier zu verbluten.

Endlich kam der Soldat zurück. Er hielt die kleine Schultertasche in den Händen, während er sich neben ihr auf die Knie sinken ließ und den Verschluss aufriss.

»Keine Verbände?«, fragte er gehetzt und wühlte im kargen Inhalt, um die Tasche schließlich einfach auszukippen. Ein kleiner Wundtacker, zwei Einheiten des Gefäßklebers V98 und ein paar andere Medikamente fielen zu Boden. Nach kurzem Zögern griff er nach dem V98 und sah sie fragend an. Lillja hatte keine Ahnung, ob das Medikament für Menschen verträglich war – sie hatte sich in all den Wochen stets nur mit der Versorgung ihrer Kameraden beschäftigt – sie hatte keine Vorstellung, wie sie sich bei eigenen Verwundungen verhalten sollte.

»Tu es einfach«, verlangte sie und zog die Hand weg. Sofort spritzte das Blut aus dem Schnitt hervor und Fenric beugte sich über sie, schüttelte das Fläschchen mit dem Sprühaufsatz und sprühte den Inhalt in die Wunde. Ein grausamer Schmerz explodierte in ihrem Bein und raubte ihr für einen Moment alle Sinne. Dann ebbte das Brennen langsam ab.

»Es funktioniert«, sagte Fenric erleichtert und räumte die Tasche wieder ein.

»Gib mir den Scanner«, verlangte Lillja mit zitternder Stimme und streckte die Linke aus. Das kleine Gerät war in einem Seitenfach befestigt und folglich nicht mit dem restlichen Inhalt auf dem Boden gelandet. Der Yndra holte es heraus, nahm die Schutzkappe ab und reichte es ihr. Sie ließ den blauen Strahl über seinen Schädel laufen und erkannte erleichtert, dass der Knochen keine großen und offensichtlichen Frakturen davongetragen hatte. Dann richtete sie das Gerät auf sich selbst.

»Keine Brüche, keine Organschäden«, kommentierte sie, nahm ihm die Schutzkappe aus der Hand – hielt dann jedoch inne und startete einen Seuchenscan. Negativ. Erleichtert schloss sie das kleine Gerät und verstaute es in der Tasche ihrer Uniformjacke.

»Wir müssen auf die Krankenstation.« Sie stemmte sich an der Wand in die Höhe und versuchte vorsichtig, das verletzte Bein zu belasten. Es ging irgendwie, aber der Schmerz, der auf jede Bewegung folgte, war nur schwer zu ertragen. Doch sie hatte keine Wahl.

Auch Fenric stand unsicher auf und streckte eine Hand nach der Wand neben sich aus, um sich abzustützen. Er machte ein paar langsame Schritte Richtung Heck, ehe sein Blick das zerstörte Quartier streifte und er für einen Augenblick erstarrte.

»Das ist nicht gut«, murmelte er und trat an die halb geöffnete Tür heran, hinter der der Hüllenbruch zu sehen war. »Wenn die Energie ausfällt, kann sich die ganze Außenhülle destabilisieren.«

Er hatte sicher recht, aber daran ändern konnten sie hier und jetzt nicht gerade viel.

»Komm schon«, verlangte sie und setzte sich vorsichtig in Bewegung.

Die Fahrstühle würden nicht funktionieren, das ahnte sie bereits und wurde darin bestätigt, als sie das hintere Drittel des Decks schließlich erreichten. Die Fahrstuhlsteuerungen waren anfällig für technische Probleme, das wusste Lillja. Die Sicherungen brannten schnell durch und waren die Systeme einmal überhitzt, so schalteten sie sich komplett ab. Bereits während ihrer ersten Tage auf der Ro'ha hatte sie unliebsame Bekanntschaft mit dieser Eigenart gemacht und war während eines ähnlichen Zwischenfalls in einem Aufzug stecken geblieben. Sie versuchte, sich die Anweisungen ins Gedächtnis zu rufen, die Nefaris ihr damals erteilt hatte, als sie ihm half, die Steuerung zu überbrücken und öffnete die Abdeckung der Konsole. Die rechte Stabsicherung war herausgesprungen und Lillja schob sie kurzentschlossen wieder in ihre Position.

Es passierte nichts – sie gestand sich ein, dass das nun auch wirklich zu einfach gewesen wäre, war aber dennoch etwas enttäuscht und sah zum Wartungsschacht hinüber.

»Schaffst du das?«, wollte Fenric auf ihren Blick hin wissen. Er sah eigenartig blass aus und schien Mühe zu haben, aufrecht zu stehen.

»Ich habe wohl keine Wahl«, antwortete sie und humpelte zur Abdeckung hinüber. Sie benötigte all ihre Kraft, um die Platte abzunehmen und sah dann in die gähnende Schwärze des Schachtes. Er führte gerade nach unten und war mit weitauseinanderliegenden Sprossen bestückt, über die ein Xhar bequem klettern konnte – sie jedoch stellte diese Konstruktion schon unter normalen Umständen vor eine Herausforderung. Der schmale Gang war nicht beleuchtet, doch an jedem Tritt glomm ein schwacher blauer Punkt, der die Position der nächsten Halterung anzeigte. Außerdem waren die Ausgänge zu den einzelnen Decks ebenfalls durch kleine Lampen und eingeätzte Zeichen markiert.

»Wir müssen nur ein Deck runter«, kommentierte Fenric, der endlich neben ihr angekommen war. »Mit etwas Glück ist dort die Energie noch intakt und wir können auf einen Lift umsteigen.«

Sie warf einen prüfenden Blick nach oben und unten, erkannte jedoch keine andere Person im Schacht und kletterte schließlich umständlich hinein. Vielleicht war es ein gutes Zeichen, dass niemand sonst dort war, überlegte sie. Die meisten Crewmitglieder waren jetzt vermutlich auf ihren Stationen oder in den Trainingsräumen auf den unteren Decks und wenn sie nicht hier zu sehen waren, konnte das vielleicht bedeuten, dass die Aufzüge jenseits ihres Decks noch intakt waren. Oder sie waren alle tot, weil es vielleicht auch auf anderen Ebenen weitere Hüllenbrüche gegeben hatte. Sie erlaubte es sich nicht, diesen Gedanken weiter zu folgen und ließ sich langsam und vorsichtig zur nächsten Sprosse herab. Abwärts war der Weg einfacher zu meistern, als vor ein paar Tagen auf der Gi'vol, als sie einem ähnlichen Schacht nach oben hatte folgen müssen.

Dennoch dauerte es quälend lange, bis sie endlich die Markierung erreichte, die ihr anzeigte, dass sie Deck fünf erreicht hatten. Sie löste die Halteklammern und stieß das Paneel in den dahinterliegenden Korridor.

Eine weitere Erschütterung traf die Ro'ha und plötzlich musste Lillja darum kämpfen, nicht von den Stiegen gerissen zu werden – auch Fenric kam über ihr ins Straucheln und für einen schrecklichen Moment glaubte sie, er würde fallen, doch dann fand er wieder festen Halt. Etwas im Gang auf dem Deck vor ihr fiel schwer zu Boden und Lillja hörte einen leisen Fluch, kurz darauf tauchte ein ausdrucksloses Gesicht in der Öffnung auf und Lillja erkannte Lieutenant Commander Jarl Nefeg.

»Mensch«, sagte er mit seltsamem Ausdruck und reichte ihr eine Hand, »kommen Sie da raus.«

Sie ließ sich von ihm helfen und ergriff schließlich Fenric

am Arm, der kurz nach ihr aus dem Schacht kletterte.

»Was passiert hier?«, fragte sie und sah Nefeg in die gelben Augen. Er hatte sich eine kleine Platzwunde oberhalb des linken Auges zugezogen, die noch immer leicht blutete und Lillja glaubte zu erkennen, dass darunter eine der schützenden Hornplatten seines Gesichts zumindest zum Teil abgerissen war. Sie würde sich später darum kümmern müssen.

»Ich bin mir nicht sicher – es gab eine Überladung im Antrieb und wir wurden aus dem Hyperraum geschleudert. Die Kommunikation ist offline.«

»Wir haben einen Hüllenbruch auf Deck vier, Sektion zwei«, gab Fenric hinter ihr mit matter Stimme an. Er hatte sich gegen die Wand gelehnt und war in die Hocke gesunken.

»Verstanden – der hintere Aufzug funktioniert. Begeben Sie sich auf Ihre Station.« Er hatte ihren Blick dabei erwidert und sah nun kurz zu Fenric herab.

»Bringen Sie ihn wieder auf die Beine«, sagte er eindringlich und Lillja nickte. »Ich versuche, Deck eins zu erreichen – Dale muss über das Ausmaß der Schäden informiert werden.«

Gemeinsam zogen sie Fenric auf die Füße und führten ihn zwischen sich zum hinteren Lastenaufzug. Sie mussten sich erwartungsgemäß lange in Geduld fassen, bis sich die Türen öffneten und sie in eine deutlich beschädigte Kammer einsteigen konnten. Etwas Schweres, das offenbar transportiert worden war, schien den Halt verloren zu haben und war offensichtlich gegen die Rückwand geprallt, wobei es sie zum Teil eingedrückt hatte.

Lillja wählte Deck acht, und als sich der Lift in Bewegung setzte, drückte Nefeg den obersten Knopf. Quälend langsam fuhren sie hinab, bis sich die Türen endlich wieder öffneten. Im Falle eines Angriffs waren die beiden Fahrstühle Verletzten und Personen mit Prioritätsaufgaben vorbehalten, daher stieg während ihrer Fahrt niemand hinzu. Bei Alarm bewegten sich die meisten Xhar über die insgesamt sechs Wartungsschächte, die durch das Schiff verliefen und alle Sektionen miteinander verbanden. Was für Lillja eine enorme Anstrengung bedeutete, war für die Xhar kaum beschwerlicher, als die Nutzung einer normalen Treppe, da sie von Natur aus exzellente Kletterer waren.

Endlich auf Deck acht angekommen, half Lillja Fenric beim Aussteigen und nickte Nefeg knapp zu, während er wieder nach oben fuhr. Ihr Bein pochte und schmerzte höllisch, doch sie durfte jetzt keine Schwäche zeigen. Fenric stützte sich schwer auf sie und drückte die andere Hand gegen die Wand neben sich, dennoch war es ausgesprochen schwierig, sich überhaupt vorwärts zu bewegen.

Nach einer gefühlten Ewigkeit bogen sie um die scharfe Kurve, hinter der die Krankenstation lag und die automatisierte Doppeltür schob sich stockend vor ihnen auf. Mit einem schnellen Blick entdeckte sie Nefaris Tar, der sie in den letzten Tagen auf ihrem Posten vertreten hatte, und Kalira. Verletzte waren noch nicht eingetroffen, aber sie war sich sicher, dass sich das noch ändern würde.

»Lillja!« Kalira kam mit schnellen Schritten auf sie zu und gemeinsam brachten sie Fenric zur nächsten Behandlungsliege und setzten ihn darauf ab. »Was ist passiert?«

»Ich bin mir nicht sicher, er ist mit viel Wucht gegen ein Bettgestell geschleudert worden.«

»Ihr Bein – was passiert hier?« Die Daraa wirkte vollkommen aufgewühlt und verängstigt.

»Es geht mir gut«, log sie und deutete stattdessen auf Fenric. »Etwas stimmt nicht.«

Fenric wollte etwas sagen, brachte aber nur ein Stöhnen hervor. Lillja half ihm, sich hinzulegen, während die Daraa wie erstarrt wirkte, bis Lillja unwillig auf das große OPG zeigte und sie endlich hinüberging, um es aus seiner Verankerung zu lösen und es zum Behandlungstisch des Yndras hinüber rollte. Auch Nefaris war an sie herangetreten, ergriff sie kurzerhand am Oberarm und führte sie ebenfalls zu einem Tisch, auf den sie sich vorsichtig setzte.

»Ich schaffe das schon«, wehrte sie ihn ab. »Nefaris – Sie müssen sofort auf Ihre Station.« Sie hatte einen ernsten und eindringlichen Ton angeschlagen, sodass der Xhar aufsah und sie musterte.

»Wir haben etwas von einer Überladung im Antrieb gehört – außerdem gibt es mindestens einen Hüllenbruch.«

Seine Pupillen weiteten und verengten sich in rascher Folge, dann nickte er und eilte hinaus. Lillja ließ ihren verwundeten Oberschenkel von den verbauten Scannern erfassen und humpelte schließlich zum kleinen OPG 16.9 hinüber. Das V98 hatte zwar die Blutung gestoppt, doch es hatte das umliegende Gewebe angegriffen – sie musste das Problem augenblicklich beheben, wollte sie keine größeren Schäden riskieren.

»Wie geht es ihm?«, fragte sie, während sie das multifunktionale Gerät montierte und die nötigen Einstellungen vornahm.

»Mehrfache Schädelfraktur«, sagte die Daraa knapp und Lillja sah besorgt zu ihnen hinüber.

»Der Handscanner hat nichts angezeigt.« Verunsichert zog sie das Gerät hervor und öffnete die gespeicherten Ergebnisse. Sie hatte sich nicht getäuscht. »Bringen Sie das in Ordnung.«

»Sie wissen doch, wie ungenau die Knochenscanfunktion ist.«

Lillja nickte. Richtig – die Stärke des kleinen Multifunktionsgerätes lag in der Erkennung von Krankheitserregern, Strahlungen und Mikroorganismen, zu Diagnosezwecken war es nur bedingt brauchbar.

Sie gab den Befehl in die Konsole vor sich ein, dann hievte sie sich zurück auf das Krankenbett, riss den Stoff um die Verwundung herum weiter auf, brachte das Gerät in Position und startete den Vorgang. Nach kurzer Unentschlossenheit hatte sie sich dafür entschieden, das Bein zumindest lokal zu betäuben – die Vorräte an Medikamenten waren beschränkt, das wusste sie, aber sie würde kaum arbeitsfähig bleiben, wenn der Schmerz zu stark würde. Sie musste schnell wieder einsatzfähig sein – Kalira mochte eine ausgebildete Wissenschaftlerin mit eindrucksvollen Qualifikationen sein, aber es hatte seinen Grund, warum sie das Labor leitete, während sie auf der Krankenstation Lillja unterstand. Sie war nicht belastbar und funktionierte nur, wenn sie sich auf eine einzelne Aufgabe konzentrieren konnte.

Das OPG startete die Behandlung und begann damit, die Betäubung zu setzen, als sich die Türen erneut öffneten und ein blutüberströmter Ingenieur eintrat. Er schwankte ein paar Schritte in den Raum hinein, dann fiel er auf den Boden und rührte sich nicht mehr.

»Kalira!«

Die Daraa sah nur grob in ihre Richtung und hob abwehrend die Hand, dann löste sie sich endlich und eilte zu dem Xhar herüber. Lillja schloss die Augen und kämpfte gegen den Wunsch an, ihre eigene Behandlung zu unterbrechen. Es würde nicht lange dauern, das wusste sie und sie wusste auch, dass es die richtige Entscheidung gewesen war, damit nicht zu warten.

Das Gerät tat etwas sehr Schmerzhaftes und Lillja sah wieder auf. Es hatte das zerstörte Gewebe entfernt und die verwundete Schlagader geschlossen. Nun injizierte es eine klare Flüssigkeit und begann damit, die Wundränder zu verschließen. Kaum eine Minute später war nur noch eine etwa fünf Zentimeter lange Narbe zu erkennen und Lillja stand auf.

Sie ging neben Kalira auf ein Knie und half ihr, den Techniker auf den Rücken zu drehen. Er lebte, stellte Lillja mit einem schnellen Handgriff fest, hatte jedoch immens viele Schnitt- und Splitterwunden an Armen, Händen, Gesicht und Hals.

»Wir bringen ihn da rüber«, bestimmte Lillja und deutete auf eine der Behandlungsliegen. Gemeinsam zerrten sie ihn hinüber und wuchteten ihn auf die Sitzfläche.

»Das ist Glas«, kommentierte Kalira, während sie einen fingerlangen blutigen Splitter unter seiner Haut hervorzog. »Er muss durch eine Glaswand gefallen sein.« Sie hielt plötzlich inne und sah erschrocken auf. »Das Labor!«

»Seine Hautpanzerung hat das Gröbste abgefangen – kümmern Sie sich um Fenric, ich mache das hier – und um Ihr Labor kümmern wir uns irgendwann später.«

Kalira nickte und Lillja konnte ihr ansehen, wie schwer ihr diese Entscheidung fiel, doch dann ging sie zurück zum Yndra, während Lillja vorsorglich einen Knochen- und Weichteil-Scan anfertigen ließ.

»Kalira – Sie haben dort doch bitte nichts Gefährliches, was jetzt vielleicht freigesetzt wurde?«, fügte Lillja nach einen Moment an und registrierte erleichtert, wie die Daraa leicht den Kopf schüttelte.

»Nein, das hier ist ja kein Forschungsschiff und alles, was uns auch nur ansatzweise gefährlich werden könnte, ist sicher verwahrt – da müsste schon weit mehr kommen, als das hier.«

Der Scanner meldete die ersten Ergebnisse, die jedoch zeigten, dass der Xhar, von den Schnitten und ein paar bösen Prellungen abgesehen, nichts weiter hatte einstecken müssen.

Sie holte sich aus einem der Beistelltische eine Metallschale sowie ein paar Tupfer, Kompressen und eine lange Pinzette und begann damit, die einzelnen Glassplitter aus seiner Haut zu ziehen.

»Die Komm scheint wieder zu funktionieren«, meinte Kalira nach einer ganzen Weile. Sie hatte Fenric sediert und das große Operationsgerät tat irgendetwas mit seinem Kopf. Lillja war zwischen der Sorge um ihn und der Neugier hin- und hergerissen, hatte sich aber letztlich dafür entschieden, ihre Aufmerksamkeit auf den Xhar vor sich zu lenken. Der Unteroffizier dämmerte zwischen trüber Erkenntnis und Bewusstlosigkeit und Lillja begann sich zu fragen, ob dieser Zustand wirklich nur von den Schmerzen der offensichtlichen Wunden kommen mochte, oder ob sie vielleicht etwas übersehen hatte.

Erst mit deutlicher Verspätung begriff Lillja, was die Daraa hatte aussagen wollen, und warf einen Blick zur Komm, die neben der Eingangstür verbaut war. Die Leuchte darüber blinkte rhythmisch, doch der Rufton blieb aus.

»Krankenstation hier«, sagte sie deutlich, musste aber feststellen, dass die Sprachsteuerung nicht aktiv war.

»Verflucht«, murmelte sie und legte die Pinzette ab, um mit schnellen Schritten an das Gerät zu eilen und die Anfrage manuell zu beantworten:

»Krankenstation hier!«

»Medizinischer Notfall auf der Kommandobrücke, Deck eins – wir brauchen hier einen Sanitäter.« Es war nicht die ruhige, gefasste und stets sichere Stimme des Hauptkoordinators, die ihr nun abgehackt und schwer verständlich entgegenschlug, aber Lillja erkannte auch nicht, wem sie gehören mochte.

»Ich bin auf dem Weg. Winter Ende.« Sie unterbrach die Verbindung, tauschte einen schnellen Blick mit Kalira, die einfach nur nickte, und griff sich eine der gepackten Notfalltaschen, die direkt neben dem Ausgang standen, und machte sich auf den Weg.

Sie fuhr auf Deck eins und stellte während der Fahrt erleichtert fest, dass der Lift das beschädigte vierte Deck problemlos durchfuhr, dann trat sie auf den langen Gang hinaus und wandte sich Richtung Bug. Hier oben war die Zerstörung noch deutlicher zu erkennen. Der größte Teil der Deckenbeleuchtung war ausgefallen und mehrere Türen wurden von Kraftfeldern zusätzlich abgeschirmt, sodass Lillja annahm, dass sich auch dahinter Hüllenbrüche verbergen mochten. Sie waren in etwa auf gleicher Höhe wie der Schaden auf Deck vier – was auch immer die Ro'ha getroffen hatte, es hatte deutlich mehr Schaden angerichtet, als sie zunächst geglaubt hatte. Vielleicht war es der Asteroid gewesen, den sie über die Projektion gesehen hatte, aber sicher war sie sich natürlich nicht.

Sie eilte den Korridor entlang, wobei sie zweimal über größere Trümmer hinwegsteigen musste, dann lag Sektion eins, Raum null vor ihr und sie betätigte den Öffner. Das Türblatt bewegte sich widerstrebend ein Stück zur Seite und verkeilte sich dann geräuschvoll, sodass sich Lillja kurzerhand durch die halb geöffnete Tür schob.

Die Brücke war anders, als sie erwartet hatte, obgleich sie eine gewisse Ähnlichkeit zu jener aufwies, die sie auf dem Video von der Torga'Ki gesehen hatte. Der Raum war verhältnismäßig klein und wurde von einem ovalen Tisch dominiert, der sicherlich irgendeinen Nutzen hatte, sich jetzt jedoch leer und dunkel präsentierte. An den beiden Längswänden befanden sich zahlreiche Konsolen, während die Schmalseiten von großen Bildschirmen eingenommen wurden, die irgendwie veraltet wirkten.

»Winter«, zog ein Techniker jenseits des ovalen Tisches ihre Aufmerksamkeit auf sich.

Sie bahnte sich ihren Weg vorbei an weiteren Crewmitgliedern, die nicht von ihrer Arbeit aufsahen, und erkannte nun die zwei Leichen am Boden und eine dritte, verwundete Gestalt. Einer der Toten war der Hauptkoordinator – sie hatte sich seinen Namen nie eingeprägt, fiel ihr ein, als sie seine blutüberströmte Gestalt sah. Die andere Leiche identifizierte sie flüchtig als Verschlüsselungstechniker Rhuk. Ihr blieb jedoch kaum Zeit, die Toten zu betrauern, denn als sie den Verwundeten umrandet hatte, erkannte sie in der dunklen Gestalt Captain Simarim Dale.

»Versuchen Sie es weiter«, befahl er gerade, ehe er seine Aufmerksamkeit Lillja zuwandte und sie musterte. »Gut, dass Sie wieder im Dienst sind«, kommentierte er und drehte ihr seine rechte Körperseite zu. »Bringen Sie das in Ordnung.«

Ein metallischer Splitter hatte sich in seinen Oberarm gebohrt, und als Lillja die Stelle genauer betrachtete, erkannte sie, dass sich seine dunkle Uniform auf Höhe der unteren Rippen mit Blut vollgesogen hatte.

»Ich muss mir das ansehen«, meinte sie, und als Dale leicht nickte, öffnete sie seine Jacke im unteren Bereich und zog den Stoff nach oben. Sie hielt erschrocken die Luft an, als sie erkannte, dass seine Haut auf einer Fläche von etwa der Größe ihrer geöffneten Hand verbrannt war und das blutige Fleisch offen lag.

»Was ist passiert?« Sie versuchte die Lage zu erfassen und atmete durch. Die Wunde verströmte einen schrecklichen Geruch von verbrannter Haut, doch das durfte sie jetzt nicht stören.

»Ich stand zu nah an einer Energieleitung, als sie überlud«, erklärte er, während er ein Pad entgegennahm.

»In Ordnung«, sie überlegte kurz, kam dann zu dem Schluss, dass sie zunächst den Splitter entfernen und dann die Verbrennung behandeln würde.

Dale würde sicherlich hier bleiben, also musste sie dafür sorgen, dass er einsatzfähig blieb, solange diese Krisensituation anhalten würde.

»Ich brauche ein Messer«, murmelte sie und sah sich um. Dale hatte überrascht aufgesehen, jedoch nichts weiter gesagt. Lillja ließ den Blick über die Brücke schweifen, es waren insgesamt sechs Techniker anwesend, die vermutlich regulär hier eingesetzt wurden und nun hektisch kleinere Brände löschten und Trümmer beiseite räumten. Neben den sechs erkannte Lillja zwei Soldaten, die neben der einzigen Tür standen. Einer von ihnen hatte ihr den Rücken zu gewandt und hantierte an der Komm, während der andere etwas unschlüssig schien und einen Techniker dabei beobachtete, wie dieser eine schwelende Platine vorsichtig beiseite zog. Offenbar hatte er Befehl, die Brücke zu bewachen, wobei er sich offensichtlich überflüssig vorkommen musste. Sie war flüchtig mit ihm über Cor bekannt und glaubte sich zu erinnern, dass er auf den Namen Gwan Iranc hörte. Der Unteroffizier war ihr bislang halbwegs freundlich entgegen getreten, zumindest ab dem Zeitpunkt, als ihm klar geworden war, dass er sich die Feindschaft des Lieutenants zuziehen würde, wenn er Lillja schlecht behandelte.

»Iranc«, sprach sie ihn an, »Ihr Messer!«

Erleichtert nahm sie zur Kenntnis, dass er sich tatsächlich in Bewegung setzte, die lange Klinge aus der Gürtelhalterung zog und ihr mit dem Griff voran reichte.

»Danke.« Sie schnitt damit den Ärmel des Captains bis zum Splitter auf und reichte dem Soldaten die Waffe dann zurück.

»Um die Verbrennung zu behandeln, brauche ich einiges aus der Krankenstation«, meinte sie schließlich an Dale gewandt. »Außer Sie begleiten mich dorthin.«

»Darum kümmere ich mich später«, wies er sie ab, doch Lillja unterbrach ihn leise, aber bestimmt.

»Das sollten Sie überdenken – eine Infektion wird Sie wahrscheinlich umbringen ... Sir.« Er hob den Blick und sah ihr ins Gesicht, als wollte er so feststellen, ob er ihrer Einschätzung trauen konnte, schließlich nickte er.

»Kommunikation auf allen Decks wieder aktiv«, meldete einer der Techniker.

»Fordern Sie Schadensberichte«, verlangte Dale, und Lillja stand auf, um sich wieder Gwan Iranc zuzuwenden, der zu seinem Posten zurückgekehrt war.

»Ich brauche ein Verbrennungsset von der Krankenstation«, sagte sie eindringlich. »In meinem Bereitschaftsraum, linker Schrank, ganz oben.«

Der Soldat zögerte, doch Lillja hatte sich entschlossen, ihm keine Möglichkeit zum Widerspruch zu lassen, also machte sie kehrt und ging zu Dale zurück, um den Splitter zu ziehen und die Blutung zu versorgen.

Etwas traf die Außenpanzerung und ließ sie unsanft gegen Dale prallen, der ihren Sturz jedoch geistesgegenwärtig mit der gesunden Hand abfing.

»Bringen Sie die verfluchten Sensoren wieder zum Laufen«, brüllte er über sie hinweg und wehrte Lilljas Handgriffe ab, die sich wieder gefangen hatte und sich seinen Verbrennungen zuwenden wollte. Er zog sich an dem Pult hinter sich halb in die Höhe, hielt dann jedoch mit einem schmerzerfüllten Keuchen inne.

»Schadensmeldungen kommen rein«, bemerkte ein Koordinator links von ihr und schob das Headset zurecht, während er auf eine winzige Anzeige vor sich starrte. Die meisten Bildschirme waren ausgefallen und kein einziges Hologramm war aktiv, fiel ihr auf.

»Hüllenbrüche auf den Decks vier bis eins«, fuhr der Xhar fort. »Bislang sieben Tote, drei Vermisste und achtzehn Verletzte, drei davon schwer.«

Sie musste zurück auf die Krankenstation.

»Der Antrieb ist ausgefallen, Sensoren sind offline, Langstreckenkommunikation ist offline, ÜLA ist offline und uns steht momentan nur die Hilfsenergie zur Verfügung.«

»Schilde?« Dale hatte sich mittlerweile mit Lilljas Hilfe halb auf das Pult gesetzt.

»Hauptgeneratoren reagieren nicht«, antwortete ein anderer Techniker und fügte nach kurzem Zögern hinzu: »Zielerfassungssysteme sind ebenfalls ausgefallen. Alle Waffensysteme sind offline.«

Der dunkelhäutige Xhar wirkte zerknirscht und rang offenbar mit sich.

»Die Hüllenpanzerung sollte uns bei kleineren Kollisionen ausreichend schützen. Die Außensensoren haben Hauptpriorität«, befahl Dale und fügte leiser an: »Ohne sie sind wir absolut blind.«

Gwan Iranc kehrte zurück und überreichte Lillja eine Schachtel, in deren Inneren sich sterile Kompressen, Sprühverbände, sowie eine Lösung zum Reinigen großflächiger Wunden und zwei Einheiten B51, eines relativ neuen Mittels zur Hautregeneration, befanden.

Lillja knöpfte die Uniform ihres Captains zur Gänze auf und schob ihm den Stoff über die rechte Schulter, sodass sie die Verbrennung gut erreichen konnte, dann begann sie damit, die blutige Fläche zu säubern. Er musste sich an- oder umgezogen haben, nachdem er sich die Verbrennung zugezogen hatte, kam es ihr in den Sinn. Den Splitter hatte er sich in jedem Fall erst später eingefangen. Sie würde den Hergang für eine Aktennotiz erfragen, wenn sie diese Situation überstanden hatten, nahm sie sich vor.

Neben ihr erteilte Dale ein paar Befehle, doch sie hörte nur halbherzig zu, da sie alle Konzentration aufwenden musste, um ihm nicht mehr Schmerzen zuzufügen, als unbedingt nötig war.

»Wir haben die Frontsensoren zurück«, verkündete der Techniker, der die Position des Hauptkoordinators eingenommen hatte und kaum, dass er es ausgesprochen hatte, begann einer der großen Bildschirme zu flackern und eine holografische Projektion baute sich in seinem inneren Feld auf. Sie befanden sich inmitten eines weitläufigen Asteroidenfeldes, erkannte sie. Von dem Gasriesen, den sie durch den Hüllenbruch wahrgenommen hatte, war nichts zu sehen.

»Wo sind wir?«, fragte Dale nachdenklich und beugte sich etwas vor – schien die Bewegung jedoch sofort zu bereuen, denn er verharrte plötzlich und keuchte vor Schmerzen.

»Ich vergleiche die Daten mit bekannten Sternenkarten«, gab der Techniker an und begann damit, ein holografisches Eingabefeld zu bearbeiten. »Sektor 42.6483.«

Es wurde still auf der Brücke und nun sah auch Lillja besorgt auf und suchte Dales Blick, doch er reagierte anders, als sie erwartet hatte. Er sah erst sie an und warf dann einen Blick auf seine Seite. Sie hatte den Sprühverband angelegt und war fürs Erste fertig.

»Gehen Sie auf Ihre Station zurück«, verlangte Dale. »Und behalten Sie für sich, was Sie hier gehört haben.«

»Verstanden …«

DAS GEBURTSSCHIFF

Erwachen. Ein helles Licht schälte sich durch die allumfassende Dunkelheit und öffnete einen Spalt zu einer neuzugänglichen Realität. Sein Verstand setzte unvermittelt ein und begann damit, eine neue Ordnung zu gestalten.

Er erwachte.

Unter Anstrengung zerriss er mit scharfen Klauen die Membran, die ihn von seinem Leben trennte und starrte in eine düstere Welt. Fremde Hände zerbrachen weitere Teile der Schale, in deren Schutz er sich entwickelt hatte, und ließen weiteres Licht auf ihn fallen.

Er schob sich durch den entstandenen Spalt und trat in die Welt hinaus, während die harte Schale seinen Panzer streifte und daran zerbrach.

Dann griffen die Finger nach ihm und legten sich auf die schmale Fläche zwischen seinen Augen. Eine Verbindung zwischen seinem Verstand und … dem anderen entstand, während Millionen Informationen abrupt in seinen Geist strömten.

Sein Name war Quotaz, Anteil 383.908 der Ewigkeit. Zweiundneunzig Chromosomen, Dreikammerherzsystem, multispektrale Wahrnehmung, Tracheenatmung, Hexapode, dichtoptische Facettenaugen, Tympanalorgane … mehr und mehr Fakten fluteten seinen Verstand und füllten die Leere. Sie formten und schufen sein Wesen, kreierten und gestalteten seine Persönlichkeit.

Er *lebte*, wurde es Quotaz bewusst, und als sich die Hand von seiner Stirn löste, kannte er seinen Platz und wusste, was seine Aufgabe war …

KAPITEL 2

Die Krankenstation war überfüllt gewesen, als Lillja schließlich zurückgekehrt war. Auf ihre Anweisung hin hatte man sogar das Feldbett aus ihrem Bereitschaftsraum geholt und es im Hauptraum aufgestellt. Es war das erste Mal, dass sie sah, dass alle acht Betten belegt waren. Neben dem komatösen Ka'anda Roc, dem bewusstlosen Xhar, der eine unsanfte Bekanntschaft mit einer der gläsernen Zwischenwände im Labor gemacht hatte, und Fenric, der von Kalira sediert worden war, gab es vier weitere Xhar, deren Zustand höchst kritisch war, sowie ein halbes Dutzend, die Lillja zwar in ihre Quartiere entlassen, sie aber vorerst nicht für den aktiven Dienst freigeben konnte.

»Wie geht es ihm?«, wollte Lillja schließlich wissen, nachdem die Verletzten versorgt waren und sie halbwegs Ordnung in ihre Station gebracht hatten. Sie stand an Fenrics Bett und sah in sein fremdartiges Gesicht. Das OPG hatte die schuppige Haut an vier verschiedenen Stellen seines Schädels aufgeschnitten und den Knochen wieder gerichtet. Dennoch, das hatte Lillja Kaliras Aufzeichnungen entnommen, waren noch nicht alle Schäden behoben. Die Membran, die sein Gehirn schützte, war verletzt worden und der Nerv seines linken Auges war kurzzeitig eingeklemmt gewesen.

»Das können wir erst sagen, wenn er aufwacht.« Kalira zog die Decke, die sie über Roc ausgebreitet hatten, zurecht und strich den Stoff glatt.

Da so viele Xhar anwesend waren, hatten sie die Temperatur nach unten regulieren müssen – sie sollte auch den Yndra zudecken.

»Neurologische Schäden sind unwahrscheinlich, aber ich

kann sie nicht ausschließen«, fuhr Kalira schließlich fort und Lillja fuhr sich mit der Linken über die Augen.

»Wenn ich mich nur ein bisschen zusammengerissen hätte, dann wäre er nicht in meinem Quartier gewesen und hätte sich keine dieser Verletzungen zugezogen.«

»So etwas darfst du nicht sagen«, meinte eine Stimme hinter ihr. Lillja wandte sich um und erkannte Azarion, der die Station langsam betrat und auf sie zukam. Er trug einen schwarzen Kampfanzug, der vor Staub und Dreck fast grau wirkte. Er war unbewaffnet und schien unverletzt.

»Azarion«, sagte sie erleichtert. »Es geht dir gut!« Sie ging auf den Soldaten zu und hätte sich fast von dem Impuls hinreißen lassen, ihn umarmen zu wollen, korrigierte sich im letzten Moment jedoch und drückte stattdessen kurz seine rechte Schulter. »Was ist mit Cor? Und H'Rega?«

»Alles in Ordnung. Es geht ihnen gut.«

Sie schloss die Augen und atmete erleichtert auf, woraufhin Azarion an ihr vorüberging, wobei er flüchtig ihren Oberarm berührte.

»Fenric?«, fragte er und sah zunächst Lillja und dann Kalira an.

»Wir werden es bald wissen«, gab die Daraa an und ließ sich schwer auf die Bettkante zu Füßen Rocs sinken. Sie hob die Hände, als wollte sie sich durch die Haare fahren, hielt jedoch inne, als ihr Blick auf das Blut fiel, das daran haftete. Sie hatte sich keine Handschuhe übergezogen, fiel es Lillja auf, was untypisch für die Daraa war. Bei der Arbeit mit dem OPG wurde ein kleines Energiefeld um das Gerät erzeugt, das die Wunde vor Schmutz und Erregern schützte, dennoch waren sie natürlich angehalten, sich und ihre Kameraden zu schützen. Lillja war etwas nachlässig, wenn es um Schutzkleidung oder Handschuhe ging, denn bislang hatte sie von keiner ernsthaften Krankheit erfahren, die sich von Xhar auf Menschen oder umgekehrt übertragen ließ. Vielleicht sollte sie diese Einstellung überdenken, kam es ihr kurz in den Sinn, doch jetzt war wirklich nicht der Moment, um über solche Dinge zu philosophieren.

»Gehen Sie sich ausruhen, Kalira«, meinte Lillja nach einer Weile. »Aber ich weiß nicht, ob Deck vier schon wieder sicher ist – vielleicht verzichten Sie vorerst auf eine Dusche.«

Sie nickte und wandte sich ab.

»Trotz der Umstände ist es gut, dich hier unten zu sehen«, sagte Azarion leise, nachdem sie neben ihn getreten war. Sie lächelte und sah einen Moment lang in seine grünen Augen, wusste aber nicht, was sie darauf erwidern sollte.

»Man hat mich zu den Aufräumarbeiten auf Deck fünf berufen«, fuhr er schließlich fort. »Gib durch, wenn sich bei ihm etwas ändert.«

»Mach ich.«

Er verabschiedete sich mit einem knappen Nicken und Lillja blieb vorerst alleine bei den Verletzten zurück ...

Die nächsten Stunden verbrachte Lillja damit, erste Notizen für ihre Berichte und die Krankenakten anzulegen, während sie zwischendurch immer wieder die Vitalüberwacher der kritischen Patienten kontrollierte.

Irgendwann, sie diktierte gerade mit gedämpfter Stimme ihren ersten Bericht, öffnete sich die Doppeltür und Cor trat ein.

Lillja legte das Pad aus der Hand, ging ihm entgegen und schob ihn einfach wieder auf den Gang hinaus, dann, nachdem ihr ein schneller Blick gezeigt hatte, dass sie alleine waren, schloss sie den hochgewachsenen Soldaten kurz in die Arme. Natürlich war ihr klar, dass dieses Volk eine solche Art der körperlichen Nähe nur äußerst selten praktizierte und meist nur innerhalb einer Partnerschaft duldete, doch es war ihr einfach ein tiefes Bedürfnis. Cor schien einen Moment lang unschlüssig, dann legte er ihr eine Hand auf den Rücken, während er mit der anderen durch ihr Haar fuhr. Ein paar Sekunden lauschte sie dem Schlagen seines Herzens und verlor sich in der Vertrautheit der Berührung, dann trat sie zurück und sah ihn erleichtert an.

»Ich bin so froh, dass es zumindest euch gut geht«, sagte sie ehrlich.

»Sha ist ebenfalls unverletzt, aber das weißt du ja.« Er berührte flüchtig ihr Gesicht und deutete dann auf die Tür zur Station. »Wir haben viele gute Männer verloren.«

»Ich weiß. Alle Betten sind belegt und es sind ein paar kritische Fälle dabei, aber zumindest ist auf meiner Station niemand gestorben«, sagte sie und lächelte ihn offen an.

Wie üblich zeigte sein Gesicht keine Regung, doch sie kannte Cor gut genug, um aus seiner Haltung zu schließen, dass er halbwegs entspannt und gefasst war.

»Wo sind wir hier gelandet?«, fragte sie und sah ihn eindringlich an.

»Ich weiß es nicht, Dale hält sich bedeckt und ich hoffe, dass das nichts noch Schlimmeres bedeutet.«

Sie nickte und erinnerte sich an das entsetzte Schweigen, das sich über die Brücke gelegt hatte, als man die Position im Raum bestimmt hatte.

»Die Schadensberichte sind erschreckend«, fuhr Cor fort und Lillja war für einen Moment ehrlich über seine Offenheit überrascht. »Keine Hauptenergie – und damit auch weder Überlichtantrieb, noch -kommunikation.«

»Also können wir nicht einfach nach Hilfe rufen?«

»Wir können schon – und mit der normalen Langstreckenkomm wird die Nachricht auch irgendwann aufgefangen werden.« Er schwieg und schüttelte langsam den Kopf. »Wenn das Signal nicht durch den Hyperraum geleitet werden kann, läuft es nur in Lichtgeschwindigkeit. Es kann in absehbarer Zeit das System durchqueren, aber wäre hier ein anderes, verbündetes Schiff, dann hätten sie längst Kontakt zu uns aufgenommen. Je nachdem, wo wir uns befinden, kann es Jahrzehnte dauern, bis jemand das Signal empfängt.«

Sie nickte niedergeschlagen.

»Fenric ist noch nicht wach«, griff sie seiner Frage vor, während sie gemeinsam zurückgingen. Erwartungsgemäß richteten sich die Blicke der Xhar, die wach waren, auf sie, doch Lillja beachtete sie nicht weiter. Sie gingen zum Krankenbett des Yndras hinüber und die junge Frau öffnete seine Akte.

Cor war ein paar Schritte abseits stehen geblieben und ließ einen langen Blick durch den Raum schweifen. Sie hatte angenommen, er würde sich nach dem Befinden seines Teammitglieds erkundigen, doch machte der Xhar keine Anstalten, ihr zu Fenric zu folgen. Schließlich schloss Lillja die Akte wieder und sah Cor erwartungsvoll an.

»Die Decks eins bis vier sind schwer beschädigt worden«, begann er und kam nun doch näher. »Wir werden sie vorerst abriegeln müssen, bis die Schäden an der Hülle behoben sind. Eine provisorische Brücke wird gerade auf Deck sechs eingerichtet und in den Frachträumen vier und sechs werden wir die Mannschaft unterbringen. Ich lasse dir noch ein paar Feldbetten bringen und wir werden vorläufig die Station um den Bereitschaftsraum erweitern müssen.«

»In Ordnung.« Sie nickte und verwarf den Gedanken, sich vorübergehend selbst in dem kleinen Raum einzurichten. »Erwartest du noch mehr … Probleme?«

»Das tue ich immer«, sagte er leichthin, wurde dann jedoch

sofort wieder ernst und fuhr fort: »Dale hat sich in Kaliras Quartier auf Deck sechs eingerichtet – er erwartet dich dort im Laufe der nächsten Stunde. Du wüsstest, worum es geht …?«

Sie nickte und musste ein Lächeln unterdrücken, als sie sah, dass Cor klar zu werden schien, dass sie dieses Wissen nicht mit ihm teilen würde.

»In Ordnung«, sagte er schließlich. »Tar wird auf unbestimmte Zeit im Maschinenraum gebraucht – sprich dich mit Doktor Torras ab. Du hast die Verantwortung für die Station und die Daraa ist die einzige Ressource, auf die du momentan zugreifen kannst.« Er machte eine kurze Pause und sah sie eindringlich an. »Schaffst du das?«

»Seit wann zweifelst du an mir?« Natürlich wusste sie, woher die Frage rührte, immerhin hatte sie sich seit der Vernichtung der Erde nicht gerade als nützlich erwiesen, doch das hier war etwas anderes. Sie lächelte bitter und fügte leise hinzu:

»Ich habe den Verlust der Erde sicher noch nicht verkraftet, aber ihr könnt euch hierbei auf mich verlassen. *Du* kannst dich auf mich verlassen.«

»Das tue ich.«

Er nickte und Lillja konnte sehen, wie seine Rechte sich kurz bewegte, als wollte er sie erneut berühren, doch er unterdrückte die Bewegung und wandte sich ab, um die Station zu verlassen.

Dr. Torras zu finden und zu erreichen, gestaltete sich weit schwerer, als Lillja zunächst angenommen hatte. Die Grundfunktionen der Kommanlage waren zwar wieder hergestellt, aber ihre Nutzung war stark eingeschränkt, sodass sie momentan nur den Koordinatoren gestattet war. Auch der schiffsweite Hauptcomputer war größtenteils ausgefallen, sodass Lillja die Daraa nicht einfach über ihren Übersetzer orten lassen konnte.

Schließlich hatte sich das Problem jedoch von selbst gelöst, als die Daraa selbstständig zurückgekehrt war und die Aufsicht über die Patienten übernommen hatte.

Lillja hatte sich mit einer gut sortierten Notfalltasche schließlich auf den Weg zu Captain Dale gemacht. Sie würde sich um seine Verwundungen kümmern und anschließend auch bei den Männern im Maschinenraum, die wahrscheinlich ihre Posten ebenso wenig verlassen konnten oder wollten, wie es bei Dale der Fall gewesen war, nach dem Rechten sehen und ihre Hilfe anbieten. Anschließend würde sie sich ein paar Stunden ausruhen und erst danach Dr. Torras wieder ablösen.

Der Alarm war mittlerweile verklungen und auch die roten Leuchten hatten sich deaktiviert, sodass Lillja den noch funktionierenden Aufzug nahm und damit Deck sechs erreichte. Unterwegs waren ihr zwei Soldaten begegnet, die zusammengeklappte Feldbetten auf einem Lastenheber transportiert hatten und auf dem Weg zur Krankenstation schienen. Mit einem flüchtigen Blick hatte Lillja acht Gestelle ausmachen können und fragte sich, woher sie nur den nötigen Platz nehmen sollte – aber darum würde sie sich später kümmern, falls Kalira in der Zwischenzeit denn nicht selbst schon eine Lösung gefunden hatte.

Deck sechs war vollkommen verwüstet. Die offenbar nur schlecht gesicherte Einrichtung des Labors war bei dem Zwischenfall umher geschleudert worden und hatte die zahlreichen Glaswände zerschmettert. Überall lagen scharfkantige Scherben und zwischen ihnen Datenpads, Scanner und kleinere Geräte, mit denen die Daraa täglich gearbeitet hatte. Zwei Soldaten hatten einen Weg quer durch das Labor freigemacht und waren noch immer damit beschäftigt, das Chaos zu beseitigen. Sie standen mit dem Rücken zu ihr und machten keine Anstalten, sich zu ihr umzudrehen, obwohl sie ihre Schritte auf dem knirschenden Untergrund gehört haben mussten.

»Ist Captain Dale hier?«, fragte sie schließlich und endlich wandte sich einer von ihnen um. Es war Crewman Tras, stellte sie überrascht fest. Er war bei der Rückeroberung der Gi'vol schwer verwundet worden, und so weit Lillja gehört hatte, hatte er zusätzlich einen psychischen Schock erlitten, als er erfahren hatte, dass alle anderen Mitglieder seines Teams gestorben waren. *Die Schuld des Überlebenden* hatte Cor diese Reaktion genannt, doch Lillja war nicht weiter darauf eingegangen, auch wenn sie durchaus Mitgefühl mit dem Soldaten gehabt hatte.

Sie musste feststellen, dass sie sich nie die Zeit genommen hatte, sich sein Gesicht wirklich einzuprägen und so drängte sich ihr plötzlich die Frage auf, ob die breite Narbe, die quer über seine Stirn verlief und dabei mehrere der rötlichen Hornplatten gespalten hatte, auch schon vor ihrem Einsatz auf dem Kreuzer sein Gesicht in zwei ungleiche Hälften geteilt hatte.

»Den Gang weiter runter – rechte Seite«, sagte er schlicht und wandte sich wieder seiner Aufgabe zu. Lillja nickte ihm dankbar zu, doch wahrscheinlich hatte er das nicht mehr gesehen, dann stieg sie über ein Trümmerstück hinweg und folgte seiner Beschreibung.

Es war das erste Mal, dass sie Kaliras Quartier sah - und es war genau das, was sie erwartet hatte. Die Tür war defekt und stand weit offen, sodass sie ungehindert hineinsehen konnte. Die Kabine war größer als der Raum, den Lillja bewohnte, jedoch nicht viel. Kaliras Quartier verfügte, neben einem einfachen Bett, über einen niedrigen Schreibtisch, hinter dem ein Hocker stand, zwei dicke Bodenkissen und sechs Metallspinde, deren Türen sich geöffnet und den Inhalt über den Boden verteilt hatten. Jemand hatte die herausgefallenen Stoffe grob zur Seite und in eine Ecke geschoben, dennoch erkannte Lillja zahlreiche bunte Tücher und Stoffbahnen, die offenbar zur Zivilkleidung der Daraa gehören mussten.

Dale saß auf der Bettkante, hatte die Arme auf die Knie gestützt und das Gesicht in den Händen verborgen.

»Captain?«, machte sie zaghaft auf sich aufmerksam, woraufhin er sich aufrichtete und zu ihr umdrehte.

»Kommen Sie herein«, befahl er und stemmte sich umständlich weiter in die Höhe. »Sie sind spät - sobald die Installationen abgeschlossen sind, werde ich wieder auf meinem Posten gebraucht.«

Sie überlegte kurz, ob sie sagen sollte, dass Cor etwas von *im Laufe der nächsten Stunde* gesagt hatte, oder ob sie die Tatsache erwähnen sollte, dass die Krankenstation gerade vor Verwundeten überquoll, entschied sich jedoch dagegen und sagte stattdessen:

»Jetzt bin ich hier, Sir. Geht es Ihnen schlechter?«

»Ja.« Er zog seine Jacke aus und Lillja sah, dass sich der Verband mit Blut vollgesogen hatte. Vielleicht hatte sie eine größere Blutung übersehen? Unwahrscheinlich, aber möglich.

»Ich sollte Hautkulturen anlegen«, murmelte sie, während sie mit ihrer Arbeit begann, doch Dale schüttelte den Kopf.

»Wir haben größere Probleme - viel größere.« Er seufzte und Lillja konnte förmlich fühlen, dass er etwas sagen wollte, die Worte aus irgendeinem Grund jedoch zurückhielt.

»Wie groß sind sie?«

»Gewaltig«, antwortete er überraschend. »Wir haben achtundsiebzig Prozent der Wasservorräte verloren und alles, was sich in den Lagern zwei bis acht befand - Energiezellen, Nahrung - aber das Schlimmste ist wohl, dass wir nicht einmal mehr genug Energie haben, um den Antrieb wieder hochzufahren, sollten wir ihn überhaupt reparieren können.« Er stockte plötzlich und lachte so bitter, dass Lillja aufsah und seinen Blick suchte.

»Und ich bin so ausgebrannt, dass ich Ihnen das auch noch erzähle.« Er schüttelte den Kopf und führte die Linke an die Stirn. »Commander Geir ist tot.«

Lillja hatte nur einmal mit Geir gesprochen, aber sie wusste, dass er im Rang direkt unter Dale gestanden und ihn in allen wichtigen Fragen beraten hatte. Sicher, der Captain hatte oftmals auch die Meinungen seiner anderen Offiziere eingeholt, aber Geirs Ratschlag war, so weit sie wusste, stets ausschlaggebend gewesen.

»Ich bin wirklich ein schlechter Ersatz«, meinte sie etwas hilflos und wandte sich wieder seiner Wunde zu. »Aber Sie haben viele gute Leute.«

Er seufzte erneut, aber Lillja fuhr fort: »Egal, wie schlimm es ist – wir kommen da irgendwie raus. Es gibt immer eine Lösung, Sie müssen sie nur finden.«

Er schwieg eine Weile, doch dann sagte er plötzlich: »Wussten Sie, dass das hier früher die Brücke war?«

Sie schüttelte den Kopf und er fuhr fort: »Sie befindet sich immer im Herzen des Schiffs, doch wir mussten das Labor vergrößern, also ließ ich sie auf Deck eins verlegen. Dieser Raum war damals das Quartier des Captains.« Er ließ den Blick über die Wände wandern und sah sie schließlich wieder an. »Ich habe viel verändert, als ich das Kommando über die Ro'ha übernommen habe. Ich musste mich von ihrem früheren Captain abgrenzen, klar machen, dass wir nun einen anderen Weg einschlagen würden, dass ich nicht in seinem Schatten stehe und er mich in keiner Weise beeinflussen kann.«

Wieder machte er eine Pause und Lillja bemerkte, dass seine Augen noch immer auf ihr Gesicht gerichtet waren.

Warum nur erzählte er ihr das und erwartete er irgendeine bestimmte Reaktion von ihr?

»Wissen Sie, von wem ich spreche?«

»Nein.« Vielleicht erlitt Dale gerade ebenfalls einen Schock? Möglicherweise war der Tod seines ersten Offiziers tragischer für ihn, als sie zunächst angenommen hatte. Sie sollte sich in der nächsten Zeit etwas intensiver mit diesem Krankheitsbild auseinandersetzen und sich mit den verschiedenen Medikamenten befassen, die zur Standardtherapie vorgeschlagen wurden.

»Captain Cor Soran – von den Jahren achtzehn bis zweiundachtzig der neuen Zeitrechnung.«

Diese Aussage ließ sie ihren Gedankengang augenblicklich vergessen und nun sah Lillja doch auf. Damit hatte sie sicher nicht gerechnet. Sie legte ihre Instrumente zur Seite und musterte Dale und den Raum, als würde sie in den Wänden irgendeine Form der Erklärung finden.

»Wie alt genau werden Ihre Leute eigentlich?«, fragte sie, ehe ihr die Absurdität dieser Frage bewusst wurde.

»Das fällt Ihnen darauf ein?« Dale lachte und wandte nun endlich den Blick von ihr ab. »Interessiert Sie gar nicht, warum ihr Kamerad sein Kommando verloren hat?«

Sie zögerte mit ihrer Antwort und nahm einen neuen Tupfer zur Hand, mit dem sie einen Entzündungshemmer auf die großflächige Brandwunde auftrug.

»Sicher«, sagte sie schließlich, »aber wenn überhaupt, dann werde ich ihn selbst danach fragen und ihn entscheiden lassen, ob er diesen Teil seiner Vergangenheit mit mir teilen möchte.«

Zumindest fürs Erste - sollte Cor sich, wie sie es eigentlich erwartete, in Schweigen hüllen, hatte sie noch immer die Möglichkeit, diese Frage bei Dale erneut aufzuwerfen.

»Damit überraschen Sie mich.« Er lehnte sich ein wenig

zurück und sah sie aufmerksam an.

»Aber um Ihre Frage zu beantworten: unsere theoretische Lebenserwartung liegt bei einhundertachtzig Standardjahren. In der Praxis überleben jedoch nur die wenigsten unserer Soldaten auch nur das erste Drittel davon.« Sie versuchte, sich ihre Überraschung nicht anmerken zu lassen, während sie überschlug, was das in Erdenjahren bedeutete. Die theoretische Lebenserwartung ihrer Verbündeten lag damit fast viermal höher als die eines Menschen.

Er seufzte und ließ die restliche Behandlung schweigend über sich ergehen, bis sie schließlich einen neuen Verband anlegte und sich erhob.

»Cor Soran war ein Anführer, der getan hat, was immer notwendig war«, murmelte Dale und stand ebenfalls auf. »Ganz egal, was es war und wie schwerwiegend die Konsequenzen waren, er hat die notwendigen Entscheidungen getroffen.«

»Und Sie wollten sich von seinem Führungsstil abgrenzen«, meinte Lillja, obwohl sie keine Idee hatte, woraufhin dieses Gespräch hinauslaufen würde.

»Das ist richtig.« Er sah sie auf eine merkwürdige Weise an, dann zog er die Jacke wieder über und verschloss bedächtig die einzelnen Knöpfe. Er war eine beeindruckende Erscheinung, wurde ihr plötzlich bewusst, als er sich zu seiner ganzen Größe aufrichtete und die Uniform glatt strich.

»Ich danke Ihnen für das Gespräch«, meinte Dale schließlich, griff nach einem Pad, das auf dem niedrigen Schreibtisch lag und deutete zur Tür. Lillja nickte und lächelte etwas unsicher, dann ging sie hinaus …

DAS PERSONENTRANSPORTSCHIFF ‘PRACHT DER SCHÖPFERIN’

Dieses Chaos! Alles war perfekt geplant und inszeniert gewesen. Perfekt! Doch dann war alles ins Chaos gestürzt worden. All die Opfer waren umsonst!

Siran ließ sich schwer auf die Bettkante sinken und verbarg sein Gesicht für einen Moment in den Handflächen. Er konnte die feine Narbe fühlen, die ihm während seines alten Lebens zugefügt worden war und die ihn bis heute an die Fehler erinnern würde, die er und all seine Leute begangen hatten. Er hob den Kopf und strich sein Haar zurück, das sich bei der abrupten Bewegung aus dem aufwändigen Knoten gelöst hatte.

Die Ro’ha war von allen Sensoren verschwunden – von einer Sekunde auf die andere war sie fort gewesen. Sie war zerstört worden, das war die einzig mögliche Option, doch noch schien niemand zu wissen, wer dafür verantwortlich war oder wo die Trümmer zu finden sein mochten.

Er hatte so viel Arbeit und Zeit in diese Mission investiert! Erneut seufzte er und ließ die Schultern hängen. Dieser Teil seiner Arbeit war wichtig gewesen, aber nicht entscheidend.

Er atmete zweimal tief durch und zwang sich dann aufzustehen, um das legere Gewand gegen einen Anzug aus feinsten Stoffen seiner Heimatwelt zu tauschen. Er durfte sich nicht ablenken lassen. Entschlossen trat er an den hohen Spiegel seines Quartiers heran und schaltete das Licht darüber an.

Man würde einen Diplomaten erwarten – und er würde ihnen einen liefern – ganz ungeachtet der jüngsten Vorkommnisse. Er war Profi – er war Siran Kaz’Dun.

Mit geübten Griffen streifte er die farbigen Linsen über die

Augen und schob sie zurecht, während er das Bild Rakazar Sintez' betrachtete, das er auf Augenhöhe aufgehängt hatte. Er war ein schöner Mann gewesen, kam es Siran in den Sinn, zu schade, dass er sich hatte blenden lassen und unzugänglich für die Wahrheit gewesen war.

Ein weiterer Name, der in die Vergessenheit eintauchen würde, während man sich in der ganzen Galaxie an Siran Kaz'Dun erinnern würde. An den Befreier, den Mann, der sein Volk auf den Pfad der Wahrheit führen würde, der die Fesseln der Unterdrücker sprengen würde, der die Geißel dieses Quadranten tilgen würde.

Er lächelte sich selbst an und zog mit einem Kohlestift kunstvolle Linien um seine lavendelfarbenen Augen, deren Pupillen von goldenen Konturen umzogen wurden. Schließlich öffnete er seine Tasche und zog aus einem verborgenen Fach im Innenfutter ein dünnes, chirurgisches Instrument hervor.

Wie viele andere Dinge auch, denen er sich in den letzten Jahren hatte bedienen müssen, war der Besitz des MPHG 12 durch die Regierung der Xhar verboten worden. Es war schwierig gewesen, an das Gerät heranzukommen und noch schwieriger, es bei all seinen Reisen behalten zu können. Meist hatte Siran auf Männer seiner Gruppierung zurückgreifen können, die die richtigen Posten innegehabt hatten. Das eine oder andere Mal war er jedoch gezwungen gewesen, auf drastische Art sicherstellen zu müssen, dass niemand davon erfuhr. Er hatte es nie sonderlich gemocht, einen Vertreter seiner eigenen Art töten zu müssen, doch manchmal war es notwendig, dass wenige sterben mussten, damit ein ganzes Volk den richtigen Weg einschlagen konnte.

Er setzte das Gerät an seinem Unterkiefer an und begann damit, sein Gesicht jenem anzupassen, das ihn von der zweidimensionalen Abbildung aus anlächelte.

Nach fast einer Stunde war er fertig und zeichnete die Augenkonturen nach, woraufhin er die rotbraunen Haare öffnete und zu einem neuen Kunstwerk zu formen begann. Erst als er mit dem Ergebnis absolut zufrieden war, trat er vom Spiegel zurück und strich den Stoff seiner Kleidung glatt, wobei er die feinen Fäden fühlen konnte, die unsichtbar mit dem Stoff verwoben waren.

Ein Blick zur Uhr sagte ihm, dass er sich auf den Weg machen musste – Rakazar Sintez wurde erwartet …

KAPITEL 3

Die Frachträume vier und sechs befanden sich auf Deck zwölf und wurden normalerweise als Trainings- und Schießräume genutzt. Sie waren ein wenig größer als die meisten anderen Frachträume, da ein paar Zwischenwände entfernt worden waren, um ausreichend Platz für die Übungen zu schaffen.

Als Lillja Frachtraum sechs betrat, bemerkte sie, dass man die einzelnen Ausdauer- und Kraftgeräte bis an die hintere Wand geschoben und ein paar Feldbetten aufgestellt hatte. Außerdem waren aus den Bodenmatten, auf denen die Soldaten für gewöhnlich ihre Nahkampftechniken übten, einfache Lager errichtet worden. Es war bei weitem nicht genug Platz für alle achtzig Besatzungsmitglieder – auch dann nicht, wenn sie die Größe von Frachtraum vier mit einrechnete. Die Crew würde damit leben müssen, dass sich mehrere Personen die gleiche Schlafstelle teilen mussten. Auf den reinen Platz bezogen würde dies jedoch kein echtes Problem werden, da immer nur ein kleiner Teil der momentan durch zu viele Verwundete dezimierten Mannschaft sich zur gleichen Zeit eine Pause gönnen konnte. Demnach wäre es vielleicht etwas unangenehm, aber keine Angelegenheit, die echter Aufmerksamkeit bedurfte.

Sie schob den Gedanken beiseite und ließ ihren Blick über den Raum schweifen. Es waren sieben Personen anwesend, von denen fünf auf provisorischen Lagern schliefen, während sich zwei weitere leise unterhielten. Sie erkannte Nefaris Tar und Alcan Berac, zwei Xhar, die dem technischen Stab angehörten. Zu Nefaris hatte sie stets ein gutes Verhältnis gehabt, aus dem sich im Lauf der Zeit eine zaghafte Freundschaft entwickelt hatte.

Als die beiden Männer ihr Eintreten bemerkten, hob Nefaris die Hand und deutete Lillja, sich zu ihnen zu gesellen. Sie standen an der rechten Schmalseite des Raumes, möglichst weit entfernt von den Schlafenden und hielten Pads in den Händen, während zwischen ihnen ein kleiner Projektor schwebte, der ein Hologramm in die Luft warf, das Berac jedoch deaktivierte, als sie näherkam.

»Nefaris«, grüßte sie und versuchte, dabei möglichst freundlich zu klingen. »Ich dachte, Sie würden auf unbestimmte Zeit im Maschinenraum gebraucht?«

Überraschenderweise bemerkte sie, dass sie etwas verärgert über die Tatsache war, dass er sich hier auszuruhen schien, während Kalira und sie auf ihrer Station nicht mehr wussten, wo ihnen der Kopf stand.

Die sonst stete, leichte Vibration des Antriebs war seit dem Zwischenfall verstummt, sodass Lillja davon ausging, dass sie die Maschinen noch immer nicht hatten reparieren können. Momentan schien niemand außerhalb der Brücke zu wissen, wo sich die Ro'ha überhaupt befand und ob sie derzeit einem Kurs folgten – wenn gegenwärtig auch nur treibend.

Sie schloss kurz die Augen und zwang sich zu einem ruhigen Atemzug. Es war nicht fair, Nefaris irgendwelche Vorwürfe zu machen, besonders nicht, da sie selbst hier her gekommen war, um ein paar Stunden zu schlafen und dass es auch sie gewesen war, die Nefaris zum Maschinendeck geschickt hatte. Die Entscheidung, dass er dort bleiben musste, kam sicherlich von einem Punkt irgendwo höher in der Hierarchie und war sicher nicht aus dem Wunsch des Technikers geboren, sich vor der Arbeit zu drücken.

»Das stimmt«, gab Nefaris zurück und tauschte einen kurzen Blick mit dem anderen Xhar. »Aber man kann dort momentan keinen klaren Gedanken fassen. Ich unterstütze Alcan bei der Auswertung einiger Sensoren.«

»Wäre die Sensorenauswertung dafür nicht besser geeignet?« Soweit sie wusste, konnte man von diesem Überwachungsraum aus auf alle internen und externen Sensoren der Ro'ha zugreifen und sie mit direkter Verbindung zum leistungsstarken Hauptcomputer analysieren.

»Ohne Energie sicher nicht, außerdem ist Deck zwei nicht sicher«, antwortete der andere Mann fast missgünstig und Lillja musste einsehen, dass ihre Frage wirklich etwas beleidigend gewesen war. Sicher waren die Xhar selbst auf den Gedanken gekommen und hatten die Idee nicht ohne Grund verworfen.

»Verzeihung«, räumte sie ein und fuhr sich mit der Rechten über die Augen. »Gibt es wenigstens ein paar gute Nachrichten? Denn die könnte ich jetzt wirklich gebrauchen.«

Sie ließ sich schwer auf eines der beiseitegestellten Geräte sinken und sah Nefaris an, obwohl sie nicht wirklich mit einer Antwort rechnete.

»Vielleicht«, sagte er dann jedoch überraschend und tauschte einen weiteren Blick mit dem zweiten Ingenieur.

»Aber das werden wir zunächst verifizieren und gegebenenfalls dem Captain melden, bevor irgendjemand aus der Crew informiert wird«, sprach Berac weiter und Nefaris nickte.

»Selbstverständlich«, meinte auch Lillja, dann lächelte sie Nefaris offen an und stand wieder auf. »Ich hoffe, dass Sie da wirklich etwas gefunden haben.«

Mit einem angedeuteten Nicken wandte sie sich ab und suchte sich eines der Feldbetten, um zumindest ein paar Stunden Ruhe zu finden.

Obwohl sich Nefaris und Berac nur sehr leise unterhielten, konnte Lillja trotzdem keinen Schlaf finden. Sie verstand die

Worte nicht, doch das andauernde Gemurmel legte sich über ihre Gedanken und trieb sie stets zurück in einen wachen Zustand. Darüber hinaus waren immer wieder Crewmitglieder ein- und ausgegangen, wobei die Hydraulik leise nervend gezischt hatte, sodass Lillja schließlich zermürbt aufgestanden und zurück zur Krankenstation gegangen war.

Wie Cor angekündigt hatte, waren weitere Betten gebracht und unter Kaliras Aufsicht aufgebaut worden.

Die Türsteuerung des Bereitschaftsraumes war deaktiviert, sodass der Durchgang nun dauerhaft offenstand und den Blick auf die vier zusätzlichen Betten freigab, die dort untergestellt waren. Auch im eigentlichen Behandlungsraum waren weitere Feldbetten aufgestellt worden, sodass sich die Anzahl der Behandlungsplätze insgesamt mehr als verdoppelt hatte.

So viele Verletzte.

Sie hatten bei der Rückeroberung der Gi'vol viele Soldaten verloren und noch weitere Männer waren während des Unfalls gestorben, sodass ihre Crew schon durch diese Verluste stark dezimiert war. Rechnete Lillja nun noch die vielen Verwundeten hinzu, dann dürften kaum noch sechzig Mann überhaupt einsatzfähig sein.

Man hatte Ka'anda Roc und einen Techniker in den kleineren Raum verlegt, auch wenn Lillja nicht ganz klar war, warum gerade diese beiden ausgewählt worden waren. Die beiden übrigen Betten dort waren zuvor noch nicht belegt, obgleich derzeit Kalira in einem davon unruhig schlief.

Lillja hatte sich schließlich, nachdem sie den Zustand eines jeden Patienten überprüft und das Licht etwas runter reguliert hatte, selbst in eine Decke gehüllt, an Fenrics Krankenbett gesetzt und ihn eine Weile angesehen. Sie fühlte sich noch immer für seinen Zustand verantwortlich und hoffte inständig, dass er keine bleibenden Schäden davontragen würde.

Irgendwann musste sie eingeschlafen sein und folgte eine ganze Weile ihren wirren Gedanken durch düstere Traumlandschaften, in denen ihr ein junger Cor in der Uniform eines Captains gegenübertrat und die Vernichtung der Erde befahl.

Eine entfernte Berührung, die ihr Geist zunächst versuchte, in den Traum einzuweben, holte sie schließlich in die Realität zurück und Lillja schlug die Augen auf.

Für einen schrecklichen Moment war sie desorientiert und verwirrt und war sich nicht sicher, wo die Grenze zwischen Traum und Wirklichkeit verlief, bis ihr erneut jemand durch das offene Haar fuhr und sie dem Kontakt ins Hier und Jetzt folgte.

Sie hatte die Unterarme auf Fenrics Brusthöhe auf das Bett gelegt und den Kopf darauf gebettet – eine nur bedingt entspannte Haltung, die ihr Rücken sofort mit einem unangenehmen Ziehen quittierte. Es dauerte einen Herzschlag, bis sie endgültig begriff, dass es der Yndra gewesen war, der ihr das Haar aus der Stirn gestrichen und sie somit geweckt hatte.

Er war wach.

Sofort fiel jegliche Müdigkeit von ihr ab und sie sah sich rasch auf der Station um, ehe ihr Blick zu seinem Gesicht wanderte und ihn eingehend musterte. Er fuhr mit der Rückseite der Finger seiner rechten Hand die Kontur ihres Kiefers nach, bis sich Lillja weiter aufrichtete und sich seiner Reichweite entzog.

»Du bist wach«, murmelte sie erleichtert und startete den integrierten Scanner des Behandlungstisches. »Wie fühlst du dich?«

»Gut, denke ich.« Er versuchte sich aufzusetzen, doch Lillja drückte ihn mit einer Hand schnell wieder zurück.

Sie hatte keine Ahnung, wie sie nun vorgehen sollte und

sah auf die Ergebnisse, die der Scan ausgab. Alles war so weit normal.

»Weißt du, wo du bist?«

Er sah sie zweifelnd an und für einen Moment befürchtete sie Schlimmstes, doch dann antwortete er:

»Sicher. Krankenstation des imperialen Aufklärers Ro'ha. Meine Dienstnummer ist 12-17-5-10Y und das Datum müsste 23-12-97 sein, außer ich war länger außer Gefecht.« Er lächelte und setzte sich nun doch auf, um sich schließlich mit beiden Händen über den Schädel zu fahren. »Was ist passiert?«

»Es gab einen Unfall – irgendetwas mit dem Antrieb. Ich weiß es nicht genau, er wurde beschädigt oder ist ausgefallen. Wir sind in den normalen Raum geworfen worden und dabei mit mindestens einem Asteroiden kollidiert. Die Ro'ha hat schwere Schäden davongetragen und du hast dich stärker verletzt, als wir zunächst geglaubt haben.«

»Ich erinnere mich nur dunkel«, meinte er, schlug nun die Decke ein Stück zurück und betrachtete die Drähte und Schläuche, die in seiner Haut steckten. Er wollte danach greifen, doch Lillja hielt ihn davon ab.

»Lass das!«, verlangte sie in einem Ton, der keinen Widerspruch duldete. »Kalira wird dich noch einmal untersuchen, dann sehen wir weiter.«

Überraschenderweise nickte er einfach und Lillja weckte die Daraa, die im Laufe der nächsten halben Stunde den Yndra mehrfach scannte, sein Blut beprobte und Anmerkungen in seiner Akte verfasste.

Ein paar Xhar waren erwacht und Lillja begann damit, ihre Verbände zu wechseln und die Einstellungen der Vitalüberwacher zu überprüfen.

Mittlerweile hatten sich Hunger und Durst eingestellt und ihre Muskeln schmerzten. Ihre Wunde am Oberschenkel hatte ihr keine Probleme bereitet, doch der Stoff war zerrissen und dort, wo er mit ihrem Blut getränkt worden war, war er unangenehm hart geworden und scheuerte auf der Haut. Auch die vielen kleineren und größeren Blessuren meldeten sich langsam und machten jede ihrer Bewegungen zur Qual, aber Lillja versuchte, es sich nicht anmerken zu lassen und machte ihre Arbeit.

Zwei Soldaten konnte sie entlassen, wenngleich sie ihnen nur einen leichten Dienst erlauben konnte. Viele der Wunden hatte sie mit dem Tacker schließen müssen, da ihr Vorrat an Wundkleber äußerst begrenzt war. Es war zwar eine effektive und schnelle Möglichkeit, aber bei zu großer Beanspruchung konnten die Wunden erneut einreißen.

Nachdem sie fertig war, hatte sich ein dumpfes Gefühl der Nutzlosigkeit eingestellt. Sie war erschöpft und müde und doch wusste sie, dass sie jetzt kaum Schlaf finden würde. Nachdem ihr Blick etwas unschlüssig über die Station geirrt war, hatte sie damit begonnen, die Laken der freigewordenen Betten abzuziehen und sie in einen Wäschesack zu stopfen, den sie neben der Tür abstellte. Es war sicher keine Aufgabe, die mit höchster Priorität erledigt werden musste, doch es war etwas, das sie zumindest notdürftig ablenkte.

Die Schiffswäscherei würde sicherlich nicht in Betrieb sein, aber vielleicht fand sie im vorgelagerten Raum noch ein paar saubere Decken und Laken und vielleicht auch eine frische Uniform für sich selbst. Sie hätte sehr gerne geduscht, sah aber ein, dass das momentan nicht möglich sein würde.

Nachdem sie eine behelfsmäßige Ordnung hergestellt hatte, verlinkte sie die Vitalüberwacher miteinander und richtete einen Notfallruf zum stationseigenen, mobilen Kommunikator ein, den sie sich in die Hosentasche steckte. Anschließend schulterte sie den Wäschesack und eine Notfalltasche – in

Zeiten wie diesen wollte sie lieber auf alles vorbereitet sein – und wies Kalira an, die Station im Auge zu behalten, bis sie zurück war.

Kurze Zeit später fuhr sie mit dem Lastenaufzug zwei Decks nach unten und trat auf den verhältnismäßig kurzen Korridor von Deck zehn hinaus. Der größte Teil dieser Ebene wurde von der darunterliegenden Shuttlerampe mitbenutzt, die Zwischendecke war entfernt worden und die angrenzenden Türen verschlossen und gesichert, sodass niemand unbeabsichtigt hinabstürzen konnte. Die Wäscherei lag im vorderen Drittel und nahm etwas mehr als zwanzig Prozent der nutzbaren Fläche ein.

Die Türen des Vorraums standen weit offen und die Stille bestätigte Lilljas Vermutung den Betrieb betreffend. Sie musterte kurz das Chaos und richtete schließlich die beiden hohen Behälter auf, in denen die gefüllten Wäschesäcke abgelegt werden konnten. Die Stahlregale, die die Wände links und rechts säumten, waren mit Boden und Decke verschraubt, sodass sie bei dem Zwischenfall nicht umgefallen waren. Doch sämtliche Dinge, die auf den Querbrettern gelegen hatten, waren nun auf dem Boden verstreut und bis in den Hauptraum mit den vier großen Maschinen gerutscht.

Lillja fand eine zerknitterte, aber gereinigte Uniform und, nach einigem Suchen, auch einen Satz frischer Unterwäsche und zog sich im Hauptraum um, woraufhin sie die getragenen Stücke in einen der passenden Behälter warf, die neben den Maschinen standen. Nach kurzer Unentschlossenheit begann sie damit, auch die anderen Wäschestücke vom Boden zu sammeln, sie grob zusammenzulegen und auf den Stahlregalen zu stapeln, ehe sie sich ein paar Laken nahm und zurück zur Krankenstation ging.

Diesmal musste sie lange auf den Lift warten und als sich

die Türen schließlich vor ihr aufschoben, sah sie die vertraute Gestalt Nefaris', der sie musterte und dann einen Schritt zur Seite trat, damit sie zusteigen konnte.

»Lillja«, sagte er tonlos und sie nickte. Sie war im Begriff gewesen, Deck acht zu wählen, registrierte jedoch, dass der Instandsetzungstechniker auf dem Weg nach Deck elf war, und hielt inne.

»Deck elf?«

»Ja«, sagte Nefaris knapp, seufzte dann jedoch hörbar und maß sie mit einem langen Blick. »Ich bin auf dem Weg zum Hangar.«

»Wozu? Hat es etwas mit den guten Neuigkeiten zu tun?«

»Ja, aber ich glaube nicht, dass ich Ihnen davon erzählen darf – es handelt sich nur um eine vage Möglichkeit, hinter der vielleicht auch gar nichts steht.« Er hielt inne, als der Aufzug das Deck erreichte und sich die Türen öffneten.

»Nefaris, warum werden wir nicht informiert?« Sie zögerte einen Moment. »Sektor … 42-irgendwas«, erinnerte sie sich an die Aussage auf der Brücke – gefolgt von der Erinnerung an Dales Befehl, darüber kein Wort zu verlieren, aber nun war es zu spät.

»Ich glaube nicht, dass Sie das wissen sollten«, gab der Techniker leise zurück und seufzte erneut. »Als unser Antrieb im Hyperraum ausfiel, sind wir enorm vom eigentlichen Kurs abgekommen. Sektor 42.6483 liegt weit außerhalb des imperialen Raumes.«

»Wir sind im Territorium des Feindes?« Sie fühlte, wie ihr das Blut aus dem Gesicht wich, doch Nefaris schüttelte den Kopf.

»Nein, davon sind wir noch weiter entfernt. Die Raumunterteilung steht im direkten Verhältnis zu Ankur, auch wenn der Planet heute gar nicht mehr zu unserem Reich gehört …

»Die meisten der Xhar hier oben haben sich leichte bis mittelschwere Verletzungen zugezogen«, sagte sie ruhig, »ich möchte mich darum kümmern, bevor das zu einem echten Problem wird.«

Dale drehte sich um und musterte sie kurz, ehe er sagte:

»Tun Sie das, Winter, aber stehen Sie meinen Leuten nicht im Weg.«

Iranc ließ sie passieren, deutete jedoch sogleich auf sich selbst. Er hatte sich ein paar leichte Verbrennungen an der rechten Hand zugezogen, sodass Lillja ihm mit einer Kopfbewegung klarmachte, ihr in eine freie Ecke zu folgen.

»Was passiert da gerade?«, fragte sie leise, während sie die Verbrennungen reinigte und einen leichten Sprühverband anbrachte.

»Techniker Tar hat das Signal einer alten Versorgungsbarke aufgefangen und ist auf dem Weg dorthin«, gab Iranc ebenso leise zurück und machte eine Kopfbewegung zum Hologramm.

»Die Ro 2 betritt den Hyperraum und verlässt unsere Sensorenreichweite«, meinte einer der Techniker und im gleichen Moment löste sich das Hologramm auf und wurde von einer schematischen Karte des Sonnensystems ersetzt, die fünf Planeten zeigte. Es verging eine ganze Weile, dann meldete sich der Xhar erneut zu Wort:

»Kommunikation wird hergestellt«, fuhr der Xhar fort und Dale nickte bedächtig.

Lillja ließ sich übermäßig viel Zeit bei der Versorgung des Soldaten, wobei sie immer wieder kurze Blicke zum Hologramm warf.

»Ro 2«, erhob Dale das Wort. »Captain Simarim Dale hier. Ich erwarte Ihren Bericht.«

»Wir haben den Sprung erfolgreich absolviert und befinden

uns 200.000 LE vor der Barke. Wir hatten Recht, Captain – es handelt sich um ein Standardversorgungsmodell!« Sie glaubte, Nefaris Stimme zu erkennen, war sich aber nicht ganz sicher, da das Signal leicht verzerrt wurde.

»Ich scanne die Drohne«, ertönte eine zweite Stimme. Sie kam ihr kaum bekannt vor, wahrscheinlich gehörte sie zu dem Piloten.

»Energiesignatur und Hüllenzusammensetzung sind eindeutig, Captain«, fuhr Nefaris fort. »Sie muss ins letzte Jahrzehnt vor dem Krieg datieren, ist aber noch voll intakt. Ich glaube, dass sie für die Uka-Station bestimmt war.«

»Sie wird ihren Antrieb deaktiviert haben, nachdem die Anforderungssendung abbrach«, mischte sich ein anderer Techniker auf der Brücke ein. »Vielleicht ist der Antrieb noch funktionsfähig.«

»Haben Sie das gehört, Ro 2?«, fragte Dale.

»Ja, Sir«, gab die zweite Stimme zurück. »Der Hauptscan ist abgeschlossen – keine Hinweise auf die Seuche oder sonstige Kontaminationen. Sieht ganz so aus, als würde sie seit über hundert Jahren unangetastet in diesem System treiben.«

»Verstanden, Ro 2. Wiederholen Sie den Scan und nähern Sie sich der Drohne«, befahl Dale, dann wandte er sich einem seiner Männer auf der Brücke zu: »Bringen Sie in Erfahrung, was dieses Modell standardmäßig geladen hat und wie es um die Kompatibilität mit unseren Systemen gestellt ist.«

»Schon geschehen, Captain«, gab der Angesprochene prompt zurück und sogleich verkleinerte sich das Haupthologramm um ein Stück, um einer Textliste Platz zu machen, die Lillja jedoch nicht entziffern konnte.

»Wenn sie die volle Rohstoffladung an Bord haben«, fuhr der Techniker fort, »dann sollten wir in der Lage sein, die Hüllenbrüche zu beheben und mit ein paar der Energiezellen könnten wir den Hauptantrieb neu starten.«

»Zweiter Scan ist ebenfalls sauber«, meldete sich Nefaris zurück. »Laut Anzeige ist der Frachtraum der Drohne voller Transportkisten. Mit Ihrer Erlaubnis, Captain, wollen wir andocken.«

»Erteilt.« Dales Haltung verlor einen Großteil der Anspannung. »Durchsuchen Sie die Waren und beladen Sie das Shuttle. Alles, was Sie nicht mitnehmen können, bleibt auf der Drohne.«

»Vielleicht kann ich ihren Antrieb reaktivieren und sie zur Ro'ha schicken«, schlug Nefaris vor.

»Eines nach dem anderen«, bremste Dale ihn. Während er sprach, veränderte sich das Hologramm erneut und das Hauptbild wurde auf halbe Größe reduziert, während sich darunter ein zweites Bild aufbaute. Es zeigte einen Querschnitt eines sehr einfachen Schiffes – vielleicht der Drohne. Es war rund und bestand im Inneren aus zwei Räumen, die über eine Schleuse erreicht werden konnten. Es verfügte über zwei Antriebssegmente, die, der Einstiegsschleuse gegenüber, an der Außenhülle angebracht waren.

»Wir haben erfolgreich angedockt«, verkündete der Pilot. »Wir überbrücken nun die Einstiegsluke.« Es vergingen ein oder zwei Minuten, dann erhob Nefaris die Stimme:

»Luke ist offen. Ich betrete die Drohne … oh verdammt … die Stabilisationssysteme überlasten ... lösen Sie den Andockschlauch, wir müssen sofort …« Die Verbindung brach ab und eine schreckliche Stille breitete sich aus.

»Bericht!« Dale hatte sich wieder aufgerichtet und starrte auf das Hologramm.

»Sir«, sagte ein Xhar links von ihm schließlich zögernd und drehte sich zu seinem Kommandanten um. »Es besteht kein Kontakt mehr zu unserem Shuttle oder der Drohne.«

»Das weiß ich selbst!«, wies er den Mann rüde zurecht und wandte sich zu einem anderen Techniker.

»Es gab eine Explosion«, sagte der Mann zögerlich. »Ich erhalte nur stark fragmentierte Daten, aber ich fürchte, dass sowohl die Drohne wie unser Shuttle dabei zerstört wurden.«

Lillja drehte sich nun doch ganz um und starrte den Sprecher an, während sie ganz langsam zu begreifen begann, was seine Worte bedeuteten.

Das Shuttle wurde zerstört.

Nefaris war tot …

DAS GEBURTSSCHIFF

Langsam atmete er die schwere Luft und schritt durch die schwach erhellten Gänge. Der Weg wurde links und rechts von Nischen gesäumt, in denen seine Brüder heranreiften und auf den Tag ihres Eintritts in diese Form der Realität warteten.

Undeutlich sah er die Wärme ihrer Körper, die von einer dicken Schale und einer festen Membran geschützt und umschlossen wurden. Nische um Nische passierten er und sein Führer - Hunderte von Dienern in den unterschiedlichsten Entwicklungsstufen zogen an ihnen vorbei und führten Quotaz vor Augen, wie sich die Mitglieder seines Volkes entwickelten.

Unser Volk, wiederholte die Stimme in seinen Gedanken. Es war ein melodischer Gesang, dem er folgen und glauben wollte.

Die Stimme sprach nicht viel – zunächst hatte er geglaubt, sie würde zu seinem Führer gehören, der ihm geholfen hatte, diese Realität zu betreten, doch dem war nicht so. Er wusste nicht, wem sie gehörte. Vielleicht war es sein Gott.

Der Gedanke der Göttlichkeit schnitt plötzlich und tief in seinen Geist und füllte einen vollkommen neuen Bereich aus, von dessen Existenz er bislang nichts gewusst hatte. Neue Informationen durchdrangen ihn – Schöpfung, Religion, die Muttergöttin, die sie alle erschaffen und verbunden hatte. Er musste ihr folgen und ihrem Willen gehorchen, das wusste er mit tiefer Gewissheit. Und er wollte es.

Zahlreiche Schritte hatten auf dem Boden ihre warmen Spuren hinterlassen und zeigten Quotaz, dass viele seiner Brüder den gleichen Weg gegangen waren, dem er nun folgte. Die Abdrücke aus Wärme verblassten langsam und wurden kälter, um schließlich ganz zu verschwinden. Der Boden und die Wände um ihn herum schienen auf eine Art lebendig, die er noch nicht begreifen konnte. Er konnte fühlen, dass dort etwas lebte, obgleich es keinen eigenen Herzschlag hatte …

KAPITEL 4

Sie war nicht in der Lage gewesen, etwas zu sagen oder zu tun, und hatte einfach auf das Hologramm gestarrt, bis Dale sie schließlich zurück auf ihre Station geschickt hatte.

Kalira und Fenric war augenblicklich klar geworden, das etwas nicht stimmte und als Lillja schließlich leise zu erzählen begonnen hatte, was passiert war, waren auch endlich die Tränen gekommen.

»Er ist tot«, sprach sie es schließlich erneut leise aus und ließ zu, dass Kalira sie in den Arm nahm. Die Daraa hatte ebenfalls geweint, auch wenn sie nie sonderlich viel mit Nefaris zu tun gehabt hatte. Vielleicht teilte sie auch einfach nur Lilljas Trauer.

»Ich verstehe nur nicht, warum es gerade Nefaris sein musste, der zu dieser Drohne geschickt wurde«, murmelte sie, während sie einen halben Schritt von Kalira zurücktrat und sich mit dem Handrücken über die brennenden Augen rieb.

Eigentlich wusste sie es. Nefaris Tar hatte die Schadenskontrollteams koordiniert und er war es gewesen, der auf die Drohne aufmerksam geworden war – natürlich würde er darauf bestanden haben, der Techniker zu sein, der das Shuttle begleitete. Die restlichen Xhar auf der Station waren still geworden und diejenigen, die bei Bewusstsein waren, hatten die Szene mit ausdruckslosen Gesichtern beobachtet, sonst jedoch in keiner Weise reagiert. Xhar trauerten auf andere Art als Menschen und Lillja wusste, dass nur die wenigsten von ihnen mit dieser offenen Zurschaustellung von Emotionen klarkamen, doch trotzdem wünschte sie sich, diese Aliens würden wenigstens etwas zeigen, dass ihnen der Verlust eines Kameraden nicht egal war.

Die Stunden vergingen und dehnten sich zu einem halben Tag, ehe das Blinken der Komm sie aus ihrer Starre riss. Der Rufton war noch immer ausgefallen und auch die Sprachsteuerung funktionierte nicht so, wie sie sollte, woraufhin Lillja sie ausgeschaltet hatte. Sie trat hinüber und nahm das Gespräch an.

»Krankenstation – Winter.«

»Sha H'Rega hier – kommen Sie mit einem medizinischen Scanner und zwölf Einheiten SK14.3 auf Deck sechs.«

»Mach ich – Fenric ist vor einer Weile aufgewacht.«

»Das ist gut«, H'Rega klang erleichtert. »Dienstfähig?«

»Moment.« Sie drehte sich zu Kalira um und warf ihr einen fragenden Blick zu, woraufhin diese zögerlich nickte. »Ja, ist er.«

»Gut – er soll sich ebenfalls hier melden. H'Rega Ende.«

Er unterbrach die Verbindung und Lillja trat an den Hauptcomputer heran, um das angesprochene Medikament aufzurufen. Sie musste einen Moment suchen, ehe sie das richtige Verzeichnis fand und die Kurzbeschreibung überflog.

»Ein Zellschutz?«, murmelte sie, während Schritte an sie herantraten und Kaliras Gesicht seitlich neben ihr auftauchte.

»Ein Hitzeschutz«, fügte die Daraa hinzu und drängte sich vor die Eingabe, um die Spracheinstellung mit einem Kurzbefehl zu wechseln und ein paar kurze Kommandos einzugeben.

»Die Proteine im Blut der Xhar denaturieren bereits ab 224 LWE, und da sie, anders als die Menschen oder meine Leute, ihre Körper nur unzureichend kühlen können, wird das SK bei heißen Temperaturen eingesetzt.«

Lillja warf einen Blick auf die Umzeichnung des Etiketts und ging dann in den Bereitschaftsraum hinüber, um in den Schränken danach zu suchen. Durch die zusätzlichen Betten war es schwierig geworden, sich in dem kleinen Raum zu bewegen, doch schließlich fand sie die Fläschchen, legte sie in eine kleine Metallschale und kehrte zu Kalira zurück.

»Wofür brauchen sie es wohl?«, murmelte die Daraa.

»Das werden wir in ein paar Augenblicken erfahren«, antwortete Lillja leichthin, deutete zur Tür und war unsagbar froh, endlich eine Aufgabe zu haben, die sie von Nefaris' Tod zumindest dürftig ablenkte.

Fenric war inzwischen aufgestanden und wieder in seine Stiefel gestiegen. Seine Uniform war von Staub verdreckt und an den Armen mit getrocknetem Blut verschmiert, von dem vermutlich nicht wenig von Lillja stammen musste. Er wirkte noch etwas unsicher auf den Beinen, aber das kam wahrscheinlich eher vom langen Liegen und hatte kaum eine Ähnlichkeit mit dem schwankenden Gang, mit dem er die Station betreten hatte. Gemeinsam machten sie sich auf den Weg zum Lift und ließen Kalira in ihrer Neugier zurück.

Fenric war ausgesprochen schweigsam, während sie gemeinsam zum hinteren Lift gingen.

»Das V98 löst bei Menschen Nekrosen aus«, ergriff Lillja das Wort, als die Stille unangenehm auf ihr zu lasten begann.

»Kalira hat etwas in dieser Richtung gesagt. Tut mir leid, hätte ich das geahnt, hätte ich nach einer anderen Option gesucht ...«

»Das sollte kein Vorwurf sein«, unterbrach sie ihn und sah den Yndra von der Seite forschend an. Es war ungewöhnlich, dass er ihre Aussagen so sehr missinterpretierte. »Außerdem gab es keine Alternative und es ist gut ausgegangen.«

Er schwieg ein paar Sekunden, dann nickte er leicht.

»Und es tut mir leid, dass du wegen mir auf Deck vier warst«, fuhr sie nach ein paar weiteren Augenblicken des

Schweigens fort.

»Braucht es nicht«, ergriff Fenric das Wort, ehe sie noch mehr sagen konnte. Sie hatten den Aufzug erreicht und Lillja betätigte den Rufknopf.

»Und außerdem«, sprach der Soldat schließlich weiter, »ist auch das gut ausgegangen.«

Kurze Zeit später erreichten sie schweigend das Labor. Man hatte die meisten Trümmer und Bruchstücke inzwischen entfernt und einzelne Teile der Laborausstattung umfunktioniert, sodass die Koordinatoren und Techniker von hier aus ihre Arbeit erledigen konnten.

H'Rega und seine Männer erwarteten sie in einer Kammer zwei Räume neben Dales provisorischem Quartier. Von ihrem Captain allerdings war nichts zu sehen.

Es handelte sich um einen Lagerraum, den man ausgeräumt und umfunktioniert hatte, sodass sich nun in seiner Mitte ein hoher Tisch befand, während die Wand rechts neben dem Eingang von einem Bildschirm gefüllt wurde, der ein Sonnensystem zeigte.

»Hey«, grüßte sie, trat ein und stellte die Metallschale auf dem Tisch ab. Beiläufig registrierte sie, dass Cor die Darstellung deaktivierte, ehe er sich in ihre Richtung umwandte und zunächst sie und dann den Yndra mit einem schwer zu deutenden Blick maß.

»Winter, ich habe gehört, dass Techniker Tar Teil des Außenteams war, das wir verloren haben. Sie waren Freunde – wir können Ihren Schmerz nachfühlen«, sagte H'Rega ungewohnt sanft, fuhr aber sogleich in gewohnt professionellem Ton fort: »Haben Sie die Dosierungsrichtlinien dabei?«

Eine wirklich dumme Frage, als würde sie so etwas Wichtiges einfach vergessen. Natürlich behielt sie ihre Gedanken für sich, nickte einfach und startete den Handscanner.

Sie ließ ihren Blick bedeutungsvoll über die nun leere Projektorfläche wandern und setzte dazu an, eine Frage zu stellen, als Cor sie unterbrach:

»Die Antwort ist nein«, sagte er, ohne den Blick zu heben.

»Die Antwort? Ich hatte gar nicht vor, dir eine Frage zu stellen, Cor«, erwiderte Lillja, was Azarion ein leises Lachen entlockte, der jedoch augenblicklich verstummte, als ihm Cor einen Blick zuwarf.

»Und wo gehen wir hin, dass ihr diesen Schutz braucht?« Sie nahm einen Scanner zur Hand, ließ den blauen Strahl zunächst Azarion abtasten und ermittelte alle notwendigen Angaben für eine richtige Dosierung.

»*Wir*«, antwortete Cor betont und machte eine Geste, mit der er die Soldaten einschloss, »werden einen verlassenen Posten aufsuchen und bergen, was noch brauchbar ist.«

»Bergung«, wiederholte Azarion niedergeschlagen. Nachdem er die Kämpfe auf der Gi'vol verpasst hatte, hatte er sich sicher ein heißes Gefecht gewünscht.

»Es handelt sich um einen relativ unwirtlichen Planeten mit hohen Temperaturen, grenzwertiger Luftfeuchtigkeit und keinem höheren Leben«, fuhr Cor fort.

»Das aufgegebene Neuerschließungsprojekt Uka«, führte H'Rega das Gespräch fort, während Lillja eine Spritze aufzog und Azarion das Mittel verabreichte, um dann zu Cor weiterzugehen.

»Wir haben ihn ein paar Jahre vor der Invasion des Feindes erschlossen und mit dem Terraforming begonnen. Die heimische Tier- und Pflanzenwelt wurde vernichtet und durch robuste Gewächse ersetzt, die unseren Umgebungsansprüchen entsprechen. Die Atmosphäre wurde angepasst und alles für eine Neubesiedlung vorgenommen. Es gab zwei Einrichtungen: eine orbitale Station und einen weiteren Stützpunkt auf dem Planeten. Der Kontakt zu beiden brach vor Jahrzehnten ab.«

Uka, den Namen hatte sie vor ein paar Stunden auf der Brücke gehört. Offenbar war die Versorgungsdrohne einst für diesen Planeten bestimmt gewesen.

»Was war der Grund?«, fragte sie, als er schwieg.

»Unklar. Der Krieg kam der Aufklärung zuvor und wir konnten keine Ressourcen erübrigen, um die Ursache zu klären, zumal nichts darauf hindeutete, dass der Feind damit in irgendeinem Zusammenhang stand. Soweit ich informiert bin, haben die Experten damals eine Sonneneruption oder Ähnliches als wahrscheinlichsten Grund angenommen. Der Planet hat ein paar interessante Vorkommen an Mineralien, ist aber nicht wichtig genug gewesen, um weitere Energie auf seine Verteidigung zu verwenden.«

»Suchen und bergen.« Azarion klang wirklich niedergeschlagen.

»Immerhin besser als die Alternative«, unterbrach ihn H'Rega bedeutungsvoll, was Azarion jedoch nur ein Seufzen entlockte.

»Und die wäre?«, fragte sie, da außer ihr offenbar jeder wusste, worauf der Soldat anspielte.

»Die Alternative wäre«, setzte H'Rega nicht minder bedeutungsvoll an, »das verbliebene Shuttle mit allen neugesammelten Informationen und den wertvollsten Offizieren zu besetzen und in Richtung unseres Raumes zu schicken.«

»Und die Ro'ha?« Sie legte die Stirn in Falten, denn eigentlich war ihr klar, was dann mit ihrem Schiff und der Besatzung passieren würde.

»Die Ro'ha würde versuchen durchzuhalten, bis Hilfe eintrifft, aber das wäre unwahrscheinlich«, antwortete Cor erwartungsgemäß. »Mit dem Antrieb des Shuttles und seiner begrenzten Sprungfähigkeit würde es mehrere Monate dauern, bis es unseren Raum erreicht.«

»Verstehe, dann ist Uka wohl wirklich die bessere Alternative.«

Cors Haltung veränderte sich ein wenig und sie sah ihm an, dass er in diesem Punkt anderer Meinung war, also fügte sie etwas zögerlich hinzu: »Oder nicht?«

»Es ist unwahrscheinlich, dass wir dort ausreichend intakte Energieträger finden«, gab er kühl zurück. »Also wird die Ro'ha in beiden Fällen versuchen, durchzuhalten und auf Rettung warten – nur, dass wir in diesem Fall die kostbare Energie unseres letzten Shuttles verschwenden und auch die wertvollen neuen Daten verloren gehen.«

Sie starrte ihn einen Augenblick lang an und versuchte zu begreifen, was er da eben gesagt hatte. Er würde alle an Bord opfern, nur um ein paar Daten zu sichern? War es diese Einstellung gewesen, auf die Dale vor ein paar Stunden angespielt hatte?

Mit etwas Mühe behielt sie ihre Züge unter Kontrolle und wandte ihre Aufmerksamkeit wieder ihrer Aufgabe zu. Sie injizierte auch den beiden anderen Xhar das Medikament und warf Fenric dann einen fragenden Blick zu.

»Ich passe – Yndra haben eine weit höhere Temperaturtoleranz als Xhar.«

Abgesehen davon wurde das SK nicht für seine Spezies entwickelt, kam es ihr in den Sinn und sie packte die benutzten Materialien wieder zusammen.

»Ich sollte euch begleiten«, meinte sie schließlich und warf H'Rega einen Blick zu, der überrascht wirkte.

»Auf keinen Fall«, reagierte Cor prompt und auch Fenric schüttelte den Kopf und machte eine entschiedene Geste der Ablehnung.

»Das ist nicht eure Entscheidung«, bemerkte sie mit einem Blick auf die beiden und fuhr fort: »Als Mensch komme ich mit Hitze gut zurecht – und falls dort doch mehr hinter den Geschehnissen steht, könnte es vielleicht nützlich sein, jemanden bei sich zu haben, der immun gegen die Seuche ist. Außerdem hatte mein ursprünglicher Beruf auf der Erde ausgesprochen viel mit Bergung, Sicherung und Dokumentation zu tun.« Das war nun wirklich eine weithergeholte Interpretation – aber wer wollte ihr jetzt noch nachweisen, dass sie sich während ihres Ägyptologiestudiums nur auf tote Sprachen spezialisiert hatte und darüber hinaus nicht einen Tag auf einer Ausgrabung verbracht, geschweige denn überhaupt auch nur in ihrem Fach gearbeitet hatte.

»Dein Platz ist auf der Krankenstation …«, begann Cor, doch Lillja unterbrach ihn entschlossen:

»Mein Platz ist auf der Erde – aber die existiert nicht mehr, also lass mir wenigstens die Möglichkeit, etwas dazu beizutragen, dass die Ro'ha diese Lage übersteht.« Sie wandte den Blick zu H'Rega und fügte an ihn gewandt hinzu: »Es ist richtig, mich mitzunehmen – ich kann nach brauchbaren Ressourcen und Stoffen scannen und mich um Botanik- und Wasserproben kümmern, während ihr euch auf die Energiezellen der Station konzentriert.«

Die Wassertanks der Ro'ha waren beschädigt und der größte Teil ihres Vorrats war ins Weltall geströmt, ebenso wie fast alles, was sie noch an Nahrung gelagert hatten – Dale würde sicherlich befehlen, dass sie auf dem Planeten nach Alternativen suchten, wenn sie denn schon dort waren. Außerdem hatte man auf der Brücke von Energiezellen gesprochen, mit denen man hoffte, den Hauptantrieb reaktivieren zu können.

»Woher weißt du das denn alles?«, mischte sich nun auch

Azarion ein.

»Ich weiß gar nichts«, winkte sie ab, »außer, dass ihr so wenig Zeit wie möglich bei hohen Temperaturen verbringen solltet und ich nützlich sein könnte.«

»Techniker Adym wird uns begleiten. Die Daru kommen mit den dortigen Umweltbedingungen ebenfalls hervorragend zurecht – das Shuttle ist voll«, brachte Cor hervor und Lillja zog zweifelnd die Augenbrauen zusammen.

»*Das Shuttle ist voll*«, wiederholte sie dieses haarsträubende Argument betont. »Das glaubst du doch selbst nicht. Und selbst wenn, so ist Techniker Adym auf der Ro'ha sicherlich nützlicher, als auf dem Planeten. Die Decks eins bis vier sind noch immer nicht sicher und sie können hier sicherlich jede Hand brauchen, um den Schaden einzudämmen.«

»Sie werden sich kaum die technischen Aufgaben zutrauen, die ihm zufallen«, wandte H'Rega ein.

»Ich mir vielleicht nicht, aber Azarion allemal.«

»Ich mir übrigens auch«, schlug sich der junge Soldat auf ihre Seite und sie schenkte ihm ein flüchtiges Lächeln. »Abgesehen davon habe ich nicht einmal drei Sätze mit diesem Daru gewechselt – wer weiß, ob er überhaupt halten kann, was man sich von ihm verspricht.«

»Azarion!«, unterbrach Cor ihn scharf, doch dieser hob nur kurz beschwichtigend die Hände und fuhr trotzdem fort:

»Ist doch wahr – bei Lillja wissen wir wenigstens …« Er verstummte, als sich Cor ihm vollends zuwandte und ihn ansah.

»Bei mir wissen Sie, dass ich jeden Befehl ausführe, den Sie mir erteilen. Und Sie wissen, dass ich auch unter Druck funktioniere und alles tun werde, was nötig ist, um unser Schiff und seine Besatzung sicher in den nächsten Raumhafen zu bringen«, vollendete Lillja den Satz selbst, wobei sie ihre Worte nur an H'Rega richtete, denn letztlich würde er es wahrscheinlich sein, der diese Entscheidung traf – oder sie zumindest dem Captain vortrug.

»Ich denke darüber nach«, meinte H'Rega schließlich und nach einem kurzen Moment, nachdem er seinen Blick prüfend über die Gesichter seiner Leute hatte wandern lassen, nahm er ein Datenpad auf, das, von Lillja unbemerkt, auf der Tischplatte vor ihm gelegen hatte.

»Sha, das kann doch nicht dein Ernst sein ...«, begann Cor, doch der andere Soldat unterbrach ihn kühl:

»Wie war das? Seit wann diskutieren wir meine Entscheidungen? Ich habe gesagt, dass ich mir Winters Bitte durch den Kopf gehen lassen werde und ich erwarte, dass du das akzeptierst und umsetzt, was auch immer ich für richtig erachte.«

Ein paar Herzschläge sahen sich die beiden Soldaten stumm in die Augen und Lillja konnte förmlich fühlen, wie sich die Spannung zwischen ihnen aufbaute.

»Ich sagte, ich denke darüber nach«, wiederholte er betont. »Kehren Sie zurück auf Ihre Station und räumen Sie das nicht allzu weit weg«, er deutete auf das Fläschchen, »wir werden bis zum Start noch drei weitere Injektionen benötigen ...«

Als Lillja schließlich die Krankenstation erreichte, stellte sie fest, dass jemand Kalira grob informiert haben musste, denn die Daraa hatte sich mit einem Pad zurückgezogen und schien eine Zusammenstellung von interessanten oder potenziell nützlichen Pflanzen und Mineralien anzulegen, nach denen jemand auf der Oberfläche scannen sollte. Außerdem erarbeitete sie ein umständliches Scannerprogramm, mit dem man mögliche Wasserquellen auf ihre Brauchbarkeit testen konnte.

Obgleich sich Lillja nicht sicher sein konnte, für diese Mission wirklich in Erwägung gezogen zu werden, gesellte sie sich zu der Wissenschaftlerin und ließ sich von ihr das Programm erklären.

Sie hatten sich in den Bereitschaftsraum zurückgezogen und sprachen gerade die unterschiedlichen Probenbehälter durch, als sich die Komm mit lautlosem Blinken meldete.

»Krankenstation«, meldete sie sich erwartungsvoll.

»Abflug ist in vier Stunden«, sagte Azarion bedeutungsvoll von der anderen Seite her.

Sie durfte mit? Fast gegen ihren Willen musste sie zufrieden lächeln und nickte, obgleich die Systeme nur ein Audiosignal übertrugen und der Xhar ihre Reaktion nicht sehen konnte.

»Du hast im Übrigen eine nette Debatte verpasst. Wie zu erwarten, hat sich Cor nachdrücklich gegen deine Teilnahme ausgesprochen, aber – und das hat mich ehrlich überrascht – waren Lieutenant Fenric und er heute offenbar ganz einer Meinung und haben alle möglichen und unmöglichen Argumente auf den Tisch gebracht, um Sha davon zu überzeugen, dich auf der Ro'ha zu lassen.« Der junge Soldat hörte sich endlich wieder wie er selbst an. Die Ernsthaftigkeit und die Niedergeschlagenheit waren aus seiner Stimme gewichen und hatten der gewohnten Ausgelassenheit Platz gemacht, die Lillja so sehr an ihm schätzte.

»Und wofür hast du dich ausgesprochen?«

»Als hätte meine Stimme irgendein Gewicht«, er lachte und fuhr dann deutlich leiser und ernsthafter fort: »Natürlich für dich, Lillja. Warum auch nicht? Die Umweltbedingungen werden dir vermutlich wirklich besser liegen als uns und wenn sich jemand in einen Umweltanzug stecken lassen möchte, um verrostete Technik zu bergen – dann bitte. H'Rega hat sich allerdings weder von den Lieutenants noch von mir in irgendeiner Form beeindrucken lassen. Ich schätze, er hat sich mit Dale vielleicht besprochen und einfach entschieden.«

Interessant, dass sich H'Rega, entgegen seiner rüden Zurechtweisung, doch entschlossen hatte, seine Entscheidung mit seinem Team zu diskutieren. Vielleicht hatte er nur nicht gewollt, dass Lillja dieses Verhalten mitbekam.

»Was ist mit Adym?«

»Bleibt hier – ich schätze, wir können wirklich jede Hand auf der Ro'ha gebrauchen.«

»Cor war sicher nicht ganz so begeistert wie du?«

Erneut lachte der Soldat so herzhaft, dass sie fast mit eingefallen wäre, doch dann schnitten die Erinnerungen an Nefaris' Tod in ihre Gedanken und sie schloss kurz die Augen, um die aufkeimende Trauer zu unterdrücken. Vermutlich hätte er ihr geraten, sich nicht zu irgendetwas hinreißen zu lassen und mit einem sorgenvollen Blick die Wendung der Dinge betrachtet.

Sie warf einen kurzen Blick über die Schulter, erkannte aber, dass bis auf Kalira niemand dem Dialog zu folgen schien. Wahrscheinlich war so ein ausgelassenes Gespräch gerade etwas fehl am Platz, aber Lillja würde Azarion sicher nicht darauf hinweisen und damit seine neugefundene Unbekümmertheit bremsen.

»Das war er wirklich nicht — er hat mir auch gleich alle Vorbereitungen auferlegt, ich vermute mal, dass das eine Art Strafe sein soll.«

Er schien glücklicherweise recht gleichgültig. Gut, sie hätte es nur schwer ertragen, wenn der freundliche Xhar ihretwegen wirklich bestraft worden wäre.

»Ich helfe dir gerne«, bot sie an. Sicher gab es immer etwas zu tun, doch würde die Daraa auch ohne ihre Hilfe auskommen.

»Das wollte ich hören. Zwei Stunden vor Abflug auf Deck elf.«

Er beendete das Gespräch und Lillja drehte sich mit einem zufriedenen Lächeln zu Kalira um. Erstaunlicherweise war sie wirklich glücklich in diesem Moment -- sie würde einen fremden Planeten sehen, doch das Schönste war, dass sich H'Rega bewusst für sie entschieden hatte.

Die verbliebene Zeit nutzte Lillja, um sich mit dem Probenentnahmeprotokoll vertraut zu machen und sich die Darstellungen der verschiedenen Gewächse und Mineralien einzuprägen.

Sie stand an der Seite Kaliras vor dem niedrigen Schreibtisch des Bereitschaftsraums und ließ ihren Blick über die Ausrüstung schweifen, die sie mitnehmen würde, als sich die Haupttür der Station öffnete und Crelon Reka hereinwankte. Er hielt sich die Rechte vor Mund und Nase, schien sich fast panisch umzusehen und griff schließlich mit der Linken, die zuvor eine Plastikflasche gehalten hatte, die nun unter einen Tisch rollte, nach einem hohen Metallbehälter, der auf einem der Beistelltische stand.

Bereits beim Geräusch der Türhydraulik hatte Lillja sich alarmiert umgedreht und sich zwei Schritte auf ihn zubewegt, sodass sie nun sehen konnte, wie er die Schale umklammert hielt und sich plötzlich geräuschvoll in sie übergab. Eine bedrohliche Menge Blut schoss schwallartig aus seinem Mund, bis er gequält hustete und mit entsetzter Haltung auf den Behälter in seinen Händen starrte.

Sich des Ernstes der Situation bewusst werdend, stürzte Lillja in den Hauptraum hinaus, während Crelon die Schüssel fallen ließ, zwei Schritte zur Seite stolperte und auf die Knie fiel.

Kalira war unter der Tür stehen geblieben und starrte auf das Blut, das aus der Schale auf den Boden geschwappt war.

»Helfen Sie mir! Los!«, befahl Lillja und als sie sah, dass die Daraa keinen Schritt machte, sah sie sich hilfesuchend nach einem der Xhar um, die noch immer stationär behandelt wurden. Zwei von ihnen waren wach und tatsächlich quälte sich einer aus dem Bett und half Lillja, den Techniker auf den nächsten Behandlungstisch zu hieven.

Immer wieder wurde Reka von Krämpfen geschüttelt, die dazu führten, dass er sich gepeinigt übergeben musste.

»Kalira!«, rief Lillja hinter sich, während sie den Weichteilscanner startete und voller Besorgnis auf Crelon herabsah.

»Alles wird gut«, fügte sie leise an ihn gewandt hinzu, doch er sah an ihr vorbei und deutete grob hinter sie. Lillja drehte sich um, erkannte aber nicht, was er meinte.

Endlich war auch Kalira herangetreten und starrte abwechselnd auf Crelon und die unappetitliche Blutlache auf dem Boden.

»Sein Magen«, kommentierte Lillja die Ergebnisse, woraufhin Kalira den Blick wandte und langsam nickte.

»Scheint, als hätte er sich die Magenwand verätzt«, fuhr Lillja fort. »Seine Speiseröhre sieht auch nicht gut aus. Vielleicht hat er irgendein ätzendes Gas eingeatmet.«

Lillja verschwendete wertvolle Augenblicke damit, sich alle Orte durch den Kopf gehen zu lassen, an denen er sich diese Schäden hatte zuziehen können, zwang sich dann jedoch zur Ruhe. Wo er sich verletzt hatte, war jetzt wirklich nicht wichtig. Die Schadenskontrollteams und die automatisierten Scanner ihres Schiffes würden das Problem längst gefunden haben.

Crelons Augen hatten sich nach oben gedreht und er war in eine hoffentlich erbarmungsvolle Bewusstlosigkeit gesunken. Dünne Blutfäden zogen sich aus seinem Mund und rannen auf die Unterlage des Tisches.

Mit Kaliras Hilfe drehte sie den Techniker auf die Seite und öffnete etwas ratlos das Haupthandbuch am Stationsrechner – es gab für alles Behandlungsvorschläge und detaillierte Pläne, aber Lillja war sich nicht sicher, ob Crelons Zeit ausreichen würde, einen solchen zu finden.

»Kalira!«, wiederholte Lillja und die Daraa schien endlich aus ihrer Starre zu erwachen.

»Ja ... ja – ich ... wir müssen den Riss schließen.«

»In Ordnung.« Lillja zwang sich zur Ruhe. »Sagen Sie mir, was Sie brauchen.«

»Blut – drei oder besser vier Einheiten.«

Noch ehe die Daraa das letzte Wort vollständig ausgesprochen hatte, war Lillja in den Nebenraum gehastet und riss einen der gekühlten Unterschränke auf. Sie hatten stets ein paar Beutel Synthetikblut auf Reserve in der Station, wurde mehr benötigt, so konnte es in fast unbegrenzter Menge innerhalb kurzer Zeit im Labor hergestellt werden – aber sie hatten in den vergangenen Stunden den größten Teil ihres Vorrats aufgebraucht und das Labor lag momentan in Trümmern. Lillja bezweifelte, dass alle notwendigen Maschinen den Zusammenprall mit dem Felsbrocken vor dem Schiff unbeschädigt überstanden hatten.

Sie fand die letzten drei der reißfesten Plastikbeutel, legte sie in eine isolierende Schale und eilte zurück zu Crelon und Kalira. Am Rande ihres Bewusstseins bemerkte sie die Blicke der übrigen Xhar, ignorierte sie jedoch.

Kalira war inzwischen an das OPG getreten, hatte eine Art endoskopischen Aufsatz eingelegt und fixierte das Gerät gerade neben dem ohnmächtigen Xhar. Lillja schob indes die erste Konserve in den dafür vorgesehenen Slot und hob etwas ratlos den Blick. Sie wusste, dass sie Kalira nicht zu sehr fordern oder ablenken durfte, also trat sie zurück und sah gespannt auf das OPG.

Bislang war es immer dieser Xhar gewesen, der H'Rega und seine Männer als Pilot begleitet hatte. Sie sollte jemandem über Crelons Ausfall berichten, falls er auch für diese Mission eingeteilt war.

»Ich informiere H'Rega über den Vorfall«, meinte sie, als sie sich sicher war, dass sie der Daraa mehr im Weg stehen würde, als wirklich nützliche Hilfe leisten zu können. Kalira nickte abwesend und führte das schlauchartige Ende in Crelons Mund, während sie auf einem projizierten Bildschirm seinen Weg zu verfolgen schien und schließlich die Steuerung über das Universalgerät übernahm.

Da die Personenortung noch immer offline war, wählte Lillja eine Kommstation auf Deck elf. Vielleicht würden die Soldaten das Shuttle bereits beladen und mit etwas Glück war H'Rega unter ihnen.

»Hangar. Lieutenant Fenric hier.«

»Krankenstation – ist H'Rega in der Nähe?«

»Lillja? Nein, ist er nicht. Was ist los?«

»Falls Reka uns begleiten sollte, fällt er aus. Er ist hier gerade mit massiven inneren Blutungen eingetroffen – er wird nicht fliegen können.«

»Verstanden. Ich gebe das weiter. Halte dich bereit.«

Der Yndra unterbrach die Verbindung und ließ Lillja etwas ratlos zurück. Kalira hatte sich inzwischen voll in ihre Aufgabe vertieft und schien alles im Griff zu haben, wobei Lillja jedoch nicht einmal sagen konnte, was genau die andere Frau da tat. Der Blutstrom war inzwischen versiegt und das synthetische Blut, das Crelon über einen der schwenkbaren Arme des multifunktionalen Gerätes verabreicht wurde, würde den Verlust mit etwas Glück ausgleichen. Die Systeme der Xhar waren sehr empfindlich, sie konnten sich zwar noch verhältnismäßig lange auf den Beinen halten, wenn sie schwer verletzt wurden, doch hatten sie einmal eine kritische Menge an Blut verloren, so gab es keine Chance auf Rettung mehr.

Das Blut am Boden war noch hell, und solange es nicht ein tiefes, dunkles Violett angenommen hatte, war es unwahrscheinlich, dass der Hauptkreislauf kollabiert war.

Etwas unschlüssig packte Lillja den Probenkoffer zusammen und fügte anschließend der Notfalltasche noch ein paar Dinge hinzu, die möglicherweise nützlich sein konnten, bis Kalira ihre Hilfe verlangte und sie zusammen die Versorgung des Technikers zu Ende brachten.

»Ganz schön knapp«, kommentierte die Daraa schließlich, während sie das OPG abmontierte und zurück an seine Position schob, wobei sie peinlich genau darauf zu achten schien, nicht die Blutlache am Boden zu betrachten.

»Ja.«

Lillja sah auf Crelon herab. Er war noch immer bewusstlos, aber das würde sich in den nächsten Stunden ändern.

»Was war es?«, fügte sie schließlich hin zu, doch Kalira zuckte nur die Schultern.

»Ich habe ein paar Daten aufgenommen, aber ich glaube nicht, dass das Labor schon wieder in Betrieb ist. Zumindest war es offenbar kein Fremdkörper, der hätte mehr Schäden verursacht und wir hätten ihn gefunden.«

Lillja nickte und ließ sich gegen Crelons Bett sinken. An einen Fremdkörper hätte sie gar nicht gedacht. Viele Blicke ruhten auf ihr und dem Techniker, aber niemand sagte ein Wort, bis schließlich Kalira die Stille durchbrach:

»Mehr kann ich nicht tun – mit etwas Glück wird er es überstehen …«

ANK'RA

Langsam und bedächtig schritt Siran Kaz'Dun über den schmucklosen Weg, der die Bereiche zwischen der offiziellen Landezone und der Diplomatenresidenz miteinander verband.

Er hatte die 'Pracht der Schöpferin' bei RS 7 verlassen und war an Bord eines deutlich luxuriöseren Schiffes gegangen, das für Sintez bestimmt gewesen war. Leider hatte er nur wenige Stunden dort verbringen können, bis sie Ank'Ra erreicht hatten und das Shuttle der Xhar angedockt war. Er hatte sich in dem unästhetischen Kasten zur Oberfläche eskortieren lassen müssen, da es die Sicherheitsbestimmungen dieser Kreaturen jedem Nicht-Xhar untersagten, eigene Schiffe auf der Oberfläche zu landen. *Es sei eine Frage der Sicherheit*, hatte man ihm über Komm mitgeteilt und Siran hatte ein Grinsen unterdrücken müssen. *Sicherheit*, als würden sie sich schützen können, indem sie ihn selbst abholten.

Doch nun war er hier und erfasste seine Umgebung mit einem langen Blick.

Die *Residenz* – wäre er unbeobachtet gewesen, so hätte er sicherlich das Gesicht verzogen, als ihm der beleidigend unästhetische Bau aufgezeigt worden war, in dem man ihn und die anderen Abgesandten unterbringen würde. Allein das Transportshuttle, das ihn von der 'Pracht der Schöpferin' abgeholt hatte, war eine Beleidigung seiner Sinne gewesen – und Siran war sich sicher, dass den Xhar dieser Umstand bewusst war. Es musste ihnen egal sein, wenn sie es nicht gar bedacht hatten, ihren Verbündeten aus den Reihen der Daru so ihre Herabwürdigung zu verdeutlichen.

Er versuchte, all das zu ignorieren und ging möglichst würdevoll über den steinernen Weg, dessen große Platten grob und ungenau hintereinander gesetzt waren. Zwischen den etwa ein Quadratmeter großen, dunkelgrauen Steinen hatten sich verschiedene Unkräuter eingenistet, die im fahlen Grau und Grün zentimeterhoch in die Höhe ragten. Links und rechts des Pfades hatte man das Unkraut abgeflammt, wie Siran an den dunklen Rückständen und verkohlten Überbleibseln erkennen konnte. Wahrscheinlich war dies für die Xhar schon eine wahre Meisterleistung der landschaftsgärtnerischen Gestaltung.

In regelmäßigen Abständen waren Soldaten beidseits des Weges postiert worden, die mit starren Gesichtern die Umgebung musterten und ihm und dem Leibwächter, der ihn begleitete, aufmerksam ins Gesicht sahen. Keiner von ihnen würde vermuten, dass der Mann unter dem Gesicht Rakazar Sintez' nicht der hochgelobte Diplomat aus Demira war, dessen war Siran sich sicher.

Demira war eine der reichsten Kolonien seines Volkes, was in den reichen Lithium- und Titanvorkommen begründet war, über die dieser Außenposten der Daru verfügte. Es war zu erwarten gewesen, dass man einen ihrer Vertreter zu diesem überaus wichtigen Treffen einladen würde, denn immerhin galt es, neue Versorgungs- und Handelsabkommen abzuschließen, die den Nachschub an Waffen und Technologie sichern sollten.

Es hatte Siran viel Mühe und eine lange Vorlaufzeit gekostet, den Platz des Diplomaten einzunehmen. Er hatte zahlreiche Daten verändern und fälschen müssen, damit sein eigener genetischer Code aus allen Datenbanken gelöscht wurde und letztlich den des echten Sintez überschreiben konnte. Doch nun war er hier – auf Ank'Ra, der Hauptkolonie der Xhar, zusammen mit den wichtigsten Vertretern der Wirtschafts- und Außenpolitik.

Siran löste den Blick vom Boden und richtete ihn auf den Klotz von Bau, der ihn am Ende des Pfades erwartete. Er war einfach. Rechteckig, mit einem Flachdach und fensterlos, wie es der Bauart der Xhar entsprach - vermutlich würden ihn im Inneren Hologramme erwarten, die einen Blick nach draußen simulierten. Eine weitere Beleidigung seiner Sinne, aber er würde es ertragen und ignorieren, wie er auch den hässlichen Zaun ignorierte, der das ganze Areal umschloss und sich widerwärtig gegen die an sich nicht viel ansehnlichere Umgebung abhob.

Endlich erreichten er und sein Leibwächter – ein guter Mann, dessen Opfer nicht vergessen werden würde – den Haupteingang und ein hochgewachsener Xhar schob die Tür für ihn auf. Im Inneren erwartete ihn eine kleine Halle, die von fünf Soldaten gesichert wurde und nur über einen weiteren Ausgang verfügte, von dem ihn jedoch eine große Scan- und Erkennungseinheit trennte.

Zum wiederholten Male musste Siran einen Strahl über sich tasten lassen, während er eine Hand auf ein Sensorfeld legte und darüber hinaus einen Netzhautscan über sich ergehen ließ. Erwartungsgemäß ordnete das Gerät seine Daten dem Gesandten der Kolonie Demira zu und ließ ihn passieren. Auch sein Begleiter wurde auf die gleiche Art untersucht und auch er konnte schließlich passieren.

Er hatte es geschafft.

Mit Mühe unterdrückte Siran ein Lächeln, als man die hintere Tür für ihn öffnete und er tiefer in die Anlage vordringen durfte …

KAPITEL 5

Pünktlich hatte Lillja den jungen Soldaten erwartet und ihm geholfen, Ausrüstung und Waffen zu kontrollieren. Anschließend hatten sie einen Teil der Kisten im Shuttle verladen, während sie die Teile, die das Team schon vor dem Start anlegen würde, in einem abgetrennten Nebenraum bereitlegten.

Ihr selbst war ihr erster Umweltanzug ausgehändigt worden, den sie bereits auf Torkash 4 getragen hatte. Das hellgrau gemusterte Material, das ihr damals ausreichenden Schutz vor der eisigen Kälte gewährt hatte, sollte sie nun auch gegen die Hitze dieses Planeten schützen. An manchen Nähten und kleinen Zwischenräumen glaubte sie, noch immer Reste des Blutes zu sehen, auch wenn ihr Verstand wusste, dass es nach der aufwändigen Dekontamination und Reinigung mehr als unwahrscheinlich war. Die Farben waren für den Dschungel, den sie ansteuern würden, unpassend, doch da es keinen Grund gab, dort irgendeine Form von Leben zu vermuten, die über einfache Bakterien hinausging, beschwerte sie sich nicht.

Etwa eine halbe Stunde vor dem geplanten Abflug waren auch die anderen Mitglieder des Teams unter Lt. Commander Sha H'Rega eingetroffen und Lillja hatte sich zur Shuttlerampe begeben.

Den Helm unter dem Arm geklemmt, überprüfte sie noch einmal das kleine Medipack, das sie zusätzlich mitnehmen würde. Ein Wundtacker – archaisch, wie ihn die Xhar nannten, aber praktisch, etwas V98 und SK14.3, außerdem ein paar Kompressen und Verbände – das Nötigste.

Sie verschloss die kleine Tasche und befestigte sie am Waffengurt, als ein Xhar den Hangar betrat und auf das Shuttle zuhielt. Er war jung und für einen Mann seines Volkes schmal gebaut. Seine Haut war dunkel und mit dunkelgrauen Hornplatten gepanzert, während seine Augen von einem durchdringenden Grün waren.

Sie hatte sich vor einiger Zeit kurz mit ihm unterhalten, als er der Ro'ha zugeteilt worden war, und hatte mit ihm seine Akte kontrolliert. Sie erinnerte sich noch dunkel, dass seine Daten zum größten Teil geschwärzt waren – was an sich keine Besonderheit darstellte. Er war einer der unfreundlicheren Zeitgenossen gewesen, wenn sie sich recht entsann, und hatte sie mehrfach mit abschätzenden Blicken und rüden Bemerkungen bedacht, ohne sich jedoch jemals offen gegen sie auszusprechen. Es gab viele Xhar, die nicht sonderlich viel von Vertretern anderer Spezies hielten – und von Menschen im Besonderen offenbar noch weniger. Im Laufe der Wochen war das, in Bezug auf ihre Person, zwar deutlich besser geworden, doch ab und an begegnete Lillja noch immer dieser speziellen Form der Ablehnung und sie hatte gelernt, die Andeutungen einfach zu ignorieren.

Wie war sein Name?

»Sanitäter Winter«, begrüßte er sie überraschend freundlich, obwohl seine Stimme einen leicht argwöhnischen Ton angenommen hatte. »Sie begleiten uns?«

»Sieht so aus.« Sie rang sich ein Lächeln ab und durchforstete ihre Erinnerungen nach seinem Namen.

»Techniker Jargon«, erlöste H'Regas Stimme sie aus der unangenehmen Situation. »Gut, dass Sie dabei sind.«

»Ich verfüge über umfassende Erfahrungen in der Steuerung innerhalb einer Atmosphäre und bei der Navigation in dicht bewachsenen oder besiedelten Gebieten«, erklärte der Techniker halb entschuldigend und halb stolz.

Lillja war über diese Fügung nicht unglücklich – Crelon Reka war ein höchst unangenehmer Zeitgenosse, mit dem sie vom ersten Tag an ihre Probleme gehabt hatte, dennoch war sie froh, dass er den Blutverlust überstanden hatte und überleben würde. Es war noch immer unklar, wodurch seine Verletzungen entstanden und warum die Symptome erst jetzt aufgetreten waren. Sie hatte den stellvertretenden Hauptkoordinator nach einer passenden Schadensmeldung gefragt, doch dieser hatte ihr nicht weiterhelfen können. Sie würde sich mit dieser Frage erst beschäftigen können, wenn sie zurückgekehrt waren.

Nach einer Weile trafen auch endlich die anderen Soldaten ein und gemeinsam betraten sie die hintere Fläche des kleinen Transporters und klappten die Sitzbänke herunter.

»Ich bin noch immer der Meinung, dass du nicht mitkommen solltest«, meinte Cor, ohne sich mit einer Begrüßung aufzuhalten.

»Wir haben das zu Genüge besprochen, Lieutenant.« H'Rega legte die Sicherheitsgurte an und warf einen Blick zu Jargon. »Wir sind bereit.«

»Verstanden«, antwortete der Techniker und startete die Motoren.

Cor sah sie unentwegt an. Der hochgewachsene Soldat saß ihr gegenüber und Lillja erwiderte seinen Blick. Nur am Rande hörte sie, wie ihr Pilot das Startprotokoll durchging und schließlich die Freigabe durch einen Koordinatoren erhielt.

Den Angaben des Piloten nach verließ die Ro 1 den Hangar und flog einige Zeit durch den Raum, bis sich Jargon erneut zu Wort meldete:

»Bereite Hyperraumsprung vor. Bereitmachen.«

Lillja schloss die Augen und fühlte, wie sie in den Sitz gedrückt wurde und sich ein unangenehmes Gefühl in ihrem Kopf breitmachte, das jedoch nach wenigen Augenblicken nachließ.

Schließlich hörte sie Geräusche neben sich, und als sie aufsah, erkannte sie, dass H'Rega einen kleinen Projektor aktivierte, der das holografische Abbild eines grünen Planeten in den Raum warf.

»Das aufgegebene Siedlungsprojekt Uka«, bemerkte er. »Rund 237 LWE während des Tages.«

Azarion neben ihr machte ein überraschtes Geräusch und sah von dem Pad auf, das er zuvor betrachtet hatte.

»Das sind fast zwanzig Einheiten über der Belastungsgrenze!«

»Daher das SK14.3«, unterbrach der Lt. Commander ihn mit deutlichem Unwillen. »Mit etwas Glück befindet sich die Terraformingstation noch in einer stabilen Umlaufbahn. Wir werden einige Scans vom Shuttle aus machen und nach Möglichkeit andocken – ist das nicht ausführbar, werden wir unweit der terrestrischen Anlage landen. Detaillierte Pläne beider Ziele befinden sich in den Universalcomputern der Anzüge«, fuhr H'Rega fort und fügte an Jargon gewandt zu: »Melden Sie, sobald die Scanner etwas erfassen.«

Der Techniker nickte und H'Rega wandte seine Aufmerksamkeit wieder seinen Männern und Lillja zu.

»Ihr alle wisst, wie wichtig unser Auftrag ist. Wir müssen dort etwas finden«, fuhr er fort. »Alle Vorräte des SK befinden sich in unserem Besitz und die Ro 1 ist das einzige Shuttle, das momentan in Betrieb genommen werden kann. Unsere Techniker schätzen, dass die Ro'ha noch etwa zweihundert Stunden mit der verbliebenen Energie betrieben werden kann – danach destabilisieren sich die Kraftfelder um die Hüllenbrüche.«

Sie konnte fühlen, dass er noch mehr sagen wollte, doch da mischte sich die Stimme des Piloten ein:

»Keine Spur von der Station – aber die Scanner erfassen Trümmer auf der Oberfläche. Signatur passt zur imperialen

Flotte. Der umliegende Wald ist sehr dicht, aber es gibt eine Lichtung in der Nähe – ich könnte Sie dort absetzen.«

»Wie nah?«

»Die Trümmer liegen unterhalb einiger Steilklippen«, antwortete der Pilot und sah dabei auf eine topographische Karte vor sich. »Ich messe leicht erhöhte Strahlungswerte. Vielleicht verursacht durch Teile des Antriebs, Sie sollten sich nicht länger als nötig dort aufhalten. Das Gelände westlich sieht gut aus. Fünfzig LE, vielleicht näher, aber nicht viel. Die Strahlung destabilisiert unsere Antriebsmatrix.«

Immerhin mussten sie nicht weit laufen.

»Wir werden sehen, was wir vorfinden – wir bergen die Trümmer, nehmen die angeforderten Proben und fliegen dann weiter zur Station. Laut den geschichtlichen Aufzeichnungen haben wir keine Lebensformen zu erwarten, aber wir sollten auf alles gefasst sein.«

»Warum warten wir nicht bis zur Dämmerung?«, fragte Lillja leise an Azarion gewandt.

»Der Planet benötigt für eine Umdrehung 192 Standardstunden«, antwortete Cor an seiner statt und Lillja nickte.

»Starte Oberflächenscan«, verkündete ihr Pilot und Lillja bemerkte, dass die Soldaten ihre Helme überzogen. Sie tat es ihnen gleich und wandte sich Ensign Tiron zu, damit dieser ihre Anschlüsse überprüfen konnte.

»Keine Auffälligkeiten«, fuhr Jargon fort. »Wir befinden uns viertausend LE südlich der terrestrischen Station. Beginne Landeanflug.«

Plötzlich wurde das Display ihres Helms dunkel und Lillja wurde in ihre Gurte gepresst.

»Was …?«, begann sie, doch Jargons hektische Antwort unterbrach sie bereits:

»Die gesamte Elektronik ist ausgefallen! Bereiten Sie sich

…«

Weiter kam er nicht. Wie ein Hammerschlag traf die Ro 1 auf die Oberfläche auf und krachte unter markerschütternden Geräuschen gegen etwas. Lillja wurde in ihrer Dunkelheit hin und her geschleudert, bis das Shuttle mit einem Ruck zum Stehen kam und Lillja mit aller Macht in die Gurte geworfen wurde.

Es vergingen ein paar quälende Sekunden, bis sie Cors Stimme hörte. Sie kam nicht aus dem Funkgerät, sondern befand sich, durch den Helm etwas verzerrt und gedämpft, vor ihr:

»Alles in Ordnung?«

»Ja«, hörte sie zunächst Azarion und Fenric neben sich.

»Unverletzt«, bestätigte auch H'Rega.

»Es geht mir gut«, gab auch sie an und betastete ihre schmerzende Schulter.

»Die Hülle scheint intakt«, fuhr der Pilot fort. »Unsere Panzerung dürfte das Schlimmste abgefangen haben, aber die Elektronik hat sich verabschiedet. Wie sieht es mit den Anzügen aus?«

»Tot«, sagte Azarion knapp und Lillja konnte hören, dass er etwas mit den Anschlüssen machte. »Wir können die Helme abnehmen.«

Sie zog den Helm vom Kopf, aber es blieb weiterhin dunkel um sie herum.

»Ein elektromagnetischer Impuls?«, mutmaßte H'Rega.

»Darauf hätte ich auch getippt«, stimmte Azarion zu. »Möglich ist aber auch eine Energiebarriere – ein Abschirmungsschild oder Ähnliches. Scheint doch mehr als *suchen und bergen* anzustehen.«

»Ja. Können Sie die Maschinen neu starten?«, unterbrach H'Rega die deutlich erfreute Bemerkung des jungen Soldaten.

»Nicht ohne Weiteres. Ein paar Relais sind sicher durchgebrannt und ich muss erst die Außenschäden besehen.«

Allein die Tatsache, dass sie ihre Verbündeten noch verstehen konnte, bedeutete, dass zumindest der Universalübersetzer, den sie unter der Haut trug, den Impuls überstanden hatte. Immerhin.

»Die Übersetzer sind unbeschadet«, sprach sie ihre Gedanken aus.

»Sie sind vielleicht besser abgeschirmt als die Elektronik im Shuttle«, meinte Azarion nachdenklich. »Jargon – Sie sind der Techniker unter uns!«

»Ich bin mir nicht sicher, ich brauche mehr Daten.«

»Wir gehen von einem Angriff aus«, entschied H'Rega und setzte der Diskussion damit ein vorläufiges Ende.

»Vielleicht haben unsere Scans irgendein Defensivgeschütz aktiviert«, mutmaßte Azarion.

»Möglich – oder unser Durchflug eines bestimmten Bereichs.« H'Rega atmete tief durch. »Gut – ohne Energieversorgung haben wir keinen Funk, keine Sensoren, keine Kühlung und keine Möglichkeit, mit der Ro'ha in Kontakt zu treten.«

»Zumindest brauchen wir keine Sauerstoffversorgung, solange wir uns auf dem Planeten befinden«, wandte Cor ein und Lillja konnte hören, wie er sich in der Dunkelheit bewegte, und begann sich zu fragen, ob ihre Gefährten vielleicht mehr als sie erkennen konnten.

»Was ist mit unseren Waffen?«, ergriff nun auch sie unsicher das Wort.

»Voll mechanisch.«

»Mit unserem Vorrat an SK bleiben uns achtunddreißig Stunden«, sagte H'Rega schließlich fest. »Irgendwelche Anhaltspunkte, die uns zum Ursprung der Entladung führen könnten?«

»Ohne die Sensorenaufzeichnungen kann ich nichts sagen«, räumte Jargon ein.

»Allerdings gibt es eine physische Karte des Planeten in der Ausrüstung«, ergriff Azarion wieder das Wort.

»Dann brauchen wir Licht«, bestimmte der Commander. »Bereitmachen – wir müssen die Heckklappe öffnen.«

»Alles klar«, hörte sie Cor dumpf sagen. »Ich starte die manuelle Überbrückung.«

Sie konnte ihn angestrengt atmen hören, bis schließlich das Geräusch von Metall, das sich über Metall schob, ertönte. Ein heller Spalt erschien, der sich auf etwa einen Meter verbreiterte, dann trat Cor zurück.

Irgendwie hatte Lillja erwartet, dass alle Luft mit einem eindrucksvollen Geräusch nach draußen gesogen werden würde, doch natürlich passierte nichts dergleichen. Es wurde lediglich heller und deutlich wärmer.

»Die Anziehungskraft liegt leicht unter dem Normwert, Luftfeuchtigkeit und Temperatur befinden sich im kritischen Bereich oder darüber«, fasste H'Rega zusammen. »Wo soll nun diese Karte sein?«

Lillja erinnerte sich an ein mehrfach gefaltetes, dickes Papier und löste sich von den Gurten, um es aus einem der Sicherungsnetze über ihnen zu holen. Sie reichte es an H'Rega, der die Karte entfaltete und auf dem Boden vor sich ausbreitete. Es war der gleiche topographische Plan, den sie zuvor als Projektion im Cockpit gesehen hatte, allerdings fehlten einige Angaben, die vermutlich die Außensensoren hinzugefügt hatten.

Jargon trat zu den Soldaten und ließ sich in die Hocke sinken.

»Die geplante Landezone ist hier«, er deutete auf einen

Punkt im Herzen des Kontinents, der hier und da von größeren Seen oder Binnenmeeren unterbrochen wurde, darüber hinaus aber den größten Teil des Planeten zu bedecken schien.

»Unsere letzte Position vor dem Totalausfall war hier.« Er berührte einen Punkt etwa zehn Zentimeter weiter links. »Berücksichtig man den Flugvektor, Geschwindigkeit und Zeit bis zum Aufprall, würde ich vermuten, dass wir uns in diesem Bereich befinden.«

Mit dem Finger der rechten Hand deutete er einen kleinen Kreis knapp unterhalb des letzten Punktes an und nickte, als wollte er seine Worte bekräftigen. Offenbar befanden sie sich inmitten eines weitläufigen Tals, das nach Norden hin von einem gigantischen Berg, dessen Steilhänge wie abgeschnitten wirkten, begrenzt wurde. Lillja schätzte, dass das Tal vier oder fünf Kilometer breit und gut dreimal so lang war. Das helle Band eines Flusses schlängelte sich in engen Windungen hindurch und teilte die Landschaft in zwei annähernd gleichgroße Bereiche. Der Ursprung des Flusses schien irgendwo in den Bergen zu liegen.

Wenn Lillja den Maßstab richtig einschätzte, befanden sie sich etwa fünf Kilometer westlich des Ortes, den sie erreichen wollten. Dies war bei der anhaltenden Hitze und ohne Wasser – zwar verfügte der Anzug über eine Rückgewinnung, doch sie bezweifelte, dass diese auch ohne Energie funktionsfähig war – ein nur schwer zu bewältigender Marsch.

»600 LE«, sagte Cor nachdenklich, als würden seine Gedanken ähnlichen Bahnen folgen. Es waren nur drei Kilometer, korrigierte sie daraufhin im Stillen, war jedoch nicht wirklich erleichtert.

»Ich bin für Vorschläge offen.« H'Rega sah in die Runde und senkte den Blick wieder auf das Papier.

»Wenn der Generator von unseren Sensoren nicht erfasst

wurde, muss er irgendwie getarnt sein«, murmelte Azarion. »Haben Sie irgendetwas Ungewöhnliches registriert, Jargon?«

»Abgesehen von den Trümmern – nein.«

»Gut – wir begeben uns zu den Trümmern, vielleicht finden wir etwas Brauchbares. Wir brechen auf«, befahl H'Rega bestimmend. »Jargon – tun Sie, was notwendig ist, um das Shuttle wieder zum Laufen zu bringen. Winter«, er machte eine nachdenkliche Pause und sie fühlte seinen Blick lange auf sich ruhen. »Sie kommen mit uns, vielleicht sind uns Ihre menschlichen Eigenschaften von Nutzen.«

»Verstanden.« Ihr Herz begann schneller zu schlagen und eine Mischung aus Angst und Erregung machte sich in ihr breit.

»Ich werde Hilfe brauchen«, mischte sich der Techniker eindringlich ein. »Ich werde die direkte Sonneneinstrahlung nicht lange genug überleben, um die nötigen Reparaturen vorzunehmen. Lt. Fenric sollte hierbleiben, um mir zu assistieren.«

»Wir wissen nicht, was uns erwartet – ich will kein unvollständiges Team riskieren. Winter – Sie bleiben und tun, was Jargon von Ihnen verlangt.«

»Ihre technischen Kenntnisse sind unzureichend«, wehrte der Techniker ab, doch H'Rega schüttelte entschieden den Kopf.

»Es wird reichen müssen.«

»Verstanden«, bestätigte sie etwas zerknirscht und tauschte einen langen Blick mit Cor. Erstaunlicherweise schien er nicht froh über ihr Zurückbleiben zu sein, vermutlich, weil er sie so weder schützen noch kontrollieren konnte.

»Wir nehmen nur das Nötigste mit«, fuhr H'Rega mit einer Geste zu den Gepäcknetzen fort und Cor begann augenblicklich damit, die erste Kiste zu lösen und eine kleine Auswahl des Inhalts an die Soldaten zu verteilen. Ihr reichte er lediglich zwei Wasserflaschen, die sie neben sich abstellte.

Unter den verteilten Gegenständen sah sie außerdem ein paar einfache Granaten, die während des Transports nicht am Körper getragen wurden, Munition, Wasser und Sprengstoff – das Letzteres zum *Nötigsten* gezählt wurde, erstaunte sie etwas, doch natürlich schwieg sie.

»Hier«, zog Azarion ihre Aufmerksamkeit auf sich. Er hatte eine weitere Kiste geöffnet und hielt den anderen und ihr ein paar kleine Geräte entgegen. Sie erinnerte sich nicht, diese Ausrüstung gepackt oder kontrolliert zu haben. Es handelte sich um eine Art Visor mit integriertem Funkgerät, der im linken Ohr befestigt wurde und ein Stück weit über die Stirn verlief. Das Stück war ein wenig zu groß für sie und es war offensichtlich, dass es nicht für Menschen entworfen worden war. Sie schob es umständlich zurecht und musste dabei einfach in Kauf nehmen, dass der Rahmen ein wenig störend in ihrem Blickfeld hing.

»Aus den hinteren Lagerbeständen«, erklärte Azarion stolz. »Aus Zeiten der Besatzung.«

Fenric sah ihn fragend an und griff nach einem der Geräte. Es passte ihm ebenfalls nur bedingt.

»Sie hatten es damals besonders auf unsere Technik abgesehen – sie sind besonders abgeschirmt und könnten noch funktionieren«, erklärte der junge Soldat, als hätte Fenric eine wirklich dumme Frage gestellt, deren Antwort er hätte wissen müssen.

Auf Knopfdruck erschien im äußeren Blickfeld eine zweite Darstellung ihrer Umwelt in Infrarot.

»Übliche Bedienung über das Multitool – da das offline ist, bleibt uns nur an oder aus – aber es ist besser als nichts. Außerdem ist die Qualität mies«, erklärte der Soldat, während er die übrigen Geräte an seine Teamkameraden verteilte und schließlich selbst eines anlegte.

»Woher hast du sie?«, fragte Cor zweifelnd und zog den Visor über.

»Standardersatzausrüstung.«

»Kanal vier«, bestimmte H'Rega. »Wir bleiben in ständigem Kontakt, ich möchte nicht überrascht werden.«

»Verstanden.«

»Fenric, Sie gehen vor, suchen Sie uns einen Weg«, verlangte H'Rega schließlich und der Yndra nickte zur Antwort. »Wir bleiben in Sichtweite. Lieutenant Soran, du übernimmst die linke Flanke, Rest wie gehabt.«

»Verstanden«, bestätigte Cor und nahm das Sturmgewehr zur Hand.

Auf eine Geste des Lt. Commanders hin schob sich Fenric durch den Spalt und verschwand im hellen Sonnenlicht. Nur Augenblicke später folgten ihm Cor und H'Rega, während Azarion den Schluss bildete.

Lillja sah ihnen noch eine Weile nach, bis sie das Dickicht erreichten und zwischen den Bäumen verschwanden.

»Bis Sie mich brauchen, nehme ich die Proben für Kalira – ich bleibe in Rufreichweite.«

Sie hievte den großen Probenkoffer aus seiner Halterung und machte ein paar Schritte ins helle Licht.

Es war einfach unbeschreiblich. Die Sonne stand hell und gleißend am Himmel und warf ihre Strahlen auf einen fremdartig wirkenden Urwald, der unvermittelt am Rande der Lichtung, ein paar Meter vor ihr, begann. Ihr Shuttle hatte bei seinem Absturz eine kurze Schneise in den Wald geschlagen, hatte sich dann um fast neunzig Grad gedreht, um sich schließlich halb in einen flachen Erdhügel zu graben, der inmitten einer natürlichen Lichtung stand.

Es gab kein Gras, stellte sie überrascht fest, dafür jedoch eine grüne, moosartige Pflanze, die jeden Zoll des Bodens bedeckte. Die meisten Pflanzen, die sie im jenseitigen Wald sah, besaßen Dornen, die so lang und dick waren, dass sie sie sogar aus dieser Entfernung erkennen konnte. Mächtige Bäume standen dicht an dicht, während zwischen ihnen Farne und Schmarotzerpflanzen wuchsen. Es gab eine vage Ähnlichkeit zu den Gewächsen der Erde, auch wenn diese hier widerstandsfähiger und manche etwas urzeitlich wirkten.

Es war erstaunlich dunkel zwischen den Stämmen und Lillja vermutete, dass es tiefer im Wald nur noch wenig Licht bis an den Boden schaffte. Hatten die Urwälder auf der Erde einst auch so ausgesehen?

»Diese Hitze ist mörderisch«, beschwerte sich Azarion über Funk. Sie konnte alle drei Xhar angestrengt atmen hören – und dieses Mal musste sie ihm sogar zustimmen, denn es war heiß. Dreißig oder vierzig Grad Celsius sicherlich und dabei war die Luftfeuchtigkeit so hoch, dass ihr bereits jetzt der Schweiß auf der Stirn stand.

»Fast wie auf SirJi«, kommentierte Fenric. »Es fehlt nur die zweite Sonne.«

»Eine zweite davon fehlt mir gerade noch.«

Lillja lächelte bei den Worten des jungen Soldaten und ging langsam auf den Dschungel zu.

»Stammen die Pflanzen von eurem Heimatplaneten?«, fragte sie schließlich, obwohl ihr im gleichen Moment klar wurde, dass sie wirklich Wichtigeres zu tun hatten, als über so etwas nachzudenken.

»Hältst du mich für einen Botaniker?«, antwortete Azarion mit deutlicher Anstrengung in der Stimme, dann seufzte er und fuhr versöhnlicher fort: »Ich habe keine Ahnung, aber ich denke, auf Ankur wären wohl die meisten von ihnen eingegangen.«

Lillja musste über seine Worte erneut lächeln, stellte den Koffer ab und öffnete den Verschluss des Deckels. Sie war etwa auf halbem Wege zwischen dem Shuttle und der Waldgrenze stehen geblieben und hatte beschlossen, etwas von dem seltsamen Moos mitzunehmen, obgleich es nicht auf der Liste der für Kalira interessanten Pflanzen stand.

»Das sind deutlich mehr als fünfzig LE«, beschwerte sich nun auch Cor leise, dann wurde es plötzlich ruhig im Kanal.

»Seid ihr noch da?«, fragte Lillja in die Stille, doch niemand antwortete. Sie begann damit, die verschiedenen Kanäle durchzuschalten, als in einiger Entfernung Schüsse zu hören waren. Augenblicklich ließ Lillja ihr Werkzeug fallen und duckte sich halbherzig. Weitere Schüsse in schneller Folge erklangen, die aus mehr als einer Mündung zu kommen schienen.

Lillja sprintete zurück zum Shuttle und stolperte ins Innere.

»Ich kümmere mich darum«, hörte sie Jargon sagen, und während sich ihre Augen noch an die schlechteren Lichtverhältnisse innerhalb des Laderaums gewöhnten, hörte sie ein metallisches Klicken.

Der dunkelhäutige Xhar hatte sich von seinem Pilotensitz erhoben und eine Waffe auf sie gerichtet. Lillja erstarrte mitten in der Bewegung und sah den Techniker mit einer Mischung aus Überraschung und Verärgerung an. Was sollte das? Und mit wem hatte er gesprochen, wenn denn alle Instrumente angeblich ausgefallen waren?

Die Schüsse draußen waren verhallt und eine unnatürliche Stille hatte sich über die gesamte Szenerie gelegt.

»Verstanden«, sagte Jargon vor ihr. Sie konnte kein Headset oder Ähnliches sehen, aber das musste nichts bedeuten.

»Was ist hier los?«, überwand sie schließlich ihre Starre.

»Geben Sie mir Ihre Waffe und tun Sie, was ich sage, dann

wird Ihnen nichts passieren«, verlangte der Xhar, doch Lillja rührte sich nicht.

»Was passiert da draußen?«

»Ich werde mich nicht wiederholen.« Er machte einen drohenden Schritt auf sie zu und Lillja wich im gleichen Maß zurück.

»Ihre Waffe«, verlangte Jargon doch erneut und schlug dabei einen Ton an, der deutlich machte, dass er es ernst meinte. Sie öffnete langsam den Verschluss des Waffengurtes und nahm ihn samt Waffe und Medipack von der Hüfte, um ihn einen Herzschlag lang abwägend in den Händen zu halten, dann warf sie ihn Jargon in einem möglichst schlechten Winkel zu. Wie erhofft, griff er reflexartig danach und Lillja rannte los.

Sie sprang durch das offene Schott und sprintete über das freie Feld, das sie vom schützenden Dickicht trennte. Hinter sich hörte sie den Xhar fluchen, dann folgten ihr seine Schritte hinaus in die gleißende Sonne. Wenn er sich nicht irgendwie selbst mit dem Zellschutz versorgt hatte, würde es eine kurze Jagd werden – zumindest hoffte sie es.

Er schoss nicht, nahm sie ganz am Rande wahr, obwohl es auch für einen ungeübten Schützen ein Leichtes gewesen wäre, sie auf diese Entfernung zu treffen.

Endlich war die dunkle Wand des Waldes heran und Lillja schlug sich in die Büsche. Der dichte Bewuchs bremste ihren Lauf und sie konnte fühlen, wie ein paar lange Dornen über ihren Anzug und die Hände kratzten, die sie schützend vor das Gesicht hielt. Dunkles Moos überzog den Boden und den unteren Teil der mächtigen Baumstämme, an und zwischen denen sich Pflanzenranken emporwanden, die den Raum zwischen den Bäumen zuwuchterten. Während sie sich weiter hinein kämpfte, sah sie exotische und zum Teil wunderschöne Gebilde, hatte aber wirklich keinen Blick dafür übrig. Dort, wo die Bäume weiter auseinander standen, hatte sich eine Art von Farn ausgebreitet, dessen Blätter lang, dünn und ungewöhnlich scharf waren, wie sie feststellen musste, als sie eine Handvoll dieser zur Seite schieben wollte.

Nur knapp hinter ihr konnte sie die schweren Schritte und den keuchenden Atem des Xhars hören, wagte aber nicht, sich umzuwenden.

Sie schlug Haken und drang immer tiefer in den Wald vor. Das meiste des Lichts wurde von den Baumkronen verschlungen, während die Düsternis durch das dunkle Moos noch verstärkt zu werden schien. Die Luft schien zwischen den Pflanzen zu stehen und zerrte heiß und schwül an ihrer Ausdauer, und Lillja konnte nur hoffen, dass es dem Xhar noch schlechter erging.

Plötzlich gab der Boden unter ihren Füßen nach und sie kam ins Rutschen. Vollkommen unvermittelt hörte der Bewuchs auf und machte einer steilen Böschung Platz, die nach ein paar Metern in einen breiten Fluss mündete.

Ein überraschter Schrei entfuhr ihr, dann musste sie darum kämpfen, sich auf den Beinen zu halten. Sie rutschte und stolperte einen Schritt schräg die Böschung herab, dann glitt sie endgültig aus, überschlug sich zweimal, ehe ihr Fall, Sekunden später, von einem matschig-modrigen Boden abgebremst wurde.

Benommen erhob sie sich auf Hände und Knie, sank aber augenblicklich zentimetertief ein. Über ihr durchbrach der Xhar ebenfalls das Dickicht. Ihr Schrei musste ihn gewarnt haben, denn er bremste seinen Lauf rechtzeitig ab, sodass er ihr Schicksal nicht teilte. Er zögerte jedoch keinen Augenblick, ließ sich in die Hocke sinken und rutschte, die Füße voran, kontrolliert hinab.

Irgendwie kam Lillja wieder auf die Beine und watete

panisch los. Der Fluss war breit – fünfzig Meter sicherlich, aber er schien über keine nennenswerte Strömung zu verfügen. Rechts und links von ihr verliefen das Ufer und dahinter die steile Böschung. Ein Stück weiter nördlich schlug der Fluss eine enge Kurve ein, während er sich in südlicher Richtung halbwegs gerade durch die Landschaft fraß.

Mühsam machte sie ein paar Schritte und sank bereits nach einigen Metern bis fast zu den Knien im Wasser ein. Dann packte sie eine starke Hand im Nacken und riss sie herum. Lillja verlor den Boden unter den Füßen, schlug mit dem Rücken voran auf die Wasseroberfläche auf und wurde darunter gedrückt. Der Xhar ließ von ihrem Hals ab und plötzlich fühlte sie den Druck seiner Hand auf der Brust, die sie unbarmherzig unter Wasser hielt. Sie würde ertrinken.

Sie strampelte und wand sich, versuchte irgendwie, sich zu befreien, bis er sie schließlich schwungvoll aus dem Wasser zog und sie hustend nach Luft ringen ließ.

Er schleuderte ihr ein paar Worte entgegen, die sie nicht verstand, dann war sie schon wieder unter Wasser und fühlte Panik über sich zusammenbrechen. Hatte sie wirklich die Auslöschung ihrer Heimat und den ganzen Wahnsinn der letzten Monate überlebt, um hier ertränkt zu werden? Das war wirklich einer der schlechtesten Scherze, die das Schicksal ihr gegenüber je gemacht hatte.

Ihre Rechte tastete wild über den schlammigen Boden, während sie versuchte, die Finger der anderen Hand in die Haut des Xhars zu bohren, doch seine natürliche Panzerung schützte ihn. Dann fanden ihre tastenden Finger auf dem Grund etwas Hartes und schlossen sich darum. Ein Stein – so groß wie ihre Faust, der an einer Seite abgesplittert und scharfkantig war.

Wieder zog er sie aus dem Wasser und Lillja hustete.

Mit aller Kraft, die ihr noch geblieben war, brachte sie den Arm nach oben und schlug ihre improvisierte Waffe gegen den Unterarm, der sie hielt. Tatsächlich ließ er sie los und für einen Herzschlag sank sie wieder unter Wasser, brachte aber irgendwie die Füße unter sich und stemmte sich in die Höhe. Noch aus der gleichen Bewegung setzte sie Jargon nach und schlug ihm mit der scharfen Kante ins Gesicht. Blut spritzte ihr entgegen und der Xhar stieß ein gequältes Keuchen aus, während er eine Hand gegen die Wunde presste. Auch seinen Unterarm hatte sie getroffen und erkannte zufrieden, dass sich das umliegende Wasser langsam rot zu färben begann.

Dennoch war sie ihm, dieser zwei kleinen Treffer zum Trotz, nicht gewachsen und das wusste sie.

Sie ließ von ihm ab, watete durch das Wasser und erreichte das Ufer. Sie war so erschöpft, dass sie glaubte, sich jede Sekunde übergeben zu müssen, aber sie durfte sich jetzt keine Schwäche erlauben. Hinter ihr kam auch der Techniker wieder auf die Beine, und als sie einen Blick über die Schulter warf, sah sie eine Waffe in seinen Händen.

Was war hier nur los?!

Panisch flog ihr Blick über die Umgebung. Rechts waren der Fluss und Jargon – sie mochte eine gute Schwimmerin sein, aber ihre Kraft würde niemals für diese Distanz ausreichen. Außerdem wusste sie nicht, wie gut sich ihr Gegner im Wasser fortbewegen konnte. Links befand sich die steile Böschung – zu steil, um sie hinaufzulaufen, überdies war sie dort vollkommen schutzlos. Vor ihr lagen das Ufer mit karger Vegetation und die Flussbiegung.

Sie rannte in gerader Richtung los, hörte den Xhar fluchen und schlug einen Bogen, um zumindest die wenigen Büsche, die hier wuchsen, zwischen sich und ihren Verfolger zu bringen. Ein Schuss löste sich, etwas jagte an ihr vorbei und riss den Boden nur knapp vor ihr auf. Er hatte auf sie geschossen! Angsterfüllt schlug Lillja einen Haken und rannte weiter. Was, um alles in der Welt, war nur in diesen Xhar gefahren?

Die Geräusche hinter ihr machten deutlich, dass Jargon ihr folgte. Dann erreichte sie die Biegung und erkannte, dass die Uferböschung hier deutlich flacher verlief. Ohne zu zögern, kämpfte sie sich hinauf und fand sich mit rasendem Herzen in der Düsternis des Waldes wieder.

Obwohl ihr das Blut in den Ohren rauschte und ihre Lungen brannten, durfte sie nicht stehen bleiben. Sie schlug sich tiefer ins Unterholz und wechselte mehrfach die Richtung. Dann, als sie sicher war, jede Sekunde zusammenbrechen zu müssen, kroch sie in den Schatten zweier großer Wurzeln und versuchte, zu Atem zu kommen.

Was hatte das zu bedeuten? Jargon hatte sich ganz offensichtlich gegen sie gewandt – aber warum?

Seitlich von ihr raschelte es und Lillja hielt voller Angst den Atem an. Sie hatte ihn nicht abgehängt.

Den Stein hatte Lillja irgendwo fallen lassen und der Visor samt Headset war ihr irgendwann vom Kopf gerissen worden, also ließ sie ihren Blick über die direkte Umgebung schweifen und entdeckte einen abgebrochenen Ast zwei Meter vor sich.

»Bei den Göttern«, drang Jargons wütende Stimme kalt zu ihr und seine Gestalt schob sich langsam und bedrohlich in ihr Sichtfeld. »Wenn Sie nur noch den kleinsten Widerstand leisten, werde ich Sie Stück für Stück häuten.«

Es war vorbei. Keine drei Meter vor ihr trat er zwischen den dornigen Büschen hervor und hob die Stardust, bis die Mündung auf ihre Stirn zielte. Er blutete aus den Wunden an Arm und Gesicht, aber sie schienen nicht tief genug, um ihn wirklich zu gefährden.

Schade.

»Aufstehen«, verlangte er und widerwillig kam sie dem nach …

DAS GEBURTSSCHIFF

Tiefer und tiefer drangen Quotaz und sein stummer Führer in das Schiff vor, das die Heimat seines Volkes umkreiste. Es war das Geburtsschiff, hatte er begriffen, während sie an den unzähligen Kammern vorbeigegangen waren. Boden und Wände waren mit einem feinen Gespinst aus mikroskopischen Lebensformen bedeckt, die atembare Luft erzeugten und die notwendige Wärme ausstrahlten, die seine Brüder benötigten, um heranzureifen.

Außerdem gaben sie die Gedanken der Stimme wieder, war es ihm bewusst geworden. Die Stimme seiner Göttin, der Mutter, die seinen Körper erschaffen und mit seinem Geist gefüllt hatte.

Endlos war ihm der Weg erschienen, den er gegangen war, während sein Körperpanzer langsam trocknete und aushärtete. Sein Blick war immer schärfer geworden und nun wusste er, dass er neben der Wärme auch Farben sehen konnte. Auch sein Gehör hatte eingesetzt und nahm die leisen Geräusche wahr, die seine Klauen auf dem Boden verursachten, während er an seinen Brüdern vorbeiging.

Er war stetig einer sanften Windung hinab gefolgt, bis sich der Gang schließlich erweiterte und einer gigantischen Halle wich. Die Mikroorganismen hatten sich hier zu bizarren Formen gefügt, die sich zwischen den Wänden und der Decke spannten.

In ihrer Mitte erkannte er sie, die Stimme, die Muttergöttin. Groß und majestätisch thronte sie auf einer dunklen Anhöhe im Zentrum der Kammer und schickte ihre Gedanken zu ihm und seinen tausenden Brüdern, die sich nach und nach versammelten, um ihr zu dienen.

Wir sind, sang ihre Stimme einer vollkommenen Melodie folgend. Quotaz wurde die Bedeutung ihrer Worte bewusst und er stimmte leise in die Melodie ein. Ihm folgten seine Brüder und schon bald wurde das ganze Schiff von den vibrierenden Stimmen erfüllt.

»Wir sind«, hallte es in seinem Kopf nach – ja, sie waren die *Eine Macht*, die in dieser Realität eine Bedeutung haben durfte …

KAPITEL 6

Er trieb sie mehrere Minuten lang schweigend durch den Urwald, bis sich die Vegetation plötzlich zurückzog und ein kleines Dorf vor ihnen auftauchte. Es bestand aus einer Handvoll grüner Zelte und einfacher Hütten, die auf kurzen Stelzen standen und ein wenig archaisch aussahen. Die Außenwände waren aus einem hellen, unbehandelten Holz gefertigt und wurden von zahlreichen schmalen Fenstern unterbrochen, die mit feinmaschigen Netzen bespannt waren. Vielleicht gab es ja doch zumindest Insekten, kam es ihr in den Sinn, doch sie verdrängte den unpassenden Gedanken sogleich.

Zwei Behausungen im Zentrum waren von beachtlicher Größe, Lillja schätzte ihre Grundfläche auf sicherlich sechzig oder mehr Quadratmeter, zwischen denen sich eine Freifläche befand. Lillja zählte acht Daru in uneinheitlichen Kampfanzügen und unterschiedlicher Bewaffnung, die um eine kleine Gruppe offensichtlich Gefangener standen.

Lilljas Herz stockte, als sie die drei Soldaten erkannte, die dort auf den Knien saßen und die Hände hinter den Köpfen gefaltet hatten. H'Rega, Cor und Fenric – wo war Azarion?

Keiner von ihnen war noch im Besitz seines Kommunikationsgeräts.

»Wo ist der Vierte?«, herrschte Jargon die Daru an, als hätte er ihre Gedanken gelesen. Die Anwesenden wandten daraufhin die Blicke in seine Richtung und nicht wenige der Daru musterten ihn argwöhnisch.

»Was tun Sie hier?«, entgegnete einer der Daru aufgebracht. Er war unschätzbaren Alters, hochgewachsen für einen Vertreter seiner Art und hatte die durchtrainierte Statur eines Soldaten. Das braune Haar fiel ihm lockig bis auf den Rücken und wirkte weit weniger gepflegt, als Lillja es von den drei Daru gewöhnt war, die sie hatte kennenlernen können.

»Niemand hat mich informiert, dass Sie hier landen würden! Was tut die Ro'ha so weit ab von ihrer Route?«

»Nicht hier und nicht jetzt!«, unterbrach Jargon den Mann. »Wo ist nun der Vierte?«

»Sie haben den Menschen doch«, kommentierte einer der anderen mit einer Geste zu Lillja.

Sie öffneten den lockeren Kreis um die Soldaten und der Xhar schob sie unsanft hindurch und zwang sie, H'Rega gegenüber, auf die Knie.

»Es waren vier Soldaten!«, fuhr Jargon auf und versetzte Lillja einen derben Stoß zwischen die Schulterblätter, der sie nach vorne fallen ließ.

»Sucht den Vierten«, befahl der hochgewachsene Daru, woraufhin sich vier der acht Männer entfernten. »Sie erklären mir jetzt ganz genau den Grund für Ihre Anwesenheit!«

»Ein Unfall, die Ro'ha ist verloren. Dale hat seine Leute hier hergeschickt, um die Reste der Station nach brauchbaren Energiezellen zu durchsuchen«, erklärte Jargon.

»Sie wussten, dass wir hier sein würden«, wandte der Daru ein, unterbrach sich selbst jedoch und maß den Xhar mit einem langen Blick. »Sie hätten eine Landung verhindern müssen!«

»Um selbst mit der restlichen Besatzung zu sterben?« Jargon lachte trocken und Lillja konnte aus den Augenwinkeln sehen, dass er eine feindseligere Haltung annahm. »Sicher nicht!«

»Das wird Siran und Lyrana nicht gefallen – Sie haben mit Ihrer Selbstsucht alles gefährdet!«

»Das denke ich nicht. Vor dem Start habe ich die gesamte Hauptdatenbank heruntergeladen«, fuhr der Techniker eindringlich fort. »Wir haben alles – auch alle Daten über Sektor 12.9835.«

Diese Aussage änderte den Ausdruck im Gesicht des Darus. Sektor 12.9835 – die Zahlen kamen ihr seltsam bekannt vor, aber sie konnte sich beim besten Willen nicht erinnern, wo sie sie gehört haben konnte.

»Unverschlüsselt?«, fragte er nun etwas weniger unfreundlich.

»Nein, aber hier sind alle notwendigen Codes versammelt.«

Der Daru warf einen langen Blick in die Runde und nickte schließlich. »Damit haben Sie uns einen großen Dienst erwiesen.«

Lillja stemmte sich wieder hoch, blieb jedoch auf den Knien sitzen und sah in die Gesichter ihrer Freunde. Niemand war ernsthaft verletzt, stellte sie erleichtert fest. Einzig H'Rega schien mehrfach ins Gesicht geschlagen worden zu sein. Eine der hellen Hornplatten unterhalb des rechten Auges war gebrochen und das daraus hervorquellende Blut war ihm übers Gesicht gelaufen.

»Was hat das zu bedeuten, Jargon?«, erhob H'Rega das Wort, ehe ein anderer etwas sagen konnte. »Sie wenden sich gegen Ihre eigenen Leute?«

»*Meine Leute*?«, er lachte bitter. »Ihr seid keine echten Xhar – ihr seid Züchtungen! Verblendete Kreaturen, geschaffen, um zu dienen, ohne jemals zu hinterfragen!«

Sie konnte in H'Regas Augen sehen, dass diese Worte ihn trafen. Der Lt. Commander spuckte blutigen Speichel aus und bleckte die Zähne.

»Ihr seid nicht mehr als die Auswüchse einer kranken Gesellschaft!«, fuhr Jargon erneut auf und Lillja konnte hören, wie er sich hinter ihr unruhig bewegte.

»Was haben Sie jetzt vor?«, fragte Cor mit fester Stimme.

»Sie sollten wissen, dass es keinen Weg gibt, uns zu einer Kooperation zu zwingen.«

»Sind Sie sich da so sicher?«

»Ja«, sagte H'Rega einfach und sah dem Techniker feindselig in die Augen.

»Fesselt die beiden«, ergriff der Daru wieder das Wort und deutete dabei auf Cor und H'Rega. »Bringt sie ins hintere Lager und stellt Wachen innen und außen auf – ich möchte keine Überraschungen. Jargon, versorgen Sie Ihre Verletzung. Solonor, Sie befragen den Yndra und Sie, Mensch«, er trat hinter Lillja und zog sie wieder auf die Beine, »Sie werden sich mit mir unterhalten.«

Ihr Herz machte einen erschrockenen Sprung, als seine Hand ihren Oberarm ergriff und sie sich zu ihm umdrehte. Sein Gesicht wirkte hart, und als er sich durch das üppige Haar fuhr, streifte ihr Blick sein rechtes Ohr und sie erkannte, dass die obere Hälfte davon fehlte.

»Sie weiß überhaupt nichts!«, fuhr Cor auf und sprang auf die Beine, doch augenblicklich war einer der Wächter heran und schlug ihm mit Wucht den Gewehrlauf in die Kniekehlen. Der Soldat brach wieder in die Knie und musste sich mit einer Hand am Boden abstützen, hielt den Blick jedoch gerade auf den Mann gerichtet, der Lillja ergriffen hatte.

»Wir werden sehen«, gab er kalt zurück und wandte sich ab, wobei er Lillja einfach mit sich zog.

»Kein Wort, Winter«, sagte H'Rega mit ruhiger Stimme hinter ihr. Sie warf ein Blick zurück in sein Gesicht, während sie hinter dem Daru herstolperte und nickte. Sie hatte tatsächlich keine wichtigen oder sensiblen Informationen – und selbst wenn, so würde sie ihre Freunde sicherlich nicht verraten.

»Sie wird sich kaum widersetzen können«, fuhr der Daru so leise fort und ohne sich umzudrehen, dass Lillja sich nicht sicher war, ob er die Worte an sie oder H'Rega gerichtet hatte. Er steuerte die linke der beiden großen Hütten an und Lillja musste ihre Konzentration wieder auf den Boden unter ihren Füßen richten, der immer wieder von Unebenheiten unterbrochen wurde. Noch während sie den Blick abermals wendete, sah sie, wie die verbliebenen Daru ihre Freunde auf die Füße zerrten, dann hatten sie die Hütte erreicht.

Der Fremde zog sie zwei hölzerne Stufen herauf, die sie zu einer Art primitiven Windfang brachten. Der überdachte Unterstand war knappe zwei Quadratmeter groß und verbarg in seinem Schatten eine massive Eingangstür, die in metallenen Angeln hing und durch eine Sensorenplatte gesichert wurde, auf die der Mann den linken Daumen legte. Es summte kurz, dann tippte er auf ein unscheinbares Feld rechts daneben.

Die Tür schwang nach innen und offenbarte einen großen Raum, der etwa drei Viertel der Gesamtfläche einzunehmen schien. In der gegenüberliegenden Wand ging eine weitere Tür ab, die, ausgehend von Raum- und Gesamtgröße, in einen zweiten Raum führen musste. Die Wände ringsum waren von holografischen Bildschirmen belegt, während sich im Innenraum gebogene Arbeitsplätze um einen zentralen Tisch reihten, der zu hoch war, um daran sitzen oder arbeiten zu können. Vielleicht handelte es sich um eine ähnliche Vorrichtung, wie sie auf der Brücke der Ro'ha gestanden hatte. Auf den einzelnen Tischen befanden sich zahlreiche Dinge, deren Funktion Lillja nur zum Teil klar war. Sie erkannte Datenpads, kleine Speicherkristalle, Projektorkugeln, aber auch ihr unbekannte, flache Geräte sowie ein paar Gegenstände, die sie als grob dekorativ einstufte. Zu ihnen zählten mehrere Skulpturen einer nackten Frau mit wirklich perfektem Körper und vieleckige, etwa faustgroße, bunte *Dinger* aus Glas. Die Hologramme an den Wänden zeigten verschiedene Ausschnitte des

Planeten in unterschiedlichen Vergrößerungen, während andere nur Datensätze wiederzugeben schienen, die Lillja nicht entschlüsseln konnte.

»Bildschirme ausschalten«, sagte der Daru ruhig und alle Projektionen wurden dunkel. Lillja sah sich überrascht um, doch sie waren die einzigen Personen, die sie erkennen konnte – Sprachsteuerung also.

Der Mann schob sie noch ein Stück in den Raum, dann ließ er sie los und zog die Tür hinter sich zu.

»Bitte verzeihen Sie die grobe Behandlung«, richtete er das Wort an sie und deutete auf einen der Stühle, der zu einem Pult schräg hinter ihr gehörte. Lillja rührte sich keinen Schritt.

»Mein Name ist Sca Tulan.« Er ging an ihr vorbei und stützte sich lässig auf einer Tischplatte ab, während er sie mit einem langen Blick maß.

»Sie ziehen es also vor zu schweigen, gut.« Er berührte eine flache Platte, die auf dem Platz vor ihm lag, und erweckte damit die Technik darin zum Leben. Ein holografischer Bildschirm und ein Eingabefeld bauten sich auf, und als Tulan seine Aufmerksamkeit auf das Gerät lenkte, fuhr Lillja den Raum erneut mit schnellen Blicken ab. Die Fensteröffnungen waren zu klein, um sich durchzuquetschen, die Tür war wieder verschlossen und sie zweifelte nicht daran, dass sie auch von innen nur mittels Fingerabdruck wieder geöffnet werden konnte, da auch auf dieser Seite ein entsprechendes Abtastungsfeld eingebaut war. Blieb die zweite Tür, von der sie weder wusste, was sich hinter ihr verbergen mochte, noch, ob sie überhaupt ohne Weiteres geöffnet werden konnte.

»Zeige Crewverzeichnis des imperialen Aufklärers Ro'ha«, sagte Tulan an den Computer gewandt, und als Lillja wieder hinübersah, erkannte sie eine längere Liste fremder Schriftzeichen. Tulan schien die Worte zu überfliegen und nickte dann.

»Sie sind der einzige Mensch an Bord«, kommentierte er – also zeigte die Liste Namen und ein paar weitere Daten, unter denen offensichtlich auch die Spezies vermerkt war.

»Öffne Personenakte von Winter, Alexandra Lillja«, fuhr Tulan fort und ein zweites Hologramm baute sich neben der Liste auf, das eine dreidimensionale Abbildung Lilljas Person zeigte, die sich langsam drehte, während daneben fremdartige Zeichen liefen.

»Dienstnummer 15-83-9-62H«, las er vor, »geboren 28-8-79.«

Das Datum musste sich auf den Kalender der Xhar beziehen.

»Mensch der Klasse III, geboren auf der Erde, primitive Ausbildung im Bereich menschlicher Geschichte«, fuhr er fort und sah sie flüchtig an.

Primitive Ausbildung – wie nett, durchfuhr es ihre Gedanken, doch sie verzog keine Miene. Zumindest hoffte sie das.

»Sie waren eine der Freiwilligen, die dem Sanitätsdienst zugeteilt wurden. Kurzausbildung auf einer orbitalen Station im Sol-System. Keine taktische Ausbildung, keine Waffenausbildung, keine höhere Qualifikation und vor allem keine Vereidigung.« Er hielt erneut inne und setzte ein trauriges Lächeln auf. »Wissen Sie, was das bedeutet?« Er wartete ihre Antwort gar nicht ab, sondern fuhr nach einer Kunstpause fort: »Natürlich nicht. Es bedeutet nicht nur, dass Sie als Mensch keine Rechte besitzen, wie sie den Bürgern des Imperiums zustehen, sondern auch, dass Sie keinerlei Ansprüche und Pflichten der Flotte gegenüber haben.« Er schwieg bedeutungsvoll, doch Lillja wusste einfach nicht, was sie darauf hätte sagen sollen. »Ich schätze, ich weiß bereits alles über Sie – aber mir scheint, dass Sie nur wenig von den Dingen wissen, die sich wirklich in der Galaxie abspielen.«

»Was wollen Sie von mir?«, rang sie sich endlich zu einer Erwiderung durch.

»Sie waren auf Torkash 4 und auf der Com'Ga«, antwortete er und sah wieder auf die Abbildung vor sich. »Ich möchte, dass Sie mir erzählen, was dort passiert ist.«

Torkash 4 – sie hatte die Überreste eines abgestürzten feindlichen Schiffes untersucht und war dabei auf mehrere menschliche Leichen gestoßen. Einer von diesen Männern hatte sogar noch gelebt, aber er musste wahnsinnig gewesen sein und Lillja hatte ihn in Notwehr töten müssen. Ihre Erinnerungen an die Com'Ga waren nicht viel erfreulicher. Sie hatte das kleine Forschungsschiff betreten und hatte die von der Seuche infizierte Crew gefunden – mitsamt ihres Nachwuchses. Die meisten von ihnen waren schon nicht mehr am Leben gewesen, doch auch die Überlebenden hatten sie töten und der Kälte des Alls übergeben müssen.

Die Erinnerung an die grauenvollen Schreie, die die winzigen Xhar ausgestoßen hatten, nachdem Lillja die schützende Schale zerstört hatte, suchte sie mit so plötzlicher Wucht heim, dass sie plötzlich alle Kraft brauchte, um sie zurückzudrängen.

Sie sah zu Boden und schwieg, hörte dann jedoch, wie er den Stuhl zu bewegen schien, auf dem er saß, und sah auf. Der Daru war aufgestanden und kam einen halben Schritt auf sie zu.

»Sie glauben, dass die Xhar Ihre Verbündeten sind – Ihre Freunde – aber das ist nicht wahr«, sagte er mit eindringlicher Stimme. »Sie verdienen Ihre Loyalität nicht.«

»Ich werde Ihnen gar nichts sagen.«

Der Daru seufzte und schüttelte den Kopf.

»Starte Hauptanzeige und öffne Datei H-37«, sagte er leise und eine Handbreit über dem zentralen Tisch baute sich ein dreidimensionales Abbild eines Planeten auf. Es war die Erde. Plötzlich verspürte sie doch das Verlangen, sich zu setzen und ließ sich auf dem Stuhl nieder, den Tulan ihr zuvor gewiesen hatte.

Die Erde.

Wehmut und Trauer kehrten schlagartig zurück, als der jungen Frau vor Augen geführt wurde, was sie verloren hatte.

»Es tut mir leid, was mit Ihrer Heimat passiert ist«, meinte der Daru leise. Seine Worte klangen aufrichtig. »Es ist unvorstellbar – mein Volk erlebte Jahrzehnte der Unterdrückung und Fremdbestimmung, aber das …«

Er schwieg eine Weile und Lillja gab sich dem Bild ihrer Heimat hin, das sich langsam vor ihr drehte, bis er erneut die Stille durchbrach:

»Das Solsystem«, fuhr er fort und die Abbildung veränderte sich, die Erde wurde kleiner und kleiner, bis sie schließlich nur ein blauer Punkt zwischen den anderen Planeten ihres Systems war, die einen hellen Stern umkreisten. »Etwa 16500 Standardlichtjahre vom Zentrum unserer Galaxie entfernt. In Ihren Maßeinheiten ausgedrückt …«, er senkte den Blick auf ein Pad und fuhr mit schnellen Fingern über das Display, ehe er fortfuhr: »28.000 Erdenlichtjahre.«

Erneut verkleinerte sich die Anzeige, wurde zu einem einzelnen hellen Licht, um das sich Hunderte andere kleiner Punkte bildeten, bis sich schließlich das Abbild einer Spiralgalaxie zeigte. Das Sonnensystem der Erde befand sich auf halber Höhe am zweitäußersten Arm, doch je weiter sich die Abbildung aufbaute, desto schwerer wurde es, diesen einen Punkt im Auge zu behalten.

Tulan wandte sich um, trat an die Projektion heran und deutete auf einen Punkt, der nur wenige Zentimeter von der Erde entfernt lag.

»Hier liegt Jiserija – der Heimatplanet meines Volkes.« Er berührte den Ausschnitt und vergrößerte ihn mit zwei Handbewegungen. Dann deutete er auf ein System noch etwas weiter außerhalb und in etwa gleicher Entfernung zu Jiserija, wie diese Welt zu Erde gelegen haben mochte. »Ankur.«

»So dicht beieinander«, murmelte Lillja und trat, vollkommen gebannt von diesen neuen Informationen, an die Seite des Darus. Die Galaxie war riesig und irgendwie hatte die junge Frau damit gerechnet, dass die einzelnen Heimatwelten deutlich weiter auseinanderliegen würden.

»Dicht ist relativ.« Mit weiteren Handbewegungen zog er sein eigenes System ins Zentrum und vergrößerte es so weit, bis die einzelnen Planeten zu erkennen waren. Es waren nur sieben, von denen der Zweite grün und blau schimmerte. Vier Monde umkreisten ihn, während er eine träge Bahn um seine Sonne zog. Ein Lächeln trat auf die Züge des Darus und mit einem Mal wirkte er sehr viel sanfter, doch dann riss er sich sichtlich los und sah Lillja an. »Selbst mit den neusten Antrieben dauert es noch immer Wochen, um von Ankur nach Jiserija zu gelangen. Ganz davon abgesehen, dass Ankur seit fast einem Jahrhundert in den Händen des Feindes ist.« Er sah wieder auf das Hologramm. »Zeige Ausdehnung des Xhar-Imperiums vor dem ersten Seuchenausbruch.«

Das Bild zoomte wieder heraus und eine schraffierte Fläche mit unregelmäßigen Rändern legte sich über den gezeigten Abschnitt.

»Jiserija war vor dem Krieg der letzte Planet, den die Xhar besetzt hatten – er markierte die äußere Grenze des Imperiums. Hier«, er zeigte auf einen hellen Punkt am rechten Ende der Schraffur, »müsste etwa Nayos liegen, die Heimatwelt der Ethara.«

Beide Namen sagten ihr nichts, aber sie ging davon aus,

dass es sich um eine weitere Spezies handeln würde.

Er sah sie wieder an und scheinbar reagierte sie anders, als er es erwartet hatte und er legte die Stirn in Falten.

»Sie beanspruchten den gesamten bislang bekannten Raum«, erklärte er. »Jeder Planet, der den Xhar wertvoll genug erschien, wurde annektiert – unabhängig davon, ob sich dort schon eine andere Spezies niedergelassen hatte. Sie haben Jiserija binnen weniger Jahrzehnte absolut ausgebeutet, und als sie schließlich erklärten, die Daru seien nun frei und Teil des Imperiums, war von unserer Heimat kaum noch etwas geblieben. Wir wurden in unserer Entwicklung um Jahrhunderte zurückgeworfen.«

Er sah sie noch immer sehr aufmerksam an und Lillja nickte langsam. Es war sicherlich schmerzlich für seine Leute gewesen – doch zum einen war das vor dem Krieg gewesen und damit mindestens hundertsiebzig Erdenjahre her und zum anderen vollkommen irrelevant für ihr Verhältnis zu den Xhar. Aber das würde sie sicher nicht aussprechen.

»Hätten Ihre sogenannten Verbündeten die Erde vor dem Krieg entdeckt, dann hätten Ihre Leute vermutlich das gleiche Schicksal geteilt.«

»Aber so ist es nicht passiert«, sagte sie etwas hilflos. »Und heute ist alles etwas anders. Ankur wurde besetzt, die Xhar fast ausgerottet – und wir alle haben einen gemeinsamen Feind. Ich verstehe nicht …«

»Öffne Unterprogramm S-9 – volle Sichtbarkeit«, unterbrach der Daru sie. Die Galaxie verschwand und wurde von einer gräulichen Kugel mit unebener Oberfläche ersetzt, von der mehrere tentakelartige Auswüchse abgingen.

»Ein Virus?«, sprach sie ihren ersten Gedanken aus und Tulan nickte langsam.

»So ähnlich. Es ist die Seuche.«

Lillja trat noch etwas näher und sah das Gebilde eingehend an. Nie zuvor hatte sie den Grund, warum ihre Heimat vernichtet worden war, überhaupt gesehen. Etwas an der Oberfläche war seltsam, sie schien sich zu bewegen.

»Eine Mischung aus Biologie und Technologie«, erläuterte Tulan schließlich. »Wie nahezu alles, was wir bislang vom Feind untersuchen konnten.«

Auf dem abgestürzten Schiff, das sie auf dem Mond betreten hatte, war ihr nichts lebendig vorgekommen – nicht einmal zum Teil. Fast hätte sie ihre Gedanken ausgesprochen, doch sie hielt sich im letzten Moment zurück.

»Die Menschen sind bislang die einzige bekannte Spezies, die eine natürliche Immunität gegen alle Formen der Seuche aufweist und genau das wollten sich Ihre Verbündeten zu Nutze machen.«

Er unterbrach sich kurz und sah auf seine Hände. Sein rechter Handrücken war vernarbt und schien einst großer Hitze ausgesetzt gewesen zu sein. Er massierte die Narbe gedankenverloren mit der linken Hand und fuhr fort: »Die Immunität Ihrer Spezies wurde im Jahr achtundsiebzig entdeckt – öffne angehängte Archivbilder.« Der Virus verkleinerte sich stark, während sich mehrere zweidimensionale Bilder öffneten und sich nebeneinander anordneten.

Lillja sog entsetzt die Luft ein, als sie von Bild zu Bild sah. Sie alle zeigten irgendeine Art von Labor oder ähnlicher Forschungseinrichtung, in der unterschiedliche Dinge mit Menschen aller Altersstufen gemacht wurden. Das oberste Bild zeigte ein sehr kleines Mädchen, das auf einem Tisch geschnallt war, während sich ein Xhar über sie beugte und ein veraltet wirkendes OPG über ihr montierte. Das Kind war wach und aus ihren weitaufgerissenen Augen liefen Tränen.

Ein anderes zeigte einen nackten, abgemagerten Mann, der

in einem gläsernen Kasten in seinen eigenen Exkrementen kauerte und mit leerem Blick in ihre Richtung starrte.

Sie wollte nicht mehr sehen und richtete den Blick auf ihre Füße.

»Die menschliche Zelle wehrt die Seuche selbstständig ab, also versuchte man, sich diesen Umstand zunutze zu machen. Sehen Sie hin!« Bei den letzten Worten hatte er ihren Oberarm ergriffen und Lillja sah wieder auf. Sie überflog die Bilder, erkannte Menschen, die offensichtlich litten oder unsagbar schlecht behandelt wurden. Manche waren krank, andere abgemagert, doch die meisten lagen tot auf metallenen Tischen.

»Es stellte sich als schwieriger heraus, als man angenommen hatte – die Seuche verändert sich ständig und überwindet jeden Impfschutz und jeden Behandlungsansatz.« Er ließ sie wieder los. »Schließe Archivdatei.«

Die Bilder verschwanden. Lillja trat einen Schritt zur Seite und ließ ihren Blick über den Daru schweifen. Er war nicht allzu stark bewaffnet – sie sah eine Pistole, deren Griff ihrer Stardust ähnelte und ein langes Messer, das in einer Halterung schräg auf der Rückseite seines Gürtels hing.

»Sie haben schreckliche Dinge getan«, sagte Lillja leise, obwohl sie nicht ganz sicher war, ob sie wirklich glauben durfte, was Tulan ihr zeigte. »Aber letztlich haben sie versucht, die Erde zu beschützen.«

»Macht dieser Versuch die Gräueltaten wett?«

»Die Xhar haben Tausende eigener Männer im Solsystem verloren – der Vater meines Captains war unter ihnen und viele Männer meiner Crew haben an diesem Tag Freunde verloren.« Sie schwieg für einen Herzschlag und setzte dann neu an: »Sicher, das alles ist schrecklich und ich hoffe inständig, dass die Verantwortlichen irgendwann zur Rechenschaft gezogen werden, aber ist das der Grund, warum Sie sich gegen die Xhar wenden und uns hier angreifen? Verspätete Rache für die Besatzung und ein Verstoß gegen die Menschenrechte?«

Er schüttelte den Kopf. »Nein, ich habe nur gehofft, Ihnen damit die Augen zu öffnen, Alexandra.«

Es war ungewohnt, diesen Namen mit sich selbst in Verbindung zu bringen, doch sie ließ sich nichts anmerken. Hoffte sie zumindest.

»Wir wissen, dass die Forschung der Ethara zu einem vorläufigen Ziel geführt hat«, sprach Tulan weiter. »Es gibt einen Seuchenschutz, allerdings wirkt er nur bei meiner Spezies. Das Oberkommando Ihrer Verbündeten hält diese Erkenntnis jedoch geheim. Ich glaube, aus Angst, wir könnten uns und damit alle unsere Ressourcen vom Krieg zurückziehen, wenn öffentlich bekannt würde, dass der Feind, die Nesuka, keine Gefahr mehr für uns sind. Verstehen Sie, Alexandra? Der Feind hat niemals einen Planeten direkt angegriffen, der nicht unter der Kontrolle der Xhar stand. Wir verloren unsere Kolonien und Stationen nur an die Seuche.«

Das war Blödsinn.

Sie hatte die Angst der Xhar gesehen, wenn es um die Seuche ging, und hatte die niederschmetternden Berichte von den verschiedenen Fronten gehört – gäbe es einen solchen Impfstoff, dann würden sie ihn nicht zurückhalten, ganz egal, ob sie selbst davon profitieren konnten oder nicht. Tulan und seine Leute hatten sich von irgendeiner verrückten Verschwörungstheorie einspannen lassen. Sie waren verblendete Fanatiker.

Ihre Gedanken mussten sich wohl deutlich auf ihrem Antlitz widerspiegeln, denn plötzlich veränderte sich der Ausdruck in seinem Gesicht und seine ganze Haltung wurde angespannter.

»Ich wünschte, ich hättet Sie überzeugen können«, sagte er mit unechter Resignation. »Aber im Gegensatz zu Ihren Freunden wurden Sie nicht gegen die Wirkung der Sepiaträne immunisiert.«

Er wandte ihr den Rücken zu und schritt bedächtig zum Pult auf der gegenüberliegenden Seite des Projektortisches, trat um es herum und hantierte an einer der Schubladen, die sich an der Stirnseite befinden mussten. Kurz darauf hielt er eine metallene Schachtel von dreißig mal zwanzig Zentimetern in den Händen und kam zu Lillja zurück.

Sie wich ein paar Schritte zurück, bis sie einen Arbeitstisch im Rücken fühlte, und starrte den Mann an. Plötzlich hatte sie doch Angst.

Hinter ihrem Rücken fuhr sie mit der Linken auf der Suche nach etwas, das sie als Waffe gebrauchen konnte, über die Tischplatte, bis ihre Finger gegen eine der Frauenskulpturen stießen. Sie war nur etwa so groß wie ein normales Datenpad und wog wenige hundert Gramm – aber es war besser als nichts.

Als Tulan heran war, riss sie die Hand samt Statue hervor und versuchte, ihm damit einen Schlag zu versetzen, doch der Daru war um vieles schneller. Ohne sichtliche Anstrengung fing er ihren Arm ab und verdrehte ihn, sodass sich Lillja in der nächsten Sekunde um hundertachtzig Grad gedreht und vornübergebeugt mit der Brust auf der Tischplatte liegend wiederfand, während Tulan ihr linkes Handgelenk eisern festhielt und bis auf Höhe ihrer Schulterblätter zwang.

»Nachdem Sie Jargon so zugerichtet hatten, hatte ich mehr erwartet«, spottete er dicht an ihrem Ohr. Sein Haar fiel ihr ins Gesicht und sie fühlte seinen Atem auf ihrer Haut, bis er sich endlich wieder aufrichtete. Lillja keuchte vor Schmerz und Wut, konnte sich aber kein Stück bewegen.

Er stellte das metallene Kästchen – er hatte sie nicht einmal loslassen müssen, um ihren Angriff abzuwehren – neben ihr auf den Tisch und klappte den Deckel mit einer Hand zurück. Lillja folgte seinen Bewegungen aus den Augenwinkeln, und als ihr Blick auf eine aufgezogene Spritze mit gläsernem Körper und metallener Kanüle fiel, bäumte sie sich mit aller Kraft gegen seinen Griff auf.

Es war sinnlos. Eine minimale Kraftanstrengung seinerseits reichte bereits, um ihre Schulter vor Schmerz schier explodieren zu lassen und jeglichen Widerstand zu unterbinden.

Er löste die Spritze aus ihrer Halterung und sie verschwand aus ihrem Blickfeld. Kurz darauf fühlte sie einen schmerzhaften Einstich in den Hals, dem ein dumpf-warmes Gefühl folgte, das sich rasch in ihrem Körper ausbreitete.

»Es sollte nicht lange dauern«, kommentierte Tulan, dann legte er die Spritze geräuschvoll auf den Tisch und lockerte seinen Griff so weit, dass Lillja sich aufrichten konnte. Er führte sie zum nächstgelegenen Stuhl und drückte sie etwas unsanft darauf.

Lillja rieb sich die schmerzende Schulter und betastete die Einstichstelle am Hals, dann warf sie ihm einen vernichtenden Blick zu.

Es vergingen quälende Minuten, in denen der Daru sie schweigend ansah und Lillja vergeblich zu ergründen versuchte, ob das Mittel irgendetwas mit ihr machte.

»In Ihrer Akte wurde Lillja als Rufname vermerkt – warum wollen Sie nicht mit Alexandra angesprochen werden?«, wollte er unvermittelt wissen.

»Der Name war zu beliebt – in der sechsten Klasse gab es gleich drei Alexandras und ich wollte nicht eine von vielen sein«, antwortete sie wie automatisiert und sah überrascht auf. Warum hatte sie das gesagt? Es entsprach der Wahrheit, war aber sicher kein Detail, das sie Tulan hatte mitteilen wollen.

»Gut, es scheint anzuschlagen.«

Er griff sich einen Stuhl und zog ihn bis auf einen halben Meter an Lillja heran, um sich dann darauf zu setzen und ihr lange ins Gesicht zu sehen.

»Und jetzt erzählen Sie mir ganz genau, was auf Torkash vier, der Com'Ga und der Gi'vol vorgefallen ist …«

ANK'RA

Es würde noch mehr als eine Stunde dauern, bis alle Vertreter gelandet und durch die Kontrollen gekommen waren. Siran ließ sich seine Ungeduld nicht anmerken und verbannte jedes Gefühl von Aufregung und Nervosität aus seinen Gedanken. Er war weit gekommen und hatte den schwierigsten Teil hinter sich gebracht – das Schlimmste, was jetzt noch passieren konnte, war, dass man ihn enttarnte, aber selbst dann würde er seinen Auftrag ausführen können.

Man hatte ihn und seinen Leibwächter in den großen Konferenzsaal gebracht und dort seit mehr als einer Stunde warten lassen. Neben ihm waren die Vertreter von zwölf anderen Kolonien anwesend – zwei Daru, ein Yndra und sogar je ein Gesandter der Taylee und Ethara.

Die Taylee hatten sich, nach Sirans letzten Informationen, fast vollständig von allen Schlachtplätzen zurückgezogen, seit ihre Hauptkolonie in der Grenzzone an den Feind gefallen war. Diese kleinen, stämmigen Kreaturen waren nicht annähernd so weit verbreitet gewesen wie die anderen Mitglieder des interstellaren Bündnisses. Sie hatten sich auf einem Planeten mit geringer Gravitation entwickelt und konnten die für Siran normalen Umwelteinflüsse nur in speziellen Anzügen ertragen. An ihre Siedlungsprojekte stellten sie so spezielle Anforderungen, dass sie es in mehreren tausend Jahren ihrer Zivilisation nicht geschafft hatten, mehr als drei Welten zu besiedeln. Darüber hinaus waren sie das einzige Volk, das niemals zuvor in einen nennenswerten Krieg involviert gewesen war – nicht einmal mit den Xhar.

Der Ethara schien den Blick zu spüren, den Siran ihm zuwarf und kam in seine Richtung. Er war groß und dünn, mit langen Armen und Beinen – eine unansehnliche Gestalt. Seine Haut war durchscheinend, sodass Siran die Adern sehen konnte, die sein hellblaues Blut transportierten. Besonders in seinem Gesicht wirkte dieser Umstand befremdlich. Seine Haut war mit einem gallertartigen Film überzogen, der sie weich und nachgiebig erscheinen ließ, doch Siran wusste, dass dieser Eindruck täuschte. Die Haut der Kreatur war zäh und robust und es brauchte weit mehr als eine normale Klinge, um sie zu durchdringen.

»Rakazar Sintez«, sprach der Ethara ihn bedeutungsvoll an und verbeugte sich leicht. Siran erwiderte die Geste und richtete den Blick auf die Augen seines Gegenübers. Sie waren klein und rund, die Iris nahm nur einen Bruchteil der Fläche ein, sodass Siran durch die durchsichtige Flüssigkeit den Sehnerv zu erkennen glaubte, der im Schädel verschwand.

»Gesandter«, antwortete er und versuchte, dabei nicht allzu erwartungsvoll zu klingen.

Sein Gegenüber faltete die langen Finger bedächtig und blickte auf ihn herab, doch als er erneut das Wort erheben wollte, öffnete sich die Tür und ein hochgewachsener Xhar trat ein. Ein Soldat, erkannte Siran überrascht, ein weiteres Detail, das er so nicht erwartet hatte. Seine helle Haut war mit titanfarbenen Hornplatten gepanzert, die seltsam harmonisch mit seinen blauen Augen wirkten. Der größte Teil seines Gesichts und der gesamten rechten Körperseite mussten einst mit einem Feuer in Kontakt gekommen sein, das große Narben hinterlassen hatte, die der Xhar aus irgendeinem Grund nicht behandelt hatte.

»Flotten-Admiral Tival«, murmelte der Ethara neben ihm ehrerbietig und trat einen Schritt zurück.

Venc Tival. Siran maß ihm mit einem langen Blick, ehe er langsam nickte und ein Lächeln aufsetzte.

Dies war in der Tat eine Fügung, mit der er nicht gerechnet hatte …

KAPITEL 7

Sie hatte ihm tatsächlich ausnahmslos alles erzählt und war dabei so detailgenau geblieben, wie es ihre Erinnerung zugelassen hatte. Bei jedem Wort hatte sich ihr Geist empört aufgelehnt, doch sie hatte nichts gegen die Sätze tun können, die aus ihrem Mund geströmt waren.

Ob sich Adrian Radu bei seiner Befragung durch ihren Captain und Kalira auch so gefühlt haben mochte? Sie wünschte es ihm nicht – ganz ungeachtet der Tatsache, dass er ein Verräter war und seine Leute auch gegen Lillja und H'Regas Team gehetzt hatte.

Zuletzt hatte sie Tulan sogar ihren medizinischen Code genannt.

Irgendwann hatte die Verzweiflung ihr die Tränen in die Augen getrieben, doch auch diese hatten weder Tulan an seinen Fragen gehindert, noch Lillja eine Flucht vor den Antworten ermöglicht. Es war die Droge, nur die Droge, sagte sie sich selbst, doch sie fühlte sich trotzdem wie eine Verräterin.

Schließlich schien sie die letzte seiner Fragen beantwortet zu haben und endlich ließ er von ihr ab. Ihr Mund war trocken und ihre Augen brannten, während ihr Schädel dröhnte, aber nichts davon kam an das schreckliche Gefühl heran, die letzten Personen, die ihr etwas bedeuteten, betrogen zu haben.

Der Daru war aufgestanden und hatte sich ein paar Schritte durch den Raum bewegt, als jemand an der Tür klopfte und ein dumpfes: »Jargon hier«, erklang.

»Kommen Sie herein«, lud Tulan ein und Lillja fragte sich plötzlich, ob die Tür vielleicht die ganze Zeit unverschlossen gewesen war und sie diese Fluchtmöglichkeit einfach ungenutzt hatte verstreichen lassen.

Der verräterische Xhar betrat die Hütte und ließ den Blick über die nun wieder inaktiven Bildschirme schweifen, bis er schließlich über Lilljas Züge fuhr und an Tulan haften blieb.

»Fenric hat uns alles Wissenswerte mitgeteilt«, berichtete er, »aber er verfügt nicht über die nötige Sicherheitsstufe.« Offenbar hatte man auch den Yndra einer ähnlichen Prozedur unterzogen.

»Das befürchtete ich.«

»Aber ich glaube, ich kann Soran zum Reden bringen.«

Sichtlich interessiert sah Tulan auf und zog die Augenbrauen in die Höhe.

»So?«

»Ja«, sagte Jargon fest und richtete seinen Blick auf Lillja. »Mit ihr.«

Sie sah mit einem Ruck zu seiner großen Erscheinung auf und fühlte, wie ihr Herz zu rasen begann. Das war ein Albtraum! Schlimm genug, dass sie so frei heraus alles erzählt hatte, was sie wusste.

»Ich bin kein Freund solcher Praktiken.« Tulan sah abwechselnd zwischen dem Xhar und ihr hin und her, bis er schließlich langsam nickte. »Aber in diesem Fall bleibt uns wohl kaum eine andere Wahl … Bringen Sie ihn her.«

Jargon wandte sich um, hielt dann jedoch noch einmal inne und warf einen Blick über die Schulter zurück.

»Das könnte … sicher, dass Sie diese Sauerei hier haben wollen?«

»Da haben Sie recht«, gab der Daru leicht zurück, ging zu Lillja und zog sie auf die Beine. Er zwang ihre Arme auf den Rücken, führte ihre Hände durch Handfesseln aus Kunststoff oder einem ähnlichen Material und fixierte sie so hinter ihr. Dann legte er ihr eine Hand auf die Schulter und schob sie vor sich her zum Ausgang.

Als sie wieder ins Freie traten, war Lillja für einen Moment geblendet und musste mehrfach blinzeln, bis sich ihre Augen halbwegs angepasst hatten. Auch die Hitze schlug nun unerwartet hart auf sie ein und ihr trat sofort der Schweiß auf die Stirn. Im Inneren der Hütte war es deutlich kühler gewesen, fast schon angenehm – zumindest dann, wenn man den direkten Vergleich erlebte.

Man führte sie entlang der Längswand des großen Gebäudes. Rechts von ihr stand der zweite größere Bau, während sie sich auf ein einfaches Zelt zubewegten, vor diesem jedoch links abbogen und eine kleine Hütte am Rand der bewuchsfreien Fläche ansteuerten, vor der ein Daru Wache stand. Es war kaum mehr als eine grobgezimmerte Bretterbude, mit flachem Dach und ohne Fenster, die auf zwanzig Zentimeter hohen hölzernen Stelzen stand.

»Holen Sie Cor Soran raus«, befahl Jargon dem Wächter, erntete jedoch nur einen fragenden Blick, woraufhin er hinzufügte: »Den dunkleren.«

Der Daru schlug mit der Faust zweimal gegen das Holz und gab den Befehl weiter, woraufhin sich die Tür nach wenigen Augenblicken öffnete und Cors gebeugte Erscheinung im Türrahmen erschien. Das Innere der Hütte lag im Dunkeln, doch Lillja vermutete, dass dort, wie befohlen, eine zweite Wache stand, die den Xhar unsanft nach draußen schob. Mit einem Schritt überwand er die geringe Distanz bis zum natürlichen Boden, dann blieb er stehen und sah sich um.

Seine ganze Erscheinung drückte Aggressivität und Kampfbereitschaft aus. Die Pupillen hatten sich zu schmalen Schlitzen verengt und blickten misstrauisch in die Runde, bis sie Lilljas Gesicht streiften und sich dann auf Jargon richteten. Auch Cors Hände waren auf dem Rücken zusammengebunden und Lillja konnte sehen, wie er sich gegen die Fesseln stemmte.

»Es tut mir leid, dass Sie mich zwingen, zu solchen Mitteln zu greifen«, sagte Tulan bedächtig hinter ihr. »Aber ich brauche wirklich Zugriff auf die Datenbank.«

Sie konnte hören, wie er zwei Schritte zur Seite machte, während die Wache hinter Cor dem Xhar den Lauf eines Gewehrs in den Rücken drückte und ihn auf die Knie zwang.

»Ich kann Ihnen nicht geben, was Sie wollen«, sagte Cor ruhig, während er sich niedersinken ließ.

»Wir werden sehen«, gab Jargon zurück. Er zog eine schmale, kaum fingerlange Klinge hervor, die im nächsten Herzschlag blau zu glimmen begann. Er hielt sie einen Augenblick demonstrativ vor Lilljas Gesicht, dann führte er die Waffe hinter sie und durchtrennte damit ihre Handfesseln. Ihr Herz raste und ihr wurde schlecht vor Angst, während er grob ihr linkes Handgelenk packte und die Bindungen des Handschuhs löste, um ihn ihr schließlich auszuziehen.

Seine Hand rutschte etwas höher, sodass zwei seiner Finger nun ihren kleinen Finger abspreizten und nach außen bogen. Er verwendete viel Kraft und Lilljas Gelenk reagierte mit protestierendem Schmerz auf die Überdehnung. Sie keuchte und versuchte, sich loszureißen, doch der Xhar gab keinen Millimeter nach. Dann knackte es unnatürlich laut, als der Finger brach und Lillja schrie gepeinigt auf.

»Der Code?«

»Ich habe nicht einmal mehr die nötige Freigabestufe – niemand von uns hat sie!«, antwortete Cor, während er Lillja in die Augen sah. Sie konnte nicht sagen, ob es die Wahrheit war oder ob er log.

Erneut waren ihr Tränen in die Augen geschossen, doch sie versuchte, sich zusammenzunehmen und kämpfte das wilde Pochen, das dem Schmerz gefolgt war, tapfer nieder.

»Leider weiß ich, dass das nicht die Wahrheit ist«, fuhr Jargon fort und griff ihre Hand wieder fester. Jede kleine Bewegung des gebrochenen Fingers setzte sich in heißen Wellen fort, die ihren Arm hinauf strömten und sie leise wimmern ließen. Jargon hob das kleine Messer ein Stück in die Höhe und betrachtete die blauschimmernde Klinge, ehe er sie dicht an die Kuppe des gleichen Fingers führte.

»Es heißt, dass die Fingerspitzen der Menschen zahlreiche Nervenenden besitzen«, sagte er, während er die Schneide dichter an ihre Haut führte. Sie war heiß.

Die Hitze steigerte sich in Sekundenschnelle ins Unermessliche und sie brach wimmernd auf ein Knie nieder, doch Jargon bewegte die Hitzequelle nicht weiter weg. Der Geruch von verbranntem Fleisch tränkte die Luft und ihre Haut begann, rote Blasen zu werfen.

»Ich kann nicht«, sagte Cor leise. Er sah ihr noch immer in die Augen und Lillja versuchte irgendeine Art von Trost oder Stärke in diesem Blick zu finden, aber da war nur ihr eigener Schmerz.

Mit einem Mal rammte der Xhar ihr die Messerklinge unter den Nagel und hebelte ihn mit einem schnellen Ruck nach oben aus. Sie schrie, während ein unbeschreiblicher Schmerz sich in wilden Flammen durch ihren Geist fraß. Ihr wurde schwindelig und übel – und in diesem Moment wollte sie, dass Cor ihm gab, was immer er verlangte.

»Es tut mir leid«, sagte Cor leise, seine Pupillen weiteten sich und an seiner Haltung konnte Lillja die vielen gegensätzlichen Gefühle ablesen, die in seinem Inneren toben mussten.

Der Xhar riss ihre Linke wieder weiter nach oben, sodass sie auf Augenhöhe des Soldaten war und legte nun die Klinge am untersten Gelenk ihres kleinen Fingers an. Sie konnte nicht hinsehen, fühlte aber wieder die Hitze, die sich schmerzhaft in ihre Haut brannte.

»Sagen Sie mir einfach, was wir wissen müssen«, ergriff der Daru das Wort. Sie hatte schon vollkommen vergessen, dass er überhaupt noch anwesend war. »Sagen Sie es einfach und das alles endet sofort.«

Cor schwieg und sah Lillja in die Augen, dann zerschnitt die Klinge Fleisch und Sehnen mit einem schnellen Ruck und Lillja schrie erneut. Eine solche Art von Schmerz hatte sie nie zuvor gefühlt, es war schlimmer noch als alles, was sie sich je hatte vorstellen können. Heiße Wellen der Pein brachen über ihr zusammen und fluteten ihren Geist, löschten alles andere aus und hinterließen brodelnde Schlieren aus rotem Schmerz.

Sie sank vornüber und krallte die gesunde Rechte in den warmen Boden.

Sie fühlte eine Bewegung hinter sich, und als sie den Blick zu ihrem Peiniger hob, streifte ihr Blick ihre blutige Hand. Ihr kleiner Finger fehlte und lag in einer absurd kleinen Lache aus Blut am Boden.

Ihr wurde schlecht, während der Schmerz noch etwas schlimmer zu werden schien. Warum wurde sie nicht einfach ohnmächtig?

Jargon ließ ihre Hand los und trat neben sie, wobei er ihren abgetrennten Finger mit der Stiefelspitze anstieß, dann packte er sie grob am Haar und zerrte sie auf die Füße.

»Wenn du glaubst, dass sie jetzt leidet, dann unterschätzt du meine Fähigkeiten gewaltig«, sagte er kalt und zwang ihren Kopf in seine Richtung. Das Messer erschien wieder in ihrem Blickfeld und bewegte sich bedrohlich dicht vor ihrem linken Auge hin und her. Sie versuchte sich seinem Griff zu entwinden, hatte aber einfach keine Chance. Die heiße Klinge berührte kurz ihr Jochbein und der darauffolgende Schmerz ließ ihre Gegenwehr wimmernd ersterben.

»Geben Sie ihm einen Moment, seinen Starrsinn zu überdenken«, drang Tulans Stimme durch den Schmerz und tatsächlich entfernte sich das Messer und der Xhar entließ sie aus seinem Griff. Fast wäre sie erneut auf die Knie gefallen, schaffte es aber irgendwie, sich auf den Beinen zu halten und hob zitternd die linke Hand an, konnte sich aber nicht überwinden, sie erneut anzusehen.

Lillja wollte etwas sagen, doch sie hatte Angst, was die Droge aus ihren Worten machen würde, also sah sie Cor einfach an und versuchte, die Schmerzen zu ertragen.

In ihrem alten Leben hatte jemand einmal gesagt, der Körper würde immer nur einen Schmerz weiterleiten, doch das konnte sie in diesem Augenblick nicht bestätigen. Ihr ganzer Körper schien in Flammen zu stehen und das, was sie in ihrer Hand fühlte, ließ sich nicht einfach als Schmerz oder Pein beschreiben, es ging weit darüber hinaus und wäre all das Adrenalin nicht gewesen, das in ihrem Kreislauf tobte, wäre sie sicherlich ohnmächtig geworden.

»Lieutenant Soran«, sprach Tulan mit unechter Freundlichkeit in der Stimme weiter, »ich kann Ihren Zwiespalt verstehen – aber Sie können mir glauben, dass ich alles tun werde, um an diese Daten zu kommen.«

Er trat von rechts an sie heran und berührte mit dem Handrücken ihr Gesicht. Sie wich zurück und geriet ins Wanken, fing sich jedoch mit einem unsicheren Schritt wieder.

»Ich wünschte wirklich, Sie hätten sich anders entschieden«, fügte Tulan an und ließ dabei offen, wen er damit meinte.

Sie hörte ein metallisches Klicken hinter sich, hielt den Blick jedoch starr auf Cor gerichtet, der nur schwach den Kopf schüttelte. Er litt mit ihr, das konnte sie sehen.

»Machen Sie weiter«, verlangte der Daru und Lillja schloss die Augen. Schritte näherten sich ihr und dann war Jargon wieder heran und packte sie im Genick. Die Hitze der von Energie ummantelten Klinge kehrte zurück und versengte die Haut ihres linken Jochbeins. Er würde sie blenden, wurde ihr bitter bewusst – und es würde noch schmerzhafter werden als das, was sie gerade hatte erleben müssen.

Ein lautes Peitschen zerriss die Stille und plötzlich war ihr Gesicht von zähem Blut besudelt, während das Messer mit einem harten Ruck ihre Wange aufschnitt und nach unten verschwand.

Panik, Übelkeit und Schmerz vermischten sich zu einem grauenvollen Gefühl, doch dann begriff ein winziger Teil ihres Bewusstseins, was passiert war. Der Griff in ihrem Nacken lockerte sich, während der tote Körper des Xhars zu Boden fiel und sie mit sich riss. Durch den blutigen Schleier erkannte sie undeutlich, dass Cor aufsprang, während gefesselte, bleiche Hände aus dem Dunkel der Hütte auftauchten und sich um den Kopf seines Bewachers legten. Dann schlug sie auf dem Boden auf, warf sich augenblicklich herum und griff nach dem Messer, das Jargon verloren hatte. Noch im gleichen Herzschlag war sie wieder auf den Beinen und stürzte sich auf Tulan.

Der Daru war während des kurzen Gespräches nach vorne getreten und hatte ihr den Rücken zugewandt. Er zog seine Waffe, doch da war sie schon heran, rammte ihm die kurze Klinge seitlich in den Brustkorb und brachte ihn durch pures Ungestüm zu Fall.

Er schien mehr überrascht als wirklich getroffen und fing seinen Sturz mit den Händen ab, während er es irgendwie schaffte, sich gleichzeitig halb auf den Rücken zu drehen, sodass er ihre Hand, die das Messer führte, zu greifen bekam und von sich weg drehte. Lillja ließ sich mitreißen und gemeinsam gingen sie zu Boden.

Mit brutaler Kraft zerrte er ihre Hand samt Messer von sich und brachte dabei so viel Druck auf ihr Handgelenk, dass sich ihre Finger schließlich öffneten und die Klinge zu Boden fiel.

Bereits im nächsten Herzschlag traf sie seine Handkante schmerzhaft gegen das Sternbein, sodass ihr die Luft aus den Lungen gepresst wurde und sie fühlen konnte, wie sämtliche Kraft aus ihr wich. Erneute Panik und Todesangst brachen über sie herein und stülpten sich über den Schmerz und alle anderen Empfindungen.

Für einen flüchtigen Moment hob Tulan den Blick und sah zu der Hütte – und Lillja tat das Einzige, was ihr in diesem Moment möglich schien: Sie bäumte sich auf und rammte ihm die Stirn gegen das Gesicht. Sie hatte es nicht gewagt, den ganzen Schwung in diese Bewegung zu legen, doch auch so reichte es aus, um ihr selbst ein dumpfes Gefühl schmerzhafter Benommenheit zu verschaffen, während es im Gesicht des Darus erfreulich knackte und eine Fontäne aus Blut aus seiner Nase schoss.

Irgendwie schaffte sie es, den Mann vollends auf den Rücken zu zwingen, dann hatte sie schon seinen Kopf gepackt und schmetterte ihn mit aller Kraft auf den Boden.

»Du hast mehr erwartet?!«, stieß sie hervor, während sie seinen Schädel wieder und wieder auf den steinigen Boden schlug, bis es hörbar knirschte und seine Augen weit wurden, sodass seine geweiteten Pupillen das gesamte Auge auszufüllen schienen, während sich eine hellrote Lache unter seinem lockigen Haar zu bilden begann.

»Mehr erwartet?!«, brüllte sie ihn an und zerrte den zertrümmerten Kopf ein weiteres Mal in die Höhe, um ihn mit einem widerlich schmatzenden Geräusch nach unten zu schmettern.

Erst als sich eine starke Hand um ihre Schulter schloss und

sie zurückhielt, wurde ihr langsam bewusst, was sie tat und mit Schrecken erfasste sie das Bild um sich herum.

Tulan sah kaum noch wie der Mann aus, den sie vor Sekunden ins Straucheln gebracht hatte. Seine Nase war zerschmettert und hatte sein Gesicht mit Blut überzogen, während sich der Schädel, infolge der zahlreichen Brüche, seltsam verformt und instabil anfühlte. Sie saß auf ihm und hatte beide Hände in sein Haar gekrallt, erstarrte nun jedoch angeekelt vor sich selbst und ließ ihn langsam los, wobei sie es vermied, auf ihre eigene Linke zu sehen.

»Lillja!«, drang Cors Stimme allmählich durch den grauenvollen Rausch, den ihr Gewaltakt in ihr ausgelöst hatte und sie zwang sich, die Augen von diesem entsetzlichen Bild abzuwenden und in das vertraute Gesicht neben sich zu sehen. Ihr Kopf tat weh und das Atmen fiel ihr unsagbar schwer, doch das alles war nichts gegen das, was sie von ihrer Hand fühlte.

»Alles in Ordnung? Bist du verletzt?«, fragte er gehetzt, während er sie auf die Beine zog und rasch abtastete. Offenbar suchte er nach weiteren Wunden.

»Soll das ein verfluchter Witz sein?«, presste sie hervor und betastete vorsichtig ihre Stirn. Das Blut des Darus hatte sie getroffen, doch sonst schien sie den Kopfstoß ohne eigene Verletzung überstanden zu haben.

»Götter, ich danke euch«, flüsterte der Xhar. Er zog sie entschlossen an sich und berührte ihre Stirn flüchtig mit seiner eigenen, ehe er sie von sich schob und ihr Gesicht mit beiden Händen ergriff, sodass sie ihn ansehen musste.

»Es ist noch nicht vorbei«, fuhr er eindringlich fort. Sie nickte schwach, während all die Erlebnisse nur träg bis in den bewussten Teil ihres Geistes sickerten. Seit dem Schuss waren nur ein paar Augenblicke vergangen – der Schuss. Azarion.

Sie sah sich rasch um und erkannte die Leichen der beiden

Daru-Wächter, die vor und in der Hütte stationiert gewesen waren, außerdem Jargon, von dessen Kopf kaum mehr als ein blutiger Stumpf geblieben war und Tulan, unter dem sich eine größer werdende Blutlache bildete. Und H'Rega.

Obwohl Lillja keinen weiteren Schuss vernommen hatte, musste einer der Daru doch in der Lage gewesen sein, seine Waffe abzufeuern. H'Rega war von einer Energieentladung im Unterbauch getroffen worden und zusammengesunken.

»H'Rega«, sagte sie leise, stürzte zu ihm und öffnete den Brustpanzer ihres Kommandanten unbeholfen mit einer Hand.

»Medipack – such es!«, befahl sie, ohne sich umzuwenden. »Es war an meinem Waffengurt, vielleicht hat Jargon es irgendwo bei sich. Und einen medizinischen Scanner! Los, die werden hier sicher irgendwo medizinische Vorräte haben.«

»Untere Tasche«, murmelte H'Rega und erst jetzt bemerkte sie, dass er bei Bewusstsein war und an seinem Gürtel zu hantieren begann. Neben dem leeren Holster waren zahlreiche Taschen verschiedener Größe daran befestigt, in denen die unterschiedlichsten Dinge mitgeführt werden konnten – darunter auch Wund- und Gefäßkleber. Mit fliegenden Fingern riss sie Tasche um Tasche auf, bis ihr endlich die beiden Metallfläschchen in die Hände fielen und sie den Deckel des Ersten aufriss.

»Hier«, zog Cor ihre Aufmerksamkeit auf sich. Er hielt ihr ein kleines Gerät von vielleicht fünf Zoll Größe entgegen, das entfernt an einen der Handscanner der Ro'ha erinnerte. Sie schaltete es ein und blickte erwartungsgemäß auf die fremden Schriftzeichen ihrer Angreifer, manövrierte sich jedoch blind bis zur Spracheinstellung und wählte die Schrift ihrer Verbündeten. Glücklicherweise entsprach das Gerät den Standards, die sie von den Xhar gewohnt war und so reichten ihre lückenhaften Sprachkenntnisse, um zumindest einen Diagnosescan durchlaufen zu lassen.

Es war ein glatter Durchschuss, stellte sie fest. Die Wunde blutete, doch nicht so stark, wie sie zunächst befürchtet hatte. Sie schien von einem Energieimpuls verursacht worden zu sein, der sich seinen Weg durch den Körper gebrannt und dabei einige Gefäße verödet hatte. Es war kein Organ und keine größere Blutbahn verletzt worden – er hatte unglaubliches Glück gehabt.

»Machen Sie schon«, verlangte H'Rega und machte Anstalten, selbst nach dem V98 und dem Scanner zu greifen. Lillja sprühte den Wundkanal aus, und als ihr Cor endlich das Medipack reichte, befestigte sie auf Bauch und Rücken zwei sterile Kompressen.

»Das wird reichen müssen«, murmelte sie und war etwas unglücklich mit dem Ergebnis.

»Wird es«, sagte H'Rega tapfer und richtete sich etwas auf. »Such Lieutenant Fenric«, befahl er über ihren Kopf hinweg und fügte dann an sie hinzu: »Ihre Hand.«

Augenblicklich überkamen Lillja wieder Schmerz und Übelkeit. Sie hob ihre Linke auf Augenhöhe und drehte sie leicht.

»Oh Gott«, flüsterte sie, als die Erkenntnis langsam ihr Bewusstsein erreichte, dass man ihr wirklich einen Finger genommen hatte.

Sie hatte den Inhalt des Medipacks auf dem Boden verstreut und griff mit zitternden Fingern nach einer Kompresse und einer Rolle Verbandsmaterial konnte sich aber nicht überwinden, die eigene Verwundung genauer zu betrachten.

»Geben Sie her«, verlangte H'Rega und nahm ihr beides aus der Hand, dann griff er nach ihrer Linken und Lillja richtete ihren Blick auf den Waldrand. Sie konnte hören, wie er etwas vom Boden aufhob, dann sprühte er eine kühle Flüssigkeit in die Wunde und eine rettende Taubheit breitete sich aus. Für einen kurzen Moment überkam sie die Angst, er könnte das V98 an ihr angewandt haben, doch dann wurde ihr klar, dass es ein Klasse zwei Schmerzmittel sein musste.

»Wir hatten wohl beide Glück, dass die Daru eine Vorliebe für Energiewaffen haben.«

»Wenn Sie das Glück nennen …«, erwiderte sie bitter, musste aber anerkennen, dass H'Rega recht hatte. Die Wunde hatte geblutet, aber längst nicht so stark, wie sie es hätte tun müssen.

»Sie bereuen es sicher, sich für diese Mission gemeldet zu haben«, überging der fahlhäutige Xhar ihren Kommentar, während er etwas mit ihrer Hand machte, das zu sehr schmerzte, um es anzusehen.

»Nein«, sagte sie und war fast ein wenig überrascht, als ihr klar wurde, dass das die Wahrheit war. »Vielleicht sterben wir hier alle, aber dann bin ich wenigstens bei euch und warte nicht auf der Ro'ha auf den langsamen Tod.«

»Ich habe nicht vor, hier zu sterben«, entgegnete H'Rega fest. »Captain Dale muss von dem Verräter erfahren und von den Vorkommnissen auf dem Planeten.«

»Diese Männer müssen auch irgendwie hier her gekommen sein …«, führte Lillja seine Gedanken fort und H'Rega nickte.

»Richtig, wenn diese Leute hier nicht gerade ausgesetzt wurden, muss es irgendwo ein Schiff oder zumindest eine brauchbare Kommunikationsanlage geben. Jetzt helfen Sie mir – wir müssen hier weg, ehe weitere Truppen eintreffen.«

Lillja nickte und stand auf. Ihre Hand pochte bei jedem Herzschlag, und als ihr flüchtiger Blick den Verband streifte, sah sie, dass er sich schon rot zu färben begann.

Hinter ihr wurden Geräusche laut, und als Lillja sich umwandte, sah sie, dass Cor Fenric offenbar gefunden und mit dem Rücken gegen eine Hüttenwand getrieben hatte. Er packte ihn an der Kehle und richtete eine Waffe gegen seinen Schädel.

»Du hast drei Sekunden, mich davon zu überzeugen, dass du uns nicht verraten hast!«, zischte er.

»Was?! Bist du vollkommen verrückt geworden?«

Drohend verringerte Cor den Abstand zwischen sich und dem Yndra und entsicherte demonstrativ die Waffe, während er das furchteinflößende Gebiss entblößte und ein unheilvolles Knurren aus seiner Brust drang.

»Warum wollte Jargon dich unbedingt beim Shuttle behalten und warum hat man dich hier von uns getrennt?«

»Keine Ahnung – vielleicht wollte er uns trennen, damit seine Leute hier leichtes Spiel haben«, stieß der Yndra hervor und griff mit beiden Händen nach dem Arm des Soldaten.

»Cor!« Lillja ließ H'Rega los, der unsicher stehen blieb und ging auf die beiden zu.

»Lass ihn los.« Sie war neben ihn getreten und schob sich in sein Sichtfeld. »Wir haben keine Zeit für so etwas! Vier dieser Leute sind hinter Azarion her und sein Schuss hat sie vielleicht zu ihm geführt.« Sie griff nach der Hand, die die Waffe hielt und tatsächlich senkte er die kleine Pistole und wandte den Blick zu ihr. »Außerdem waren es vier Daru, die hier geblieben sind – irgendwo muss noch einer sein.«

»Tot in der anderen großen Hütte. Ich konnte ihn überwältigen, als er vom Schuss abgelenkt wurde«, erklärte Fenric, was jedoch nur dazu führte, dass Cor ihn wieder anstarrte.

»Azarion! Ihr müsst ihm helfen«, verlangte sie eindringlich. »Und wir müssen hier weg. So groß, wie dieses Lager ist, leben hier sicher mehr als die Acht, die wir gesehen haben!«

Er ließ den Yndra endlich los und machte einen Schritt zurück, ehe er zu H'Rega sah.

»Sha?«

»Sie hat Recht«, brachte er stöhnend hervor und machte einen unsicheren Schritt in ihre Richtung.

Cor wollte etwas sagen, doch Lillja unterbrach ihn: »Keine Zeit für Diskussionen, bitte! Sucht Azarion und sorgt dafür, dass er sicher zu uns kommt.«

Er senkte den Blick wieder auf ihr Gesicht und ließ ein paar Herzschläge verstreichen, ehe er langsam nickte.

»Einverstanden.«

»Los, Soran«, wiederholte H'Rega. »Wir durchsuchen das Lager.«

Cor nickte und Lillja konnte fast körperlich fühlen, wie unwohl er sich bei dieser Entscheidung fühlte.

»Ich war in einer Art Unterkunft«, meinte Fenric und deutete auf das zweite große Haus. »Sah aus, als lagerten sie dort persönliche Gegenstände. Ich beginne dort.«

Cor drehte sich betont langsam zu ihm um, um ihn mit einem langen Blick zu versehen, ehe er kühl entgegnete:

»Du kommst mit mir. Ich werde dich sicher nicht aus den Augen lassen.« Er wandte sich wieder Lillja zu und machte einen zögerlichen Schritt auf sie zu.

»Ich bin bald zurück«, meinte er leise. »Du weißt, dass ich ...« Er unterbrach sich und zog die Hand zurück, mit der er ihren Unterarm berührt hatte.

»Ich weiß«, sagte sie sanft, sie wollte nicht noch eine Entschuldigung von ihm hören. »Bring Azarion sicher zu uns zurück.«

Er nickte und setzte sich in Bewegung. Fenric folgte ihm ...

DAS GEBURTSSCHIFF

Nachdem die gemeinsamen Stimmen verstummt waren, hatte Quotaz seinen Weg zu den oberen Sektionen angetreten. Er wusste nun, wer er war und worin seine Aufgabe bestand. Er hatte alles über sein Volk erfahren, was wichtig genug war, um genannt zu werden – kannte die Ziele seiner Muttergöttin, ihre Feinde und seinen Platz in dieser Realität.

Er war Quotaz, ein Verteidiger, ein Kämpfer, ein Diener der *Einen Macht*, die in dieser Realität existieren durfte.

Auf seinem Weg durch das Schiff kam er erneut an seinen Brüdern vorbei, die noch nicht bereit waren, ihren Platz einzunehmen. Als sein Blick diesmal jedoch ihre geschützten Körper streifte, begriff er mehr als auf seinem ersten Weg. Er erkannte andere Verteidiger, aber auch andere – Führer, Erzeuger, Vernichter, sogar Heiler und Sucher. Er war einer von vielen, das wusste er jetzt. Anteil 383.908 der Ewigkeit, das war er und die Zahl der Seinen würde noch wachsen, das hatte die Stimme ihm gesagt und es gab keinen Grund, an der Aufrichtigkeit ihrer Aussage zu zweifeln.

Er ließ die letzte Ebene der Ungeborenen hinter sich und erreichte einen vollkommen anderen Teil des Schiffes. Obwohl seine Augen noch nie etwas Vergleichbares gesehen hatten, wusste Quotaz jedoch sofort, wo er sich befand und wohin er gehen musste.

Er passierte die Antriebsebene, verschwendete aber kaum einen Blick auf die großen kybernetischen Maschinen.

Er war ein Verteidiger.

Vollkommen sicher betrat er die nächste Ebene und schritt in einen langen Raum, in dem ihn mehrere Konstrukteure erwarteten. Zahlreiche Hände schoben Panzerungssegmente über sein Exoskelett und hüllten seine Gliedmaßen in ein elastisches Gewebe, während ihm ein anderer Konstrukteur ein breites Band um das obere Körpersegment spannte, das die Stigmen überdeckte und für einen Augenblick seine Atmung unterdrückte, bis das Gerät seinen Dienst aufnahm und ihn mit einem optimierten Luftgemisch versorgte. Er fühlte sich stärker, und als ihm ein letzter Bruder eine kalte Waffe in die vorderen Hände drückte, wusste er, dass er seine Bestimmung erfüllen konnte.

Er war Quotaz, ein Verteidiger …

KAPITEL 8

Nachdem sich Cor und Fenric mit den Waffen der Toten ausgestattet hatten, waren sie im Laufschritt im Wald verschwunden und Lillja war zu H'Rega zurückgekehrt.

»Er hat mich in einem Raum mit ziemlich viel Technik befragt«, berichtete sie und deutete dabei zuerst auf Tulan und dann auf das entsprechende Gebäude.

»Welcher Art?«

»Keine Ahnung. Hologramme, Bildschirme, viele Computer. Sah wichtig aus.«

»Gut.« H'Rega setzte sich langsam in Bewegung, doch sie hielt ihn zurück:

»Die Tür ist mit einem Fingersensor gesichert.«

»Dann bringen Sie eben seinen Finger mit«, verlangte der Xhar, ohne sich umzuwenden oder auch nur langsamer zu werden. Lillja erstarrte für einen Augenblick, doch dann kniete sie sich neben Tulans Leiche und nahm das Messer auf, das sie fallengelassen hatte. Es ging so erstaunlich leicht, als sie die glimmende Klinge ansetzte und durch Sehnen, Fleisch und Knochen führte. Auch blutete es kaum, nur der Geruch nach Verbranntem trieb ihr wieder Übelkeit in den Magen.

Mit deutlichem Ekel nahm sie den Daumen auf und eilte hinter H'Rega her, der die Hütte bereits erreicht hatte. Sie drückte den toten Finger gegen die Sensorplatte, und als das Summen ertönte, öffnete sie die Tür und ließ H'Rega passieren.

»Das ist wohl der Hauptgewinn«, murmelte der Soldat, während er sich langsam umsah. »Gehen Sie zurück zu den Daru, sie müssen irgendeine Form von Kommunikator am Körper tragen«, meinte der Xhar und ging langsam tiefer in den Raum. »Danach kümmern Sie sich um Ihr Gesicht und durchsuchen das Lager nach allem, was wir gebrauchen können.«

»Verstanden.«

Sie ließ ihn zurück und kniete wenige Sekunden später erneut zwischen den Toten. Die beiden Türwachen waren durch pure Krafteinwirkung gestorben – dem Vorderen hatte man das Genick gebrochen, während der andere offenbar erstickt worden war. Ein irgendwie sauberer Tod – einzig Lillja und Azarion hatten ein wahres Blutbad angerichtet.

Bei der Suche nach ihrem Medipack schien Cor ihren Waffengurt bei Jargon gefunden zu haben und hatte ihn achtlos neben seiner Leiche fallen gelassen. Sie hob ihn auf, band ihn sich um die Hüfte und befestigte schließlich auch das Notfallset wieder daran. Ihre Waffe fehlte.

Als sie die drei Daru untersuchte, fand sie tatsächlich unscheinbare Geräte in ihren rechten Gehörgängen. Sie waren kaum fingernagelgroß und hautfarben, sodass sie nur schwer zu erkennen waren. Lillja nahm die drei an sich und fand schließlich auch einen weiteren Scanner und drei flache Geräte von je vier Zoll Größe. Sie steckte alles ein und kehrte zu H'Rega zurück.

Die Tür stand noch immer offen, und als sie eintrat, entdeckte sie den Xhar vor dem zentralen Projektor, der das Bild des Planeten zeigte.

»Ich glaube, ich bin fündig geworden«, meinte sie und legte ihr Fundgut auf die Tischplatte hinter dem Xhar. Es war jener Tisch, auf dem die Statue gestanden hatte, mit der Lillja Tulan angegriffen hatte.

H'Rega drehte sich um und betrachtete die sieben Stücke kurz, dann nickte er und nahm eines der flachen Geräte an sich. Er startete das Display und fuhr mehrfach mit dem

Finger darüber, dann nickte er erneut, nahm ein Ohrstück und schob es sich in den rechten Gehörgang.

»Nehmen Sie eins«, verlangte er und senkte den Blick wieder auf das Display in seinen Händen. Lillja tat, was er verlangte, musste sich dann jedoch einen Moment gedulden, während H'Rega ein zweites Gerät aufnahm und es mit der anderen Hand bediente.

»Hören Sie mich?«, fragte er schließlich. Natürlich hörte sie ihn – sie standen kaum einen Meter entfernt, dennoch schüttelte sie leicht den Kopf, denn er bezog sich gewiss auf den Kommunikator.

Sichtlich enttäuscht gab er weitere Befehle ein, dann fragte er: »Jetzt?«

Nun drang seine Stimme zusätzlich direkt in ihrem Gehörgang.

»Ja.«

Er nickte. »Gut, jetzt versorgen Sie sich. Der Kanal bleibt offen.« Er reichte ihr bei diesen Worten eines der flachen Geräte – offenbar ein Kontrollwerkzeug – das sie, ohne es weiter zu beachten, in ihrer Tasche verschwinden ließ.

Sie nickte und ließ ihn wieder zurück, während sie sich dem zweiten Haus zuwandte.

»Die meisten Daten sind verschlüsselt«, berichtete H'Rega, während sie die ungesicherte Holztür aufschob. »Aber es gibt einen Bioscanner – siebenunddreißig weitere Lebensformen im Umkreis von zehntausend LE.«

Sie betrat das düstere Haus und fand sich in einem großen Raum wieder, in dem sich sechzehn Betten befanden, die in sauberen Reihen aufgestellt waren. Vor jedem Bett stand eine Kiste und direkt neben der Tür lag eine Leiche. Sie nahm auch dieser beide Kommunikatorteile ab und durchsuchte den Mann nach Sonstigem, fand jedoch nichts, was nützlich sein konnte. Auch sein Genick war gebrochen und die Waffen entwendet worden – offenbar Fenrics Werk.

»Wo sind diese anderen?«, wollte sie wissen, ging auf die nächstliegende Kiste zu und schlug den Deckel zurück.

»Sechs sind bei unserem Shuttle – wenn sie es plündern und verschwinden, wird das ein kurzer Ausflug für uns.«

Es dauerte einen Augenblick, bis ihr klar wurde, was er meinte. Das meiste SK war noch immer im Shuttle, ebenso wie ihr eigenes Medikament zur Anpassung der Lungen.

»Jargon muss sich irgendwie selbst mit dem Mittel versorgt haben«, meinte sie leise und erinnerte sich an ihre Enttäuschung, als sie hatte feststellen müssen, dass der Xhar ihr sehr wohl durch die Hitze hatte folgen können.

»Er muss es schon auf der Ro'ha geplant haben«, stimmte H'Rega ihr zu. »Es dauert ein paar Stunden, bis die Wirkung einsetzt. Vielleicht hat er sich auf der Krankenstation selbst bedient.«

Sie versuchte, sich daran zu erinnern, ob und wann sie zwischen ihrem Gespräch mit H'Regas Männern, in dessen Verlauf sie den Soldaten das SK verabreicht hatte, und dem Eintreffen des verletzten Crelon Reka die Station aus den Augen gelassen hatte. Sie konnte sich nicht mehr erinnern.

»Er muss Reka außer Gefecht gesetzt haben, damit er uns an seiner Stelle nach Uka begleiten konnte«, sprach sie ihre Gedanken aus.

»Und alleine dafür hat er es verdient, dass Azarion ihm den Schädel weggeblasen hat!«, erwiderte der Xhar so heftig, dass Lillja beschloss, das Gespräch nicht weiterzuführen.

Sie richtete den Blick wieder auf den Inhalt der Kiste und entdeckte ein paar Kleidungsstücke, die offensichtlich einer Frau gehören mussten. Lillja wühlte etwas darin herum, fand aber nichts von weiterem Interesse und öffnete wahllos zwei andere Kisten, die jedoch nur einen ähnlichen Inhalt aufwiesen.

»Wie es aussieht«, fuhr H'Rega nach einer längeren Pause fort, »liegt über der ganzen Region ein Dämpfungsfeld, das die meisten Strahlungsarten zurückwirft. Beim Anflug hat das wahrscheinlich die Fehlfunktion unseres Antriebs hervorgerufen.«

In der linken Schmalseite war eine zweite Tür eingelassen. Lillja ging darauf zu und zog sie auf, woraufhin ihr Blick in einen einfachen Waschraum fiel. Er mochte vielleicht fünf Quadratmeter fassen und verfügte über eine einfache Dusche, ein Waschbecken und eine Toilette. Die Installationen sahen ein wenig fremd und andersartig aus, aber unterschieden sich nicht grundsätzlich von jenen, die sie von der Erde oder der Ro'ha kannte. Wahrscheinlich befanden sich Wassertanks unter dem Gebäude, mutmaßte sie und warf einen Blick in den Spiegel, der über dem Waschbecken hing.

Sie sah schrecklich aus. Fremdes und eigenes Blut bedeckte ihr Gesicht und waren den Hals hinab bis in den Anzug gelaufen. Ihre linke Wange wies dort, wo Jargon sie verbrannt hatte, einen roten Striemen auf, neben dem ein fingerlanger Schnitt verlief, der jedoch weniger tief war, als Lillja zunächst befürchtet hatte.

»Also kein Geschütz?«, nahm sie das Gespräch nach einem Moment wieder auf.

»Ich finde keine Hinweise darauf.«

Nach kurzer Unentschlossenheit drehte sie das Wasser auf, hielt die Rechte unter den Strahl und wusch sich grob das Blut aus Haar und Gesicht.

»Wozu das Dämpfungsfeld?«, fragte sie schließlich, fand ein Handtuch unter dem Becken und rieb sich trocken.

»Unklar. Von hier aus wird …«

»Jemand kommt«, unterbrach sie ihn flüsternd, als sie Schritte nahe dem kleinen Fenster vernahm. Warum hatte H'Rega das auf seinem Scanner nicht gesehen? Diese Art der Unachtsamkeit passte nicht zu ihm.

Sie huschte zum Fenster und griff an ihren Waffengurt, stellte aber ärgerlich fest, dass er noch immer leer war. Dann fiel ihr Blick nach draußen und sie sah die vertrauten Gestalten der Soldaten.

»Es sind Cor und die anderen«, informierte sie den Lt. Commander leise und eilte nach draußen. Auf den ersten Blick schienen die Drei unverletzt und wohlauf, wobei Lillja jedoch die ablehnende Haltung nicht entging, die Cor dem Yndra noch immer entgegenbrachte.

Sie durchquerte die Hütte und trat hinaus in die gleißende Sonne, um den Soldaten ein paar Schritte entgegenzugehen.

»Lillja, es tut mir so leid«, murmelte Azarion und blieb kurz vor ihr stehen, während sein Blick auf ihrem Verband ruhte. »Ich musste erst einen wirklich hohen Punkt erreichen, um ein freies Schussfeld zu bekommen.« Er senkte den Blick und wirkte ehrlich niedergeschlagen.

»Schon gut, ohne dein Eingreifen wäre ich jetzt blind oder tot. Das hier«, sie hob kurz die Hand, vermied es jedoch, sie selbst zu betrachten, »werde ich überleben. Was ist mit den vier, die hinter dir her waren?«

»Tot«, kommentierte Fenric knapp.

»Wir hätten einen am Leben lassen sollen«, murmelte sie. »Wir brauchen Antworten ...«

»Manchmal haben wir nicht den Luxus, solche Entscheidungen zu treffen«, unterbrach Fenric sie unwirsch und verschränkte die Arme vor der Brust. Etwas verwundert sah sie auf und musterte ihn.

»Wir werden hier nur wegkommen, wenn wir wissen, was

hier eigentlich vor sich geht …«

»Der Befehlston steht dir überhaupt nicht«, unterbrach er sie erneut und ließ seinen Blick demonstrativ durch das Lager schweifen. Lillja wünschte sich für einen Moment ihre alte Schlagfertigkeit zurück, doch dann schüttelte sie einfach den Kopf. Cor hatte deutlich gemacht, dass er dem Yndra nicht mehr traute und damit den Stress, der auf ihm lasten musste, noch deutlich gesteigert, da musste sie sich nicht auch noch gerade an ihm Luft machen.

»H'Rega ist dort hinten«, sagte sie schließlich und deutete hinter sich. Gemeinsam betraten sie das große Haus, wobei Azarion jedoch in der Tür stehenblieb und ein undefinierbares Geräusch von sich gab, das irgendwo zwischen Staunen und Freude liegen mochte.

»Nicht schlecht«, murmelte er schließlich und trat augenblicklich an ein Pult heran und startete den darauf liegenden Rechner.

»Tiron, kannst du damit etwas anfangen?«, ergriff H'Rega das Wort. »Wir müssen uns einen Überblick verschaffen.«

»Klar«, gab der junge Soldat glückselig an.

H'Rega nickte zufrieden und richtete dann seine Aufmerksamkeit auf Lillja. »Wie viel SK haben Sie noch dabei?«, wollte er wissen, wobei die junge Frau deutlich die Sorge aus seiner Stimme hören konnte.

»Eine weitere Dosis für jeden«, antwortete sie, ohne nachsehen zu müssen. »Der Rest befindet sich im Shuttle.«

»Gut, das verschafft uns immerhin weitere neun Stunden, zehn vielleicht, wenn wir die Verabreichung so weit es geht herauszögern.«

»Wann geht die Sonne unter?«, wollte sie wissen und ärgerte sich im gleichen Moment etwas darüber, dass sie diese Informationen nicht schon vor dem Abflug abgerufen hatte.

»In achtundsechzig Stunden«, antwortete Azarion. »Dreißig Stunden, nachdem uns das SK ausgegangen sein wird.«

Sie nickte und schwieg.

»Es muss eine Basis geben«, lenkte Azarion das Gespräch schließlich in eine andere Richtung. »Unweit des Lagers habe ich ein paar Wasserfahrzeuge am Flussufer gesehen.«

Lillja hatte sich bereits gefragt, wie die Männer ihre Ausrüstung so tief in den Wald gebracht hatten – ihr war nichts aufgefallen, das auf ein Shuttle oder ein anderes Transportmittel hinwies und mit einem Bodenfahrzeug durch den Urwald fahren zu wollen, wäre nicht einmal ihr in den Sinn gekommen.

»Eine Basis, ja«, stimmte H'Rega zu und rief eine Landkarte auf. »Hier.« Er zeigte auf einen Punkt, an dem sich fast alle Biozeichen versammelten.

»Ist das nicht …«, setzte Azarion an, schwieg dann jedoch und begann damit, verschiedene Befehle in die Konsole vor ihm einzugeben.

»Ist es«, stimmte Cor ihm zu und nickte bedächtig.

Lillja sah von einem zum anderen, begriff aber nicht, was sie meinten.

»Unsere Terraformingstation«, erklärte Cor schließlich. »Wir haben detaillierte Pläne in unserer Datenbank.«

»Gut«, warf H'Rega ein, »Tiron, sieh zu, was du noch hier rausholen kannst und kopiere so viel wie möglich auf …« Er sah sich kurz um und zuckte die Schultern. »Auf irgendetwas. Du findest schon was. Ihr anderen sucht weiter nach Brauchbarem – Waffen, Ausrüstung, Medikamente und Kommunikatoren. In zehn Minuten brechen wir auf. Ich will am Shuttle sein, bevor sie sich mit unseren Daten und dem SK verabschiedet haben.«

Seine Wortwahl war seltsam und wollte nicht ganz zu dem

passen, was Lillja sonst von ihrem Lt. Commander gewohnt war, doch sie schob es auf die Schmerzen und die Anstrengung und verschwendete keinen weiteren Gedanken daran.

»Soran«, fügte H'Rega an und deutete auf das verbliebene Ohrteil auf dem Tisch. Der Soldat griff danach, schob es in den Gehörgang und nahm sich eines der flachen Geräte, die daneben lagen, dann verließen sie den Raum und traten wieder in die Hitze.

»Irgendetwas Nützliches gefunden?«, fragte Cor mit einem Blick auf das gegenüberliegende Gebäude.

»Unterkünfte und Kleidung.«

»In Ordnung. Wir verteilen uns«, bestimmte er. »Fenric, die Hütte und das Zelt im Norden, Lillja, du nimmst die beiden Zelte im Westen und ich die verbliebenen Verschläge im Süden. Beeilt euch.«

Ohne weiter auf die Soldaten zu achten, setzte Lillja sich in Bewegung. Die beiden Zelte standen etwas abseits und spannten sich nur etwa einen Meter über dem Boden und verfügten über keinen offensichtlichen Eingang, sodass sich Lillja auf Hände und Knie begeben musste, um hineinzukriechen.

»Ich habe hier Wasser«, gab sie durch und zog den Scanner aus seiner Halterung. »Es scheint genießbar. Vielleicht finde ich ein paar Feldflaschen.«

»Suchen Sie lieber nach Scannern, Tarnfeldgeneratoren und Munition – *Wasser* ist wirklich nicht unser Hauptproblem!«, wies H'Rega sie zurecht.

»Ihres vielleicht nicht, aber ich für meinen Teil bin noch immer ein schwächlicher Klasse-III-Mensch …«, gab sie gereizt zurück, hielt dann aber erschrocken inne und schwieg. In der Akte, die der Daru ihr gezeigt hatte, hatte dieser Vermerk gestanden und ihr Gefühl sagte ihr, dass *Klasse-III* sicher nichts war, worauf sie stolz sein konnte.

»Tut mir leid«, fügte sie nach ein paar Herzschlägen hinzu, erntete aber keine Reaktion. Sie kroch aus dem Zelt hinaus und wandte sich den anderen zu.

»Hier ist einiges an Ausrüstung«, berichtete Cor schließlich. »Südlichste Hütte – Scanner, Kommunikatoren – der Rest ist weniger brauchbar. Aber auch Rucksäcke und Feldflaschen.«

Das zweite Zelt war leer, aber der aufgewühlte Untergrund ließ vermuten, dass hier für gewöhnlich irgendein Fahrzeug untergestellt war. Sie ließ davon ab und sah sich suchend nach der Hütte um, die Cor beschrieben hatte, und entdeckte den Verschlag, dessen Tür sich gerade öffnete. Der Xhar trat heraus und ging mit zwei Rucksäcken in der einen Hand zu dem benachbarten Gebäude hinüber.

Lillja betrat das erste Häuschen und fand sich in einem stickigen Raum wieder, dessen Wände mit Regalen vollgestellt waren. Sie griff sich einen schmalen Rucksack, der auf einem der Zwischenböden lag, und packte fünf Feldflaschen hinein. Mit den restlichen Dingen konnte sie nicht viel anfangen, außerdem war sie sich sicher, dass Cor alles, was halbwegs nützlich sein würde, bereits eingepackt haben würde, und verließ die Kammer.

Als sie kurz darauf das Lager verließen, hatten sie sich mit ihren eigenen Waffen und einer kleinen Auswahl der Energiewaffen eingedeckt. Die Stardust war jedoch nicht mehr aufzufinden gewesen und Lillja hatte schweren Herzens akzeptieren müssen, dass ihnen die nötige Zeit fehlte, um danach zu suchen. Außerdem hatten die Soldaten weitere Kommunikationsgeräte an sich bringen können und standen so wieder in zuverlässigem Kontakt.

Nach kurzer Unentschlossenheit hatte sich Lillja einen Satz Kleidung aus den Unterkünften genommen und eine grün-schwarz gemusterte Hose sowie ein ärmelloses Oberteil in ihr Gepäck gestopft.

Auf H'Regas Befehl hin hatte Azarion die verfügbaren Daten gespeichert und die technischen Anlagen des Lagers durch eine gezielte Überladung unbrauchbar gemacht. Dann waren sie aufgebrochen.

Cor hatte sich an die Spitze gesetzt und war ihnen ein paar Schritte vorausgeeilt, während Fenric bis auf zwei Schritte hinter Lillja zurückgefallen war. Azarion bewegte sich vor ihr und stützte H'Rega, der noch immer unter offensichtlichen Schmerzen litt und nur langsam vorankam. Die junge Frau hatte ihren Scanner an den Soldaten abgegeben, der mit der Sprache und den Anzeigen deutlich mehr anfangen konnte. Es war jedoch schnell klar geworden, dass die Suche nach Lebenszeichen zwar möglich, aber äußerst ineffektiv war, da das Gerät nur die unmittelbare Umgebung abtasten konnte. Es war trotzdem besser als nichts, hatte der Soldat verkündet und das Gerät an sich genommen.

Mit jedem Schritt fühlte sich Lillja schlechter. Ihr war schwindelig und übel, außerdem hatten sich Hunger und vor allem Durst eingenistet und machten jeden Augenblick zur Qual.

Die Hitze zehrte an ihnen allen, während sie sich durch den fremdartigen Wald bewegten. Lilljas Anzug klebte unangenehm an der Haut und der Schweiß lief ihr in die vielen kleinen Wunden, die sie sich zugezogen hatte und brannte, indes die Hand dumpf pochte. Auch den Xhar erging es kaum besser. Lillja konnte ihren Atem hören und sehen, wie sich ihre massigen Brustkörbe in schneller Folge hoben und senkten, während sie versuchten, ihre Körper so etwas zu kühlen. Einzig Fenric schienen die hohen Temperaturen nichts auszumachen – im Gegenteil wirkte er sogar voller Energie. Schon nach ein paar Schritten hatte sich Lillja gewünscht, sich aus ihrem Umweltanzug befreien zu können, in dem sich die Hitze staute und sie zu kochen schien.

Plötzlich hielten Azarion und H'Rega vor ihnen an und Lillja konnte, als sie an ihnen vorbei sah, erkennen, dass Cor die Rechte gehoben hatte, kurz zögerte und dann zu ihnen zurückkehrte.

»Dort hinten ist es«, meinte er schließlich. Azarion ließ den Lt. Commander sich gegen einen dicken Baumstamm lehnen und trat etwas zur Seite, wobei er auf den Scanner sah.

»Zwei Lebensformen«, kommentierte er die Anzeige. »Allerdings kommt er nicht durch die Außenhülle.« Er schaltete das Gerät aus und reichte es an Lillja weiter, die es in einer Gürtelhalterung verstaute.

»Es sollten sechs sein. Cor, bring in Erfahrung, wie viele sich im Shuttle befinden und ob sie in Verbindung mit ihren Leuten stehen – wenn sie bereits vom Zwischenfall im Lager wissen, werden sie auf einen Angriff vorbereitet sein, also pass auf.«

»Verstanden.« Er nickte ihm zu und verschwand nahezu lautlos in den Büschen.

»Ich will einen oder besser zwei von ihnen lebend haben, ist das klar?« H'Rega sah in die Gesichter der beiden Soldaten. »Und niemand darf einen Funkspruch absetzen oder irgendwie anders auf uns aufmerksam machen.«

»Wenn sie vom Zwischenfall im Lager wüssten, wären sie sicher nicht mehr hier«, mutmaßte Azarion.

»Vielleicht, aber darauf will ich mich nicht verlassen.«

Sie mussten sich eine Weile gedulden, bis Cor schließlich zurückkehrte und sie sich etwas tiefer in den Wald zurückzogen.

»Zwei stehen vor dem Ladeschott Wache, ein dritter versteckt sich südwestlich im Unterholz«, begann er. »Nur leichte Waffen, aber sie scheinen aufmerksam zu sein. Im Shuttle befinden sich weitere drei, die sich an der Elektronik zu schaffen machen und unsere Ausrüstung durchsuchen. Alles Daru. Wir müssen davon ausgehen, dass sie zumindest untereinander in Audioverbindung stehen, ob die Kommunikatoren ohne den Transmitter im Lager genug Energie haben, um die Basis zu erreichen, kann ich nicht einschätzen.«

H'Rega zog sich umständlich an der spröden Rinde nach oben und lehnte sich schwer gegen den Baum. Er sah nicht gut aus. Die gebrochene Gesichtsplatte hatte wieder zu bluten begonnen und Lillja sah, dass der Anzug dort, wo ihn die Waffe getroffen hatte, feucht glänzte. Vermutlich blutete der Durchschuss noch immer.

»Ihr drei macht das«, verlangte er mit fester Stimme. »Tötet die Wachen lautlos und bringt mir, wenn möglich, einen der anderen lebendig. Wir«, er deutete mit einer Kopfbewegung auf Lillja, »werden euch notfalls von Norden und Süden Deckung geben. Cor, bring sie zu einer geeigneten Position.«

Der Soldat nickte und H'Rega fuhr fort: »Wir beschränken uns auf Messer und Energiewaffen – ich will nicht, dass jeder im Umkreis von tausend LE weiß, was hier passiert.«

Auch Lillja nickte und ergriff die kleine Waffe, die Azarion ihr reichte. Sie hatten insgesamt acht davon an sich bringen können, aber Lillja hatte noch keine Zeit gehabt, ihre Funktionen genauer zu besehen. Vom Design her entsprach sie grob der Stardust, war dabei jedoch kleiner und wirkte noch etwas moderner. Sie hatte kein Magazinfach und auch der Lauf war nicht dafür gemacht, ein Projektil zu beschleunigen, sondern einen gebündelten Strahl abzuschießen.

»Sicherung, Energieanzeige, Überhitzungswarner«, erklärte Azarion ihr schnell die wichtigsten Details.

»Los jetzt«, verlangte H'Rega und Cor deutete ihr mit einer Geste, ihm zu folgen.

Sie sprachen kein Wort, während sie die Absturzstelle weiträumig umgingen und sich schließlich von Süden her wieder näherten – zumindest glaubte sie, dass es Süden sein musste, sicher war sie sich aber wirklich nicht. Der Soldat bewegte sich fast vollkommen lautlos über den moosbewachsenen Boden und Lillja tat ihr Bestes, ebenfalls so leise wie möglich zu sein, doch sie bemerkte selbst, dass es bei einem Versuch blieb.

Schließlich hielt Cor an und deutete durch die Büsche. Sie waren vielleicht fünfzehn Meter von der Lichtung entfernt und Lillja sah die Ro 1 in ihrer Mitte liegen – die Heckklappe war weiter geöffnet worden, sodass sie die drei Personen im Inneren des Shuttles sehen konnte. Zwei waren mit den Bedienkonsolen im Cockpit beschäftigt, während ein dritter, es war eine Frau, wie Lillja schließlich erkannte, die Ausrüstungskisten geöffnet hatte und zu durchsuchen schien.

Direkt vor dem Schott sah sie auch die beiden Wachen, die sich gegenüberstanden und gerade miteinander sprachen. Die letzte Wache erkannte sie erst, nachdem Cor auf den Mann gezeigt hatte. Der Daru kauerte im Schatten eines komplexen Gewächses und suchte abwechselnd die Lichtung und den Waldrand mit langsamen Blicken ab.

Sie nickte, um zu signalisieren, dass sie alle erkannt hatte, und tauschte einen langen Blick mit dem Xhar, ehe er kurz ihr Gesicht berührte und sich dann in den Wald zurückzog.

Es vergingen weitere quälende Augenblicke, bis sich endlich etwas tat. Sie sah eine Bewegung hinter dem Daru in den Büschen, dann war Cor plötzlich hinter ihm, presste seine Linke auf Mund und Nase und schnitt ihm mit einer raschen Bewegung die Kehle durch. Noch während er den sterbenden Körper zu Boden fallen ließ, hörte sie das Summen der Energiewaffen und sah, wie die beiden Wachen am Schott umfielen. Eigentlich hätte sie imposante blaue Strahlen oder dergleichen erwartet, aber scheinbar konnten ihre menschlichen Augen den Energiebereich der Waffen nicht wahrnehmen.

Ein Geräusch links von ihr ließ sie den Blick wenden, sodass sie aus den Augenwinkeln einer Bewegung gewahr wurde, die sich schnell von der Lichtung entfernte. Sie sah grün-braun gefleckte Kleidung und einen roten Haarschopf durch das Buschwerk und sprintete los.

Das Rascheln und Splittern des Unterholzes leitete sie, während Lillja langsam aufholte, bis sie den Daru schließlich vor sich sah und sich mit einem beherzten Sprung gegen den Fremden warf. Sie gingen gemeinsam zu Boden und irgendetwas kam gegen ihre verwundete Hand. Übelkeit und Schmerzen brachen augenblicklich über ihr zusammen und sie hatte plötzlich nicht mehr die Kraft, den anderen zu halten.

Es war eine Frau, erkannte sie, doch noch ehe sie irgendetwas mit dieser Information anfangen konnte, traf sie der Stiefel der anderen hart gegen das Schlüsselbein und Lillja ließ endgültig von ihr ab. Umständlich und benommen rollte sie sich auf den Rücken und kam schwerfällig auf die Beine. Auch die Daraa kämpfte sich hoch und wollte erneut zur Flucht ansetzen, als Lillja ihre Waffe hob und sie demonstrativ entsicherte.

»Bleib stehen«, verlangte sie ruhig. Die Daraa drehte sich langsam um und musterte Lillja, während diese sich vollständig erhob.

»Sie erschießen mich nicht«, stellte die Fremde mit überraschender Bestimmtheit fest und machte einen Schritt zurück. Sie war im Begriff, sich umzudrehen, als Lillja den Lauf senkte und ihr in den linken Fuß schoss.

Augenblicklich schrie die Fremde auf und brach auf die Knie. Sie versuchte, vor ihr wegzukriechen, doch Lillja hatte sie mit einem schnellen Schritt eingeholt.

»Nein, das tue ich nicht«, sagte sie kalt. Irgendwo in ihrem Inneren regten sich Mitgefühl und Scham, doch der Schmerz, der von ihrer Linken ausging, überschattete alles.

»Steh auf«, verlangte sie.

»Ich kann nicht«, wimmerte die Daraa voller Angst und sah nach oben. Tränen liefen aus ihren großen goldfarbenen Augen.

»Du kannst. Steh auf«, wiederholte Lillja ruhig und richtete die Waffe auf das Knie der Fremden.

Was machte sie da nur?

Die andere erhob sich endlich langsam und umständlich und stützte sich schwer gegen einen Baum, um den verletzten Fuß nicht zu belasten.

»Komm mit.« Lillja deutete mit der Mündung in die Richtung, aus der sie gekommen waren und die etwas jüngere Daraa humpelte los.

»Mein Name ist Faya«, brachte sie mit zitternder Stimme heraus, »ich stamme von der Genwa-Kolonie und habe dort zwei jüngere Schwestern.«

Lillja hatte auch zwei Schwestern gehabt. Sie waren zusammen mit der Erde gestorben.

»Bitte bringen Sie mich nicht um.« Faya ging mit bebenden Schultern vor ihr her, jeder Schritt drückte den Schmerz aus, den sie empfinden musste – und die Angst.

Bereits nach Kurzem traten sie auf die Lichtung hinaus und Azarion kam ihr entgegen. Beim Anblick des Xhars schien sich die Angst Fayas in Panik zu wandeln. Sie verharrte mitten im Schritt und drehte sich schließlich mit flehendem Blick zu Lillja um.

»Bitte!«

»Lillja – du hast sie. Gut.« Azarion trat heran, ergriff die Daraa am Oberarm und zerrte sie mit sich auf das Shuttle zu. Am gegenüberliegenden Ende der Lichtung schälte sich H'Regas gebeugte Gestalt aus den Schatten und schlug die gleiche Richtung ein, sodass sich auch Lillja wieder in Bewegung setzte, wobei sie es vermied, der Daraa ins Gesicht zu sehen, die sich immer wieder hilfesuchend zu ihr umdrehte.

Sie näherten sich dem kleinen Transporter seitlich, sodass Lillja erst hineinsehen konnte, als sie durch das offene Schott traten. Zwei tote Daru lagen am Boden und wurden gerade von Fenric durchsucht, der den Blick hob und sie mit einem undeutbaren Ausdruck musterte. Cor hatte auf dem Pilotensitz Platz genommen und hatte einige der Bildschirmsegmente zum Laufen gebracht.

Faya wimmerte, als sie in den Innenraum geschoben wurde und ihre toten Kameraden erblickte.

»Gut gemacht«, kommentierte H'Rega, der hinter ihr das Shuttle betrat.

Auf die Worte hin drehte auch Cor sich samt Sitz herum und musterte zunächst die Gefangene und dann Lillja.

»Sie haben unsere Datenbank geladen«, meinte Cor schließlich, ehe er sich wieder den Konsolen zuwandte. »Ich bekomme keinen Zugriff auf den Antrieb, aber die Außenhülle scheint so weit intakt. Kommunikation und Sensoren sind offline. Aber die Hilfsenergie ist verfügbar – trotzdem bin ich mir nicht sicher, wie lange unsere Umweltkontrollen gegen die Außenhitze und die Sonneneinstrahlung ankommen. Wahrscheinlich wird es nicht mehr lange dauern, bis es hier drin unerträglich heiß wird.«

»Ist es flugtauglich?«, wollte H'Rega angespannt wissen.

»Bedingt. Die Hauptverteiler wurden überlastet. Sie sind

hinüber – ich bin mir nicht sicher, ob ich das beheben kann.« Er stand auf und machte ein paar Schritte in den Raum hinein.

»Verstanden.« H'Rega klappte einen der Sitze herunter, ließ sich darauf sinken und sah ihre Gefangene kalt an. »Dann bleibt uns nicht viel Zeit. Wir brauchen Informationen.«

Azarion trat einen Schritt zurück und wirkte etwas unglücklich, woraufhin Cor das Wort ergriff.

»Ich mache das.«

Er stand auf, zog das flache Steuergerät der Kommeinheit aus einer Gürteltasche und fuhr mit einem Finger ein paar Mal über das Display, dann packte er die Daraa am Oberarm und schob sie vor sich aus dem Shuttle. Die junge Frau erstarrte und sah den Xhar angsterfüllt an, ehe sie sich fast panisch gegen ihn aufzulehnen begann, aber gegen den Soldaten konnte sie nichts ausrichten.

»Nein!«, schrie und wimmerte sie, dann warf sie sich herum und starrte Lillja an. »Lillja! Bitte! Er wird mich foltern und umbringen!« Ihre Blicke trafen sich für einen Augenblick, dann sah Lillja zu Boden, während Cor die Daraa auf den Wald zuschob.

Die Erinnerung an den Schmerz und die Angst holten sie ein und fast gegen ihren Willen senkte sich ihr Blick auf ihre Linke und ein schreckliches Gefühl von Schuld und Mitgefühl breitete sich in ihr aus. Sie wusste, was die Daraa gerade empfinden musste.

Es wurde still, bis Azarion sich schließlich in den vorderen Teil des Shuttles begab, und Cors Arbeit wieder aufnahm. Nach kurzem Zögern setzte sie sich auf den freien Platz neben ihm und sah ihn so lange an, bis er ihren Blick schließlich erwiderte.

»Folter? Ernsthaft? Nach dem, was wir gerade selbst erlebt haben?«

Er nickte unglücklich, griff ebenfalls nach dem Bedienset seiner Kommunikationseinheit und gab etwas ein, ehe er die Hand ausstreckte und Lillja ihm das flache Gerät reichte, das sie selbst eingesteckt hatte. Vermutlich deaktivierte er ihren Audioausgang, dann sah er wieder zu den Instrumenten.

»Ich weiß«, sagte er schließlich leise, »aber es ist unsere einzige Option gerade.«

»Und was passiert danach mit ihr?«

»Was glaubst du?« Er hob wieder den Blick.

»Er wird sie töten?«, sprach Lillja ungläubig ihre Befürchtung aus und Azarion nickte leicht.

»Sicher, was sollen wir sonst tun?«

War diese Frage wirklich ernst gemeint? Lillja sah den jungen Soldaten aus großen Augen an und rang einen Moment um ihre Fassung.

»Ich weiß nicht – sie gefangen nehmen!«, brachte sie schließlich hervor.

»Und uns mit ihrer Anwesenheit belasten«, mischte sich H'Rega ein. »Die Xhar machen niemals Gefangene und das war diesen Leuten klar, als sie uns angegriffen haben. Ich verstehe Ihr Mitleid nicht ganz, Winter, haben Sie schon vergessen, was vor weniger als einer Stunde passiert ist?«

Natürlich hatte sie das nicht.

»Nein, aber diese Frau hatte damit nichts zu tun.«

»Sie hat das Messer vielleicht nicht geführt, aber sie hat mit den Söldnern zusammengearbeitet. Sie hat geholfen, unsere Daten zu kopieren und unsere Vorräte zu plündern. Lassen Sie sich bloß nicht manipulieren – diese Frau hat uns genauso verraten, wie die Männer im Lager oder Jargon.«

Lillja senkte den Blick und lauschte einen Moment lang der Stille, die sich zwischen ihnen auszubreiten begann.

»Ich bringe die Leichen weg«, meinte Fenric nach weiteren

Sekunden. Er hatte den Toten alle wertvollen oder nützlichen Dinge abgenommen und diese neben eine offene Kiste gelegt. Lillja überflog die Dinge, fand aber nichts, was für sie von Interesse war und fühlte sich plötzlich sehr erschöpft und nutzlos.

»Ich helfe dir«, entschied sie und nahm die Füße des ersten Toten, den Fenric gerade zum Ausgang geschleift hatte. Es war schwierig, denn sie konnte nur mit der Rechten zugreifen und hatte weit weniger Kraft, als sie geglaubt hatte, doch schließlich hatten sie die Distanz zum Waldrand überbrückt und legten den Toten unter einen dornigen Busch.

Ohne ihr Zutun glitt ihr Blick über die freie Fläche hinweg und blieb dort haften, wo Cor und die fremde Frau verschwunden waren.

»Das schockiert dich, nicht wahr?«, hörte sie Fenric neben sich. Er war an ihre Seite getreten und ihrem Blick gefolgt.

»Ja«, sagte sie ehrlich, löste den Blick vom Wald und sah in Fenrics schwarze Augen. Nach einem Herzschlag griff er nach ihrer verletzten Hand und hob sie ein Stück an, um den blutigen Verband zu begutachten.

»Ich habe nicht erwartet, dass er dich opfern würde«, murmelte er und sah ihr wieder ins Gesicht. »Ich hätte es nicht getan.«

Er wusste, was passiert war? Natürlich tat er es. Entweder hatte er Cor oder Azarion danach gefragt, oder er hatte es selbst durch die dünnen Holzwände zumindest mit anhören können.

Es war nur ein Finger, rief sie sich in Gedanken – und wahrscheinlich hatte Cor die Informationen wirklich nicht gehabt. Woher auch?

»Im Lager ...«, brachte sie zögerlich hervor. »Der Daru hat mir irgendein Mittel injiziert. Er nannte es Sepiaträne – und ich

… ich habe ihm alles erzählt.«

Sie senkte den Blick und starrte auf ihre Füße, doch Fenric legte ihr eine Hand auf die Schulter, und als sie ihn schließlich ansah, lächelte er traurig.

»Das war nicht deine Schuld. Die Soldaten des Imperiums werden gegen diese Droge immunisiert – du hattest keine Chance.«

Sie nickte, doch dann fiel ihr ein, was Jargon gesagt hatte, als er die Hütte betreten hatte: *'Fenric hat uns alles Wissenswerte mitgeteilt, aber er verfügt nicht über die nötige Sicherheitsstufe'.* Sie hatte angenommen, dass man auch den Yndra mit der Droge gefügig gemacht hatte, aber er war ebenfalls ein Soldat des Imperiums und sollte er dann folglich nicht ebenfalls immun gewesen sein?

Sie setzte zu einer entsprechenden Erwiderung an, als ein kurzer Schrei über die Lichtung setzte, der sich so qualvoll anhörte, dass Lillja ihn nicht ignorieren konnte.

Sie hob den Blick und drehte sich instinktiv in die Richtung, aus der er gekommen war, als Fenric ihr Handgelenk ergriff und leicht den Kopf schüttelte, als sie zu ihm sah.

Es war nicht richtig - das alles war bösartig, falsch und … einfach *nicht richtig.*

Entschlossen löste sie sich aus seinem Griff und schritt über die Lichtung hinweg. Sie musste sich beherrschen, um nicht loszurennen, bis sie schließlich zwischen zwei scharfblättrigen Farngewächsen ins Dämmerlicht des Waldes stolperte.

»Wozu dieser ganze Aufwand?«, hörte sie Cors Stimme.

»Und so lächelt die Große Schöpferin auf uns herab«, murmelte die Daraa zwischen seinen Worten, als zitierte sie ein Gedicht oder Gebet.

Lillja folgte den Stimmen, während Cor erneut zu erfahren

verlangte, warum sich die Daru auf dem Planeten aufhielten.

Sie sah die blutigen Spuren, die der verletzte Fuß der Daraa hinterlassen hatte und folgte ihnen ein paar Schritt weit, dann sah sie sie. Faya stand mit dem Rücken an einem Baum und wandte den Kopf, als sie ihre Schritte zu hören schien. Ihre Hände waren auf dem Rücken gebunden, und als Lilljas Blick die Fesseln streifte, erkannte sie, dass Faya beständig die rechte Hand drehte, als würde sie versuchen, sie aus dem engen Kunststoff zu ziehen. Das verdreckte Shirt war längs zerschnitten worden und Lillja entdeckte auf ihrem Schlüsselbein und der Brust frische Verbrennungsspuren, die offenbar von der Energieklinge rührten, die Cor in der Hand hielt.

»Cor!«, sagte Lillja mit zitternder Stimme und er sah in ihre Richtung. »Was tust du nur?«

Plötzlich hatte die Frau ihre Rechte befreit und führte sie binnen eines Herzschlags an den Mund. Mit Entsetzen sah Lillja, wie sie die Haut zwischen Daumen und Zeigefinger zerbiss und etwas aus der Wunde saugte – dann trat schaumiges Blut aus ihrem Mund und tropfte schwer zu Boden.

»Verflucht!«, stieß Cor aus, packte ihr Handgelenk und zerrte es von ihrem Gesicht weg, doch es war zu spät. Der Xhar zwang grob ihre Kiefer auseinander, schien dann jedoch selbst zu begreifen, dass seine Reaktion zu spät kam, und schleuderte ihre Leiche wütend gegen den Baumstamm.

Lillja hörte das Geräusch, mit dem mehrere ihrer Knochen brachen, ehe er die Leiche achtlos zu Boden fallen ließ und seinen wütenden Blick auf den Menschen richtete.

Der Blick der goldenen Augen der Daraa brach, und noch während sich das Bild der sich im Tod weitenden Pupillen in ihr Gedächtnis brannte, stolperte Lillja einen Schritt zurück.

Das war Wahnsinn.

Ihr wurde schwindelig und übel und sie musste sich an

einem Baum abstützen, um nicht selbst in die Knie zu sinken. Dann brach eine Welle von Ekel über ihr zusammen und ihr Magen verkrampfte sich. Plötzlich musste sie sich schwankend übergeben und konnte hören, wie der Xhar an sie herantrat, während sie bittere Galle von sich gab.

»Rühr mich bloß nicht an«, fauchte sie und musste husten. Mit einer zitternden Hand fuhr sie sich über den Mund, während sie darum kämpfte, sich auf den Beinen zu halten. Das alles war zu viel. Viel zu viel. Die Anstrengung, der Schmerz, die Hitze und all dieser Wahnsinn.

»Lillja«, sagte er leise. Er war nahe, nur einen Schritt hinter ihr und in diesem Moment war sie nicht in der Lage, aus seiner Stimme zu hören, ob er wütend auf sie war oder ob er sich Sorgen machte.

»Verschwinde.« Sie bewegte sich zwei Schritte seitwärts und sank in die Hocke. Ihre Hände zitterten und alles drehte sich. »Verschwinde einfach.«

Sie sah zu dem reglosen Körper hinüber und fühlte, wie ihr Tränen in die Augen schossen. Aus den Augenwinkeln sah sie, dass Cor deutlich ratlos stehen geblieben war und auf sie herabstarrte.

»Das hätte so nicht passieren dürfen«, begann er, aber sie unterbrach ihn:

»Kennst du ihn? Diesen Code, kennst du ihn?«

Als er nicht antwortete, hob sie den Kopf und sah in seine grauen Augen. »Kennst du ihn?!«

»Ja.«

Damit hatte sie nicht gerechnet.

Für einen Augenblick schnürte sich ihre Lunge zusammen und sie konnte nicht atmen, doch dann fuhr er fort: »Du weißt, wie wichtig du …«

»Sei still«, unterbrach sie ihn leise und richtete den Blick auf ihre Hand. Es war nur ein Finger.

»Ich darf nicht all diese Leben in Gefahr bringen, um ein einziges zu retten«, fuhr er trotzdem fort. »Nicht einmal, wenn es dein Leben ist.«

»Du tust, was immer nötig ist«, sagte sie matt, als ihr die Worte Dales in Erinnerung kamen: '*Soran war ein Anführer, der getan hat, was immer notwendig war.*'

Er machte einen zögerlichen Schritt auf sie zu, aber sie wehrte ihn erneut ab.

»Wage es ja nicht!«

Er schien zu begreifen, wie ernst ihr diese Worte waren, und wandte sich langsam ab. Es war schwer, seine Gefühle aus seiner Haltung abzulesen und ein Teil von ihr bereute das Gesagte bereits, doch ein anderer war zutiefst verletzt und gekränkt. Sie würde für diese vier Männer alles tun, sie würde sterben, wenn es nötig war, würde jeden Schmerz ertragen und notfalls durch Feuer und Hölle gehen. Für Cor sogar noch mehr als für die anderen – aber er hatte sie geopfert und das war – ganz unabhängig davon, ob richtig, falsch, angemessen oder nicht – das Schlimmste, was er ihr hätte antun können.

Als Cor gegangen war, trat sie gebückt zu der Toten und ließ sich neben ihr auf die Knie sinken. Ihr junges Gesicht war so voller Angst und Schmerz und besudelt von blutigem Speichel. Mit zitternden Fingern schloss sie die Augen der Fremden und sah auf sie herab.

»Ich weiß nichts von deinen Göttern«, flüsterte sie, während sie ihre Blöße dürftig mit den Resten der Kleidung bedeckte. »Aber ich hoffe, dass man dich im Jenseits erwartet. Es tut mir leid, dass du leiden musstest.«

Sie faltete ihr die Hände auf der Brust und ließ ihren Blick über ihre Erscheinung wandern.

»Ich hoffe, dass dein Weg deutlich zu erkennen war und

zum Wohlgefallen deiner Götter geführt hat«, sagte sie die Worte der Xhar, denn es waren die einzigen, die sie kannte. Vielleicht hätte sie ein christliches Gebet sprechen können, kam es ihr in den Sinn, doch wenn es jemals Götter auf ihrer Welt gegeben hatte, dann waren sie zusammen mit der Erde untergegangen …

ANK'RA

Siran Kaz'Dun überwand seine Überraschung schnell und dankte den Göttern seiner Vorväter für diese Wendung des Schicksals.

Flotten-Admiral Venc Tival war hier. Er war, neben dem gewählten Zivilanführer, der mächtigste Mann des Xhars-Imperiums. Er war der unumstrittene Oberbefehlshaber der vereinigten Truppen und war darüber hinaus einer der Vertreter der Kolonien der Xhar im interstellaren Rat des Bündnisses. Bei der vergangenen Wahl hatte man ihn sogar mit knapper Mehrheit in den Vorsitz gewählt.

Das also erklärte die übermäßigen Sicherheitsvorkehrungen und die absurd starke Militärpräsens.

Sirans Gedanken überschlugen sich, als ihm die Möglichkeiten bewusst wurden, die Tivals Anwesenheit ihm und seiner Sache bot. Niemals hatte er damit gerechnet, gerade diesem Xhar je begegnen zu können – schon gar nicht, ihm so nahe kommen zu können, wie er es jetzt war.

Er musste umdenken – der eigentliche Plan war gut gewesen, doch es wäre sträflicher Leichtsinn, jetzt daran festhalten zu wollen.

Er tauschte einen kurzen Blick mit seinem Leibwächter. Der Mann hatte rechts neben der Tür Stellung bezogen, während sich die Männer der anderen Gesandten im Raum verteilt hatten. Als sich ihre Blicke trafen, nickte der Mann kurz und sah dann wieder durch den Raum. Auch er hatte begriffen, was hier vor sich ging, nahm Siran an und atmete bewusst ein und aus, ehe er mit der Rechten über den Stoff seines Anzuges strich und dabei die verborgenen Fäden ertastete. Wenn es nötig werden würde, würde er sich selbst und seinen Begleiter opfern, das war selbstverständlich.

»Ich bin Flottenadmiral Venc Tival. Ich danke für Ihr Erscheinen«, erhob Tival das Wort. Seine Stimme war fest und zielgerichtet. »Nehmen Sie Platz, wir haben viel zu besprechen …«

KAPITEL 9

»Die ganze Region wird von einem Energieschild umfasst. Er stört die meisten Sensoren – sie wollten offenbar nicht, dass jemand etwas von ihrer Anwesenheit hier erfährt. Wir müssen den Generator deaktivieren und unser Shuttle reparieren oder uns ein anderes Transportmittel organisieren, wenn wir von hier weg wollen«, berichtete Cor, als sie zurück zum Shuttle kam und sich wort- und grußlos neben H'Rega setzte. Sie mussten zumindest einen Teil der Systeme reaktiviert haben, denn Lt. Soran hatte auf einem der Pilotensitze Platz genommen und über die Hauptsteuerung die holografische Karte der Umgebung aufgerufen, auf welcher er zwei Punkte markiert hatte, von denen Lillja den südlicheren als ihre Position identifizierte.

»Laut den Aussagen der …«, er unterbrach sich und warf Lillja einen Blick zu, doch sie sah zur Seite.

»Soweit wir wissen«, setzte er neu an, »befindet sich der Schildgenerator innerhalb der verlassenen Terraformingstation unterhalb dieses Felsmassives.« Er hob einen Punkt in den nahen Bergen optisch hervor. »Die Anlage liegt fast vollständig unter der Erde und verfügt über einen Eingang hier«, er markierte eine weitere Stelle, »und einem Wartungsschacht hier.«

»Was ist mit den Impulstunneln?«, unterbrach Azarion ihn.

»Sie könnten von der untersten Ebene erreichbar sein, aber wir wissen nicht, wie stabil die Gänge sind.«

»Was für Tunnel?« Fenric hatte sich etwas vorgebeugt und sah konzentriert auf die Abbildung.

»Sie entstehen während der Endphase der planetaren Umgestaltung«, erklärte H'Rega etwas unwillig. »Sie durchziehen den ganzen Planeten und haben die formende Station als Ausgangspunkt. Sie befinden sich dicht unter der Erdoberfläche und gelten als sehr instabil – deswegen werden sie normalerweise verschlossen oder zum Einsturz gebracht. Der Prozess war laut Aufzeichnungen nicht abgeschlossen, wir könnten Glück haben.«

»Aber es gibt keine Karten davon«, ergriff Cor wieder das Wort. »Falls wir auf einen solchen Tunnel treffen, dann können wir versuchen, über ihn die Anlage zu erreichen, aber ich würde nicht darauf zählen.«

»Wo erzeugen sie die notwendige Energie für den Generator?«, warf Azarion ein.

»Innerhalb der Anlage.«

»Und was suchen die Daru hier?«, wollte Fenric wissen.

»Sie hat nichts dazu gesagt.«

Plötzlich sah H'Rega auf und musterte ihn eingehend. »Und *warum*?«

»Sie hat sich vergiftet, ehe ich es verhindern konnte.«

Lillja senkte den Blick und erwartete bereits, dass Cor berichten würde, was sich zugetragen hatte, doch er schwieg einfach.

»Und damit hast du nicht gerechnet?«, fuhr ihn der Lt. Commander plötzlich an. »Erst schafft es einzig unser *Mensch,* ein lebendes Exemplar zu beschaffen und dann lässt du, durch pure Unfähigkeit, diese Möglichkeit verstreichen? Soll das ein schlechter Witz sein?!«

Nie zuvor hatte Lillja den Xhar so aufgebracht erlebt. Cors Haltung versteifte sich und er sah H'Rega gerade heraus an, schwieg jedoch.

Azarion, der ihr gegenübersaß, war unglücklich zusammengesunken und sah auf seine Füße, während Fenric einzig Augen für die Karte zu haben schien.

Sie war versucht einzuschreiten, doch abgesehen davon,

dass sie den Zorn H'Regas gerade jetzt nicht ertragen wollte, wollte sie Cors Aussage nicht vor allen infrage stellen. Wenn er sie schützen wollte – bitte.

»Ja, das habe ich«, antwortete Cor nach einer gefühlten Ewigkeit, dann ließ er weitere Sekunden verstreichen, ehe er fortfuhr: »Durch unseren Durchflug wurde das Feld der Barriere gestört – und ein Feedback erzeugt. Die Spannung hat die Relais durchbrennen lassen und unsere Außensensoren unbrauchbar gemacht. Den Systemausfall innerhalb des Shuttles haben wir vermutlich Jargons Sabotage zu verdanken. Ich bin mir nicht sicher, wie er es gemacht hat, sieht aber nach einer Spannungsüberladung aus, die über den Innenraum an die Anzüge weitergegeben wurde.«

»Optionen?«

Cor schwieg einen Moment, sodass Azarion das Wort ergriff: »Wir müssen irgendwie die Ro'ha informieren. Wir dringen in diese Anlage ein – dort überladen wir entweder den Generator oder wir sprengen das Ganze mit ein paar gezielten Ladungen. Wissen wir, wie sie die benötigte Energie erzeugen?«

»Nein, aber die Standardanlagen dieser Zeit wurden mit Fusionsreaktoren betrieben.«

»Gibt es noch mehr als diese Anlage? Schiffe oder Stationen?«, fragte die junge Frau.

»Ja. Ein Versorgungsschiff in der Umlaufbahn und ein Transportshuttle innerhalb der Anlage.«

»Ein Schiff in der Umlaufbahn?«, wiederholte Lillja leise. »Warum haben unsere Sensoren das bei unserem Hinflug nicht entdeckt?«

»Ich gehe davon aus, dass sie es entdeckt haben, aber Jargon wird uns darüber nicht informiert haben. Wir können die Systemspeicher auslesen, sobald wir wieder auf der Ro'ha sind«, meinte Cor.

»Ich stimme Tiron zu«, ergriff H'Rega das Wort, ohne auf die letzten Sätze zu reagieren. »Wir deaktivieren die Barriere und informieren die Ro'ha, dann besorgen wir uns Zugang zu dem Shuttle.«

Sie alle wussten, dass ihr Captain nicht viel unternehmen konnte, auch wenn er von den Vorkommnissen hier wusste, dennoch nickte Lillja. Vielleicht würde sich für Dale eine Möglichkeit ergeben, das Oberkommando zu kontaktieren oder irgendwie eine Nachricht abzuschicken.

»Was ist mit den Universalcomputern der Anzüge?«

»Sie sind hinüber. Da kann ich nichts machen«, meinte Azarion entschuldigend.

H'Rega nickte und Lillja fasste den Entschluss, sich nun endgültig von ihrem Umweltanzug zu trennen. Das Material – wenn nun auch durch Schlamm, Dreck und Blut kaum noch zu erkennen, war ohne Energieversorgung nicht für diese Umgebung geeignet.

Sie suchte sich die Kleidung aus dem Lager aus ihrem Rucksack, klemmte sie sich unter den Arm und trat ins helle Sonnenlicht heraus, um sich seitlich des Shuttles zu positionieren und öffnete die Verschlüsse des Brustteils. Sie schälte sich langsam heraus, ohne auf ihre Kameraden zu achten, deren Sichtbereich sie nur unzureichend verlassen hatte. Sie hatte die Wahl zwischen Schatten und Privatsphäre – keine sonderlich schwere Entscheidung.

Ohne ihre linke Hand war es schwierig und schließlich schien auch Cor zu bemerken, dass sie Hilfe brauchte, und machte eine Bewegung in ihre Richtung, doch sie wehrte ihn augenblicklich ab.

»Nein«, sagte sie kalt und bestimmt und der Soldat sackte etwas in sich zusammen. So weit war sie noch nicht. Noch lange nicht.

Schließlich war es Azarion, der ihren verwundeten Arm durch den Ärmel schob und ihr half, aus dem Anzug zu steigen. Die andere Frau war schmal gewesen, doch die Wochen in den Auffanglagern der Erde und später auf der Ro'ha hatten auch Lillja einen Teil ihrer weiblichen Kurven gekostet und so passte die Kleidung halbwegs.

Sie faltete den verdreckten Stoff zusammen und legte ihn beiseite, dann stieg sie umständlich in die Hose und schloss den Gürtel. Sie fühlte einen Blick auf sich ruhen und sah auf. Azarion war in der Hecktür stehen geblieben und lehnte sich mit der Schulter gegen die Außenpanzerung. Er hielt das Sturmgewehr locker in der Linken und ließ den Blick aufmerksam über den Waldrand schweifen, ehe er ihn auf Lilljas Körper richtete und sie mit einem langen und interessierten Blick musterte.

»Augen nach oben, Soldat«, tadelte sie ihn und er sah ihr tatsächlich kurz in die Augen, ehe er den Blick wieder senkte.

»Dein Gesicht kenne ich«, kommentierte er leicht abgelenkt und streckte plötzlich die Hand aus, um ihren unteren Rippenbogen zu berühren. »Knochen direkt unter der Haut?«, fügte er etwas entsetzt an und sie musste gegen ihren Willen lächeln. Es war eine absurde Situation.

»So ist es, Ensign Tiron«, antwortete sie und griff nach dem Oberteil und zog es über den Kopf, sodass er die Hand wieder wegnehmen musste.

»Ihr Menschen seid so zerbrechlich. Das ist … irgendwie unästhetisch.«

Unästhetisch? Kein Wort seines normalen Sprachgebrauchs.

»Vielen Dank auch«, brachte sie ihm sarkastisch entgegen und stieg in die Stiefel. »Damit steht dann wohl fest, dass die eine Frau, die es irgendwann in deinem Leben geben wird, sicher kein Mensch sein wird.«

Er sah sie perplex an. »Die eine?«

»Ihr Xhar seid doch ernsthaft monogam«, meinte sie und sank auf ein Knie, um die Schuhe zuzubinden. Es war so ziemlich genau der Wortlaut, den Cor vor einigen Wochen gebraucht hatte, um diese Eigenart der Xhar zu beschreiben.

»Ja schon, aber das bedeutet nicht … darüber reden wir vielleicht zu einem besseren Zeitpunkt.«

Sie hatte ihren zweiten Schuh gebunden, als der junge Soldat ihr eine Hand reichte und sie vorsichtig auf die Beine zog.

»Wie geht es deiner Hand?«

»Sie tut weh und fühlt sich heiß an.« Lillja sah hinab und stellte ohne große Verwunderung fest, dass der Verband verdreckt und blutig war. Sie sollte die Wunde reinigen und neu verbinden … lassen.

Zurück im Shuttle setzte sie ihr Vorhaben in die Tat um und löste tapfer den Verband, doch dann ließ sie ihr Mut im Stich und sie musste Fenric bitten, die Versorgung vorzunehmen.

Der Schmerz kehrte langsam zurück und ein prüfender Blick in ihre Vorräte hatte ihre Befürchtung bestätigt. Sie hatten nur noch zwei Einheiten der zweiten und eine der dritten Kategorie von Schmerzmitteln – also jenen, die auch für Menschen verträglich waren. Sie würde das schlimmer werdende Pochen ertragen müssen, befand sie. Vielleicht kamen sie in die Situation, in der einer der Soldaten das Mittel dringender brauchte.

»Der Knochen wurde nicht beschädigt«, kommentierte Fenric, während er die Ergebnisse des Scanners ablas und eine frische Kompresse auflegte. »Ich weiß, dass das kein Trost ist, aber es hätte schlimmer kommen können.«

Welchen Knochen meinte er nur? Vielleicht irgendetwas in der Mittelhand, kam es ihr in den Sinn, aber sie hatte zu wenig Ahnung von der menschlichen Anatomie, um das mit Gewissheit zu sagen. Die Hände der Xhar bestanden aus zweiundzwanzig Einzelknochen, das wusste sie. Alle Finger saßen auf Sattelgelenken, die grob einem menschlichen Daumen entsprachen – aber wie sah es wohl mit ihrer eigenen Hand aus? Siebenundzwanzig Knochen, stimmte das? Dann waren es links nun nur noch vierundzwanzig.

Es war nur ein Finger.

»Es gibt erste Anzeichen einer Infektion«, fuhr er fort und Lillja schloss die Augen. So schnell hatte sie nicht damit gerechnet. Ihr Immunsystem musste mit den fremdartigen Bakterien und Viren des Planeten überfordert sein.

»Wir müssen das weiter beobachten – wir versuchen unser Glück mit dem Antiseptikum der Daru.«

»Kannst du H'Regas Verband bitte auch erneuern, ich muss mich einen Moment ausruhen«, bat sie und lehnte sich auf ihrer ungemütlichen Bank zurück, während Cor und Azarion ihren mitgebrachten und vier große Rucksäcke aus einer der Kisten zu packen begannen.

In der nächsten Sekunde sank ihr Kopf gegen das Metall hinter ihr und sie schlug erschrocken die Augen auf.

»Alles gut, ich bin wach …«, murmelte sie und brauchte einen Moment, ehe sie sicher sagen konnte, wo genau sie war und was sie hier tat. Sie musste eingenickt sein.

Cor und Azarion waren nicht mehr im Shuttleinneren, doch sie konnte hören, dass sie irgendetwas an der Außenhülle taten. Fenrics Gestalt war in der Heckklappe erschienen und trat ein. Ohne sie oder H'Rega weiter zu beachten, trat er an ein Gepäcknetz heran und zog einen schmalen Werkzeugkoffer hervor, mit dem er wieder nach draußen verschwand.

Lillja zog den Scanner aus der Gürtelhalterung und ließ den Strahl über H'Rega wandern. Der Xhar saß noch immer neben ihr und schien in Gedanken gewesen zu sein, sah aber auf, als er den Scan bemerkte.

»Keine Hinweise auf eine Infektion«, meinte sie und sah auf die Anzeige. »Die Blutungen haben endgültig aufgehört und ich sehe erste Hinweise auf eine einsetzende Heilung.« Sie stockte und sah auf. »So schnell?«

»Ich bin ein geborener Soldat, Winter. Natürlich heilen meine Wunden schnell.« Lt. Commander Sha H'Rega richtete sich etwas auf und stöhnte leise. Seine ganze Haltung drückte die Schmerzen aus, die er fühlen musste – ganz unabhängig von den guten Ergebnissen.

»Sie wissen, dass ich keine Ahnung habe, was das bedeuten soll«, gab sie etwas aggressiver zurück, als sie geplant hatte, und scannte sich selbst. Ganz wie Fenric gesagt hatte, hatten sich rund um die Wunde Bakterien und Keime eingenistet – wahrscheinlich würde sie weniger Glück als ihr Commander haben.

»Das bedeutet, dass meine Gene ausgebessert wurden«, erklärte er. Sie hatte nicht mit einer Antwort gerechnet und ließ überrascht vom Display ab, um in seine bernsteinfarbenen Augen zu sehen.

»Soldaten wie ich werden aus den besten genetischen Ausgangsmaterialien geschaffen, die wir zu bieten haben – wir sind robuster und widerstandsfähiger als andere Xhar. Wir können Dinge überleben, die andere töten.« Schließlich hielt er doch inne und betrachtete seine Hände. »Es ist, wie Jargon sagte«, fuhr er leiser fort.

Seitlich von ihnen betraten Cor und Azarion das Shuttle und machten sich an den vorderen Bedienkonsolen zu schaffen.

»Wir *sind* Züchtungen. Erschaffen – nicht gezeugt.«

»Sha!«, unterbrach ihn Cor mit ungewöhnlicher Schärfe und die beiden Männer tauschten einen langen Blick, dann sah er zu Lillja und richtete seine Worte an sie: »Du solltest seine Schwäche nicht ausnutzen, indem du ihn zu Antworten treibst, die er dir sonst niemals gegeben hätte.«

Ehrlich überrascht zog sie die Brauen in die Höhe und schüttelte leicht den Kopf.

»Ich habe gar nichts getan.«

»Sicher«, gab er sarkastisch zurück und tippte eine letzte Befehlsfolge ein, um das Gefährt wieder zu verlassen. Azarion verharrte noch einen Moment und ließ den Blick zwischen ihnen hin und her wandern.

»Was auch immer da los ist«, sagte er schließlich. »Klärt das.«

Lillja sah den beiden Soldaten nach, bis sie aus ihrem Blickfeld verschwanden, dann richtete sich ihre Aufmerksamkeit wieder auf den Lt. Commander. Wenn jetzt wirklich ein ungewöhnlicher Moment der Schwäche H'Regas war, dann war das eine einmalige Gelegenheit für sie, endlich ein paar Antworten zu bekommen.

»Warum haben die Männer unter Adrian Radu auf der Gi'vol gemeutert?«, fragte sie eindringlich und H'Rega erwiderte ihren Blick lange, ehe er den Kopf leicht schüttelte.

»Ich bin nicht befugt, Ihnen irgendetwas darüber zu sagen, Winter. Und so sehr, wie Soran zu glauben scheint, stehe ich noch längst nicht neben mir.«

»Sie sollten es mir sagen, Commander. Man hat mir einen Finger abgeschnitten – und ich habe es ertragen, damit Ihre Informationen geheim bleiben. Wir Menschen sind weniger robust als Ihre Leute – die Wunde wird sich infizieren und es sieht nicht so aus, als würden wir in den nächsten paar Stunden eine medizinische Einrichtung erreichen können. Vielleicht überlebe ich das hier nicht – lassen Sie mich nicht dumm sterben.«

H'Rega sah sie an, hob aber plötzlich den Blick und sah auf einen Punkt knapp hinter sie. Als sie sich umwandte, erkannte sie Cor, der unbemerkt zurückgekehrt war und auf sie herabsah.

»Du wirst nicht sterben«, sagte er fest und ging erneut zur Steuerkonsole. »Das lasse ich nicht zu.«

Ein trauriges Lächeln kam auf ihre Züge und sie nickte schwach, sah aber dennoch zu H'Rega und blickte ihn fest an, bis er schließlich ein Nicken andeutete und sich schwerfällig erhob. Er würde über ihren Einwand nachdenken und eine Entscheidung treffen.

»Es wird immer heißer hier drin«, meinte er nach einer Weile und er hatte Recht. Jetzt, da die Maschinen ausgeschaltet waren, heizte sich der Innenraum immer stärker auf und würde wahrscheinlich in den nächsten Minuten unerträglich heiß werden.

»Helfen Sie mir nach draußen, ich brauche noch etwas Ruhe.«

Lillja nickte und legte sich seinen Arm um die Schultern. Sie selbst war nicht allzu gut auf den Beinen und jeder Schritt fiel ihr erstaunlich schwer, doch sie versuchte, sich nichts anmerken zu lassen und setzte tapfer einen Fuß vor den anderen. Sie überwanden die knappe Distanz bis zum Waldrand und schoben sich an einem scharfkantigen Gewächs vorbei, bis H'Rega schließlich auf einen moosbewachsenen Baumstumpf deutete und Lillja ihn daran herabsinken ließ.

»Ihr Körper verwendet alle Energie auf die Wundheilung«, meinte sie und sah auf ihn herab. »Das habe ich zuvor noch nie gesehen.«

»Es ist für gewöhnlich auch nicht nötig. Auf unserem Schiff hätten Sie die Blutungen sofort gestoppt und die schlimmsten Schäden behoben. Das hier«, H'Rega deutete grob auf seine Verwundung, »ist ein schmerzhafter und vergleichsweise langwieriger Prozess und je mehr Ruhe ich bekomme, desto schneller ist er überstanden.«

Sie nickte.

»Ich hole Ihnen etwas Wasser, Lieutenant Commander ...«

DAS GEBURTSSCHIFF

Als der Ruf leise seine Gedanken erreichte, wusste er, was man von ihm erwartete und Quotaz setzte sich in Bewegung. Er ließ die Kammer der Ausstatter hinter sich und passierte weitere Gänge und Räume, in denen seine Brüder ihrer Bestimmung nachkamen.

Weitere Erkenntnisse und tieferes Verständnis erreichten seinen Geist und er begriff, dass nur wenige diesen Ruf hören konnten. Er war einer von ihnen.

Angehalten, seiner Bestimmung zu folgen, wurden seine Schritte schneller, während er an einer Gruppe von Konstrukteuren vorbeischritt, die eine bizarre Gestalt in ihre Einzelteile zerlegten. Eine leblose Kreatur – geschaffen von ihren Feinden, um sie zu vernichten. Eine Waffe erkannte er, jedoch eine ohne Seele. Es war das erste Mal, dass er etwas wahrnahm, das er nicht verstehen konnte und auch die Stimme schwieg. Etwas passierte mit ihm, ein düsteres Gefühl manifestierte sich in seinen Gedanken und verblasste erst, als er den Raum und die Waffe hinter sich gelassen hatte.

Eine weitere Halle öffnete sich vor ihm und er erkannte Hunderte seiner Brüder – Verteidiger in lebendigen Schutzhüllen mit kalten Waffen in den Händen, die seiner eigenen entsprachen. Sie standen in dichten Reihen, Seite an Seite und richteten die starren Blicke auf die jenseitige Wand. Quotaz nahm seinen Platz in ihrer Mitte ein und auch er fixierte das große, geschlossene Portal, das ihn und seine Brüder von ihrem eigentlichen Bestimmungsort trennte …

KAPITEL 10

Sie hatte sich nützlich machen wollen und angefangen, den Soldaten bei der Reparatur des Shuttles zu helfen. Natürlich waren ihre Fähigkeiten äußerst beschränkt, doch schließlich hatte Azarion sie zurück ins Shuttle geschickt, um hin und wieder auf Befehl verschiedene Tasten zu drücken.

Schon nach ein paar Minuten in der stickigen Hitze des Innenraums fühlte sie, dass es ihr schlechter zu gehen begann. Die Worte der Soldaten waren immer schwerer zu verstehen und auch das Gefühl von Zeit verlor sich, während Lilljas Welt einzig von Hitze und Schmerzen ausgefüllt wurde.

Schließlich geriet sie ins Wanken und wurde von ihrem Eigengewicht zu Boden gerissen. Reflexartig brachte sie ihre Hände vor sich und fing so den ärgsten Aufprall ab, konnte aber nicht verhindern, dass ihre verletzte Linke mit voller Wucht auf den Boden prallte. Ein schier wahnsinniger Schmerz explodierte in ihrer Hand, fraß sich über ihren Arm bis in die letzte Faser ihres Körpers und zwang ihr Bewusstsein für mehrere Augenblicke in eine erträgliche Ohnmacht.

Als sie die Augen wieder aufschlug, hatte man sie auf den Rücken gedreht und aus der Hitze gebracht. Weit über sich erkannte sie die seltsamen Baumkronen, die von riesigen, gezackten Blättern geformt wurden, dann schob sich ein vertrautes Gesicht vor ihre Augen und sah besorgt auf sie herab. Fenric hielt ihren Scanner in den Händen, sah auf das Display und legte ihn dann beiseite.

Ihr linker Arm war taub, stellte sie mit sonderbarer Erleichterung fest, aber sie fühlte auch, dass sich das Fieber in ihr ausgebreitet und ihre Sinne stumpf und trüb überzogen hatte.

Fenric hatte die Handschuhe ausgezogen – vermutlich

schon vor einer ganzen Weile – und legte ihr besorgt die Rechte auf die Stirn, als wollte er sich selbst von den Anzeigen überzeugen.

»Knapp 242«, sagte er und zog die Hand zurück. Das waren … sie konnte nicht klar genug denken, um den Wert in Celsius umzurechnen, aber das war auch gar nicht nötig, denn sie fühlte, dass ihr Fieber hoch sein musste.

»Das ist nicht gut, oder?«, meinte Azarion irgendwo außerhalb ihres eingeschränkten Sichtfeldes. Sie konnte Schritte auf dem weichen Boden hören, aber als sie versuchte, den Kopf zu drehen, ging es nicht.

»Es geht schon wieder«, brachte sie hervor und versuchte, sich aufzurichten, schaffte es aber kaum, die Schultern vom Boden zu heben, ehe sie mit einem Wimmern zurücksank. Das durfte nicht das Ende sein! Nicht so!

»Tut es nicht«, hörte sie Cor bitter sagen, dann war er plötzlich neben ihr und fuhr die Kontur ihres unverletzten Jochbeins nach. Ganz kurz erinnerte sie sich an die Wut, die sie ihm gegenüber gefühlt hatte, bekam das Gefühl aber nicht wirklich zu fassen. Er hatte sie seinem Volk geopfert, wisperte es zwischen Fieber und Verzweiflung, er hatte die Daraa gefoltert. Und trotzdem war er Cor Soran, die einzige Konstante, die zwischen dem Chaos und ihr gestanden hatte.

»Fenric, Azarion – wir gehen zurück ins Lager und suchen irgendetwas, um den Wundbrand zu stoppen und das Fieber zu senken«, sagte er bestimmt. »H'Rega bleibt bei dir.« Er beugte sich zu ihr und legte seine Stirn an ihre. »Du bist stark, bleib am Leben, bis wir zurück sind.« Er richtete sich wieder auf und hob den Blick zu einem Punkt über ihnen, während er flüsternd hinzufügte: »Rajan, beschütze sie …«

Nachdem die drei Soldaten im Laufschritt im Wald verschwunden waren, hatte H'Rega sie in eine sitzende Position gebracht und mit dem Rücken gegen einen Baumstamm gelehnt. Er selbst hatte sich neben ihr in die Hocke sinken lassen und das Sturmgewehr über die Knie gelegt, während sein Blick aufmerksam die Umgebung abgesucht hatte.

»Haben Sie über meine Bitte nachgedacht?«, fragte Lillja nach einer Weile, nachdem sie die Audioausgabe ihrer Komm stummgeschaltet hatte. Es war schwer, die richtigen Tasten zu drücken oder sich auch nur auf die Worte zu konzentrieren.

»Ja«, antwortete der Soldat mit Verzögerung. Sie hörte seine Stimme nicht über den Knopf, offenbar war auch er stummgeschaltet.

»Wenn die Hierarchie erfährt, dass ich Ihnen ungeprüfte und darüber hinaus nicht freigegebene Informationen gegeben habe, wird man mich meines Ranges entheben. Wieder.« Er wandte den Blick und sah sie an. »Ich bin nicht so weit gekommen, um alles zu verlieren, was ich mir aufgebaut habe.«

»Ich verstehe.« Sie schloss kurz die Augen und versuchte sich an den letzten Moment zu erinnern, in dem sie wirklich glücklich gewesen war. Sie wollte mit einem schönen Gedanken sterben. Ihre Erinnerung an die Erde und das Leben, das sie bis zum letzten Frühjahr geführt hatte, waren blass und fremd geworden. Sicher, sie erinnerte sich an vieles, an ihren letzten Urlaub mit Chris, als er um ihre Hand angehalten hatte – sie war so glücklich gewesen. Jetzt schien das irgendwie bedeutungslos.

»Wahrscheinlich tun Sie das wirklich.« Er seufzte neben ihr und sie konnte hören, wie er sich bewegte. »Jemand hat sich auf KalaTaan 9 Zutritt zu einem militärischen Datennetz verschafft und hat diesem Radu ein Video geschickt, in dem die Seuchenforschung an menschlichen Versuchsobjekten demonstriert wurde. Es war offenbar eine Zusammenfassung der letzten Jahre, in der wir nicht besonders gut dargestellt wurden. Man hat Radu überzeugt, dass wir die Menschen seit Jahren für unsere Versuche missbrauchen und dass der Feind nur auf die Erde aufmerksam wurde, weil wir dort waren.«

Es überraschte sie ehrlich, dass er ihr antwortete. Wahrscheinlich ging H'Rega davon aus, dass sie sterben würde. Vermutlich hatte er Recht damit.

»Entspricht das der Wahrheit?«, fragte sie matt.

»Ich weiß es nicht – möglich.«

Lillja versuchte zu nicken, aber ihre Muskeln hatten sich verkrampft und verweigerten den Dienst, also machte sie die Augen schwerfällig wieder auf und sah ihn an.

»Rajan – ist das einer Ihrer Götter?«

»Rajan«, wiederholte H'Rega leise und lehnte sich selbst zurück. »Ich habe diesen Namen lange nicht mehr gehört.« Er drehte sich zu ihr um und musterte sie eingehend, eher er wieder den Blick über das Dickicht schweifen ließ. »Sie haben Rajans Augen – und damit meine ich nicht nur eine vage Ähnlichkeit. Und diese Art, mit Cor zu sprechen und Ihren Willen durchzusetzen – gegen ihn und jeden anderen. Sie haben viel von ihr. Aber ich kann Ihnen darüber nichts sagen, Winter.« Es lag Trauer und Bitterkeit in seiner Stimme und Lillja wurde klar, dass sie seine Verweigerung nun einfach hinnehmen musste.

Eine neue Fieberwelle durchfuhr ihren Körper. Wider besseren Wissens hob sie die Linke und betrachtete den Verband. Wieder war er dreckig geworden und blutgetränkt. Sie fühlte die Hitze, die von dem Schnitt ausging und glaubte, einen fauligen Geruch wahrnehmen zu können.

»Glauben Sie, die Götter der Erde sind noch irgendwo dort draußen?«, fragte sie nach einer Weile leise und mit geschlossenen Augen. Es raschelte, als sich der Lt. Commander bewegte, aber sie sah keinen Grund, die Augen zu öffnen.

»Ich weiß nichts von Ihren Göttern«, sagte H'Rega ebenso leise. »In unserer Schöpfung heißt es, dass die Urgötter das Universum erschufen. Jede Sonne, jeden Nebel und Planeten – unsere Heimat ebenso wie Ihre Erde und die Heimat unserer Feinde – also glaube ich, dass meine Götter auch ohne Ankur existieren könnten.«

»Ob in Ihrem Jenseits auch Platz für mich ist?« Sie fühlte eine sich nähernde Dunkelheit, die langsam nach ihren Gedanken griff. War das der Tod?

»Sicher, Winter«, sagte H'Rega ungewohnt sanft. »Ich werde Revar bitten, Ihnen einen Platz zu weisen, bis wir Ihnen folgen können …«

ANK'RA

»Das Imperium dankt Ihnen für Ihr zahlreiches Erscheinen«, erhob Flottenadmiral Tival das Wort erneut, nachdem sich die versammelten Vertreter des Handelsbündnisses auf denen ihnen zugewiesenen Plätzen niedergelassen hatten. Man hatte Siran unerfreulich weit entfernt des Xhars platziert, sodass er sich vorerst damit begnügen musste, den Verhandlungen zu lauschen.

Sein eigentliches Vorhaben war einfach gewesen – doch die Anwesenheit des Flottenadmirals hatte alles verändert. Er hätte sich während oder nach den Verhandlungen Zutritt zu den unteren Bereichen verschaffen sollen, um den Zentralcomputer zu sabotieren, doch damit konnte er sich nun nicht mehr begnügen, wenn ein viel verlockenderes Ziel so bereitwillig aufgetaucht war. Die Sabotage hätte seiner Organisation kurzzeitigen Zugriff auf ein bestimmtes Datenverzeichnis gewähren sollen, in dem weitere Informationen über den Verbleib mehrerer Verbündeter seiner Sache gespeichert waren. Die sechs Männer und drei Frauen waren im Laufe der vergangenen Monate plötzlich und spurlos von der Bildfläche verschwunden und niemand in Sirans Umfeld zweifelte daran, dass sie in die Hände des Xhar-Geheimdienstes gefallen waren.

Höchstwahrscheinlich war niemand von ihnen noch am Leben, doch man konnte sich nicht sicher sein, wie viel sie möglicherweise verraten hatten. Aus genau diesem Grund wusste jeder von ihnen stets nur das Nötigste und kannte auch nur wenige Namen und Gesichter verbündeter Personen, doch aus vielen, winzigen Einzelbildern konnte irgendwann auch ein Gesamteindruck entstehen, der die Xhar auf die richtige Spur bringen mochte. Es war wichtig, dass Siran in Erfahrung bringen konnte, wie viel die Xhar bereits wussten und ob es vielleicht noch Hoffnung für diese Männer und Frauen gab. Aber sie würden sich die Informationen auf anderem Wege besorgen, denn der Flottenadmiral war weit wertvoller.

Er strich den Stoff seines maßgefertigten Anzuges glatt und zog dabei die Fäden heraus, die er auf der 'Pracht der Schöpferin' darin eingewoben hatte. Er hatte die Bewegungen in den letzten Tagen hundertfach geübt, sodass er nun absolut sicher war, dass niemand sehen oder begreifen würde, was er tat, während er die drei fingerlangen Drähte in der Handinnenfläche verbarg und die Hände in den Schoß sinken ließ. Mit sicheren Handgriffen begann er, die einzelnen Punkte miteinander zu verbinden und so die Kontaktbombe scharfzumachen.

Er hatte sie als verspäteten Gruß innerhalb des Kontrollraumes zurücklassen wollen. Sicher hätten die Xhar früher oder später bemerkt, dass jemand auf die Dateien zugegriffen hatte und auch wenn Siran neben den eigentlichen Informationen noch zahlreiche andere Dinge heruntergeladen hätte, würde sich der Geheimdienst davon nicht lange verwirren lassen. Es war nur eine Frage der Zeit, bis man wissen würde, wer hinter dem Anschlag steckte und nach was gesucht worden war. Das technische Personal hätte die Bombe ausgelöst, wenn sie auf einen bestimmten Teil der Hardware zugegriffen hätten und damit hätte das Imperium, neben den Informationen, noch ein paar hochqualifizierte Mitarbeiter der höchsten Geheimhaltungsstufe verloren. Ganz abgesehen von dem Schock, den es bedeutet hätte, einen solchen Anschlag inmitten einer gesicherten Anlage im Herzen Ank'Ras zu erleben.

Oh ja, er hatte ein anderes Ziel gehabt, als er sich auf den Weg gemacht hatte, doch nun war Tival hier und es bot sich ihm die einzigartige Gelegenheit, diesen Gegner auszuschalten und das Imperium schwerer zu treffen, als er es sich je hatte träumen lassen. Und jener Schock, kam es Siran flüchtig in die Gedanken, würde noch weit heftiger ausfallen, wenn die Xhar ihren Oberbefehlshaber und Ratssprecher verlieren würden.

Siran würde die scharfe Bombe an seiner eigenen Hand befestigen, dann musste er Tival nur noch flüchtig berühren, um ihn – und notwendigerweise auch sich selbst – in den Tod zu reißen.

»Wie Sie alle wissen«, setzte Tival an, »haben unglückliche Umstände dazu geführt, dass wir die Kontrolle über zwei weitere Sektoren verloren haben.«

Siran sah in die Richtung des Xhars, doch seine Aufmerksamkeit verblieb auch weiterhin bei den drei Drähten, die er mit sorgsamen Bewegungen bog und miteinander verdrehte. Es war nicht schwer zu erraten, welchen Weg die Ausführungen des Soldaten einschlagen würden – er würde weitere Güter einfordern, darauf aufmerksam machen, dass sie alle angeblich auf einer Seite standen und gegen einen übermächtigen, gemeinsamen Feind vorgehen mussten. Das Übliche.

Ein Geräusch hinter ihm ließ ihn innehalten und sich umwenden, während er beide Hände flach auf die Tischplatte vor sich legte. Sein Leibwächter hatte sich von seinem Platz gelöst, trat nahe an ihn heran und beugte sich zu ihm hinab.

»Lassen Sie mich dieses Opfer bringen«, flüsterte er dicht an Sirans Ohr. »Sie sind zu wertvoll.«

Siran sah ihn überrascht an und fragte sich unwillkürlich, ob dieser junge Mann wirklich ahnte, was er vorhatte.

»Gibt es Probleme?«, drang Tivals Stimme in seine Gedanken und Siran bemerkte, dass der Xhar zu ihm hinüber sah.

»Eine dringende Nachricht von Demira, die keinen Aufschub duldet«, ergriff der andere Daru das Wort, ehe Siran sich eine Geschichte zurechtlegen konnte.

»Botschafter Sintez benötigt Zugriff auf die Langstreckenkommunikation«, sprach der Wächter weiter und winkte einen der Soldaten ihrer Gastgeber heran.

Siran war von dieser Eröffnung mindestens ebenso überrascht, wie es der Xhar zu sein schien, doch er hatte sich gut genug in der Gewalt, einfach zu nicken und ein entschuldigendes Lächeln aufzusetzen.

»Der Zeitpunkt ist denkbar ungünstig«, wandte Tival verärgert ein und auch ein paar der anderen Diplomaten wirkten deutlich unglücklich.

»Ich bitte um Verzeihung«, ergriff Siran nun selbst das Wort. »Aber unser Protokoll ist in diesem Punkt eindeutig.«

Fieberhaft überlegte er, welche Art von Zwischenfall die Aufmerksamkeit Sintez' verlangen könnte, doch auf die Schnelle wollte ihm kein plausibles Szenario einfallen, also erhob er sich einfach ohne weitere Erklärung und schritt auf den Ausgang zu. Im Vorbeigehen streifte er flüchtig den Arm des anderen Darus und übergab ihm dabei die Drähte.

Er konnte nur hoffen, dass er wirklich wusste, was zu tun war und noch während er einem schweigenden Soldaten hinaus in den langen Flur folgte, fragte er sich, ob seine Handlung nicht ein Fehler gewesen war …

KAPITEL 11

Als sie die Augen das nächste Mal aufschlug, hatte sich ihre Umgebung kaum verändert. Sie fühlte den mit Moos bewachsenen Boden unter sich und erkannte dichtes Blätterwerk über ihrem Kopf, das tiefen Schatten spendete und die grausame Sonne fernhielt. Zwischen den dichtstehenden Bäumen um sie herum hatte sich die Hitze gestaut und lag schwül und drückend auf ihr.

Sie spürte einen dumpfen Schmerz, der sich ihrer linken Körperseite bemächtigt hatte und einen unbestimmten Druck hinter den Augen, während ihr Mund trocken und irgendwie pelzig war.

Lillja wollte etwas sagen, brachte aber nur ein undefinierbares Stöhnen zustande, das dennoch dazu führte, dass sich etwas tat.

»Ich glaube, sie wacht auf«, hörte sie eine bekannte Stimme sagen.

Ihr Kopf dröhnte dumpf und sie war nicht in der Lage, sicher zu sagen, zu wem diese Stimme gehören mochte. Ihr fiel jedoch auf, dass sie keine zweite Version des Satzes aus dem Inneren ihres Gehörgangs vernommen hatte. Offenbar war ihr Kommunikator entweder noch immer deaktiviert oder entfernt worden oder die Soldaten unterhielten sich auf einem anderen Kanal – aber das war unwahrscheinlich.

Ein ausdrucksloses Gesicht erschien über ihr. Kantig geschnitten und durch stahlfarbene Platten, die sich, von der flachen Nase ausgehend, in unterschiedlich großen Segmenten über das Gesicht verteilten, in seiner Mimik so stark eingeschränkt, dass nur ein geübtes Auge darin lesen konnte. Lidlose, graue Augen sahen voller Sorge und Hoffnung auf sie herab, während das Gesicht näher kam, als sich der zugehörige Körper in die Hocke sinken ließ.

Am anderen Rand ihres Blickfeldes erschien ein medizinischer Scanner, dessen Strahl über ihren Körper lief, doch die grün-schwarze Hand, die ihn hielt, wurde von dem Xhar unwillig verscheucht, ehe er die Hand auf ihr Gesicht legte.

Cor.

Er schob seine Finger unter ihren Kopf und hob ihn ein wenig an, während er ihr eine Wasserflasche an die Lippen hielt und sie ein paar kleine Schlucke trinken ließ. Der Soldat setzte die Flasche ab und ließ sie vorsichtig zurücksinken, dann lösten sich seine Augen von ihrem Gesicht und als sie ebenfalls in die Richtung sah, in die er sich gewandt hatte, erkannte sie Fenric, der schwach lächelte.

»Weißt du, wo du bist?«, fragte er und Lillja fühlte sich an die Situation in der Krankenstation erinnert. War seither wirklich nur ein knapper Tag vergangen?

»Sicher«, sagte sie. Ihre Stimme hörte sich seltsam an, irgendwie fremd. »Uka – die Söldner. Was ist passiert?«

Erneut erschien Cors Hand und strich ihr das Haar aus der Stirn. Mit leichten Koordinationsschwierigkeiten griff sie danach und bekam seine Finger zu fassen und schob sie etwas unwillig beiseite. Auch er hatte sich von seinen Handschuhen getrennt, sodass sie die verhältnismäßig weiche Haut seiner Handinnenfläche auf ihrer eigenen fühlte. Die Körper der Xhar waren ein wenig kühler, nur wenige Grad, dennoch merklich.

»Wir haben die Infektion stoppen können, ehe sie wirklichen Schaden anrichten konnte«, erklärte Fenric. Mit etwas Mühe riss sich Lillja von Cors Gesicht los und sah den Yndra an. Sein inneres, vertikal verlaufendes Augenlid schloss und öffnete sich mehrfach in kurzen Abständen – ein seltsames

Verhalten, das sie bislang nicht bei ihm beobachtet hatte.

»Wir haben im Lager ein paar Medikamente und medizinische Geräte gefunden – aber wir konnten uns nicht sicher sein, dass sie mit dem menschlichen Körper kompatibel sein würden.«

»Danke«, sagte sie leise und schaffte es, ein Lächeln auf ihre Züge zu bringen. »Wie lange war ich weg?«

»Zwei Stunden«, antwortete H'Regas Stimme irgendwo außerhalb ihres Sichtfeldes.

Vorsichtig richtete sie sich in eine sitzende Haltung auf und ließ den Blick über die Umgebung schweifen. Sie waren noch immer im Wald und Lillja konnte beim besten Willen nicht sagen, ob sie sich nennenswert von ihrer letzten Position entfernt hatten.

Sie wollte aufstehen, aber Cor hielt sie zurück und deutete ein Kopfschütteln an.

»Wir sind noch beim Shuttle«, sagte er ruhig. Offenbar hatte er ihren Blick richtig gedeutet. »Wir versuchen, es wieder zum Laufen zu bringen, aber das dauert noch. Fühlst du dich besser?«

Er berührte ihre Stirn und hob schließlich ihren Kopf etwas an, sodass sie ihm wieder in die Augen sah, während er den Schnitt an ihrer Wange betastete. Die Haut war empfindlich und etwas heiß, das konnte sie fühlen. Generell gab es kaum eine Stelle ihres Körpers, die gerade nicht schmerzhaft pochte, brannte oder sich sonst irgendwie unangenehm bemerkbar machte, trotzdem nickte sie.

»Ja, es geht schon.« Sie zog sich etwas zurück, woraufhin Cor von ihr abließ und aufstand.

»Sha bleibt bei dir«, sagte er schließlich und wandte sich zum Gehen. Nach kurzem Zögern folgte ihm Fenric und Lillja blieb mit H'Rega zurück, der einen knappen Meter neben ihr an einen Baum gelehnt saß.

Zwischen den dornigen Ästen eines buschähnlichen Gewächses konnte sie die Lichtung erkennen, auf der das Shuttle stand. Eine Gestalt trat aus der Heckklappe und Lillja erkannte Azarion, der, mit einer Tasche in der Hand, mit schnellen Schritten durch die Sonne lief und auf sie zuhielt. Er manövrierte im Laufschritt um die Pflanze herum und wurde dann langsamer, während er auf Lillja und H'Rega zuschritt und sich schließlich vor ihr in die Hocke sinken ließ.

»Du hast uns einen ganz schönen Schrecken eingejagt«, meinte er leise, während er die Tasche vor sich abstellte und in ihrem Inneren zu wühlen begann. Schließlich zog er die Hand wieder hervor und hielt ihr ein kleines, eingeschweißtes Päckchen entgegen.

»Hier«, kommentierte er. Sie nahm die Ration entgegen, brauchte jedoch Hilfe beim Öffnen, denn sie wagte es nicht, ihrer linken Hand irgendeine Form von Aufmerksamkeit zukommen zulassen. Der Schmerz war momentan so weit abgeebbt, dass sie ihn kaum noch wahrnahm, aber das würde sich sicher ändern, wenn sie die Wunde erst wieder sah.

Schließlich war es Azarion, der ihr das Päckchen wieder abnahm und die Folie aufriss. Er roch kurz am Inhalt, drehte dann aber deutlich angeekelt den Kopf weg und gab ihr den gepressten Riegel zurück.

»Das ist ja …«, begann er, ließ den Satz aber unvollendet, wobei seine Stimmlage jedoch gut genug ausdrückte, was er meinte.

»Ist es«, bestätigte Lillja, biss aber dennoch eine Ecke ab und kaute eine Weile darauf herum. Wie immer hing dem Essen ein Geschmack von Erbsen nach, doch diesmal erinnerte es sie an die Ro'ha und füllte ihren Geist eher mit Wehmut als mit Ekel.

»Bekommt ihr es wieder in die Luft?«, fragte sie schließlich.

Azarion hatte sich ebenfalls eine eingeschweißte Ration genommen und zog sorgsam die Folie ab, um das graue Etwas zu betrachten, das maschinell in eine perfekte, rechteckige Form gepresst worden war.

»Ich denke schon, aber die Sensorenphalanx ist hinüber.« Er drehte seine Ration kurz in den Händen und schob sich schließlich den kompletten Riegel in den Mund, kaute zweimal kurz und schluckte. Es sah irgendwie raubtierhaft aus, wie ein Vogel, der sich einen Fisch geschnappt hatte und ihn in einem Stück herunterwürgte.

»Was ist los?«, wollte Azarion plötzlich wissen und ihr wurde bewusst, dass sie ihn aus großen Augen anstarren musste, ehe sie sich ein Lächeln abrang und den Kopf schüttelte.

»Gar nichts.«

Er zögerte und betrachtete ihr Gesicht einen Herzschlag lang, doch dann fuhr er fort: »Ohne Sensoren sind wir leider etwas blind.« Er richtete seinen Blick nun auf H'Rega und schien auf eine Reaktion zu warten, die jedoch nicht kam.

»Dann lassen wir die Hecktür offen und fliegen nach Sicht. Solange wir auf dem Planeten sind, sollte das doch machbar sein«, kommentierte Lillja und wandte sich wieder ihrer Ration zu.

»Das ist … ein seltsamer Vorschlag«, meinte Azarion und seufzte. »Aber leider bislang wohl der Beste, den wir haben. Schlägt auf jeden Fall meine Idee, ein Sichtfenster in den Bug zu schneiden.« Er lachte leise und stand wieder auf.

»Ruh dich noch etwas aus, aber behalte den Bioscanner im Auge«, sagte er und ging zurück zur Lichtung.

Eine Weile breitete sich Schweigen zwischen den Bäumen aus, bis sich H'Rega schließlich leise stöhnend in eine bequemere Position brachte und Lillja seinen Blick spürte.

»Sie erinnern sich an das Gespräch, das wir zuvor geführt haben?«, fragte er schließlich.

»Ja.« Zumindest in groben Zügen waren seine Worte noch präsent in ihrem Geist: die Meuterei auf der Gi'vol, Versuche an Menschen, Rajan.

»Wir werden nie wieder ein Wort darüber verlieren und es wird auch in keinem Bericht auftauchen«, sagte er leise und Lillja nickte.

»Das werden wir nicht«, meinte sie nach weiteren stillen Augenblicken. »Danke, Lieutenant Commander.«

Er nickte und ließ seinen Blick über die Bäume streifen, dann zog er einen Scanner hervor und warf ihn Lillja zu, die ihn reichlich ungeschickt mit einer Hand fing und ihn startete. Neben ihren eigenen Signaturen empfing das Gerät keine weiteren Lebensformen. Sie ließ die Anzeige offen und legte das Gerät neben sich, während sie wieder auf die Ration in ihrer Hand sah.

»Was machen wir wohl, wenn das Essen ausgeht?«, murmelte sie.

»Darüber sollten Sie sich wirklich keine Gedanken machen, Winter. Sie werden lange erstickt sein, ehe Sie auch nur richtigen Hunger fühlen und wir …«

»Ich meine nicht hier«, unterbrach sie ihn und sah wieder auf. »Ich meine allgemein. Die Erde ist zerstört, wovon sollen die überlebenden Menschen leben?«

»Das vor Ihnen stammt nicht von der Erde«, erklärte H'Rega. »Es handelt sich um die Jurpflanze. Wir bauen sie auf Agrarschiffen an und verarbeiten sie zu einer Grundpaste, die in jede Form gepresst werden kann und nahezu jeden Geschmack annehmen kann – auch wenn manche behaupten, ihr Eigengeschmack sei noch wahrnehmbar.«

Daher die Erbsen.

»Ich schätze, dass für Menschen eine andere Zusammensetzung der beigefügten Nährstoffe verwendet wird, aber im Grunde ist das, was Sie dort essen, nichts anderes als das, was wir bekommen.«

Das erklärte einiges.

»Ich schätze, ich weiß gar nichts über dieses Universum …«, kommentierte sie etwas niedergeschlagen und musste an das denken, was Tulan ihr gesagt hatte.

»Das Meiste ist auch vollkommen irrelevant – und auf die wirklich interessanten oder wichtigen Fragen werden weder Sie noch ich wohl jemals eine Antwort bekommen.«

»Zum Beispiel?« Sie hatte etwa die Hälfte ihrer Ration verzehrt und wickelte den Rest sorgsam ein, um ihn in einer Gürteltasche zu verstauen. Ihr Magen fühlte sich seltsam voll und angespannt an, sie sollte es lieber nicht übertreiben.

»Das wirklich Wichtige eben: Woher kommt der Feind und was will er überhaupt von uns?« Er seufzte, schien dann jedoch etwas über Funk zu hören, denn plötzlich nickte er, zog die Kontrolleinheit hervor und betätigte eine Taste darauf, ehe er leise sagte: »Wir kommen«, ehe er sich umständlich am Baumstamm in die Höhe zog.

»Was ist aus meinem Kommunikator geworden?«, fragte sie und stand ebenfalls sehr langsam und mit Bedacht auf. Das erwartete Schwindelgefühl fiel weit schwächer aus, als sie befürchtet hatte und obwohl sie ihren Herzschlag mit jeder Körperfaser fühlen konnte und sich noch immer leicht benommen fühlte, blieb sie halbwegs sicher stehen.

»Wir haben ihn entfernt«, meinte H'Rega und begann in den verschiedenen Taschen seines Anzugs zu suchen, ehe er zu finden schien, was er gesucht hatte und der jungen Frau die beiden Einzelteile des Geräts reichte. Sie schob das Kopfteil in den rechten Gehörgang und startete das Kontrollgerät, während sie H'Rega auf die Lichtung folgte. Der Lt. Commander ging ein wenig gebeugt und Lillja konnte seine schweren Atemzüge hören.

»Warum haben sich Ihre Leute nur so einen warmen Planeten ausgesucht?«, fragte sie auf halber Strecke und kam sich noch im gleichen Atemzug etwas dämlich vor. Sie befanden sich auf Äquatorhöhe – natürlich war es hier wärmer, als weiter südlich oder nördlich. Darüber hinaus bedeutete ein momentan heißes Klima auch noch lange nicht, dass es immer so war oder sich nicht ändern würde. Auch auf der Erde waren Eiszeiten gekommen und gegangen und besonders heiße Perioden hatten sich mit deutlich kühleren Phasen abgewechselt. Diese Momentaufnahme hatte überhaupt nichts zu bedeuten.

»Das Klima kann man anpassen«, antwortete H'Rega erwartungsgemäß. »Aber mir wäre es natürlich auch lieber, wenn der Terraformingprozess etwas weiter fortgeschritten wäre und ich nicht das Gefühl haben müsste, in der eigenen Haut gekocht zu werden. Sagten Sie nicht, dass die Menschen für eine solche Umwelt gemacht wären?«

Sie wischte sich die Schweißperlen von der Stirn und sah zweifelnd zum Himmel.

»Na ja, ich kann es zumindest ertragen – aber etwas kühler wäre schön … vor allem eine weniger schwüle Luft.«

Er hielt nun doch kurz inne und sah sie einen Herzschlag lang an, ehe er seinen Weg fortsetzte. Vermutlich hatte sie ein Wort benutzt, das der Übersetzer nicht passend wiedergeben konnte. Aber da H'Rega nicht weiter nachfragte, war es wohl nicht ausschlaggebend für den Satzzusammenhang – oder es war für ihn nicht interessant genug, um nachzufragen. Wahrscheinlich eine Mischung aus beidem.

Sie folgte H'Rega über die offene Heckklappe ins Innere des Transportshuttles und sah sich erwartungsvoll um. Sie mussten mehr Energie in die Umweltkontrollen geleitet haben, denn das Innere des metallenen Kastens war zwar noch immer etwas heißer als die Außenwelt, doch waren die Temperaturen inzwischen wieder zu ertragen.

Cor und Azarion hatten auf den beiden Pilotenplätzen im vorderen Teil Platz genommen und schienen sich auf die Anzeigen vor sich zu konzentrieren. Nur ein kleiner Teil der verbauten Bildschirme war in Betrieb und auch das große Hologramm, das für gewöhnlich den gesamten Bereich rund um den Hauptpiloten ausfüllte, war nicht aktiv.

»Wir versuchen es«, kommentierte Fenric, der auf einem der heruntergeklappten Sitze zu ihrer Linken saß.

Lillja ließ sich neben ihm nieder und zog die Gurte über Schultern und Hüfte, und als schließlich auch H'Rega bereit schien, startete Azarion die Maschinen.

»Sehr gut«, murmelte er und fügte dann lauter hinzu: »Wir haben alle vier Steuerdüsen.«

»Manuelle Zielerfassung ist online«, mischte sich Cor konzentriert ein. »Kommunikation ist in Betrieb, wird aber durch den Schild gestört. Ich habe eine Nachricht an die Ro'ha programmiert, die gesendet wird, sobald das Signal durchkommt.«

»Jetzt lasst uns mal sehen, ob sich die ganze Arbeit gelohnt hat.« Azarion fuhr mit flinken Fingern über die Konsolen vor sich und schließlich baute sich tatsächlich das altbekannte Hologramm vor ihm auf, das ihm das Gebiet direkt vor dem Shuttle in schlechter Auflösung zeigte. Die Zahlenreihen, die sonst beständig an beiden Seitenrändern heruntergelaufen waren, fehlten jedoch.

»Ich dachte, die Sensoren sind hinüber?«, ergriff Lillja das

Wort und beugte sich etwas vor.

»Sind sie – wir haben einen Helm an der Außenhülle befestigt und ihn mit dem zentralen Computer verbunden. Die Daten stammen von dem Helmsensor.« Er klang so stolz und glücklich, dass Lillja lächeln musste.

»Sehr gut«, sagte sie und lehnte sich etwas zurück.

»Das ist es. Fenric, du kannst die Hecktür schließen – es geht los.«

Der Yndra streckte sich und berührte die entsprechende Taste neben dem Rahmen, woraufhin sich das Schott langsam zuschob und mit einem gut hörbaren Klicken einrastete.

»Ich dachte, die Anzüge wären irreparabel beschädigt worden?«, richtete sie nun das Wort an Fenric. Sie wollte Azarion nicht ablenken.

»Sind sie – zumindest die integrierten Computer, der Helm konnte die ganze Zeit über senden, aber ohne funktionsfähigen Empfänger …« Er ließ den Satz unvollendet und Lillja nickte. Wenigstens in diesem Punkt hatten sie einmal Glück gehabt.

»Bring uns zu dieser Station«, verlangte nun H'Rega kühl.

Azarion nickte und Lillja konnte förmlich fühlen, wie sein Blut in Wallung geriet, während sich das Shuttle holprig vom Boden drückte und langsam an Geschwindigkeit gewann …

Lange stand Quotaz an der Seite seiner Brüder und starrte das verschlossene Schott an, ehe ein leises Summen ertönte, das sich langsam zu einem Gesang steigerte, der die Essenz seiner Seele schwingen ließ. Es war ein anderer Gesang als jener, den er in der großen Kammer gehört hatte – er war härter, eindringlicher, aggressiver.

Die Versiegelungen der einzelnen Segmente des Schotts lösten sich und Stück für Stück zogen sich die gebogenen Platten zurück, bis schließlich ein Durchgang sichtbar wurde. Ein unausgesprochener Befehl ging durch Quotaz' Gedanken und er richtete sich auf, während seine Hände die Waffe fester griffen. Seine Brüder machten im gleichen Herzschlag eine identische Bewegung, sodass das metallische Klirren, das ihre Panzer hervorriefen, laut durch die Halle schwang.

Dann setzte sich die erste Reihe in Bewegung und ging im Gleichschritt durch das Schott.

Nach und nach leerte sich die Halle, bis es schließlich auch an Quotaz war, mit geradem Blick und starrer Haltung sein neues Schiff zu betreten.

Er war Quotaz, ein Verteidiger – und er würde ausziehen, um seine Feinde zu vernichten. Das war seine Bestimmung …

KAPITEL 12

Azarion steuerte das Shuttle dicht über den Baumwipfeln hinweg und war dabei so langsam, dass sich Lillja zunächst argwöhnisch gefragt hatte, ob sie bei dem Tempo vielleicht einfach vom Himmel fallen würden. Aber das taten sie nicht. Vorerst.

»Zu Fuß wären wir nicht wirklich langsamer vorangekommen«, sprach Fenric schließlich ihre Gedanken aus. Er handelte sich einen so düsteren Blick des jungen Soldaten ein, der kurz über die Schulter sah, dass Lillja in diesem Moment wirklich froh war, dass nicht sie es gewesen war, die diesen Umstand angesprochen hatte.

»Wenn wir schneller fliegen, laufen wir Gefahr, dass der Helm abgerissen wird und dann sind wir doch wieder vollkommen blind. Außerdem ist es wirklich nicht einfach, so dicht über den Bäumen zu manövrieren.«

Sie verkniff sich die Frage, warum es denn überhaupt so tief sein musste, denn eigentlich lag die Antwort auf der Hand – irgendwo über ihnen verlief der Energieschild, der ihnen schon einmal eine unsanfte Landung beschert hatte.

»Wir haben detaillierte Pläne der Anlage«, ergriff Cor das Wort und drehte sich samt Sessel zu ihnen um. »Es sind allerdings die Originalpläne eines Standardschiffes – es ist möglich, dass in den vergangenen Jahrzehnten einiges umgebaut und verändert wurde.«

»Aber an den Grundstrukturen wird sich nicht viel getan haben«, meinte Fenric, löste seine Gurte und stand auf.

Offenbar hatte Cor den Projektor starten wollen, doch das Fach, in dem er untergebracht war, hatte sich nur zu zwei Dritteln geöffnet, sodass die metallene Kugel lediglich zweimal protestierend gegen die Klappe geprallt war und sich dann wieder in ihre Warteposition zurückgezogen hatte. Fenric schob das Fach auf und nahm die Kugel vorsichtig heraus. Sie lag einen Augenblick lang ruhig auf seiner Handfläche, dann kam Leben in das Gerät und sie schwebte ein Stück nach oben, sodass sich der Yndra wieder hinsetzen und nach seinen Gurten greifen konnte.

Der kleine Projektor warf ein unscharfes Hologramm in den Raum, das ein ovales Schiff darstellte. Das Bild vergrößerte sich, während die dunkle Außenhülle ausgeblendet wurde, sodass nun ein schiffsweiter Querschnitt erkennbar wurde. Lillja sah sieben Decks, die durch einen Aufgang verbunden wurden, der quer durch das Schiff führte.

»Das Standardmodell der letzten Jahre vor dem Krieg«, erklärte Cor. »Bei Ankunft am vorbereiteten Zielplaneten werden die oberen Sektionen abgetrennt und verbleiben im Orbit.« Er wandte sich kurz um und gab einen Befehl ein, woraufhin sich das Hologramm auflöste und durch ein anderes ersetzt wurde, das nun das gleiche Schiff in zweigeteilter Version zeigte.

»Der untere Teil«, fuhr der Xhar fort, »landet auf dem Planeten und beginnt mit der planetaren Ausgestaltung. Die Hauptenergie liefert ein Fusionsreaktor im unteren Deck.«

Er deutete auf die entsprechende Stelle, einen großen Raum, der fast das gesamte untere Deck einnahm.

»Wahrscheinlich liegt die Anlage heute bis auf Deck eins unter der Erde«, ergriff Azarion das Wort. Plötzlich ging jedoch ein Ruck durch das Shuttle und Lillja konnte hören, wie die untere Panzerung etwas streifte, das geräuschvoll zerbrach.

»Verflucht!« Azarion hatte seine Aufmerksamkeit wieder voll auf die Konsolen gelenkt und auch Cor drehte sich wieder um und sah auf die Anzeigen, wobei er jedoch nicht auf die unter ihnen liegenden Baumkronen zu sehen schien, sondern vielmehr einen Punkt im rechten oberen Drittel fixierte. »Was war das?!«

»Ein Khuna?«, murmelte Cor und Azarion warf ihm einen schnellen Seitenblick zu, konzentrierte sich dann jedoch wieder auf die Konsolen vor ihm.

»Sha, ich könnte schwören, dass ich gerade einen Khuna gesehen habe«, wiederholte Cor. Er zog eine Kopie der aufgezeichneten Sensoren in ein Seitenfenster und ließ die Abbildung rückwärts laufen, bis er das Bild anhielt und auf einen länglichen Kasten im rechten Bildrand deutete. Es war ein Shuttle oder Schiff und ähnelte irgendwie jenem Transporter, der sie einst von der Erde nach RS 13978-3 gebracht hatte, schien jedoch wesentlich größer zu sein.

»Ja«, erwiderte H'Rega, löste seine Gurte und stand auf, um neben Cor zu treten und einen genaueren Blick auf das Hologramm zu werfen. »Die habe ich seit … zwei oder drei Jahrzehnten nicht mehr gesehen.« Er machte eine kurze Pause und warf einen Blick auf das deutlich größere Haupthologramm, schien aber nicht zu finden, was er erwartet hatte und richtete das Wort an Azarion: »Kannst du uns einen größeren Ausschnitt zeigen?«

»Nein, aber ich kann uns drehen.«

Lillja konnte fühlen, wie sich das Shuttle langsam auf der Stelle um die eigene Achse drehte, während ihre direkte Umgebung auf dem Hauptbildschirm gezeigt wurde. Der bräunlich schimmernde Fluss zerschnitt das Land schräg unter ihnen und fraß eine gewundene Linie in den dichten Bewuchs und irgendwo in weiterer Ferne glaubte sie, Berge oder Hügel auszumachen, aber die Auflösung war zu schlecht, als dass sie sicher sein konnte. Von dem anderen Schiff war nichts mehr zu sehen.

»Ein Khuna? Was soll das sein? Klärt mich auf«, verlangte Lillja angespannt, hatte jedoch nur wenig Hoffnung, dass sich tatsächlich einer der Soldaten herablassen würde, ihr weitere Informationen zu geben.

»Klasse-4-Transportshuttle der imperialen Flotte. Die Reihe wurde irgendwann zwischen sechzig und fünfundsechzig eingestellt«, gab H'Rega überraschend an. »Wurde hauptsächlich für den Transport zwischen orbitalen Stationen und Planeten verwendet. Robuste Hülle, starker Antrieb, keine Waffen, kein ÜLA.«

Diese Detailkenntnis verwunderte sie zwar ein bisschen, aber das war nun wirklich nichts, worauf sie nun eingehen würde.

»Das wird das Shuttle sein«, fuhr H'Rega fort. »Vielleicht suchen sie uns.«

»Oder sie untersuchen, warum der Transmitter im Lager ausgefallen ist«, warf Fenric ein. »Haben sie uns bemerkt?«

»Ich weiß es nicht. Gut möglich, dass die Nähe zum Schild unsere Anwesenheit verborgen hat«, meinte Azarion etwas unsicher. »Wir erzeugen kaum Emissionen, und wenn der Khuna noch dem technischen Stand seiner Zeit entspricht, glaube ich kaum, dass sie uns zur Kenntnis genommen haben.«

»Gut, bring uns zur Anlage.« H'Rega ließ sich wieder auf seinen Platz sinken und lehnte den Kopf zurück. Er sah aus, als hätte er Schmerzen. Das Gespräch erstarb und während sich Cor und Azarion darum kümmerten, das Shuttle langsam aber beständig dem Ziel näherzubringen, ohne noch einmal eine Baumkrone zu streifen, starrte Fenric konzentriert auf den Querschnitt der Anlage.

»Wie sieht der Plan aus?«, durchbrach sie nach einer Weile das Schweigen.

»Wir zerstören die Station, funken die Ro'ha an und sehen

dann weiter«, antwortete Cor.

»Wäre es nicht besser, wenn wir nur diese Barriere ausschalten? Vielleicht gibt es dort unten irgendeine Energieform, die wir zur Ro'ha bringen können.«

»Sie wollen einen Fusionsreaktor ausbauen und ihn mit einem Shuttle quer durch das Sonnensystem transportieren?« H'Rega schüttelte den Kopf, ohne in ihre Richtung zu sehen und gab ein Geräusch von sich, das sich irgendwo zwischen Seufzen und Lachen bewegte. Also war das offensichtlich keine umsetzbare Möglichkeit.

»Der Khuna scheint momentan unsere beste Option zu sein«, mischte sich Azarion wieder ein. »Oder das Schiff im Orbit – wenn es nicht gerade voller Daru ist, die uns sofort abschießen, sobald der Schild unten ist. Ich frage mich eh, was die da oben treiben – wenn sie die Station mit Nachschub versorgt haben, dann gibt es keinen Grund für sie, anschließend im Orbit zu bleiben. Andererseits können sie ja nicht einmal mit der Basis auf Uka in Kommkontakt treten.« Er warf einen kurzen Blick über die Schulter und streifte dabei Lilljas Blick.

»Ich weiß es nicht«, räumte H'Rega etwas schwerfällig ein. »Aber ich wüsste auch gerne, warum sie uns nicht einfach abgeschossen haben, als wir den Planeten angeflogen haben.«

»Vielleicht hat Jargon irgendwie mit ihnen Kontakt aufgenommen und sie davon abgehalten«, schlug Lillja vor, obgleich sie sich noch sehr deutlich daran erinnerte, dass zumindest die Männer im Lager deutlich überrascht auf Jargons Auftauchen reagiert hatten.

»Wir werden uns damit befassen, wenn die Barriere unten ist und wir zurück auf der Ro'ha sind«, entschied der fahlhäutige Xhar bestimmt.

»Verstanden, Sha, wie sollen wir genau vorgehen?«, fragte Azarion nach einer kurzen Pause.

»Bring uns nördlich der Station runter. Sie werden uns wohl am ehesten aus dem Süden erwarten, vielleicht bringt uns das einen kleinen Vorteil. Das ganze Gebiet rund um die Station müsste von Impulstunneln durchzogen sein – wir verteilen uns und suchen die Umgebung ab, bis wir einen finden. Der Reaktor liegt im vierten Deck?« Bei der letzten Frage hatte H'Rega doch aufgesehen und einen Blick auf den Plan geworfen.

»Ja. Es gibt möglicherweise sogar einen direkten Zugang von den Tunneln aus, wenn die Daru ihn nicht versiegelt haben«, antwortete Cor.

»Gut. Wir gehen über die Tunnel rein und platzieren ein paar Sprengsätze unterhalb des Reaktorraums. Hitze und Druck sollten ausreichen, um zumindest eine Abschaltung zu verursachen. Wir werden dabei die meisten Daten verlieren, aber vielleicht können wir noch etwas aus den Trümmern bergen – abgesehen davon, haben wir noch immer die komplette Datenbank aus dem Lager.«

»Wir sollten das Shuttle in weitem Abstand landen – bei einer Sprengung riskieren wir, dass ein Teil der Tunnel einstürzen könnte. Wir wissen nicht, wie stabil sie sind«, warf Fenric ein.

»Richtig. Ist die Nachricht bereit?«

»Ja.« Cor drehte sich um und warf einen kurzen Blick durch den Raum, ehe er auf H'Regas Erscheinung verharrte und dann zum Querschnitt wanderte.

Der Lt. Commander starrte ein paar Augenblicke auf die Projektion, ehe er fortfuhr: »Was suchen die hier wohl. Gibt es in den Datenbanken Informationen über Uka, die das Interesse der Daru erklären könnten?«

»Nein«, antwortete Azarion. »Es gibt ein paar Erze und der zweite Planet im System verfügt über ungewöhnlich große

Kupfervorkommen – ansonsten ist er einfach nur ein netter Kolonieplanet und weit weg von allem.« Er zuckte die Schultern und richtete seine Aufmerksamkeit wieder auf die Konsolen.

»Da hinten ist sie«, meinte er nach einer Weile und deutete grob zum rechten Bildrand, während das Shuttle einen sanften Bogen flog. Das Gelände hatte sich in den letzten Minuten verändert, der schier endlose Wald war zurückgeblieben und hatte einem Vorgebirge Platz gemacht, das sich nach Norden hin zu einem gigantischen Gebirge erhob. Der Xhar hatte auf einen eher flachen Hügel gedeutet, der komplett mit der ungewöhnlichen Pflanzenwelt überzogen war, wobei der Wald vor seinem südlichen Fuß jedoch gerodet schien.

»Sehen sie uns nicht?«, wollte Lillja wissen. Sicher, sie waren noch weit entfernt, doch war es nicht unmöglich, dass man ihr Shuttle oberhalb der Baumwipfel erkennen würde.

»Der Reaktor beeinflusst die meisten Sensoren, außerdem müsste die Barriere hier noch deutlich stärker sein …«, begann H'Rega, doch Lillja unterbrach ihn mit einem unwilligen Kopfschütteln.

»Ich meine *sehen*. Mit ihren Augen – wenn jemand vor der Tür steht, werden sie uns doch erkennen.«

H'Rega zögerte einen Moment, als wäre die Vorstellung, dass sich jemand tatsächlich auf seine Sinne verlassen könnte, wenn ihm doch die – hier vielleicht etwas nutzlose – ach so ausgefeilte Technik zur Verfügung stand, vollkommener Irrsinn.

»Bring uns tiefer, Tiron«, verlangte er schließlich.

»Ich versuch's …«

Etwas schrammte laut über den Unterboden des Gefährts und Lillja wurde unsanft in ihre Gurte geworfen. Azarion fluchte ungehemmt und zog das Shuttle wieder etwas höher.

»Die sehen uns schon nicht«, murmelte er unwillig.

Die Anlage blieb rechter Hand hinter ihnen zurück, während der junge Soldat sie langsam weiter nach Norden brachte, bis er schließlich auf einen Punkt vor sich deutete.

»Ich kann versuchen, uns da hinten runter zu bringen. Die Lichtung ist aber wirklich klein.«

»Mit den Steuerdüsen können wir doch genau senkrecht runterkommen«, kommentierte Lillja und handelte sich damit einen vielsagenden Blick des Xhars ein, der sich jedoch sofort wieder zu seinen Anzeigen umdrehte.

»Was du nicht sagst«, meinte er sarkastisch. »Noch mehr hilfreiche Kommentare?«

»Sicher, aber die würden dich nur unnötig ablenken.«

Er schüttelte leicht den Kopf und lachte leise, während er das Shuttle mit Bedacht nach unten brachte.

Die Lichtung war tatsächlich winzig – und eigentlich war es nicht einmal eine Lichtung, sondern eher ein etwas breiterer Abstand zwischen drei Bäumen. Die Ro 1 setzte geräuschvoll auf und begrub dabei irgendetwas unter sich, das protestieren knirschte und schließlich trocken barst. Vielleicht ein Busch.

»Da sind wir«, sagte Azarion überflüssigerweise und schaltete die Triebwerke aus.

Als sich die übrigen Soldaten abschnallten, löste auch Lillja ihre Gurte und zog die Kontrolleinheit ihres Kommunikators hervor, um die Verbindung zu ihren Kameraden zu reaktivieren.

»Verteilt euch und sucht nach einem Zugang zu den Tunneln, Erdspalten, natürlichen Höhlen, die im tieferen Verlauf darin übergehen. Sie stürzen oft ein und bilden tiefe Mulden im Waldboden – achtet auf so etwas«, befahl H'Rega. »Ich bleibe hier und versuche, den Funk unserer Gastgeber anzuzapfen.«

»Gibt es keinen vorprogrammierten Kanal zu ihrer Basis?«, wandte Azarion ein und griff nach seinem eigenen Kommunikator, als wollte er sich selbst überzeugen.

»Sicher«, antwortete H'Rega unwillig. »Standardmäßig aktiviert sich die Codierung nach ein paar Minuten der Inaktivität und ich wette, dass er mit einem Programm belegt ist, der die Basis aktiviert, wenn ein Unbefugter versucht, Zugriff darauf zu nehmen. Das solltest du wissen.«

Als Azarion nickte und sein eigenes Gerät etwas niedergeschlagen in eine Hosentasche gleiten ließ, nickte auch Lillja und trat an die Heckklappe, wartete jedoch, bis Cor sie öffnete, da sie nicht davon ausging, ausreichend Kraft aufbringen zu können, um das schwere Metall von Hand zu bewegen. Erst als der Xhar das Bedienfeld neben dem Schott berührte, erinnerte sie sich daran, dass die Automatik wieder in Funktion war.

Fenric reichte ihr in der Zwischenzeit einen gepackten Rucksack, der etwas zu groß und zu schwer für sie war. Sie zog ihn kommentarlos über und schloss den Brustgurt, der ein wenig zu tief verlief und sich nicht eng genug ziehen ließ, um sich wirklich positiv auf die Gewichtsverteilung auszuwirken. Sie würde damit leben müssen.

Im Anschluss reichte der Yndra ihr eine Strahlenwaffe und zwei unterschiedlich lange Messer. Die Halterung des größeren von ihnen, eine einseitig geschliffene Klinge von gut dreißig Zentimetern Länge, mit einem im hinteren Drittel gezackten Rücken, befestigte sie am rechten Unterschenkel. Das kleine Messer – es war das gleiche, energieummantelte Modell, mit dem man sie gefoltert hatte – klemmte sie im Rückenbereich ihres Waffengurts fest und beschloss, dieser Waffe keine weitere Aufmerksamkeit zukommen zu lassen.

»Was ist da drin?«, fragte sie mit einer Kopfbewegung zu

den Rucksäcken, die Fenric nun auch an die anderen Soldaten verteilte.

»Das Nötigste«, sagte Azarion vage und Lillja legte die Stirn in Falten.

»Das Nötigste vom Üblichen, ja?«, meinte sie spitz und schüttelte den Kopf, woraufhin Azarion lachte.

»Richtig. Klettergurt, Sicherungsseile, Leuchtröhren, Wasser, Proviant – sowas eben.«

Sie nickte, warf einen Blick in die Runde und trat nach draußen …

Die Langstreckenkommunikation befand sich auf der anderen Seite der Anlage. Siran folgte seinem schweigsamen Führer und gemeinsam passierten sie die Sicherheitsschleuse im Haupteingang und traten ins Freie. Sie mussten das Gebäude rechter Hand hinter sich lassen und die zentrale Landefläche umgehen, um den angegliederten militärischen Stützpunkt erreichen zu können, in dem ihr Zielort untergebracht war.

Langsam breitete sich echte Nervosität in Sirans Innerem aus – was sollte er sagen, wenn er dem diensthabenden Massenkommunikationsspezialisten gegenüberstand?

Ein lauter Knall, gefolgt von einer Erschütterung, die Siran und den Xhar von den Füßen riss, verschob diese Frage in die Welt der Belanglosigkeit.

Kurzzeitig desorientiert zwang sich Siran wieder auf die Beine und stolperte einen Schritt zurück, als er sah, dass das Haus, das er gerade verlassen hatte, zum Teil eingestürzt war. Staub rollte aus der zerstörten Tür, während der größte Teil des Daches zusammengesackt war.

Der Leibwächter musste die Bombe in der Nähe einer tragenden Wand gezündet haben, anders war dieses Ausmaß der Zerstörung nicht zu erklären.

Sirans Eskorte war inzwischen ebenfalls auf die Beine gekommen. Der Soldat hatte das halbautomatische Gewehr gezückt, das über seinem Rücken gehangen hatte, als erwartete er, feindliche Invasoren aus den Trümmern aufsteigen zu sehen.

Natürlich passierte nichts dergleichen. Die Soldaten, die entlang des Weges postiert gewesen waren, hatten ebenfalls nach ihren Waffen gegriffen und waren zum Teil zu den

Trümmern geeilt, während andere die entgegengesetzte Richtung angeschlagen hatten und auf das Militärgebäude oder den Landeplatz zustrebten.

Mit rasendem Herzen sah Siran sich um. Es würde sicher nicht lange dauern, bis jemandem der fragwürdige Zufall auffallen würde, dass die Bombe gerade dann gezündet worden war, als er das Gebäude verlassen hatte – von da an konnte es sich nur noch um wenige Stunden handeln, bis man den Sprengstoff analysiert haben und die ganze Sache mit seinem Volk in Verbindung bringen würde.

Das nächste Shuttle stand etwa fünfzig Schritt entfernt, in direkter Nähe zu zwei Xhar-Soldaten. Für eine Sekunde verfluchte Siran den Bombenleger für sein schlechtes Timing, konzentrierte seine Gedanken dann jedoch sofort wieder darauf, eine Lösung zu finden.

Er traute sich kaum zu, die beiden Aliens zu überwältigen und das Shuttle vom Planeten zu bringen, und selbst wenn er es doch schaffen sollte, so würde er wahrscheinlich nicht allzu weit kommen, bis man ihn einfach abschoss. Er verwarf den Gedanken an eine überstürzte Flucht endgültig, als sich der Soldat zu ihm umdrehte und ihn aus seinen unheimlichen Augen musterte.

»Bei den Göttern«, stammelte Siran so überzeugend er nur konnte, »werden wir angegriffen?«

Sein Gegenüber hob die Hand an die rechte Ohröffnung und schien einen Funkspruch zu empfangen. Siran war zwar kein Funkgerät oder Ähnliches aufgefallen, dennoch nickte der Xhar und gab ein leises »Verstanden!«, von sich, ehe er die Waffe wieder mit beiden Händen ergriff und mit dem Lauf auf das Gebäude zu seiner Linken deutete.

»Ich bringe Sie in einen sicheren Raum«, erklärte er und mit einem unguten Gefühl im Magen ging Siran in die entsprechende Richtung los ...

KAPITEL 13

Sie hatten sich grob nach den Himmelsrichtungen verteilt und waren aufgebrochen. Lillja war jedoch schnell klar geworden, dass es gar nicht so einfach war, sich in halbwegs gerader Richtung durch den Wald zu bewegen. Irgendwann hatte sie schließlich eine Bewegung wahrgenommen und war wie erstarrt stehengeblieben, bis ihr klar geworden war, dass sie weit nach Osten abgekommen sein und den Bereich des Yndras erreicht haben musste.

Er war schwer zu erkennen in dem dunklen Kampfanzug und mit seiner grün geschuppten Haut. Die schwarzen Linien, die sich zu Mustern zusammenfügten, machten ihn im Zwielicht des Waldes fast unsichtbar. Hier gehörte er hin, wurde Lillja bewusst, während sie ein paar Schritte auf ihn zuging und den Rucksack von den Schultern nahm.

»Pass mit dem Klingenfarn auf«, warnte er sie beiläufig und wandte sich leicht nach links. Er hatte sie ebenfalls entdeckt, begriff Lillja ohne große Verwunderung.

»Ich bin zu weit nach Osten abgekommen«, kommentierte sie und ließ den Rucksack von den Schultern gleiten, um im Gehen in seinem Inneren nach der Wasserflasche zu suchen.

Sie musste sich an einem niedrigen Farn vorbeischieben und handelte sich prompt einen weiteren, oberflächlichen Schnitt am linken Oberarm ein. Klingenfarn – ein wirklich passender Name, den ihr Übersetzer aus den Worten des Soldaten geformt hatte.

Fenric hatte den Blick auf einen der Diagnosescanner gerichtet, den sie von den Daru erbeutet haben mussten, und entfernte sich langsam von ihr.

»Diese Dinger sind schrottreif«, murmelte er, sah nun doch

auf und schüttelte den Kopf. »Wir hätten im Lager gleich nach Karten über das System suchen sollen.«

»Haben wir aber nicht«, entgegnete sie etwas unwillig und mürrischer, als sie vorgehabt hatte, »und jetzt müssen wir das Beste daraus machen.«

Er seufzte und nickte etwas zögernd, während er den Blick wieder auf das kleine Gerät richtete und ein paar weitere Schritte machte.

»Es zeigt eine Wasserquelle direkt vor mir an«, sagte er zweifelnd und seufzte.

Ein unnatürliches Bersten ertönte und plötzlich sackte der Yndra nach unten weg. Lillja ließ die Flasche und den Rucksack fallen und hechtete zu dem Punkt, an dem Fenric sich bis vor einem Herzschlag noch befunden hatte, und starrte plötzlich in ein gähnendes Loch, das steil nach unten führte. Der Soldat war durch den lockeren Bewuchs gestürzt, der die Spalte verborgen haben musste, hatte sich aber mit der Rechten in das Wurzelwerk krallen können und hing etwa einen halben Meter unter ihr.

Lillja ließ sich auf den Bauch fallen und streckte ihm die gesunde Hand entgegen, während sie mit der anderen nach festem Halt im anstehenden Wurzelwerk suchte. Der Boden war locker und nachgiebig – kaum mehr als eine vielleicht zehn Zentimeter mächtige Humusschicht, die sich über mehr oder weniger festem, von kleineren und größeren Steinen durchzogenem, Untergrund angesammelt hatte.

»Pass auf, dass nicht noch mehr einstürzt«, warnte Fenric, brachte schwungvoll den freien Arm nach oben und ergriff ihre Hand.

»Das hält schon.«

Tat es nicht.

Mit aller Kraft, die sie aufbringen konnte, packte sie sein

Handgelenk und zog daran. Unter ihrer Brust fühlte sie, wie Bewegung in den Untergrund kam und sie ein paar Zentimeter nach unten rutschte – dann stürzte der Grund unter ihr ein und riss sie in die Tiefe.

Fenric entglitt ihrem Griff und sie prallte hart gegen die Seitenwände, während sie die Hände vor den Kopf riss, um sich irgendwie zu schützen. Etwas streifte ihre Schulter und riss sie herum, ehe die schrägen Wände schlagartig verschwanden und Lillja ein paar Meter im freien Fall nach unten raste. In der nächsten Sekunde durchbrach sie die Oberfläche eines erstaunlich kühlen Wassers und tauchte unter.

Dunkelheit und Wasser schlugen über ihr zusammen und sie verlor jegliche Orientierung. Panisch begriff sie, dass sie nicht wusste, wo oben oder unten war. Dann schloss sich eine Hand um ihren Oberarm und zog sie an die Luft. Hustend rang sie nach Atem, während Fenric sie halb auf sich zog und irgendetwas zu ihr sagte.

»Alles ist gut«, drangen die leisen Worte schließlich in ihren Verstand und sie zwang sich, ruhiger zu atmen.

»Was ...?«, hallte eine deutlich erstaunte Stimme, die ihr vollkommen fremd war, durch die unterirdische Kaverne.

Endlich sah sie sich um. Sie waren in einer Art See innerhalb einer Höhle gelandet. Die freigelegte Spalte und der kleine Erdrutsch hatten ein winziges Loch in den düsteren Himmel, vielleicht sieben oder acht Meter über ihnen, gestanzt, sodass ein wenig Licht hinunterfiel, das jedoch bei Weitem nicht ausreichte, um die gesamte Höhle zu überblicken.

Noch ehe Lillja wirklich begreifen konnte, zu wem die fremde Stimme gehörte und was überhaupt passiert war, hielt das gebündelte Licht eines Scheinwerfers auf sie zu und schien die Wasseroberfläche nach ihnen abzusuchen.

Der Spalt musste sie zumindest ein Stück weit schräg und nicht gerade nach unten geführt haben, sodass sie nur einen kleinen Teil des Ausgangs von ihrer Position aus erkennen konnte.

»Kannst du schwimmen?«, fragte Fenric leise.

»Ja.«

Er ließ sie los und Lillja hielt sich aus eigener Kraft über Wasser, während er lautlos abtauchte und in der Dunkelheit verschwand. Dann hatte der Scheinwerfer sie erreicht und blendete sie.

»Wer ist da?«, fragte die Stimme erneut und schien dabei den gleichen Ursprung wie der Scheinwerfer zu haben. Lillja hob die Hände aus dem Wasser, um ihr Gegenüber nicht unnötig zu provozieren und versuchte gleichzeitig, ihre Augen vor dem grellen Licht zu schützen.

»Ich bin eingestürzt«, erklärte sie überflüssigerweise und begann, sich langsam auf die Lichtquelle zuzubewegen. Der Lichtkegel senkte sich etwas und leuchtete nun das Wasser vor ihr aus. Lillja folgte ihm und schwamm langsam weiter. Während ihres kurzen Falls hatte sie nur Bruchteile ihrer Umgebung erkennen können, hoffte aber, dass sich der andere an einem Ufer befand.

»Ein Mensch?«, fragte der Mann überrascht, als Lillja bis auf wenige Meter heran war. Er drehte das Licht etwas weiter zur Seite und Lillja erkannte, dass er sich auf einem steinernen Vorsprung befand, der in etwa einem Meter Höhe aus dem Wasser ragte und dabei eine Fläche von mehreren Quadratmetern einnahm, während er sich nach hinten hin verjüngte und zu einer Art Steg wurde, der in gerader Linie aus ihrem Blickfeld führte. Auf der Plattform vor sich erkannte sie zwei Männer, Daru, wie ihre übergroßen, farbenfrohen Augen und die spitz zulaufenden Ohren verrieten.

Der Vordere hielt eine stabförmige Lampe in den Händen, während der andere eine halbautomatische Waffe gezogen hatte und mit wachem Blick die Wasseroberfläche absuchte. Auf halber Höhe zwischen den beiden Männern stand eine weitere Lampe, die ein mildes Licht verströmte und alles innerhalb von fünf Metern erhellte. Beide Männer waren jung und trugen robuste Kleidung in grünen und schwarzen Mustern. Sie mussten zu den anderen Daru gehören – keine schöne Aussicht.

»Wo ist der andere?«, verlangte der hintere Mann zu wissen.

»Welcher andere? Ich bin alleine«, log sie und hoffte, dabei halbwegs überzeugend zu klingen.

»Ich habe zwei Aufschläge gehört.«

»Das wird mein Rucksack gewesen sein – ich schätze, er liegt jetzt irgendwo am Grund des Sees.«

In Wirklichkeit war sie sich gar nicht so sicher, was aus dem Gepäckstück geworden war. Sie hatte ihn fallen lassen, wusste aber nicht sicher, ob er vielleicht so dicht an der Spalte gelegen hatte, dass er ihr tatsächlich nach unten gefolgt war. Es war in diesem Augenblick auch wirklich nicht wichtig.

Sie hoffte inständig, dass Fenric irgendeinem Plan folgte, der sie aus dieser unangenehmen Situation befreien würde.

Der hintere Söldner nickte langsam und schien ihr diese Geschichte zu glauben.

»Was suchen Sie auf diesem Planeten?«, wollte der Mann mit der Lampe wissen und tauschte einen kurzen Blick mit seinem Kumpanen, der erneut nickte.

Dazu wollte ihr nun wirklich keine passende Lüge einfallen und als sie in die finsteren Züge der Daru sah, wurde ihr klar, dass diese beiden wissen mussten, dass ihre Anwesenheit für sie nichts Gutes bedeuten konnte. Es war Stunden her, seit sie Tulan und die anderen getötet hatten und es wäre schon recht naiv anzunehmen, dass niemand sonst davon erfahren hatte.

»Kommen Sie raus!«, verlangte er schließlich und Lillja schwamm zögerlich bis an die Kante. Wo war Fenric?

Einen Augenblick spielte sie mit dem Gedanken, unterzutauchen und im Schutz der Dunkelheit zu verschwinden, verwarf diese Möglichkeit jedoch schnell wieder. Zumindest der hintere Mann hielt seine Waffe noch immer im Anschlag und sie würde sicher nicht schnell genug aus seiner Reichweite kommen. Wenn sie flüchtete, würde er ihr einfach ein paar Schüsse nachsenden und sie konnte kaum darauf hoffen, dass er aus dieser Entfernung daneben schoss.

Ein Gefühl tiefer Verzweiflung und aufkeimender Panik breitete sich in ihr aus, während sie die Kante langsam erreichte und danach tastete.

Die letzte Erinnerung an das, was passiert war, als sie vor wenigen Stunden von Kameraden dieser beiden gefangen gehalten wurde, war noch viel zu lebendig. Sie würde sicher nicht zulassen, dass man sie erneut der Droge aussetzte oder sie wieder als Mittel missbrauchte, um ihre Freunde zur Kooperation zu zwingen.

Lillja würde sicher nicht ohne Gegenwehr aufgeben.

Das überstandene Fieber und das kurze Schwimmen hatten stärker an ihren Kräften gezehrt, als sie es für möglich gehalten hatte. Sie griff mit beiden Händen nach der Kante und zog sich ein Stück weit aus dem Wasser, doch dann begannen ihre Arme zu zittern und sie musste innehalten.

Der vordere Daru schaltete die Stablampe aus und schob sie in einen Riemen an seinem Gürtel, ehe er zu Lillja trat und sie über die Kante zerrte. Sie versuchte dabei, die Waffe an ihrem Gürtel zu verbergen, was ihr aber offensichtlich nicht ausreichend gelang, denn der Daru hielt augenblicklich inne, ließ sich neben ihr auf ein Knie nieder und drehte sie grob auf den Rücken.

»Das ist eine von unseren«, kommentierte er, während er ihr die Strahlenwaffe abnahm. »Wie kommen Sie an eine von diesen Waffen?«

Er drehte die Schusswaffe in den Händen und wandte sich schließlich seinem Kumpanen zu, dem er die kleine Pistole nach einem fragenden Blick zuwarf.

Lillja richtete sich in eine sitzende Position auf und zog die Knie an den Körper, wobei sie sorgsam darauf achtete, dass das Messer an ihrem Unterschenkel außerhalb des Sichtfeldes der beiden Männer blieb.

»Woher haben Sie diese Waffe?«, wiederholte der Daru mit lauter und deutlich aufgebrachter Stimme.

Sie presste die Lippen aufeinander und erwiderte den Blick seiner grün-blauen Augen, was ihn jedoch nur noch weiter aufzuregen schien.

»Sie gehört zu dem Landungstrupp der Xhar«, mutmaßte der zweite Mann und machte einen Schritt auf Lillja zu, während er sie mit einem Blick musterte, der beunruhigend zwischen Interesse, Abscheu und Mordlust zu schwanken schien.

Also wussten die Daru, dass sie auf Uka waren und sie maßen der Bedrohung offensichtlich genug Bedeutung bei, um hier unten ihre Leute abzustellen.

Der Mann vor ihr hatte bei den Worten des Bewaffneten aufgesehen und nickte nun, als stimmte er seiner Vermutung zu.

»Eine Verbündete der Xhar«, spie er aus. »Wo sind die anderen?«

Er war aufgestanden und sah so abschätzend auf sie herab, dass es sie nicht gewundert hätte, wenn er nach ihr getreten hätte.

»Informier die Basis«, verlangte der Bewaffnete, und noch

während der Mann vor ihr mit der Rechten in seine Hosentasche griff, wurde Lillja bewusst, dass das sicher nicht passieren durfte. Wenn die Daru wussten, dass sie bereits hier, so nahe an der Basis und innerhalb der Impulstunnel waren, dann war ihr einziger, winziger Vorteil dahin.

Jetzt oder nie, kam es ihr in den Sinn. Mit einer schnellen Bewegung griff sie an ihren Unterschenkel und zog das lange Messer aus der Halterung, während sie zeitgleich aufsprang und mit der freien Hand das lange Haar des Darus vor ihr packte und ihn dicht an sich zog. Noch im gleichen Herzschlag brachte sie das Messer an seine Kehle und starrte den verbliebenen Mann an. Sie hatte ihn offensichtlich wirklich überrascht, denn er brachte ihr nicht den Hauch von Gegenwehr entgegen.

Er hatte die Kontrolleinheit seines Kommunikators aus der Tasche gezogen, verharrte jedoch in der Bewegung.

»Lass es fallen«, verlangte sie dicht an seinem Ohr. Ihr eigenes Herz raste, als wollte es jeden Moment zerplatzen. Sie unterstrich ihre Aufforderung, indem sie seinen Kopf etwas weiter in den Nacken zwang, bis er gehorsam das Gerät losließ und es scheppernd zu Boden fiel.

»Waffe weg, oder ich töte ihn«, sagte sie kalt.

Was genau sie tun sollte, wenn der Daru ihrer Forderung erst einmal nachgekommen war, war ihr nicht wirklich klar – geschweige denn, wenn er sich weigerte.

Der andere erstarrte und sah sie feindselig an. Als ihr Gegenüber auch nach weiteren Sekunden noch immer nicht reagierte, übte sie ein wenig Druck mit der Klinge aus und schnitt die Haut ihrer Geisel ein wenig an. Es war überraschend schwer, den Druck richtig zu dosieren, immerhin wollte sie ihn nicht versehentlich schon jetzt umbringen.

Schon jetzt. Für eine kurze Sekunde traf sie die Erkenntnis, dass dieser Gedankengang wirklich bedeutete, dass sie gar keine anderen Optionen in Betracht zog, als diese beiden Personen umzubringen und zum wiederholten Mal musste sie sich fragen, was nur aus ihr geworden war.

Sie bemerkte den Blick zu spät, den die beiden Männer tauschten und plötzlich ging alles viel zu schnell. Der Daru in ihren Händen packte den Messergriff mit beiden Händen und warf sich mit einem mächtigen Ruck zurück, sodass sie nach hinten stolperte und gemeinsam mit dem Fremden über die Kante und ins Wasser fiel.

Keuchend tauchten sie auf, doch plötzlich hielt der Daru ihre Rechte fest umgriffen und zwang die Schneide weg von sich, während er ihr den linken Ellenbogen so schmerzhaft gegen die Rippen rammte, dass sie ein weiteres Mal untertauchte und Wasser schluckte.

Noch während sie sich wieder an die Wasseroberfläche kämpfte, warf sich der Daru erneut zurück und zwang sie tiefer nach unten. Er hatte sich vollständig aus ihrem Griff befreit und nun seinerseits ihr Haar gepackt und presste sie unter sich. Er hatte ihr die Waffe abgenommen, bemerkte sie, war aber viel zu sehr mit der aufkeimenden Panik beschäftigt, um die Tragweite dieser Erkenntnis zu begreifen.

Verzweifelt krallte sie sich am Körper des Mannes fest, kratzte und schlug um sich, doch ein Teil von ihr wusste, dass sie damit keinen Erfolg haben würde.

Ihre verstümmelte Linke prallte schmerzhaft gegen etwas und schickte einen so heißen und brennenden Schmerz durch ihren Körper, dass ihr übel wurde.

Die Energieklinge, durchschoss es ihre Gedanken und sie griff nach dem zweiten Messer, das an ihrem Rücken befestigt war. Hektisch zerrte sie die deutlich kleinere Klinge hervor und stieß sie dem Daru auf Herzhöhe in den Brustkorb. Der

Mann bäumte sich kurz auf, doch dann erschlaffte seine Gestalt und das Wasser um sie herum färbte sich langsam rot.

Hustend kam sie wieder an die Luft und zerrte den toten Körper einfach mit sich. Der verbliebene Mann rief irgendetwas, dann hörte sie das elektrische Summen seines Gewehrs und heiße Strahlen aus gebündelter Energie zerfetzten das Wasser knapp vor ihr. Zwei Schüsse trafen den sterbenden Daru, während sie hastig, halb hinter und halb unter ihm Deckung suchte.

Ein paar Meter rechts von ihr durchbrach etwas die Wasseroberfläche und Lillja erkannte einen schwarzen Schatten, der sich blitzschnell an der Kante hinaufzog.

Erneut feuerte der Söldner in ihre Richtung, schien diesmal aber weit besser gezielt zu haben, denn gleich achtmal wurde ihr mittlerweile eindeutig nicht mehr lebendiges Schutzschild getroffen. Ihre eigene Waffe hatte sie fallen gelassen, um den Toten besser greifen zu können – nicht gerade eine Glanzleistung.

Der Beschuss hörte abrupt auf, als Fenric den Daru erreichte und ihm von hinten ein langes Messer quer durch den Hals schob. Scheppernd fiel die Waffe zu Boden und der Daru sank auf die Knie, während er seinen Hals mit beiden Händen umklammerte und panisch versuchte, das hervorquellende Blut irgendwie zu stoppen. Dann brachen seine Augen und er kippte tot zur Seite.

»Alles in Ordnung?« Fenric eilte zur Wasserkante und sein Blick hastete zunächst über Lilljas Gesicht und dann über den zweiten Körper, der auf dem Bauch schwimmend neben ihr im Wasser trieb und ganz langsam nach unten sank.

»Ja«, brachte sie mit rasendem Herzen hervor und griff nach der Hand, die ihr der Yndra entgegenstreckte, um sich von ihm aus dem Wasser helfen zu lassen.

Vollkommen erschöpft rollte sie sich auf den Rücken und erlaubte sich selbst, die Augen für einen Moment zu schließen. Erst jetzt bemerkte sie, dass etwas nicht in Ordnung war. Ein dumpfer Schmerz ging von ihrer rechten Wade aus, und als sie sich vorsichtig aufrichtete und den Stoff der Hose nach oben schob, erkannte sie, dass sich unter ihrem Bein eine beachtliche Blutlache zu bilden begann.

Sie betastete die pochende Stelle vorsichtig, dann zog sie die verbliebenen vier Finger ihrer linken Hand zurück und betrachtete das Blut, das an ihnen haften geblieben war.

»Vielleicht auch nicht«, kommentierte sie und war ehrlich verwundert, dass es nicht noch viel stärker schmerzte.

Fenric, der sich der Leiche auf dem Felsen zugewandt hatte, kehrte zurück und ging mit einem besorgten Gesichtsausdruck in die Hocke.

»Er hat dich getroffen«, stellte er nüchtern fest und löste das Medipack von ihrem Gürtel. Die einzelnen Verbandselemente waren separat eingeschweißt und so nicht mit dem Wasser in Kontakt gekommen, doch ihr Vorrat war äußerst begrenzt und als Fenric den medizinischen Tacker hervorzog und starten wollte, versagte er den Dienst.

Ihr wurde ein wenig schwindelig und übel und so ließ sie sich zurücksinken und schloss für einen Moment die Augen.

»Bleib wach«, verlangte der Yndra so eindringlich, dass sie tatsächlich die Augen wieder aufschlug, während er etwas ziemlich schmerzhaftes mit ihrem Bein anstellte, was sie auf unangenehme Weise an ihre Verwundung während des letzten Zwischenfalls auf der Ro'ha erinnerte.

»Kein V98«, brachte sie hervor, ehe ihr klar wurde, dass Fenric ebenfalls dabei gewesen war und sicherlich nicht zweimal den gleichen Fehler begehen würde. Das Medikament hatte zwar die Blutung augenblicklich gestoppt, doch war zeitgleich eine schwere Nekrose ausgelöst worden, die sie, wäre sie nicht so schnell auf der Krankenstation angekommen, vielleicht sogar hätte umbringen können. Hier gab es keine medizinische Einrichtung, keine sterile Umgebung und kein überlegenes OPG. Hier würde sie daran sterben.

»Was hast du dir nur dabei gedacht?«, murmelte der Soldat leise.

»Was ich mir dabei gedacht habe?«, wiederholte sie wütend und schaffte es sogar, leicht den Kopf zu heben. »Was bitte hast *du* dir dabei gedacht, einfach zu verschwinden und mich mit diesen Kerlen alleine zu lassen?«

Deutlich verwirrt musterte er sie und schüttelte langsam den Kopf.

»Ich wollte eine vorteilhaftere Position ...«

»Schon gut«, unterbrach sie ihn und atmete schwer aus. Fenric hatte inzwischen einen festen Verband angelegt, der so viel Druck auf ihr Bein ausübte, dass es möglicherweise ausreichen würde, um die Blutung fürs Erste zu stoppen.

»Da hatten wir Glück«, kommentierte Fenric so trocken, dass Lillja erneut aufsah.

»Was ihr Soldaten nicht alles als Glück bezeichnet«, erwiderte sie mürrisch und musste an H'Regas Kommentar im Lager denken. »Das nennst du Glück?«

»Sicher – hier unten hätte ebenso gut blanker Fels sein können.«

Fast gegen ihren Willen musste sie bitter lächeln, setzte sich auf und besah erneut ihr Bein. Es hatte im ersten Moment deutlich schlimmer ausgesehen, als das, was sie nun sah. Fenric hatte einen Druckverband angelegt, der dumpf weh tat, aber sie konnte Fuß und Knie problemlos bewegen.

»Nur ein Streifschuss«, kommentierte er. »Es blutet kaum und sollte bald ganz aufhören – aber dein Körper ist geschwächt. Wir dürfen das nicht auf die leichte Schulter nehmen.«

Er war zurück zu dem Toten gegangen, hatte sich über ihn gebeugt und durchsuchte seine Taschen, bis er schließlich ein schmales Funkgerät hervorzog und das Display begutachtete.

»Mehr als bloßes Glück«, nahm er seine vorherige Aussage wieder auf. »Keine ausgehenden Funksprüche während der letzten Minuten – sie haben wohl niemandem berichtet.«

Sie war kurzzeitig versucht, den Yndra daraufhin zu weisen, dass es kein *Glück* gewesen war, das die Daru vom Absetzen eines Funkspruches abgehalten hatte, sondern ihr Einschreiten. Doch sie zog es vor zu schweigen, denn immerhin hätte sie ihre unüberlegte Aktion fast selbst das Leben gekostet.

Lillja nickte schwach und richtete sich langsam auf. Ihr Herz raste noch immer, während sie auf die Leiche im Wasser herabsah.

Der Verband um ihre Hand hatte sich mit Wasser und Blut vollgesogen und zerrte schwer an der Wunde. Obwohl das Schmerzmittel noch für ein paar Stunden wirken sollte, tat die Hand entsetzlich weh und fühlte sich heiß an. Sie schob den Teil des Verbandes zur Seite, der um ihre Mittelhand gewickelt war und erkannte, dass das Gewebe rot und geschwollen war. Es schmerzte, sehr sogar und während sie das unheilvolle Rot betrachtete, bemerkte sie, dass der Schmerz gar nicht vom Schnitt ausging, sondern ihre Handinnenfläche als Ausgangspunkt zu haben schien.

Mit einem wirklich unguten Gefühl zog sie den Scanner hervor und nahm die Schutzkappe ab. Offenbar hatte das Gerät ihren unfreiwilligen Ausflug ins Wasser jedoch ebenso wenig überstanden wie der Tacker, denn es passierte einfach gar nichts, als sie auf den Aktivierungsknopf drückte.

»Läuft dein Scanner noch?«, fragte sie in Fenrics Richtung,

ohne von ihrer Hand aufzusehen.

Sie hörte, dass er etwas tat und dann antwortete: »Ja.«

Er reichte ihr das kleine Gerät und Lillja ließ den blauen Strahl über ihre Hand wandern.

»Alles in Ordnung?« Erneut ließ sich der Yndra an ihrer Seite nieder und ließ einen besorgten Blick über ihre Erscheinung wandern. Lillja sah nur kurz auf und zuckte hilflos die Schultern, ehe sie ihm das Gerät mitsamt den Ergebnissen zurückreichte. Die Haut war gereizt und Wundflüssigkeit hatte sich angesammelt.

»Nein, wäre alles in Ordnung, hätte ich noch zehn Finger und mir würde nicht alles wehtun. Und wäre alles in Ordnung, wären wir gar nicht erst hier«, sagte sie ausdruckslos und schloss für einen Moment die Augen. »Tut mir leid.«

Vor ihrem inneren Auge spielten sich die grauenvollen Szenen der vergangenen Stunden wie im Zeitraffer erneut ab und mit einem Mal hatte sie das Gefühl, den brechenden Schädel Tulans wieder in ihren Händen zu halten. Sie schluckte schwer und versuchte, die Erinnerung zu verdrängen, obgleich sie wusste, dass diese schrecklichen Bilder sie sicher nie wieder wirklich verlassen würden.

»Muss es nicht.« Er sah zu ihr herüber und lächelte. »Wir werden das schon überleben, und sobald wir das nächste Sanitätsschiff erreichen, wird man dir eine kybernetische Prothese anpassen und du kannst anfangen, das alles zu vergessen.«

Eine ermutigende Aussicht, das musste sie sich eingestehen, auch wenn sie es lieber nicht wagen wollte, ernsthaft darauf zu setzen, dass es so kommen würde. Wahrscheinlicher war, dass die Xhar zu dem Entschluss kamen, dass vier Finger ausreichten – zumal sie selbst über genau diese Anzahl pro Hand verfügten.

Er steckte den Scanner weg und zog stattdessen die Kontrolleinheit des Kommunikators hervor.

»Ich hoffe, dass die Reichweite ohne Verstärker ausreicht und dass uns diese Felsen nicht übermäßig abschirmen«, kommentierte er, während er mit dem Daumen ein paar Punkte auf dem Display berührte.

»Kann das jemand empfangen?«, fragte er schließlich. Endlich zog auch Lillja ihr eigenes Gerät hervor und aktivierte die Sprachausgabe, doch dann wurde ihr klar, dass sie Fenrics ausgehenden Spruch nicht über die Komm gehört hatte und sie startete das ganze Gerät kurzerhand neu.

»… schlecht, was ist los?«, drang Cors Stimme schließlich aus dem kleinen Gerät.

»Wir sind eingestürzt …«, begann sie, doch Fenric unterbrach sie:

»Wir sind im östlichen Quadranten durch eine Felsspalte in das Impulssystem gestürzt. Hier waren zwei Daru. Sie sind tot. Wir brauchen Hilfe, um hier herauszukommen.«

»Verstanden.« Die Verbindung wurde unterbrochen und auch Fenric und Lillja deaktivierten ihre Audioausgänge.

Es wurde ruhig um sie herum, und während Lilljas Blick erneut auf ihre verstümmelte Hand fiel, versuchte sie sich vorzustellen, wie es wohl sein mochte, ein solches Implantat zu bekommen. Wenn das für Menschen überhaupt möglich war.

»Ich habe beide Messer verloren«, sagte sie schließlich matt und warf einen Blick zu der Strahlenwaffe, die der Daru ihr abgenommen hatte. Sie war dem zweiten Toten schließlich aus den Händen gefallen und lag nun einen halben Meter neben ihm. Fenric schien zu begreifen, stand auf und holte ihr die Pistole, die sie wieder in das Holster schob und sorgsam mit einem Riemen verschloss.

»SirJi«, meinte sie nach einer Weile, »was ist das?«

Er hatte den Ausdruck kurz nach der Landung verwendet,

doch Lillja hatte den genauen Zusammenhang bereits vergessen.

»Es ist die Heimat meines Volkes«, antwortete er. »Ich war nur einmal dort, aber ich glaube trotzdem, dass es der schönste Ort im Universum ist. SirJi ist einer von vier Planeten in einem binären System.«

»Zwei Sonnen«, murmelte sie.

»Ja, zwei Sonnen, zwei Monde, zwei Völker – die Dualität hat für mein Volk eine große Bedeutung.«

Lillja wusste, dass sich die Yndra gemeinsam mit einer zweiten intelligenten Spezies entwickelt hatten, die jedoch von den Xhar vor ein paar Generationen ausgerottet wurde.

»Das Wort Yndra bedeutet in seiner ursprünglichsten Form 'der eine Teil'. Vor dem Großen Krieg haben wir uns selbst niemals so genannt, wir haben nicht einmal zwischen den beiden Völkern unterschieden. Wir waren …« Er hielt inne und schüttelte langsam den Kopf. »Ich wurde erst Jahrzehnte nach der Auslöschung unseres Schwestervolks geboren und ich habe niemals einen von ihnen gesehen, trotzdem fühle ich eine so tiefe Verbundenheit. Dafür gibt es wohl kein passendes Wort, aber ich fühle die Sehnsucht nach der Vollständigkeit, die uns in diesem Krieg genommen wurde.«

»Ein schrecklicher Verlust«, sagte sie, als Fenric schließlich schwieg. Es gab keinen Trost und keine richtigen Worte, das wusste sie selbst nur zu gut.

»Ja, aber mein Volk hat es trotzdem überlebt und sich angepasst und auch die Menschen werden den Verlust deiner Heimatwelt überleben. Irgendwie.« Er brachte ein Lächeln auf seine Züge und ließ den Blick wieder über die Wasseroberfläche schweifen, als könnte er so in die verlorene Vergangenheit eintauchen.

»Die Tage auf SirJi sind lang«, fuhr er fort. »Es kommt nur

sehr selten vor, dass die Gestirne so stehen, dass es wirklich Nacht wird – und selbst dann reflektieren die Monde noch so viel Licht, dass es nicht wirklich dunkel wird. Es würde dir gefallen. Es ist immer warm, weitläufige Dschungel und Sümpfe umspannen den Planeten, während sich unsere Städte in sie einfügen und ein Teil von ihnen werden.« Er hörte sich unbestimmt glücklich an, während er davon sprach. Wehmut schlich sich in ihr Herz, während ihre Gedanken zu ihrer eigenen Heimat kehrten und sie an die Erde denken musste.

»Ich vermisse die Erde«, flüsterte sie.

»Ich weiß.« Er verstummte und dann konnte auch Lillja die dumpfen Stimmen der Soldaten über ihnen hören.

»Passt auf, es könnte noch mehr einstürzen!«, rief der Yndra in die Dunkelheit, ehe er sich zu besinnen schien, dass er ebenso gut den Funk nutzen konnte. »Der Untergrund ist sehr instabil.«

»Seid ihr in Ordnung?«, hörte sie Azarions Stimme und dann verdunkelte ein Schatten den kümmerlichen Lichtschein.

»Ja«, antwortete sie laut, »hier unten ist Wasser, es geht uns gut, aber ich glaube kaum, dass wir da so leicht wieder hochkommen.«

Fenric sah sie überrascht an und warf einen demonstrativen Blick auf ihr verbundenes Bein und ihre Hand, aber Lillja schüttelte leicht den Kopf. Falls Cor in der Nähe war, würde er sich nur aufregen und sich vielleicht zu etwas Dummen hinreißen lassen.

»Über das Herauskommen machen wir uns später Gedanken«, sagte der junge Soldat, dann erschien etwas Helles über ihnen, das herunterfiel und unterhalb der Einsturzöffnung auf die Wasseroberfläche traf. Es war eine vielleicht armlange Röhre, die hell leuchtete und während ihres Falls die Ausmaße der Höhle offenbarte. Sie musste gut einhundert

Meter im Durchmesser fassen, vielleicht sogar etwas mehr, und spannte sich kuppelförmig über ihnen.

Die Leuchtröhre sank kurz ein Stück herab, wurde dann aber wieder nach oben getrieben und warf ihr intensives Licht in die Kaverne. Der Spalt, durch den sie gefallen waren, befand sich mehrere Meter über der Wasseroberfläche – unerreichbar ohne Hilfsmittel.

»Achtung«, rief Azarion von oben, dann klatschte etwas ins Wasser. Lillja wandte den Kopf, konnte aber nicht sehen, was der Soldat zu ihnen geworfen hatte.

»Drahtseil«, kommentierte Fenric, der ihren suchenden Blick offenbar richtig interpretiert hatte.

»Ich komme runter.« Die Stimme gehörte zu Cor und bereits wenige Augenblicke später konnte Lillja hören, wie sich in der Spalte über ihnen etwas tat. Steinchen bröckelten herab und fielen ins Wasser, gefolgt von einem deutlich größeren Körper, als der Xhar sich abseilte und auf die Wasseroberfläche traf. Er machte sich los, sah sich kurz suchend um und schwamm dann in ihre Richtung.

»Hier«, meinte Lillja, während sich der Soldat kraftvoll aus dem Wasser zog und zunächst sie und dann Fenric mit einem kurzen Blick maß.

Der Yndra zog sich ein Stück zurück, wobei er eine defensiv-ablehnende Haltung annahm, die nur allzu deutlich ausdrückte, wie angespannt die Lage zwischen den beiden Männern noch immer war.

»Das ist wirklich ein seltsamer Zufall«, bemerkte auch Cor, während er den Toten auf den Rücken drehte und sein Gesicht abschätzend musterte. Schließlich sah er auf und betrachtete Fenric mit so deutlicher Ablehnung, wie Lillja es seit der ersten Begegnung zwischen den beiden nicht mehr erlebt hatte.

»Was für ein *Zufall*, dass gerade du diesen Eingang findest, nicht wahr?«, fragte er feindselig, dann ließ er sich wieder ins Wasser und schwamm zurück zu dem Drahtseil.

»Sha«, rief er hoch, »Das sieht tatsächlich nach einem Impulstunnel aus – ich schlage vor, dass wir ihm folgen, solange er uns in die richtige Richtung führt. Zwei Daru waren hier unten abgestellt, möglicherweise Wachen. Abgesehen davon«, fügte er nach einem Moment hinzu, »ist es hier deutlich kühler. Wenn der Weg ins Nichts führt, können wir hier zumindest bis zur Dämmerung abwarten.«

»Einverstanden«, hörte sie die Antwort, dann vergingen einige Minuten, bis H'Rega und Azarion die Rucksäcke herunterließen, die von Cor und Fenric sorgsam entgegengenommen und zum Felsvorsprung gebracht wurden. Die Soldaten versuchten zwar ganz offensichtlich, ihr Gepäck über Wasser zu halten, doch das gelang eher unzureichend. Nachdem Lillja das letzte Stück entgegengenommen und zu den anderen gelegt hatte, folgten die verbliebenen Soldaten und kletterten auf die steinerne Plattform. Ihr eigenes Gepäckstück war ebenfalls dabei gewesen, also war ihr der Rucksack zumindest nicht nachgerutscht und samt seines Inhalts auf den Grund des Sees gesunken. Immerhin.

»Ich hatte schon fast vergessen, wie es ist, wenn man nicht gekocht wird«, meinte Azarion glücklich, während er sich neben Lillja hochzog und nach einem der Rucksäcke griff, die hinter ihr standen. Die Xhar hatten Stiefel, Brustpanzersegmente und Waffen abgelegt, bevor sie sich abgeseilt hatten und während Azarion seine Stiefel wieder überzog und schnürte, zog Lillja ihr Shirt über den Kopf und wrang es notdürftig aus. Zumindest hatte ihr unfreiwilliges Bad sie deutlich abgekühlt und sie von Dreck und Schweiß halbwegs befreit, trotzdem wünschte sie sich plötzlich ein Stück Seife. Erschöpft ließ sie sich zurücksinken und schloss für einen Moment die Augen. Sie hatte ihrem Körper viel zugemutet – tat es noch immer – und auf kurz oder lang würde sie die Konsequenzen zu spüren bekommen.

»Was ist mit dem Wasser?«, drang H'Regas Stimme zur ihr durch. »Ist es trinkbar?«

Sie zwang sich, die Augen wieder zu öffnen und tastete nach dem Scanner an ihrer Seite, während Fenric antwortete:

»Keine Ahnung, dieser Scanner ist für solche Analysen nicht brauchbar.«

Lillja nahm die Verschlusskappe ihres Gerätes ab und schaltete es an – sie versuchte es zumindest erneut, doch die Elektronik schien sich von ihrem Ausflug ins Wasser noch nicht erholt zu haben.

»Meiner lässt sich nicht starten«, meinte sie daraufhin und verstaute das Gerät wieder. »Aber in Anbetracht des Toten darin sollten wir es einfach vorsorglich reinigen.«

Sie führten einige kleine Tabletten mit sich, die, löste man sie in Wasser auf, so ziemlich alles darin abtöteten und auch das brackigste Wasser genießbar machen konnten.

Fenric sah zu ihr herüber und sie sah ihm an, dass er etwas sagen wollte, doch H'Rega kam ihm zuvor: »Vorerst nicht. Geben wir den Schaltkreisen Zeit zu trocknen und versuchen es später.«

Azarion und Cor hatten die Leiche aus dem Wasser gefischt und beide Daru an den Rand der Felskante geschleift.

Lillja nickte und erhob sich. Ihr Verband war nass und schwer geworden, und die Haut darunter pochte unangenehm, aber die Wunde hatte nicht wieder zu bluten begonnen, stellte sie erleichtert fest und berührte wieder leicht das umliegende Gewebe an Handrücken und -innenfläche. Es tat weh, aber der Schmerz war wieder auf ein erträgliches Maß abgeebbt.

»Wir sollten das erneuern und desinfizieren«, meinte Fenric auf ihren Blick hin und machte Anstalten, zu ihr zu gehen, doch Cor vertrat ihm den Weg.

»Azarion macht das«, sagte er bestimmt, was Lillja alarmiert aufsehen ließ. »Wir beide unterhalten uns.«

»Du erteilst mir sicher keine Befehle«, setzte der Yndra an, doch H'Rega unterbrach ihn, ehe er seinen Protest vollständig ausformulieren und die ganze Situation eskalieren konnte:

»Aber ich tue es. Wir sind alle übermüdet und erschöpft – für so etwas wir haben keine Zeit. Sie werden bald merken, dass hier etwas nicht stimmt und wenn es so weit ist, möchte ich die Sprengsätze platziert haben.«

Cor setzte dazu an, etwas zu sagen, doch H'Rega schnitt ihm noch vor Vollendung der ersten Silbe mit einer Geste das Wort ab.

»Ich bin nicht gewillt zu diskutieren! Lass ihn in Ruhe.«

Sie starrten sich einen Moment an, ehe Cor schließlich zurücktrat und sich seinem Gepäckstück zuwandte, aus dem auch er Waffen und Stiefel fischte und beides anzulegen begann ...

DAS TRÄGERSCHIFF

Das neue Schiff unterschied sich stark von dem Geburtsschiff, das er nun hinter sich ließ. Wände und Böden waren aus Metall, und auch wenn Quotaz ein gewisses Leben hinter den Verkleidungen und in den Zwischenschichten der Böden fühlte, so fehlte der lebendige Bewuchs an Boden und Wänden.

Langsam schritt der Verteidiger durch seine neue Umgebung und lauschte auf das Geräusch, das seine Füße auf dem Boden verursachten. Jeder Schritt ließ ein leises Klicken ertönen, das sich mit den Schritten seiner Brüder vermischte, während sie sich auf die verschiedenen Ebenen verteilten und ihre Arbeit aufzunehmen begannen. Es hörte sich falsch an. Chitin auf Metall. Etwas Lebendiges auf etwas Totem. Kalt – wie die Waffe in seinen Händen.

Aber er durfte nicht zweifeln.

Die Stimme war hinter ihm zurückgeblieben und hatte einem neuen Gesang Platz gemacht, der sich mit sanftem Flüstern in seine Gedanken genistet hatte und ihm befahl, nun seinen Posten einzunehmen und seiner Bestimmung zu folgen …

KAPITEL 14

Sie hatten nur wenige Meter in die Düsternis vordringen müssen, bis sie auf ein schmales Boot gestoßen waren, mit dem die beiden Männer offensichtlich hier hergekommen waren. Es war kaum länger als zwei Meter und dabei so schmal, dass es nur knapp zwei Personen und sehr wenig Fracht transportieren konnte. Angetrieben wurde es von einem Außenmotor, der, verglichen mit der sonstigen Technik, irgendwie altertümlich wirkte. Azarion und Fenric hatten das Gefährt kurz in Augenschein genommen, waren jedoch ebenfalls zu der Erkenntnis gekommen, dass es ihnen nur bedingt weiterhelfen konnte und so hatten sie schließlich den in den Steuerkonsolen eingebauten Sender zerstört und die beiden Leichen an Bord geschafft. Nun trieb das kleine Boot langsam auf die Mitte des Sees hinaus, sodass ein möglicher Suchtrupp nicht sofort auf die Toten stoßen musste.

Sie waren dem Steg, der so gerade durch den Fels führte, dass er keinesfalls natürlichen Ursprungs sein konnte, etwa eine halbe Stunde lang zu Fuß gefolgt, bis H'Rega ihnen endlich befahl, eine Rast einzulegen. Es konnte nicht mehr allzu weit sein, vermutete Lillja und offenbar wollte ihnen ihr Kommandant eine letzte Pause gönnen, damit ihnen später vor Erschöpfung keine Fehler unterlaufen würden, die sie hätten vermeiden können.

Links und rechts von ihnen waren in unregelmäßigen Abständen Seitengänge abgegangen, die nach wenigen Metern wie abgeschnitten endeten. Einen dieser Gänge wählte ihr Lt. Commander schließlich aus und sie zogen sich in seinen Schutz zurück.

Während die Soldaten ihr Gepäck von den Schultern gleiten ließen und die verspannten Muskeln etwas lockerten, lehnte sich Lillja schwer gegen die angenehm kühle Seitenwand und schloss für einen Moment die Augen. Sie war so erschöpft und ausgelaugt, wie noch nie zuvor in ihrem Leben. Ihre Linke pochte und ein unangenehmes Gefühl von Hunger wühlte in ihrem Magen, das sie an die Zeit in den Auffanglagern auf der Erde denken ließ. Es hatte damals nicht genügend Lebensmittel für alle Menschen gegeben und sie war sehr oft sehr hungrig gewesen – das war nur einer der Gründe, warum sie sich entschlossen hatte, sich freiwillig zu melden. Auch wenn Lillja sich in jener Zeit an eine schmale Hoffnung geklammert hatte, so hatte sie schon damals nichts mehr zu verlieren gehabt.

Jetzt war sie hier.

Ohne es zu merken, war ihr Geist in einen seichten Schlaf gefallen, der jedoch abrupt endete, als sie zur Seite wegzurutschen drohte und sich nur mit einem schnellen Ausfallschritt auf den Beinen halten konnte. Etwas benommen rieb sie sich über das Gesicht und ließ den Blick durch die Runde schweifen, ehe er an Azarion hängen blieb. Der junge Soldat schien ihren Blick zu fühlen und kam ein paar Schritte auf sie zu.

»Gib mir mal den Diagnosescanner«, verlangte er, griff jedoch fast sofort selbst an ihren Gürtel und zog das Gerät daraus hervor. Er entfernte sich ein paar Schritte und ließ sich dann nahe der Lichtquelle auf dem Boden nieder, um mit einem kurzen Messer die kleinen Schrauben aufzudrehen, die das Gehäuse zusammenhielten.

Lillja sah einen Augenblick lang unschlüssig zwischen den Soldaten hin und her, entschied sich dann jedoch dafür, sich neben Azarion auf den kühlen Steinboden zu setzen, um ihm zuzusehen. Cor schien noch immer zu geladen und aggressiv, abgesehen davon war sie noch weit davon entfernt, ihm wirklich zu verzeihen.

»Soll ich den Verband wechseln?«, fragte der junge Mann, ohne aufzusehen. Er löste die letzte Schraube und nahm die untere Verkleidung vorsichtig ab.

»Bitte. Ich ... ich kann mir das noch nicht ansehen.«

Er sah nun doch auf und blickte ihr aufmerksam ins Gesicht.

»In Ordnung.« Er legte die Einzelteile zur Seite und streckte die Hand nach ihr aus. Zögerlich reichte sie ihm die Linke und wandte den Blick ab, während er damit begann, den Stoff abzunehmen.

»Es sieht nicht mehr so schlimm aus«, meinte er, nachdem er die Kompresse abgenommen hatte. Er ließ von ihr ab und sie konnte hören, wie er die Ersthelfertasche öffnete.

»Kalira hat mir vor ein paar Tagen erzählt, dass deine Leute psychisch unglaublich belastbar wären«, meinte sie nachdenklich, während sie Cor musterte, der immer wieder feindselig zu Fenric sah.

»Im Vergleich mit den Daru sind wir das auch.« Er sprühte etwas auf die Wunde, worauf ein kurzes Brennen folgte, das Lillja scharf die Luft einziehen ließ. Sie widerstand der Versuchung hinzusehen und sah weiter zu Cor. Er schien ihren Blick zu fühlen und sah auf, doch als sich ihre Blicke kreuzten, sah Lillja weg.

»In der Gemeinschaft können wir fast alles ertragen – aber das hier ...« Er machte eine kurze Pause und seufzte schwer. »Verrat der eigenen Leute – dazu noch Fenric, der sich wirklich eigenartig verhält.« Sie konnte fühlen, dass er eine neue Kompresse auflegte und damit begann, den Verband darum zu wickeln. »Die Sache mit dir und eurer Auseinandersetzung machen es für Cor nicht gerade einfacher.«

Sie betrachtete ihn zweifelnd und zog die Augenbrauen

Er schwieg einen Moment, und auch wenn sie sein Gesicht im Gegenlicht nicht erkennen konnte, so fühlte Lillja, dass der Xhar sie ansah.

»Du meinst, weil er höher im Rang ist?«, fragte er statt einer Antwort und Lillja nickte. »Die interne Sicherheitsfreigabe hängt nicht nur mit dem Dienstgrad zusammen. Er hätte die Dateien ebenfalls öffnen können, aber sie mussten gewusst haben, dass du meine Schwäche bist – nicht seine.«

Sie glaubte ihm nicht, auch wenn sie nicht genau wusste, was dieses Misstrauen hervorrief.

»Rajan …«

»Darüber spreche ich nicht mit dir«, unterbrach er sie barsch und verschränkte die Arme vor der Brust.

»Du hast diesen Namen genannt, jetzt kannst du nicht einfach …«

»Kann ich.« Seine Stimme war hart geworden, fast feindselig, aber Lillja hatte nicht vor, so schnell aufzugeben.

»Wer war das?«, fragte sie und versuchte, dabei möglichst einfühlsam zu klingen, erntete jedoch eine vollkommen andere Reaktion, als sie erwartet hatte.

»Das Gespräch ist beendet«, verkündete Cor kühl und drehte sich entschlossen um und schien zurück zu den anderen gehen zu wollen, doch Lillja sprang rasch auf und griff nach seiner Schulter. Er ließ sich tatsächlich zurückhalten, drehte sich halb zu ihr um und starrte auf sie herab. Sie standen seitlich zum Lichtkreis, sodass sie ihn nun etwas besser sah, während er ihre Hand unwillig abschüttelte und erneut eine so ablehnende Haltung annahm, das Lillja unwillkürlich einen Schritt zurück machte.

»Ich sagte, dass das Gespräch beendet ist«, wiederholte er betont.

»Ich kann das nicht akzeptieren – diesmal nicht«, gab sie

ruhig zurück, doch erneut reagierte der Soldat anders, als sie es erwartet hätte: Seine Pupillen zogen sich zu schmalen Schlitzen zusammen, während er sich aufrichtete und einatmete. Es war ein beeindruckender und einschüchternder Anblick, den er bot, nicht zuletzt, da seine schwarze Panzerung und die Bewaffnung den gefährlichen Ausdruck noch unterstrichen.

»Ernsthaft?«, fragte sie ihn kühl. »Du wagst es, dich vor mir aufzuplustern? *Vor mir*?« Obwohl ihr Herz zu rasen begonnen hatte und sie mit allen Sinnen die Bedrohung fühlen konnte, die von dem hochgewachsenen Mann ausging, machte sie einen weiteren Schritt auf ihn zu und sah ihm fest ins Gesicht. Sie waren sich nun so nahe, dass sie die Wärme fühlen konnte, die sein Körper ausstrahlte und tatsächlich hatte sie in diesem Augenblick Angst vor ihm, doch sie unterdrückte das Gefühl und straffte die Schultern.

»In zehn Sekunden gehe ich zurück zu unseren Leuten«, fuhr sie schließlich leise fort. »Entscheide dich – entweder du kommst mir wenigstens ein bisschen entgegen, oder wir sind geschiedene Leute.«

»Glaubst du wirklich, dass ich mich erpressen lasse?«

Sie trat einen Schritt zurück und schüttelte leicht den Kopf, dann wandte sie sich um und machte einen Schritt zurück in Richtung des Lichtkreises. Die Wut war längst wieder verraucht und hatte einem trüben Gefühl der Resignation und Machtlosigkeit Platz gemacht.

Eine vierfingrige Hand legte sich plötzlich um ihren Unterarm und hielt sie mit sanftem Griff zurück. Als Lillja zu dem Soldaten aufsah, erkannte sie, dass sich seine Haltung verändert hatte – Aggression und Ablehnung waren gewichen und ihnen folgte eine Mischung aus Trauer und Niedergeschlagenheit, die sie sofort ein ungewisses Gefühl von Schuld empfinden ließen.

»Rajan«, sagte er so leise, dass sie sich anstrengen musste, seinen Worten zu folgen. »Sie war das Beste in meinem Leben, das Wichtigste und Bedeutsamste.« Er atmete tief durch und richtete den Blick auf die Dunkelheit hinter ihr. »Ich war einer der jüngsten Captains, die je in diesen Rang berufen wurden und ich war so unendlich stolz. Stolz auf mich, mein Schiff, meine Fähigkeiten. Ich befehligte die erste Ro'ha und nach ihrer Zerstörung im Jahr einundsiebzig bei Lako 5 wurde auch ihr Folgeschiff unter mein Kommando gestellt. Wir verloren einen Großteil der Besatzung, und als die Reihen meiner Männer aufgefüllt wurden, war auch Commander Rajan Zarantu darunter. Obwohl unsere Zeit noch nicht gekommen war und obwohl sie meine Untergebene war, gingen wir die Verbindung ein. Sie war alles – ein Außenstehender kann nicht verstehen, was es für uns bedeutet, sich zu binden. Es … es ist …«, er unterbrach sich und schien nach dem richtigen Wort zu suchen, schüttelte aber schließlich nur hilflos den Kopf. »12-3-82 musste ich eine Entscheidung treffen.« Erneut schwieg er für einen Moment und Lillja konnte den Schmerz fast körperlich fühlen, den die Erinnerung in ihm heraufzurufen schien.

»Rajan starb in Folge dieser Entscheidung und meines Befehls. Es war eine schwierige Zeit«, fuhr er schließlich flüsternd fort, senkte den Blick und sah Lillja in die Augen. »Du hast mich an sie erinnert. Ich erkenne Teile ihrer Seele in dir.« Er hob die Hand, berührte ihr Gesicht und zeichnete die Linie ihrer rechten Augenhöhle nach. Etwas sagte ihr, dass das nicht die ganze Wahrheit war, doch im gleichen Herzschlag wurde ihr bewusst, dass ihre Neugier es nicht rechtfertigte, ihn weiter nach diesem offenbar schrecklichen Erinnerungen zu fragen.

Vielleicht trug der Verlust seiner Partnerin Schuld daran, dass Cor Rang und Kommando hatte abgeben müssen und vielleicht hatte auch er damals jene Form des Schocks erlebt, die auch Crewman Tras getroffen hatte, nachdem er vom Tod seiner Freunde erfahren hatte. Die Schuld der Überlebenden. Sie hätte es sehr gerne gewusst und vielleicht würde der Moment kommen, an dem sie ihn wieder danach fragen konnte, doch jetzt wollte sie ihn diese schrecklichen Momente nicht erneut durchleben lassen.

»Tut mir leid«, sagte sie leise und Cor nickte langsam.

»Mir auch.«

Sie trat etwas näher an Cor heran und legte die Hand auf seinen Brustkorb, konnte den Herzschlag aber durch das Material nicht fühlen.

Er war die Konstante in all dem Chaos – trotz allem.

»Du hast H'Rega nicht gesagt, dass mein Einschreiten schuld war, dass sich Faya vergiften konnte«, sagte sie so leise, dass hoffentlich nur Cor ihre Worte hören konnte.

»Nein.«

»Du hast die Verantwortung für meinen Fehler übernommen.«

»Das habe ich«, gab er ebenso leise zurück und berührte erneut ihr Gesicht. In seinem Blick lagen so viel Trauer und Sehnsucht, dass sie in diesem Augenblick wirklich glaubte, dass er seine verlorene Rajan in ihren Augen erkannte.

Nach einigen Sekunden senkte er fast schuldbewusst den Blick, zog die Hand zurück und trat einen Schritt nach hinten.

Schließlich gingen sie zu den drei Soldaten zurück, die so angestrengt in eine andere Richtung blickten, dass Lillja klar war, dass sie zumindest den größten Teil der Unterhaltung gehört haben mussten. Es war ihr egal. Sie ließen sich auf den Boden sinken, Lillja zog die Beine an den Körper und schlang die Arme darum. Erschöpft lehnte sie den Kopf gegen die Felswand hinter ihr und schloss die Augen.

»Alles in Ordnung?«, fragte der Yndra irgendwo vor ihr. Immer diese Frage. Konnte denn hier wirklich jemand glauben, dass auch nur irgendetwas *in Ordnung* war?

Lillja atmete schwer aus und ließ den Kopf auf Cors Schulter neben sich sinken, während sie leise sagte:

»Nein, nichts ist in Ordnung.«

Jemand berührte ihre verletzte Hand, aber sie hatte längst die Augen geschlossen und konnte sich nicht erinnern, wer rechts von ihr saß.

Das Schicksal war reichlich grausam gewesen, als es beschlossen hatte, nicht nur den Antrieb der Ro'ha zu beschädigen, sondern ihnen auch noch diesen Planeten als mögliche Rettung vor die Füße zu werfen – ihn dann aber mit feindlichen Personen zu besetzen.

Ihr Geist dämmerte in einen seichten Schlaf und spann aus den letzten Erlebnissen, den offenen Fragen, düsteren Gedanken und hoffnungslosen Aussichten einen wirren und grausamen Traum.

Bilder der zerberstenden Erde vermischten sich mit den gequälten Gesichtern der Menschen in den Versuchslaboren ihrer Verbündeten. Unter ihnen erkannte sie auch Chris, der sie vorwurfsvoll anstarrte, während seine Lippen lautlos ein verständnisloses *Warum?* formten. Plötzlich erkannte sie, dass sie selbst Teil des wissenschaftlichen Stabs war. Sie trug weiße Schutzkleidung, ein Haarnetz, Mundschutz und ein doppeltes Paar Handschuhe, während sie über lange Flure schritt und die Menschen in den Glaskästen links und rechts neben sich argwöhnisch musterte. Schließlich blieb sie vor einem besonderen Exemplar stehen, einer jungen Frau mit dunklem Haar und einer Narbe auf der Wange. Der kleine Finger ihrer linken Hand fehlte und das Schild in der rechten oberen Ecke bezeichnete sie als Standard-Klasse-III-Mensch. Erst auf den zweiten Blick erkannte sie hinter der Frau mit den traurigen blauen Augen sich selbst und war für einen Moment erschrocken. Was war nur aus ihr geworden? Ein Xhar tauchte hinter ihr auf und der sanfte Griff seiner Hände, die sich um ihre Taille schlossen, holte sie zurück in die vermeidliche Realität.

»Halte dich nicht mit solchen Banalitäten auf«, sagte Cor leise hinter ihr und drehte sie zu sich um. Sie erkannte nun, dass er eine hellgraue Uniform trug, die sich auf unbestimmbare Art von den Standardschnitten unterschied, die sie bislang kennengelernt hatte. Sein Rang zeichnete ihn als Captain aus und er wirkte jung, unbekümmert und so voller Kraft und Vitalität, dass sie sich seiner Erscheinung nicht entziehen konnte.

Eine Hand tauchte aus dem Nichts auf und schloss sich sanft, aber so bestimmt um ihre Schulter, dass ihr Geist aus dem Traum driftete und hart auf die Realität prallte.

Lillja schlug die Augen auf und war für mehrere Sekunden verwirrt und desorientiert, bis sie sich erinnerte und ihr Herz zu einem langsameren Takt zwang. Es war Cor gewesen, der sie geweckt hatte und nun eindringlich ihren Blick suchte.

»Wir brechen auf …«

ANK'RA

Man hatte ihn in einen fensterlosen Raum im Inneren des unversehrten Gebäudes gegenüber der gesprengten Anlage gesperrt und ihm darüber hinaus jedoch keine weitere Beachtung geschenkt.

Das war vor ein paar Stunden gewesen.

Sirans Kontaktlinsen, die das natürliche Nachtblau seiner Augen verbargen, waren trocken geworden und hatten zu jucken begonnen, doch er widerstand tapfer dem Drang, die Augen zu reiben. Zu groß war die Gefahr, dass er die Linsen verschob und damit auch dem dümmsten seiner Gegner offenbarte, dass er nicht Rakazar Sintez war. Vermutlich quälte er sich aber umsonst – irgendwann würde man mit dem Verhör beginnen, ihn foltern oder zumindest unter Drogen setzen und letztlich dazu zwingen, alles zuzugeben.

Niedergeschlagen ließ er den Kopf auf seine gefalteten Hände sinken und schloss die Augen. Er hätte die Bombe einfach selbst zünden sollen, dann wäre ihm das alles hier erspart geblieben, dachte er bitter, doch nun war es zu spät. Immerhin konnte er davon ausgehen, dass Flottenadmiral Tival tot sein durfte – zumindest war die Explosion stark genug gewesen, um vermutlich jeden innerhalb des Bauwerks ins Reich der Toten zu befördern.

Erneut ließ Siran Kaz'Dun seinen Blick durch den tristen Raum schweifen. Er maß kaum mehr als fünf Schritt in Länge und Breite und war, bis auf einen einfachen Hocker und einen zu hohen Tisch, vollkommen leer. Natürlich befanden sich in der Decke über ihm irgendwo Sensoren, die alles aufzeichneten, was hier passierte, aber Siran konnte sie, trotz aufmerksamer Suche, nicht entdecken.

Er hätte die Bombe selbst zünden sollen!

Seine Festsetzung brachte alles in Gefahr, wofür er so lange und hart gekämpft hatte. All die Opfer, die er und die vielen Männer und Frauen gebracht hatten, wären umsonst, wenn die Xhar ihn zwingen würden, zu kooperieren – und niemand konnte sich diesen Wesen lang genug widersetzen.

Siran gab sich in diesem Falle keinen Illusionen hin, er war hart im Nehmen, hatte eine exzellente Ausbildung genossen und würde den meisten Verhörmethoden sicherlich widerstehen können, doch irgendwann würde auch er einknicken.

Erneut seufzte er, stand auf und machte ein paar Schritte durch den Raum, als Geräusche hinter der einzigen Tür laut wurden und jemand sich am Schloss zu schaffen machte. Siran wappnete sich und als das schwere Metall langsam aufschwang, sah er in das ausdruckslose Gesicht eines hochgewachsenen Xhar. Der breite Brustkorb und die stämmige Statur wiesen ihn als genetisch optimierten Soldaten aus, während die zahlreichen Narben an Gesicht, Hals und Händen von Kämpfen vermuten ließen, die er bestritten haben mochte.

Der Soldat machte einen Schritt in den Raum und zog die Tür hinter sich ins Schloss, woraufhin seine gelben Augen aufmerksam die Wände absuchten und an einem bestimmten Punkt in Sirans Rücken haften blieben. Der Xhar ging darauf zu, legte die Hand auf eine Schweißnaht, die zwei Wandplatten miteinander verband, und drückte dagegen. Ein bislang unsichtbarer Mechanismus gab eine metallene Rückmeldung, als ein Teil des Wandsegments zur Seite schwang und den Blick auf einen Schaltkreis freigab. Der Xhar hantierte einen Augenblick daran herum, dann schien er zufrieden und verschloss das geheime Fach wieder.

Siran folgte jeder Bewegung des Fremden und versuchte

abzuschätzen, was dieses Verhalten für ihn bedeuten mochte.

Als der Soldat sich wieder zu ihm umdrehte, erkannte er das Rangabzeichen eines gehobenen Unteroffiziers, war sich aber nicht sicher, wie genau die passende Bezeichnung war.

»Was ist dort draußen passiert und warum werde ich hier festgehalten?«, fuhr Siran den Xhar mit gespielter Empörung an.

Vollkommen reglos starrte der andere ihn ein paar Sekunden lang an, dann veränderte sich seine Haltung ein wenig, doch Siran war nicht in der Lage zu entschlüsseln, was das bedeuten mochte.

»Geben Sie sich keine Mühe«, sagte der Xhar schließlich. »Es ist sinnlos, mich täuschen zu wollen. Ich weiß, wer Sie sind, *Siran Kaz'Dun* ...«

KAPITEL 15

Sie hatten insgesamt vielleicht eine Stunde gerastet, bis H'Rega schließlich befohlen hatte, die Sachen zu packen und sich auf den Weg zu machen. Lillja war sich nicht ganz sicher, wie viel Zeit vergangen war, doch sie fühlte sich, ihres seltsamen Traumes zum Trotz, deutlich besser und ausgeruhter als zuvor.

Zu ihrer eigenen Überraschung musste sie fast augenblicklich eingeschlafen sein – ein weiterer Beweis dafür, dass sie sich und ihrem Körper wahrscheinlich zu viel abverlangte.

Der Handscanner hatte sich, trotz sorgfältiger Reinigung und Trocknung, nicht reaktivieren lassen, sodass H'Rega schließlich doch befohlen hatte, zwei Flaschen mit dem durchaus sauber erscheinenden Wasser zu füllen und sie vorsorglich aufzubereiten.

Anschließend hatten sie ihren Weg wieder aufgenommen und waren dem Steg gefolgt. Cor hatte sich an die Spitze gesetzt und bewegte sich knapp vor dem Lichtkegel, den die Leuchtröhre noch immer ausstrahlte. H'Rega und Fenric bewegten sich schweigend in der Mitte, wobei der Lt. Commander die Lichtquelle führte, während sich Lillja zu Azarion gesellt hatte, der ein paar Meter hinter dem Yndra ging.

Es hatte sich eine unangenehme Stille über die kleine Gruppe gelegt und Lillja hatte sich zu fragen begonnen, ob ihr Gespräch mit Cor vielleicht Schuld daran tragen mochte.

Ihr Weg führte sie in absolut gerader Richtung entlang des unterirdischen Flusses. Sie bewegten sich in südlicher Richtung – das zumindest hatte Azarion auf eine entsprechende Frage behauptet – und hatten somit wenigstens grob den richtigen Weg eingeschlagen, der sie näher an ihr Ziel bringen würde.

Sie mussten etwa eine halbe Standardstunde unterwegs gewesen sein, als Cor zu ihnen zurückkehrte und mit einer entschiedenen Geste deutlich machte, dass sich vor ihnen irgendetwas Ungewöhnliches befand.

Lillja und Azarion schlossen zu den anderen Soldaten auf, während Cor berichtete:

»... ein schmaler Aufgang, Bearbeitungsspuren, vielleicht ein Ausgang.«

»Schau dir das genauer an«, befahl H'Rega. »Tiron, du gehst mit.«

Es war wahrlich nicht das erste Mal, dass sie auf einen Seitengang gestoßen waren, der möglicherweise zurück zur Oberfläche führen konnte und nie zuvor hatte H'Rega dieser Tatsache weitere Bedeutung beigemessen. Lillja fragte sich, was nun anders war, behielt ihre Neugier aber für sich. Die Soldaten wirkten angespannt und sie wollte sie nicht durch unnötige Fragerei weiter nerven.

Wahrscheinlich waren sie der Anlage einfach schon nahe genug gekommen, um sich nach einem zweiten Weg oder einem alternativen Ausgang umzusehen, mutmaßte sie, wobei sie sich jedoch ernsthaft fragte, wie genau die Soldaten sich hier unten zurechtfinden konnten.

Die beiden Soldaten nickten, ließen ihr Gepäck leise zu Boden gleiten und nahmen die Waffen zur Hand, ehe sie aus dem Lichtkreis verschwanden.

»Ob sie erwarten, dass wir über die Tunnel kommen?«, fragte Lillja leise, während die Minuten ins Land zogen.

»Möglich«, gab H'Rega flüsternd zurück.

»Daher die Wachen«, mutmaßte sie.

»Unwahrscheinlich«, entgegnete der Lt. Commander, und als sie sich schon zu fragen begann, ob sie nur noch Einwortsätze von ihm zu erwarten hatte, fügte er hinzu: »Sie konnten kaum damit rechnen, dass wir über genau diesen Zugang kommen. Sah eher wie das Ende eines Hauptganges aus. Vielleicht eine normale Patrouille.«

Lillja nickte und wusste nicht, was sie darauf erwidern sollte, also warteten sie schweigend, bis Cor und Azarion schließlich zurückkehrten.

»Es ist ein Aufgang«, bemerkte der ältere Soldat, während beide wieder in den Lichtschein traten. »Ein Teil der Wände ist eingestürzt, aber ich denke, wir könnten hochklettern. Die Station sollte direkt vor uns liegen.«

Ein fahler Lichtschein, der irgendwo weiter entlang des Gangs erschien, ließ ihn verstummen und augenblicklich nach der Leuchtröhre greifen. Das Licht ging aus und Lillja fand sich in einer undurchdringlichen Dunkelheit wieder. Jemand griff nach ihrem Arm und schob sie weiter in Richtung des Aufgangs. Die vier Finger, die sie ergriffen hatten, übten einen schraubstockartigen Druck auf ihren Oberarm aus und schnürten ihr das Blut ab – wahrscheinlich war es H'Rega, der seine Kraft ihr gegenüber bislang noch nicht wirklich einzuschätzen gelernt hatte.

Widerstandslos ließ sie sich weiter durch die Finsternis führen, bis sie plötzlich nach links abbogen und sie über etwas stolperte. Lillja unterdrückte mit Mühe einen Fluch und musste sich an dem Soldaten neben ihr festkrallen, um nicht hinzufallen, wobei ihr Knie jedoch schmerzhaft gegen einen Stein prallte. Der Schmerz trieb ihr die Tränen in die Augen, doch sie beherrschte sich mit einiger Mühe.

Sie mussten einen Seitengang erreicht haben, dem sie ein paar Meter weit folgten, ehe der Xhar sie unvermittelt in die Hocke drückte. Als ihre tastenden Finger vor sich gegen kühlen Stein stießen, wurde ihr klar, dass sie eine dürftige Deckung hinter einem eingestürzten Felsbrocken gefunden haben mussten.

Es vergingen quälende Minuten, bis das diffuse Licht näher kam und das leise Summen eines elektrischen Motors, gemischt mit den Stimmen zweier Männer, die sich ausgelassen über etwas Belangloses unterhielten, an ihr Ohr drang. Scheinbar waren sie nicht entdeckt worden.

»Ich wette, die waren so mit sich selbst beschäftigt, dass sie die Zeit vergessen haben«, drang eine männliche Stimme verzerrt durch den Gang.

»Nein, sie werden sich doch wenigstens jetzt beherrschen können. Wir haben wirklich andere Probleme«, widersprach eine zweite Stimme, fügte jedoch kurz darauf mit leichter Skepsis hinzu: »Meinst du wirklich?«

H'Rega hatte von ihr abgelassen und sich einen knappen Meter vor ihr in eine Nische gestellt. Als das schwache Licht in den Gang drang, erkannte Lillja, dass sie sich in einem schmalen Seitenweg befanden, dessen Decke zum Teil eingestürzt war und den Boden mit Steinen von teils beachtlicher Größe bedeckt hatte.

Sie wagte es nicht, hinter ihrer Deckung hervor zu sehen, als die Motorengeräusche näher kamen, bemerkte aber, wie sich ihre Hand auf ihre Hüfte gesenkt hatte. Ihr Blick fiel auf H'Rega und im fahlen Lichtschein erkannte sie, dass er eine beschwichtigende Geste in ihre Richtung machte, woraufhin sie die Hand zurückzog und konzentriert lauschte.

Der Tunnel verzerrte die Worte der Männer und warf sie mehrfach zurück, sodass sie nicht verstehen konnte, was sie sagten, doch machte der Ton deutlich, dass sie äußerst entspannt wirkten. Falls sie auf der Suche nach den beiden Toten in der Kaverne waren, dann erwarteten sie offenbar, nichts Schlimmes vorzufinden.

Seit ihrem Absturz mussten wenigstens zwei Stunden vergangen sein und Lillja hätte nicht einmal im Traum daran geglaubt, dass man nach so langer Zeit ihr Eindringen in der Basis noch immer nicht bemerkt hatte. Doch offenbar hatten sie wenigstens dieses eine Mal Glück.

Das Licht zog vorüber und auch die Stimmen wurden langsam leiser, bis sie schließlich ganz verklangen. Es vergingen weitere quälende Minuten, bis H'Rega die Leuchtröhre wieder entflammte und aus seiner Deckung heraustrat.

»Uns bleibt nicht viel Zeit, bis sie Verdacht schöpfen«, meinte er düster und sah sich aufmerksam um. Lillja war zwar überrascht, dass er nicht befohlen hatte, die beiden Daru zu töten, doch erleichterte es sie ein wenig, dass nicht jeder ein Zusammentreffen mit ihnen mit dem Leben bezahlen musste.

»Was ist mit ihrem Funk?«, kam ihr etwas in den Sinn, das der Lt. Commander vor einer ganzen Weile angesprochen hatte. Vor einiger Zeit hatte er versucht, in das Kommnetz der Daru zu gelangen, doch seither hatte niemand ein weiteres Wort darüber verloren.

»Ich hatte keinen Erfolg«, antwortete H'Rega knapp. »Fenric, Sie kommen mit der Hitze am besten zurecht, gehen Sie zurück zu dem anderen Tunnel – suchen Sie den Aufgang und sehen Sie sich dort oben um. Ich möchte keine bösen Überraschungen erleben.«

Der Yndra nickte, ließ seinen Rucksack von den Schultern gleiten und warf einen schnellen Blick in die Runde, ehe er sich umwandte und davoneilte.

»Wir bringen uns in Position.« H'Rega nahm den Rucksack auf, reichte ihn an Azarion weiter und wandte sich ebenfalls dem Haupttunnel zu. Der Xhar hatte sich bereits sichtlich von seinen Verletzungen erholt, wenngleich Lillja ihm noch immer ansehen konnte, dass er Schmerzen haben musste.

»Ich erkenne Licht vor mir«, meldete Fenric nach einer

Weile.

»Eine Verbindung zur Oberfläche?«, wollte Lillja angespannt wissen.

»Ja.«

Natürlich. Wäre es ein bewaffneter Trupp gewesen, hätte er diese Information sicher nicht so ruhig und nebensächlich kundgetan.

»Ich muss ein paar Steine wegschaffen und ein Stück klettern, aber ich könnte die Oberfläche erreichen«, fuhr Fenric fort und Lillja konnte die Anstrengung in seiner Stimme hören. Vermutlich setzte er seine Worte bereits in die Tat um.

»Tun Sie das – ich will wissen, wie die direkte Umgebung aussieht«, mischte sich H'Rega ein.

»Verstanden«, kommentierte Fenric und auch von den anderen Soldaten vernahm Lillja leise Worte der Zustimmung.

Sie hatten den Haupttunnel erreicht und waren ihm ein paar Meter gefolgt, ehe Cor in einen Seitentunnel abgebogen war, der nach einer längeren Kurve parallel zum Haupttunnel verlaufen musste. Es war ihr absolut schleierhaft, wie er sich hier unten orientieren konnte. Ihr selbst fiel es schwer genug, sich auch nur den Weg zurück zum Aufgang zu merken, den Fenric genommen hatte.

»Ich bin gleich draußen«, gab der Yndra nach ein paar weiteren Minuten durch. Er hatte seine Stimme zu einem Flüstern gesenkt, in dem noch immer die Anstrengung mitschwang.

»Ich müsste östlich der Basis sein. Ich sehe mich etwas um und melde mich, sobald ich weitere Informationen habe.«

»Verstanden, wir gehen weiter zum Zentrum der Impulstunnel. Bleibt wachsam.«

Cor hatte sie an der nächsten Abzweigung erwartet und legte nun ein straffes Tempo vor. Sie hatten die Stimmaktivierung der Komm wieder eingeschaltet, sodass Lillja hören konnte, dass sich Fenric unter Anstrengung aus dem Tunnel arbeitete.

Ein Tunnelabschnitt sah aus wie der andere und sie konnte beim besten Willen nicht sagen, ob oder wie weit sie sich bislang durch die unterirdische Anlage bewegt hatten.

Die Durchgänge waren das Ergebnis eines komplexen thermischen Prozesses, hatte Azarion erklärt. Sie entstanden in der Endphase des Neuaufbaus, während Erdmassen aufgebaut und passend arrangiert wurden. Normalerweise wurden diese Hohlräume in einem abschließenden Prozess ausgefüllt oder zum Einsturz gebracht, da ihre Instabilität eine andauernde Bedrohung für mögliche Siedlungs- oder Wirtschaftsprojekte dargestellt hätte. Der Terraformingprozess auf Uka war jedoch nie zu einem Abschluss gekommen.

Gerne hätte sie noch mehr darüber erfahren, doch der Soldat hatte seine Konzentration an anderer Stelle gebraucht und so hatte sie auch diese Frage zu den unzähligen anderen gelegt, auf die sie wahrscheinlich niemals eine Antwort bekommen würde.

»Das Gelände im südlichen Bereich vor dem Haupteingang ist weiträumig gerodet«, meldete sich Fenric schließlich mit leiser Stimme wieder. »Ein großer Transporter steht direkt vor der Tür. Eindeutig imperialer Stil. Sieht ziemlich alt aus und dürfte das Shuttle sein, das wir bei unserem Hinflug gesehen haben – vielleicht ist es wirklich ein Khuna, ich kenne die genauen Spezifikationen nicht.«

»Wird er bewacht?«, wollte H'Rega wissen.

»Möglich, aber ich sehe keine offensichtlichen Wachposten. Aber es würde mich wundern, wenn sie die direkte Umgebung nicht bewachen würden.«

»Mich auch.« H'Rega schwieg einen Moment und ließ

seinen Blick über die Tunnelwände schweifen. »Wahrscheinlich wird das alles einstürzen«, meinte er schließlich. »Können wir die Sprengsätze aus der Entfernung zünden?«

»Keine Ahnung, aber ich glaube, eher nicht. Die Sender sind nicht allzu leistungsstark, und wenn sie nicht vom Reaktor, der Barriere oder möglichen anderen Störquellen innerhalb der Anlage gestört werden, werden sie kaum durch die Felsen dringen«, meinte Azarion nachdenklich. »Die Zeitzünder müssten aber funktionieren.«

»Dann also Zeitzünder. Cor, Fenric – ich will den Khuna.«

»Verstanden.« Cor tauschte einen kurzen Blick mit Azarion, dann nickte er entschlossen und wandte sich um.

»Wir erledigen das hier unten«, fuhr H'Rega fort …

DAS TRÄGERSCHIFF

Es dauerte ungewöhnlich lange, bis Quotaz verstand, warum es notwendig war, sich mit totem Stahl zu umgeben. Das ganze Schiff war eine Waffe, ebenso wie jene in seinen Händen und Waffen waren kalt und tot und kein Teil der *Einen Macht*. Sie waren nur ein Mittel.

Quotaz Beine trugen ihn bis zum untersten Deck. Er folgte einem zentralen Aufgang, der alle Bereiche seines neuen Schiffes miteinander verband und in einer sanften Spirale nach unten führte.

Es gab viele Türen und massive Portale, die einzelne Bereiche voneinander trennten – Regenerationshallen, Gemeinschaftsplätze, Labore und weitere Orte, denen er noch keine Bezeichnung zuordnen konnte. Viele der Abgrenzungen, die er auf seinem Weg passierte, bestanden aus Energiefeldern oder einem kalten, durchsichtigen Material.

Er erreichte die untere Ebene und folgte dem lautlosen Ruf bis zu einem großen Raum.

Dies war der Antriebsraum, erreichte ihn die Erkenntnis, während er eintrat und die Umgebung erfasste. Eine riesige Kugel aus grüner und schwarzer Energie schwebte in der Mitte der Halle. Er konnte die Energie sehen, die von ihr ausging und in regelmäßigen Abständen an die Empfängerstationen rund herum abgegeben wurde, die direkt mit den Systemen des Schiffes verbunden waren.

Viele seiner Brüder waren anwesend. Er sah acht weitere Verteidiger, die entlang der Wände des ovalen Raums Stellung bezogen hatten. Er nahm seinen Platz zwischen ihnen ein, während Steuerer und Erbauer sich zwischen dem Antriebskern und den angrenzenden Geräten bewegten und ein letztes

Mal die Funktionen prüften und die Einstellungen kalibrierten.

Alles war bereit. Nun galt es nur noch zu warten, bis sich das schwarze Auge des Zorns für sie öffnete und ihnen den Weg zu ihren Feinden wies …

KAPITEL 16

Sie bewegte sich möglichst leise durch den Gang, und als H'Rega schließlich die Leuchtröhre deaktivierte, versank ihre Umgebung in Finsternis. Es dauerte einen Moment, bis sich ihre Augen umgewöhnt hatten, doch dann erkannte auch Lillja einen feinen Lichtschimmer in einiger Entfernung.

Die Daru hatten einen vergleichsweise schwach ausgebildeten Geruchs- und Tastsinn, doch ihre Augen waren recht hoch entwickelt und ermöglichten ihnen auch in der Dämmerung oder bei Sternenlicht klarer zu sehen, als es ein Mensch bei günstigsten Bedingungen gekonnt hätte. Es hatte sie schon zuvor etwas verwundert, dass die Wachen hier unten überhaupt Lichtquellen mit sich geführt hatten, doch offenbar waren die Berichte, die sie auf der Ro'ha in den letzten Wochen gelesen hatte, etwas übertrieben gewesen. Ganz ohne Licht kamen sie dann also doch nicht aus.

Sie gingen leise weiter und ihre Rechte tastete wie von selbst nach dem Waffengurt an ihrer Seite, bis sie enttäuscht feststellte, dass sie noch immer nur die Ersatzwaffe trug, die Stardust war verschwunden und auch wenn die Pistole, die nun an ihrer Seite hing, vielleicht höher entwickelt war, so hätte sie sich mit ihrer eigenen Waffe doch besser gefühlt.

Sie ließ sich etwas zurückfallen, bis sie Azarions Seite erreichte, und warf ihm einen fragenden Blick zu, während sie bedeutungsvoll auf seine übermäßige Bewaffnung deutete. Der junge Soldat zuckte jedoch nur mit den Schultern und ging weiter. Nach ein paar Schritten jedoch begann er damit, seine Unterarmschiene samt Messer zu lösen und reichte sie an Lillja weiter.

Sie befestigte den Gurt an ihrem Gürtel und zog die Klinge

prüfend hervor. Sie war einseitig geschliffen, wobei der Klingenrücken zur Spitze hin leicht nach innen gewölbt und im vorderen Drittel ebenfalls scharf war. Die ganze Waffe war gut fünfunddreißig Zentimeter lang und für ihren Geschmack etwas zu schwer – doch es war besser als nichts.

Der Lichtschein vor ihnen nahm langsam an Intensität zu, bis H'Rega ein Zeichen gab und Azarion sie mit einer schnellen Geste zurückhielt. Der schmale Gang erweiterte sich vor ihnen deutlich und erreichte nach wenigen Metern eine Abzweigung, hinter der die Lichtquelle liegen musste.

Der Lt. Commander bedeutete ihnen mit ein paar knappen Gesten zurückzubleiben, während er vorausging und den Weg vor ihnen begutachtete. Lillja sah, wie sich Azarions Hände erwartungsvoll kurz öffneten und wieder schlossen, dann machte er sein Sturmgewehr mit wenigen Handgriffen bereit. Die Xhar waren zu ihren eigenen Waffen zurückgekehrt, auch wenn die erbeuteten Stücke der Daru sicherlich leiser und auch durchschlagender gewesen wären. Wahrscheinlich fühlten sich die Soldaten mit ihrer eigenen Ausrüstung jedoch einfach wohler, mutmaßte die junge Frau. Sie konnte es verstehen.

H'Rega hatte inzwischen die Abzweigung erreicht, stellte lautlos den Rucksack ab und holte etwas daraus hervor, das Lillja aufgrund der Entfernung nicht erkennen konnte. Möglicherweise handelte es sich um einen Spiegel, mit dem er um die Ecke sah. Nach ein paar Herzschlägen kehrte er zurück und deutete mit ein paar Handzeichen, dass er vier Wachen ausgemacht hatte. Azarion nickte daraufhin einfach, bedeutete Lillja zu warten, ließ den Rucksack zu Boden gleiten und griff das Sturmgewehr mit beiden Händen.

Sie gingen los. Auf halbem Wege stieg Azarion dann jedoch überraschend ins Wasser und tauchte lautlos ab, woraufhin H'Rega ihr einen letzten Blick zuwarf, dann löste er eine der

Granaten aus seiner Gürtelhalterung, drückte die Sicherung und warf sie um die Ecke.

Ein lauter Knall, gefolgt von einem hellen Blitz, hallte verstärkt und mehrfach zurückgeworfen durch den Tunnel, während er um die Ecke stürmte und im entstandenen Chaos verschwand.

»Es geht los«, gab sie an Fenric und Cor durch, griff sich die zurückgelassenen Rucksäcke und schleifte sie bis zur Wegkreuzung.

»Verstanden«, bestätigte der Yndra einfach, dann folgten zwei Sekunden absoluter Stille, ehe sie eine Erschütterung um sich herum spüren konnte und die Funkverbindung zu Fenric abrupt abbrach. Sorge breitete sich in ihr aus, doch dafür war jetzt keine Zeit.

Sie ließ die Rucksäcke zu Boden gleiten und zog vorsichtshalber die Energiewaffe, ehe sie um die Ecke sah. Es war noch kein Schuss gefallen und auch das charakteristische Summen der Energiewaffen hatte sie noch nicht vernommen – war sich aber unsicher, ob das wirklich ein gutes Zeichen war. Mit klopfendem Herzen spähte sie um den Vorsprung und erkannte H'Rega, der einen Daru am Handgelenk gepackt hatte und ihn mit einer schnellen Bewegung auf den Boden warf. Er riss den Arm des Fremden dabei schmerzhaft nach oben, während er ihm mit so großer Wucht gegen den Kopf trat, dass sich der Schädel in einem ungesunden Winkel krachend nach hinten bog und der Daru erschlaffte.

Ein Stück weiter hinten tauchte zeitgleich Azarion aus dem Wasser auf und packte den Unterschenkel eines weiteren Darus, der zu nahe an der Wasserkante gestanden hatte. Er zerrte ihn mit einem Ruck zu sich herab und rang einen Augenblick mit dem Mann, dann begann sich das Wasser um ihn rot zu färben. Von den verbliebenen Wachen war nichts zu sehen, doch plötzlich gab H'Rega, der achtlos über den Toten hinweg gestiegen war, zwei Schüsse ab, die laut durch die Gänge hallten und Lillja zog sich in ihre Deckung zurück, während sie gedanklich erneut ihre Nutzlosigkeit verfluchte.

»Sicher!«, ertönte schließlich Azarions Stimme und Lillja packte die Rucksäcke, um ihren Freunden zu folgen. Es waren kaum mehr als fünfzehn Sekunden vergangen, seitdem der Lt. Commander die Blendgranate geworfen hatte und doch lagen drei Daru tot am Boden, während der vierte langsam unter die Wasseroberfläche sank.

Azarion kam ihr auf halber Strecke entgegen und nahm ihr seinen Rucksack ab.

Lillja verharrte kurz bei der ersten Leiche und durchsuchte den Daru mit schnellen Handgriffen, bis sie einen einfachen Scanner fand, der in einer Gürteltasche verstaut gewesen war. Sie nahm dem Toten das Gerät ab und eilte hinter dem Xhar her, der schon fast wieder seinen Kameraden erreicht hatte. Sie waren den Gang wenige Meter weiter hinabgegangen und vor einer Tür stehen geblieben, die in die linke Seitenwand eingelassen war.

Eine Tür.

Ernsthaft. Lillja hatte, wenn sie ehrlich zu sich selbst war, wirklich mehr als eine banale Tür erwartet, die dieses unterirdische Labyrinth mit einer – für ihre Begriffe – hochentwickelten und offenbar auch irgendwie noch immer wichtigen Anlage verband. Doch es war wirklich einfach nur eine Tür, die zu allem Überfluss auch noch aus einfachem Holz gemacht schien.

H'Rega winkte sie ungeduldig heran und Lillja legte die letzten Meter im Laufschritt zurück, ehe der Xhar ihr das Gepäckstück aus der Hand nahm und aus einer der zahlreichen Seitentaschen eine Art Schlauch hervorzog. Es musste ein Endoskop sein, denn er schob das eine Ende unter den Türspalt, während er das diesseitige an ein Auge hielt und den Schlauch langsam nach links und rechts drehte, ehe er ihn herauszog und wieder zusammenrollte.

»Niemand zu sehen«, kommentierte er.

Lillja ersparte sich den Hinweis, dass mögliche Feinde jenseits dieser Barriere sicherlich die Schüsse gehört haben mussten und nicht teilnahmslos hinter der Tür gewartet hätten. Vielleicht rechnete H'Rega auch einfach mit Verstärkung, die sie über diesen Zugang erreichen konnte. Er griff zögerlich nach der Türklinke – es war, nebenbei bemerkt, das erste Mal seit Wochen, dass Lillja etwas so rückständiges wie eine *Türklinke* zu Gesicht bekam – und drückte sie herunter.

Ohne, dass es einer Absprache bedurft hätte, hatte sich Azarion links neben seinen Kommandanten gestellt, das Gewehr erneut gezogen und gab mit einem knappen Nicken an, dass er bereit war. H'Rega zog die Tür auf und Lilljas Blick fiel in einen sehr kleinen, runden Raum, in dessen Wand eiserne Sprossen eingelassen waren, über die man nach oben klettern konnte. Man konnte dem Raum und der Leiter ihr Alter ansehen. Spuren von Rost hatten sich an den Einschlagstellen der Sprossen gebildet und verliehen ihnen den Charme eines Bunkers aus dem Zweiten Weltkrieg. Azarion trat mit einem entschlossenen Schritt ein, sah nach oben und nickte schließlich, während er das Gewehr schulterte und zur Seite trat.

Es ging ein paar Meter sehr gerade nach oben, ehe das obere Tunnelende von einer Metallplatte abgeschlossen wurde, die, im Gegensatz zur Leiter, von der Zeit unberührt schien. Die Metallsprossen führten zu einer Luke, die sich an einen kleinen Vorsprung schloss. Das war vermutlich der eigentliche Übergang zur Terraformingstation.

»Scanner«, verlangte Azarion und Lillja startete das frisch erbeutete Gerät, manövrierte sich zur Sprachauswahl und reichte es an den Xhar weiter, der es in eine Tasche gleiten ließ und entschlossen die Leitersprossen hochstieg.

»Aktivieren Sie eine Röhre«, verlangte H'Rega indes, und während sie dem nachkam, fügte er hinzu: »Durchsuchen Sie die Leichen, besorgen Sie sich eines ihrer Funkgeräte und hören Sie mit.«

Sie nickte und eilte zurück in den Tunnel. Die beiden Daru kurz hinter dem Stationsübergang waren durch je einen Kopfschuss gestorben und Lillja zögerte, nach ihren Kommunikatoren zu suchen, sodass sie schließlich zur ersten Leiche trat, der sie bereits den Scanner entwendet hatte. Sie fand das kleine Ohrteil und den zugehörigen Controller. Mit schnellen Handgriffen stellte sie sicher, dass der Audioausgang stumm war, dann schob sie sich das kleinere Gerät in den noch freien linken Gehörgang und schaltete die Kanäle durch.

»Was ist denn bei euch los?«, hörte sie schließlich die aufgeregte Stimme einer Frau fragen.

Lillja aktivierte ihren Kanal zu den Soldaten und sagte leise: »Sie wissen, dass etwas nicht stimmt.«

»Verstanden. Machen Sie sich auf den Weg, Winter. Wir kommen nach, sobald wir die Sprengsätze installiert haben«, befahl H'Rega, und obwohl alles in ihr dagegen protestierte, ging sie gehorsam los.

»So schnell sollten sie das Schott nicht aufbekommen«, hörte sie schließlich Azarion verkünden. »Ich bringe die Ladungen an. Welche Zeit?«

»Sechs Minuten. Winter, wie weit?«

Sie hatte ihre Schritte beschleunigt und rannte nun den langen Tunnel entlang, von dem schließlich der Nebengang samt Aufgang abgehen musste.

»Bin gleich beim Ausgang. Noch nichts von Cor oder Fenric«, brachte sie keuchend hervor und erhöhte ihre Geschwindigkeit. Sie bog in den Nebenweg und sah die eingestürzten Deckenteile vor sich liegen. Der Erdboden über ihr musste stark eingedrückt sein und eine Mulde gebildet haben, als der Gang eingestürzt war. Die Trümmer hatten eine steile Rampe gebildet, die gut vier Meter nach oben führte und schließlich in einen schmalen Lichtstreifen mündete.

Auf Händen und Knien arbeitete sie sich nach oben und schob sich schließlich durch das Loch ins Freie. Hitze und feuchte Luft schlugen über ihr zusammen, während sie ins helle Licht trat und sich geblendet schnell umsah. Sie hatte Recht gehabt – der ganze Boden in größerem Umkreis war nach unten gesackt und hatte eine überraschend sanfte Kuhle gebildet. Das war jedoch auch schon alles, was noch von dem Einsturz zeugte. Die Natur hatte sich längst wieder ausgebreitet und den Boden mit dem weichen Moos überzogen, über dem sich gefährlicher Klingenfarn und hohe Bäume erstreckten.

Fenric hatte vermutet, dass er sich östlich der Basis befinden musste, aber Lillja hatte keinen Schimmer, wo Osten sein sollte. Etwas ratlos legte sie den Kopf in den Nacken und spähte zwischen den dichten Blättern hindurch. Wolken. Seit ihrer Landung hatte sich nicht der Hauch einer Wolke am Himmel bewegt, doch gerade jetzt, wo ihr diese verdammte Sonne wenigstens halbwegs nützlich sein könnte, war der gesamte Himmel mit schweren dunklen Wolken überzogen. Bei diesem Anblick wurde ihr schlagartig bewusst, dass es dunkler geworden war und auch die Luftfeuchtigkeit war noch etwas angestiegen. Mit etwas Pech zog ein tropischer Sturm auf.

»Fenric, Cor? Jemand da?« Sie drehte sich ratlos um die

eigene Achse und blieb stehen. Sie bekam keine Antwort und auch auf dem anderen Kanal war es seltsam still. Erneut schaltete sie die verfügbaren Bereiche durch, aber auch von der Frauenstimme war nichts mehr zu hören. Es schien, als sei der ganze Funk einfach tot.

Etwas unentschlossen zog sie den zweiten Empfänger aus dem Ohr und verstaute ihn, samt Kontrollgerät, in einer Tasche. Die Geräte beeinträchtigten ihr Gehör, und wenn sie beide trug, konnte sie die Geräusche ihrer Umwelt nur unzureichend wahrnehmen.

In den vergangenen Sekunden hatte der Wind merklich zugenommen und die Temperatur war um mehrere Grad gefallen.

Schüsse.

Ihr Herz begann augenblicklich schneller zu schlagen und Lillja sah sich gehetzt um, war sich aber nicht sicher, aus welcher Richtung die Geräusche gekommen waren.

Drei Schüsse in schneller Folge, vermutlich aus den Waffen der Xhar abgefeuert. Sie wandte sich grob in die Richtung, der sie das neue Waffenfeuer am ehesten zuordnen konnte, und machte einen zögerlichen Schritt. Wenn sie einfach so in den Wald stürmte, würde sie niemandem helfen können.

Geräusche hinter ihr wurden laut und Lillja prallte erschrocken zurück und machte zwei Schritte rückwärts, bis ihr klar wurde, dass die Geräusche vom Aufgang kommen mussten. Obwohl sie davon ausging, dass es H'Rega und Azarion sein würden, die in den nächsten Augenblicken aus dem Boden krochen, zog sie ihre Waffe und hob den Lauf etwas an. Sie hatte nichts von ihren Leuten gehört und sie wollte nicht Gefahr laufen, vollkommen unvorbereitet in das Gesicht eines Darus zu sehen.

H'Regas fahle Haut erschien zwischen den Felsen, als er

sich mühevoll nach oben zog. Die gebrochene Gesichtsplatte sah bei Tageslicht noch deutlich schlimmer aus, obwohl sie sich bereits verschorft hatte und längst abgeschwollen war.

Erleichtert atmete Lillja durch und senkte die Waffe. Sie wollte auf den Xhar zugehen, als eine Bewegung irgendwo hinter ihr sie innehalten ließ. Sie wollte die Waffe wieder heben, doch plötzlich packte sie eine grobe Hand am Unterarm und brachte so viel Druck auf ihr Handgelenk, dass sie die Pistole augenblicklich fallenließ und aufschrie. Im nächsten Moment hatte ihr Angreifer ihr den Arm auf den Rücken gedreht und so weit nach oben gezwungen, dass an Gegenwehr nicht mehr zu denken war – zumal fast augenblicklich eine andere Waffe am Rand ihres Blickfeldes erschien und sich drohend gegen ihren Kopf richtete.

»Bei der Schöpferin, was sucht ihr hier?!«, brüllte sie eine männliche Stimme an. H'Rega hob die Linke und machte eine beschwichtigende Geste, die sich jedoch eher an Azarion richten würde, der noch nicht aus dem Gang aufgetaucht war.

»Wer seid ihr? Und warum greift ihr uns an?« Der Fremde verstärkte den Druck auf ihren Arm und Lillja glaubte zu fühlen, wie sich ihre Sehnen protestierend überdehnten.

»Wir haben keine Zeit für so etwas«, murmelte H'Rega. Plötzlich hob er seine Waffe mit einer schnellen Bewegung an und schoss.

Irgendetwas Heißes flog an ihrem Ohr vorbei und bohrte sich mit einem grauenvollen Geräusch in den Mann in ihrem Rücken, dann verschwand der Mündungsdruck auf ihrer Schläfe und die Hand ließ sie los, während der Tote zusammenbrach.

Sie wollte etwas sagen, ihre Waffe aufheben – irgendetwas. Aber Lillja stand einfach nur da und starrte H'Rega an, der sein Gewehr schulterte und eine Hand nach unten streckte, um Azarion zu helfen.

»Guter Schuss«, meinte der jüngere Soldat leichthin und ließ seinen Blick über die Bäume schweifen, bis er Lillja erreichte. »Vor allem, wenn man bedenkt, dass Präzision nicht gerade deine Stärke ist.«

»Nicht seine Stärke ...?«, wiederholte Lillja mit vor Schock matter Stimme.

Noch während er die Worte aussprach, setzten sich beide Soldaten in Bewegung und H'Rega eilte an ihr vorbei, während Azarion ihre Waffe aufnahm und ihren Arm ergriff, um sie einfach mit sich zu ziehen. Durch die Berührung wich endlich die Starre und die gesamte Tragweite ihrer momentanen Situation brach über ihr herein.

»Die Sprengsätze …«, begann sie, wurde jedoch sofort von Azarion unterbrochen:

»Dreißig Sekunden. Der Funk?«

»Funk?«

»Lillja! Reiß dich mal zusammen!«

Sie schlugen sich tiefer in den Wald und durchbrachen mit purer Gewalt das Unterholz, wurden aber dennoch stark abgebremst.

»Kein Funk – ich weiß nicht, was los ist«, sagte sie schließlich und erst jetzt wurde ihr bewusst, dass auch die Verbindung zu Azarion und H'Rega nicht mehr aktiv war. »Ich habe Schüsse gehört.«

Der Boden erzitterte und plötzlich schien es, als sackte der ganze Berg links von ihnen mehrere Meter nach unten. Es folgte ein unnatürliches Dröhnen und Bersten, gefolgt von einem starken Beben, das Lillja von den Füßen riss. Sie prallte hart gegen einen Baum und taumelte zur Seite, während sich das Beben bedrohlich fortsetzte. Etwas barst hinter ihnen, als Teile des unterirdischen Labyrinths zusammenbrachen und das Erdreich an mehreren Stellen aufriss.

Lillja fiel zu Boden und vernahm ein unheilvolles Knirschen und Knacken über sich. Irgendwo unter ihnen musste ein Tunnel verlaufen, der fünf oder sechs Meter zu ihrer Rechten einstürzte. Die Wurzeln des Baumes, gegen den sie gerade noch gestolpert war, verloren schlagartig den Halt im Untergrund und der mehr als meterdicke Stamm geriet ins Wanken, neigte sich weit über sie und krachte gegen die umstehenden Gewächse.

Mit rasendem Herzen sprang sie halb auf und hechtete zur Seite, dann brachen einige der Äste, die den entwurzelten Baum gehalten hatten und der Stamm schlug mit großer Wucht auf den Waldboden. Erdreich, vermischt mit kleinen Gesteinsbrocken, wurde in die Luft geschleudert und ging über der kleinen Gruppe nieder. Lillja riss die Hände über den Kopf und hoffte, von keinem der größeren Steine getroffen zu werden – dann rauschte eine Staubwolke über sie hinweg und es war vorbei …

Der Xhar hatte den universellen Computer, der mit dem Kampfanzug verbunden war, geöffnet und gab etwas in die holografische Konsole ein, die erschienen war. Wortlos studierte er die Anzeige einen Augenblick lang, dann ging er auf Siran zu, packte ihn grob am Oberarm und trieb ihn Richtung Tür.

»Was hat das zu bedeuten?«, fuhr er auf und stemmte sich gegen den Griff, war dem Soldaten jedoch eindeutig unterlegen.

»Uns bleiben exakt drei Minuten, um Sie aus dem Gebäude zu bekommen«, antwortete der Xhar knapp.

»Sie helfen mir?« Siran hatte seine Gegenwehr überrascht aufgegeben und starrte in die gelben Augen seines Gegenübers.

»Ja. Jetzt seien Sie still und tun besser, was ich sage.«

Siran nickte langsam und ließ sich auf den Korridor hinausführen, der quer durch das Gebäude führte. Sein unerwarteter Verbündeter schob ihn nach links, entgegen der Richtung, aus der er den Komplex betreten hatte. Schnellen Schrittes folgten sie den unverkleideten Wänden, passierten mehrere geschlossene Türen, bis ihr Weg vor einer Metalltür endete.

Rechts neben dem Rahmen befand sich ein Tastenfeld, in das der Xhar einen achtstelligen Code eingab, woraufhin das Schloss leise summte und sich schließlich entriegelte. Vor ihnen öffnete sich ein Lagerraum, in dem sich mannsgroße Kisten säuberlich bis unter die Decke stapelten.

Siran wurde in den Raum geschoben und ließ den Blick über die grauen Behälter schweifen, während der Soldat die Tür hinter sich ins Schloss zog, ehe er Siran etwas unsanft weiterschob.

Sie durchquerten den Raum und erreichten eine rückwärtige Tür, die sich als Hinterausgang entpuppte, der sich direkt an einen Landeplatz anschloss. Anders als die offizielle Landebahn, auf der das Shuttle stand, mit dem Siran Ank'Ra angeflogen hatte, war diese deutlich kürzer und bot lediglich drei kleinen Jägern Platz. Die gepanzerten und schwer bewaffneten Fluggeräte standen mit geöffneten Pilotenkammern in einer Reihe und schienen, so weit Siran das mit einem flüchtigen Blick sagen konnte, unbewacht.

Der Xhar an seiner Seite steuerte eine der langgezogenen Maschinen an und kletterte über die kurzen Seitenflügel ins Innere. Siran folgte ihm unaufgefordert. Im Inneren des Jägers war es eng und äußerst unbequem, doch Siran ertrug diesen Umstand einfach und nahm auf dem hinteren Sitz platz. Der Innenraum maß kaum mehr als drei Schritt in der Länge und war dabei nur etwa halb so breit. Ringsum die beiden Sitze befanden sich Steuer- und Anzeigetafeln, die hell aufleuchteten, als der Xhar den Einstieg verschloss und manuell sicherte. Er sah erneut auf die Anzeige seines Universalcomputers, schien mit dem Ergebnis zufrieden und startete die Hauptmaschine.

Der Antrieb erwachte vibrierend zum Leben, während sich zahlreiche Hologramme um ihn und den Soldaten herum aufbauten, die alle notwendigen Informationen über das direkte Umfeld lieferten. Wie alle Schiffe und sogar die meisten Bauwerke der Xhar, verfügte das kleine Gefährt über keine Fenster, sondern leitete von den Außensensoren erfasste Informationen an ein innenliegendes Hologramm weiter.

Noch während Siran seinen Sitz nach einem Sicherungsgurt absuchte, zündete der Xhar das Haupttriebwerk und beide Männer wurden in ihre Sitze gepresst, während der Jäger in die

Höhe schoss.

»Werden sie uns nicht abschießen?«, fragte Siran, obgleich er wusste, dass er den Soldaten besser nicht mit unnötigen Fragen ablenken sollte.

»Nein«, kam die schlichte Antwort und Siran blieb kaum eine andere Wahl, als dem Mann zu glauben ...

KAPITEL 17

Hustend kam Lillja wieder auf die Beine und wischte sich den Staub vom Gesicht. Sie war von ein paar kleineren Steinen getroffen worden und hatte eine Platzwunde an der Stirn, die zwar wehtat und ordentlich blutete, aber vermutlich nicht weiter schlimm sein würde.

Mehrere Bäume waren umgefallen und alleine von ihrem jetzigen Standpunkt aus konnte sie sehen, dass die Impulstunnel an mindestens drei Stellen eingestürzt waren und dabei Büsche und Bäume mit sich in die Tiefe gerissen hatten.

»Der Khuna!«, drang Azarions Stimme von weiter links an sie heran und sie suchte die Umgebung mit klopfendem Herzen ab. Sie entdeckte den Soldaten jenseits des entwurzelten Baumes, der sie fast erschlagen hätte, und folgte seiner ausgestreckten Hand zwischen den Bäumen hindurch. Sie erkannte einen großen, rechteckigen Kasten, der dunkel glänzte und sich in einem Bogen in ihre Richtung bewegte.

Etwas durchbrach die Wolkendecke direkt über ihnen und traf den Khuna im Heck. Das Geschoss explodierte in einem feurigen Ball, der mehrere Teile der Außenpanzerung absprengte und das gesamte Heck abriss. Der Transporter kam ins Trudeln, während er viel zu schnell nach unten raste und zwischen den Bäumen verschwand.

»Oh nein«, stammelte Lillja erstarrt, dann hatte sie auch schon die Bedieneinheit des Kommunikators in der Hand und schaltete hektisch alle Kanäle durch. Stille und Störgeräusche.

»Bitte nicht.« Mit zitternden Fingern kehrte sie zu Kanal vier zurück und ließ ihn einfach offen. Etwas hatte die Verbindung – alle Verbindungen – unterbrochen, aber vielleicht war das ein vorübergehendes Problem.

Sie kletterte über den Baum hinweg und suchte Azarions Blick, der jedoch noch immer starr zum Himmel sah und etwas Unverständliches murmelte.

Einen knappen Meter vor dem jungen Soldaten kämpfte sich H'Rega auf die Füße und blieb leicht schwankend stehen, während er sich die Rechte gegen den Körper presste. Seine gesamte Haltung drückte Schmerzen aus und er schien sich nur mit Mühe überhaupt auf den Beinen halten zu können. Er belastete nur das linke Bein, und als Lillja an ihm herabsah, erkannte sie, dass etwas Helles in der Mitte des rechten Schienbeins den Stoff durchdrungen hatte. Es dauerte einen Moment, bis sie begriff, dass das kein Ast oder Ähnliches war – es war ein Teil des Schienbeinknochens, der mehrere Zentimeter herausragte. Wie um alles in der Welt hatte der Lt. Commander mit dieser Verletzung überhaupt aufstehen können?

»Oh verflucht«, murmelte Azarion. Sie war an ihm vorüber und auf H'Rega zugegangen, blieb nun jedoch stehen und warf erneut einen Blick nach oben. Eine gigantische Kugel aus Feuer hatte die Wolkendecke zerrissen und raste als heller Blitz auf die Erde, um irgendwo zwischen den Bergen weit nördlich von ihnen aufzuschlagen. Sie sah das gleißende Leuchten der Explosion und glaubte, die Erschütterung fühlen zu können, dann wurde es unnatürlich still. Es war wie damals auf der Erde gewesen, als der Feind sie angegriffen hatte und mit einer riesigen Explosion ganz Frankfurt und ihr damaliges Leben ausgelöscht hatte.

»Was war das?«, brachte sie schließlich erstarrt hervor.

»Ein Schiff«, kam die Antwort des Soldaten, doch er starrte noch immer zum Himmel, als erwartete er noch weitere böse Überraschungen. Lillja riss sich vom Anblick der zerrissenen Wolkendecke los und sah Azarion auffordernd an.

»Azarion – der Scanner«, verlangte sie und streckte die

Hand aus.

»Der Scanner«, wiederholte er leise, starrte aber nur weiterhin zum Himmel. Lillja machte einen weiteren Schritt auf ihn zu und tastete dann, nach kurzem Zögern, seine Taschen ab. Er würde das Gerät sicher achtlos in eine Hosen- oder Brusttasche gesteckt haben, sobald er es nicht mehr gebraucht hatte.

Sie fand den handtellergroßen Gegenstand in seiner linken Hosentasche, griff hinein und zog ihn heraus. Azarion reagierte nicht, sondern sah einfach weiterhin nach oben. Er musste davon ausgehen, dass Cor und Fenric in dem Khuna gewesen waren – warum sonst hätte der Transporter so kurz nach der Explosion starten sollen?

»Sie sind nicht tot«, sagte sie leise und legte ihm eine Hand auf die Schulter, bis er schließlich den Blick senkte und ihr ins Gesicht sah.

»Sie sind nicht tot«, wiederholte sie und versuchte dabei zu klingen, als glaube sie selbst daran. »Aber vielleicht brauchen sie unsere Hilfe. Wir müssen zur Absturzstelle und wir brauchen den Funk wieder.«

Er nickte langsam und Lillja trat zurück. Mit schnellen Schritten war sie bei H'Rega, startete den Scanner und ließ den blauen Strahl über seinen Körper wandern. Es war kein medizinisches Gerät, doch die Standardfunktionen reichten aus, um ihr zu sagen, dass seine Wunde wieder aufgerissen und das rechte Bein gebrochen war. Für beide Erkenntnisse hätte sie das Gerät wohl kaum gebraucht.

»Setzen Sie sich.« Ohne auf eine Reaktion des Xhars zu warten, öffnete sie die Verschlüsse seines Brustpanzers und legte die Verletzung frei. Es blutete wieder, aber nicht so stark, wie sie zunächst erwartet hatte. Mit routinierten Bewegungen verklebte sie die Wunde mit einer der letzten verbliebenen Dosen des V98 und brachte Sprühverbände an.

Die Verletzung seines Beins war schon etwas schwieriger zu versorgen. Auf ihrer Station hätte sie das OPG den größten Teil der Arbeit machen lassen, doch hier hatte sie keine technische Hilfe. Sie zerschnitt den Stoff seiner Hose und betrachtete das ganze Ausmaß der Verletzung.

»Das sieht schlimm aus«, murmelte sie und sah H'Rega an, der sich blass zurückgelehnt hatte und zum Himmel starrte.

Lillja öffnete erneut ihr Medipack und verabreichte dem Xhar eine kleine Dosis des stärkeren Schmerzmittels, woraufhin sich seine Haltung etwas entspannte und er den Kopf zu ihr drehte.

»Nicht zögern«, sagte er schließlich. Sie nickte, griff sein Bein mit beiden Händen und zwang den Knochen zurück an seine eigentliche Position. Der Soldat stieß einen gepeinigten Laut aus und krallte beide Hände in den Waldboden, rührte sich jedoch keinen Zentimeter. Vielleicht wäre er ohne das Schmerzmittel in Ohnmacht gefallen, was, in Anbetracht der offensichtlichen Schmerzen, nicht unbedingt schlechter gewesen wäre. Lillja stoppte die Blutung so gut es ging und legte schließlich einen straffen Verband an. Sie würde irgendetwas suchen müssen, mit dem sie das Bein schienen konnten, ließ den Blick über die nahe Umgebung schweifen und blieb an einem halbwegs geraden, armdicken Ast haften, verwarf den Gedanken dann jedoch wieder. Sie zwang sich zur Ruhe und durchsuchte die anderen medizinischen Vorräte, die sie aus ihrem Shuttle mitgenommen hatten, bis sie eine kleine Platte fand. Es handelte sich um ein Hilfsmittel, das für eben diese Verletzungsarten entwickelt worden war. Sie legte die Schienvorrichtung vorsichtig an und betätigte den Mechanismus, woraufhin sich die matte Oberfläche vergrößerte und sich fest um den Unterschenkel H'Regas legte.

»Ich weiß nicht, was ich sonst tun kann«, sagte sie niedergeschlagen und sank neben ihm zu Boden.

»So viel zu unserem Glück«, griff sie eine Bemerkung auf, die sowohl H'Rega im feindlichen Lager gemacht hatte, während er ihre Hand verbunden hatte, wie auch Fenric wenige Stunden später nach ihrem Einsturz. »Es scheint, als würden wir beide alle Verletzungen magisch anziehen.«

Der Xhar sah sie an und warf dann einen raschen Blick zu Azarion, der vollkommen unverletzt war.

»Die Götter werden schon ihre Gründe haben«, sagte er schließlich und lehnte den Kopf zurück. Sie dachte einen Augenblick über seine Worte nach, schüttelte dann jedoch leicht den Kopf – falls es so etwas wie den göttlichen Ausgleich gab, dann sollte sie inzwischen längst für alle möglichen vergangenen und künftigen Sünden gesühnt haben.

»Zur Absturzstelle?«, fragte sie schließlich.

»Wir wissen nicht, ob sie an Bord waren«, sagte er zögernd und betastete seinen Unterbauch, sein Bein beachtete er mit keinem Blick.

»Nein, aber die Daru hätten doch sicher versucht, ihre Leute aus den Trümmern zu bergen und sich nicht ins Shuttle gesetzt, um irgendwohin zu fliegen.«

Er nickte und stemmte sich unter offensichtlichen Schmerzen in die Höhe.

»Wie lange sind wir schon hier?« Sie ergriff H'Regas Arm und stützte ihn, merkte jedoch schon nach ein paar Schritten, dass sie selbst dieser Doppelbelastung nicht gewachsen war.

»Sechs Stunden, fast zumindest.«

Sie blieb stehen und schloss für einen Moment die Augen, ehe sie entgegnete:

»Noch etwa zwei Stunden, bis das SK seine Wirkung verliert. Wie lange brauchen wir bis zur Absturzstelle?«

»Schwer zu sagen«, räumte Azarion ein. Er hatte sich endlich aus seiner Starre befreit und sah nun grob in die Richtung, in der das Shuttle abgestürzt war.

»Dann schätz!« Sie bemerkte, dass ihre Stimme einen unfreundlich-drängenden Ton angenommen hatte, und hob entschuldigend die Hand. »Tut mir leid.«

»Alleine schaffe ich es vielleicht in einer Stunde, kann aber auch deutlich länger dauern – ich habe keine Ahnung, wie der Wald da hinten aussieht und wo genau der Khuna runtergegangen ist.«

»Wenn wir uns falsch entscheiden – wenn Cor nicht im Khuna war und noch immer bei der Basis ist, dann wird er tot sein, bis wir ihn erreichen«, meinte sie schließlich und versuchte, die aufkommende Welle der Verzweiflung zu ignorieren.

»Sie hat Recht«, ergriff H'Rega das Wort. Er hatte sich von ihr gelöst und war zu dem umgefallenen Baum gehumpelt, um sich gegen den rauen Stamm zu lehnen. »Können wir das übrige Mittel aufteilen?«

»Sicher.« Sie hatte jede Dosis einzeln aufgeteilt und in kleine Metallphiolen mit aufschraubbarer Kanüle gefüllt. Dabei hatte sie sich an Azarions Werten orientiert, der unter den drei Xhar die meiste Körpermasse besaß. Eine leichte Überdosierung würde den anderen keinen Schaden zufügen, wohingegen ein Unterschreiten der vorgeschlagenen Menge in dieser Umgebung tödliche Folgen haben konnte.

»Gut«, fuhr H'Rega fort. »Azarion – such die Absturzstelle. Winter, Sie gehen zur Station, das ist näher und einfacher zu finden. Ich komme nach, sobald ich kann.«

Er ließ sich am Stamm zu Boden sinken und in diesem Moment war sich Lillja nicht sicher, ob er sein Wort würde halten können, dennoch nickte sie.

»Hier.« Sie reichte H'Rega einen der Metallkörper und zwei

weitere gab sie Azarion, dann hielt sie jedoch noch einmal inne und hob erneut den Scanner. »Hat der vielleicht einen Kompass?«

Azarion nickte und für einen Moment glaubte sie, einen Hauch von Belustigung in seinen Augen zu sehen, der jedoch sofort wieder von Sorge verdrängt wurde, während er nach dem Gerät griff, ein paar Tasten drückte und es ihr zurückreichte.

»Richtung Westen, der Hügel.« Er deutete in die Richtung und Lillja nickte.

»Wir hören uns über Funk«, meinte H'Rega daraufhin. »Und falls nicht, dann treffen wir uns bei unserem Shuttle. Mögen eure Wege deutlich zu erkennen sein …«

»Und zum Wohlgefallen der Götter führen«, vollendeten Lillja und Azarion den Spruch leise. Sie lächelte den beiden kurz sorgenvoll zu, dann warf sie einen Blick auf den Scanner und ging los …

DAS TRÄGERSCHIFF

Stunde um Stunde stand Quotaz an der sanft gewölbten Wand des Antriebsraumes und starrte auf die Fäden aus grüner und schwarzer Energie, die sich vermischten und verwoben und sich immer wieder mit den metallenen Zylindern verbanden, die rings um die Kugel herum aus den Wänden wuchsen und sich wieder zurückzogen, sobald sie mit Energie gespeist worden waren.

Vor einer ganzen Weile war ein Bild in Quotaz' Kopf erschienen, das harmonisch neben der eigentlichen Raumwahrnehmung lief und ihm das Schwarz des Alls zeigte. Sie hatten das Ende dieser Raumebene erreicht, in der es nur die *Eine Macht* gab, der sie alle ihre Existenz verdankten und ein Teil derer sie waren.

Er befand sich in einem von drei Schiffen, die hier auf das Auge des Zorns warteten, das ein Tor zu jener Ebene öffnen würde, in denen die feindliche Macht bekämpft werden musste. Quotaz konnte nicht wirklich verstehen, wohin das Auge sie führen würde oder warum es diese andere Macht gab, aber er wusste, dass er geboren wurde, um sie zu vernichten.

Es gab Tausende schwarzer Augen, sickerte neues Wissen in seinen Verstand, die über alle Teile dieser Existenz verteilt waren. Die Stimme musste sie einst erschaffen haben, um ihm und seinen Brüdern die Reise in andere Ebenen zu ermöglichen. Das war die erste echte Mutmaßung, die er anstellte, der erste freie und eigene Gedanke. Ein seltsames und so positives Gefühl begann, ihn plötzlich zu durchströmen, dass Quotaz das Haupt ein wenig hob. Das war Stolz, begriff er.

Das Bild in seinem Kopf veränderte sich und der Stolz wich einer vagen Erwartungshaltung. Das weite Schwarz begann sich zu verzerren, warf Wellen und zog sich in sonderbaren Spiralen zusammen, als sich das Auge des Zorns öffnete und Quotaz endlich den Weg zu seiner Bestimmung offenbarte …

KAPITEL 18

Der Weg zur zermalmten Terraformingstation war gesäumt von zunehmender Zerstörung. Immer wieder musste Lillja größere Umwege in Kauf nehmen, um eingestürzte Tunnelbereiche zu umgehen, oder gewagte Kletterpartien hinter sich bringen, wenn es keinen anderen Weg zu geben schien.

Vielleicht war der Einsatz von Sprengstoff rückwirkend keine Glanzleistung gewesen und ganz sicher hätte es andere Mittel und Wege geben müssen, den Schild zu deaktivieren. Vielleicht wäre all dies ganz anders verlaufen, wenn die Soldaten statt Lillja einen weiteren Techniker mitgenommen hätten, der vielleicht eine andere Lösung vorgeschlagen hätte. Sie konnte nur inständig hoffen, dass ihre Entscheidungen letztlich nicht zum Tod ihrer Kameraden geführt hatten. Neben der quälenden Angst um ihre Freunde bestand noch immer die Frage, wer das Feuer auf den Planeten eröffnet hatte. Bei dem unbekannten Schiff, das sie hatte abstürzen sehen, handelte es sich wahrscheinlich um das Versorgungsschiff der Daru, von dem die Daraa berichtet hatte. Es waren sicher nicht die eigenen Leute gewesen, die das Feuer darauf und auf den Khuna eröffnet hatten – aber wer dann? Und warum?

Sie musste bereits einen Großteil der Strecke hinter sich gebracht haben, als sich die Landschaft zu verändern begann. Immer mehr Bäume waren aus dem Erdreich gerissen und auf den Boden oder in verschont gebliebene Nachbargewächse geschleudert worden. Es sah aus wie nach einem gewaltigen Sturm. Alle Pflanzen waren in die gleiche Richtung gedrückt worden, vom Berg weg, vielleicht als Folge irgendeiner Druckwelle, wobei diese dann schon wirklich gewaltig ausgefallen sein musste. Sie hatte nicht genug Ahnung von solchen Dingen und nahm sich vor, den Umstand einfach als gegeben anzuerkennen und keine weiteren Gedanken darauf zu verschwenden.

Der Himmel hatte sich weiter zugezogen und wirkte bedrohlich dunkel, während sie in weiter Entfernung bereits die ersten Ausläufer des Unwetters zu sehen glaubte.

Nach ein paar weiteren Schritten taten sich die kümmerlichen Reste des Waldes endlich auf und Lillja sah auf eine gerodete Fläche von vielleicht dreißig Metern, hinter der sich der Hügel samt Stationseingang erhob. Zumindest das, was davon noch übrig war. Der größte Teil des Bodens war aufgerissen und weggebrochen und dort, wo einst der Eingang gewesen sein mochte, gähnte ein langer Riss im natürlichen Felsen, der von metallenen Platten und Streben durchzogen war.

Sie hielt inne, atmete tief durch und ließ einen Suchlauf nach Biodaten durchlaufen. Eine Lebensform in der unmittelbaren Umgebung. Vielleicht hatten noch mehr Daru die Explosion überlebt, ihre Signaturen könnten von der Hülle der Station abgeschirmt werden, doch auch wenn dem so war, so würden sie irgendwo in den Tiefen der Trümmer festsitzen und sicherlich keine Gefahr für sie darstellen. Sie wiederholte den Scan, erhielt jedoch das gleiche Ergebnis und schob das Gerät in den Gürtel.

Ein Überlebender.

Wenn Cor und Fenric nicht im Khuna gewesen waren, dann bedeutete das, dass einer von ihnen tot war, wurde es ihr bewusst und plötzlich musste sie alle Willenskraft aufbringen, um weiter auf die gerodete Fläche hinauszugehen.

»Hört mich jemand?«, rief sie schließlich und sah sich zweifelnd um. In zehn Metern Entfernung leicht rechts von ihr sah sie eine rothaarige Leiche. Die Explosion hatte mehrere Gesteinsbrocken umher geschleudert, die zum Teil beachtliche Größen erreicht hatten – ein solcher hatte den Daru offenbar getroffen und seinen Körper zerschmettert. Sie ersparte es sich, ihn genauer anzusehen und ging vorsichtig weiter.

Sie entdeckte eine zweite Leiche etwas näher am Eingang. Es war ebenfalls ein Mann, der jedoch schmächtiger wirkte und sein Haar in einem hellen Blond trug. Auf den ersten Blick konnte sie nicht erkennen, was ihn getötet hatte, also ging sie ein paar Schritte auf ihn zu. Sein rechter Arm lag in einem sonderbaren Winkel nach oben gebogen und erinnerte Lillja an ihre eigene Verletzung auf Torkash 4. Sie schob auch diesen Gedanken von sich, als sie die Leiche erreichte und den Mann halb umrundete, während sie auf sein Gesicht sah. Es dauerte einen Augenblick, bis ihr klar wurde, dass etwas nicht stimmte. Der Brustkorb der Leiche hob und senkte sich und die Muskeln in seinem Gesicht bewegten sich leicht.

Lillja ließ sich neben ihm in die Hocke sinken und zog den Scanner hervor. Er blutete aus Nase und Ohren, außerdem schien zumindest sein Arm gebrochen zu sein.

Er war bewaffnet. Lillja nahm die Pistole an sich und fand darüber hinaus noch ein kurzes Messer und einen weiteren Scanner.

Erst als sie sicher war, dass er keine weiteren Waffen bei sich trug, ließ sie den blauen Strahl durch seinen Körper wandern und betrachtete die Anzeige.

»Wer sind Sie?«

Sie sah auf und senkte den Blick auf sein Gesicht. Er war tatsächlich wach.

»Was … was ist passiert?«, stammelte er und schien den Kopf wenden zu wollen, schaffte es jedoch nicht ganz.

»Der Reaktor ist explodiert«, sagte sie sanft. Er musste

große Schmerzen haben, da musste sie ihm nicht auf die Nase binden, dass sie zu denen gehörte, die seine Freunde getötet und letztlich noch seine Basis gesprengt hatten.

»Explo … Was?« Er versuchte jetzt entschiedener, sich aufzurichten, sank aber erneut zusammen und wimmerte leise. »Das darf nicht sein.«

»Welchen Zweck hatte diese Anlage?« Sie versuchte, ihre Stimme halbwegs freundlich klingen zu lassen, war sich aber nicht sicher, ob das auch bei dem Daru so ankam, denn plötzlich weiteten sich seine Augen und er starrte sie an.

»Ihre Leute waren es …« Er hustete und schleuderte ihr dabei blutigen Speichel entgegen. Angeekelt zog sie sich ein Stück zurück und wischte sich über das Gesicht.

»Was suchen Sie auf diesem Planeten?«, wiederholte sie schließlich kühl und für einen Moment kam es ihr in den Sinn, ihre Frage mit ein wenig Druck auf seinen gebrochenen Arm zu unterstreichen. Etwas erschrocken von ihren eigenen Gedanken senkte sie den Blick und sah auf ihre gesunde Hand. Hatte sie gerade wirklich überlegt, ihn zu foltern?

»Sie wissen nicht, was Sie getan haben«, fuhr der Daru fort und schloss gequält die Augen.

»Dann sagen Sie es mir.«

Er hob die Augenlider wieder und sah sie einen Moment lang an. »Wir sind nicht Ihr Feind – die Xhar sind es. Wir haben versucht, die Galaxie zu schützen – Ihr Volk genauso wie unser eigenes.« Er hustete erneut. »Jetzt werden sie kommen.«

»Was soll das bedeuten?«

»Wir haben den Planeten vor ein paar Jahren untersucht und dabei festgestellt, dass es keine Sonneneruption war, die die Station damals vernichtet hat. Es gibt eine Anomalie in diesem System mit direktem Bezug auf die Umlaufbahn Ukas und seines Hauptmondes, die sich in sehr unregelmäßigen Abständen öffnet und einen Durchgang zu einem anderen System schafft. Wir haben Schiffe hindurch geschickt, aber der Kontakt brach nach wenigen Sekunden ab, und wenn sich der Spalt erneut öffnete, war keine Spur von ihnen zu finden. Bislang kam keines zurück. Eines Tages erfassten unsere Sensoren feindliche Signaturen von der anderen Seite. Wir ließen die Anomalie kollabieren, ehe jemand unsere Seite erreichen konnte, und nahmen die Station wieder in Betrieb. Sie sendet einen Impulsstrahl aus, der über unser Schiff in der Umlaufbahn geleitet und gebündelt wird und eine unkontrollierte Öffnung verhindert. Zumindest so lange, bis wir einen Weg zur sicheren Kommunikation und Erkundung gefunden haben.«

»Warum, um alles in der Welt, haben Sie das geheim gehalten?!«

»Sie haben ja keine Ahnung! Mit diesem Wissen sind wir in der Lage, den Kriegsverlauf endlich zu unseren Gunsten zu wenden!«

»Das Gleiche trifft wohl ganz sicher auch auf Ihre Verbündeten zu«, wandte Lillja ein und sah den Mann zweifelnd an.

»Es geht hierbei nicht nur um den Krieg gegen den Feind, Mensch«, gab der Mann bedeutungsvoll an. »Es geht hier um weit mehr.«

Sie sah ihn skeptisch an.

»Sie haben wirklich keine Ahnung, wie diese Kreaturen denken, nicht wahr?« Er schüttelte theatralisch den Kopf und sah sie eindringlich an. »Die Xhar haben alle bekannten Völker über Jahrzehnte, einige sogar Jahrhunderte, unterdrückt. Sie haben alle bekannten Völker, die reiche Welten oder Systeme beanspruchten, in katastrophalen Kriegen geschlagen und sie sind dabei vor keiner Massenvernichtungswaffe zurückgeschreckt, die jemals entwickelt wurde. Sie haben sogar ein ganzes Volk ausgerottet! Die Xhar haben keine Ehre, keine Ideale!« Er unterbrach sich und sah sie herausfordernd an, ehe er fortfuhr: »Als der Feind kam, löschte er in kurzer Zeit fast die gesamte Spezies aus und der Quadrant sah in ihnen die langersehnte Rettung.«

»Wenn die Xhar wirklich so grausam waren«, hielt sie dagegen und machte keinen Hehl aus ihrem Zweifel, »warum haben sich diese ganzen anderen Völker dann nicht gegen sie zusammengetan?«

Er schwieg einen Moment und brachte ihr einen kühlen Blick entgegen.

»Dann kann wohl doch nicht alles so schlecht gewesen sein«, fuhr sie schließlich fort.

»Ich kann nicht sagen, warum meine Vorfahren so lange gezögert haben«, räumte er ein. »Es waren andere Zeiten und sicher haben Sie Recht – war man erst einmal ein Teil des Xhar-Imperiums, dann profitierte man sicherlich in gewissem Maße davon – zumindest einige. Aber die Schwäche vergangener Generationen ändert nichts an den Verbrechen dieser Spezies.«

Sie würde ihn nicht überzeugen können.

»Und Ihre Leute wollten diese Anomalie gegen die Xhar richten?«, nahm sie das eigentliche Gespräch wieder auf.

»Wissen Sie, dass die Seuche erst nach drei Jahren mutierte und auf andere Völker übergriff? Es gibt Stimmen, die behaupten, die Xhar selbst hätten dafür gesorgt, um den anderen Völkern einen gemeinsamen Feind vorzutäuschen und sie zu einem Bündnis zu zwingen«, sprach er weiter, statt auf ihre Frage einzugehen.

Sie schüttelte den Kopf und rutschte ein Stück von ihm weg. Noch mehr dieser wirren Überzeugungen.

»Das kann ich mir nicht vorstellen«, sagte sie leise, während die Erinnerungen an die infizierten Crewmitglieder auf der Com'Ga durch ihre Gedanken schossen.

Er atmete durch und schloss für einen Moment die Augen.

»Sie glauben mir nicht«, stellte der Daru fest und seufzte. »Aber Sie werden noch sehen, dass ich Recht habe. Der Feind hatte es von Anfang an nur auf die Xhar abgesehen – die Seuche wurde gemacht, um die Xhar auszurotten – uns sollte sie gar nicht treffen!«

Sie zuckte die Schultern und sah in seine türkisblauen Augen.

»Ich weiß es nicht«, meinte sie schließlich. »Aber ich weiß, dass ein gigantischer Kreuzer dieser Kreaturen meinen Heimatplaneten vernichtet hat, während die Schiffe der Xhar alles versucht haben, um die Erde zu schützen.« Sie schüttelte den Kopf, als könnte sie damit die Erinnerungen abwehren, die bei diesen Worten über sie hereinbrachen. »Und ich weiß, dass ich zurück zur Ro'ha muss. Haben Sie gesehen, wer mit dem Transporter weggeflogen ist?«

»Ja, das waren Ihre Leute, Xhar – und ich habe gesehen, wie sie abgeschossen wurden.« Er lächelte böse und Lillja fühlte, wie sich ihr Gesicht verhärtete.

»Und ich habe Ihr Schiff brennen gesehen«, gab sie kalt zurück und sah in einem kurzen Moment der bösartigen Freude, wie sich ehrliche Trauer über seine Züge legte. Ihre Worte taten ihr im gleichen Moment leid und wiederholt musste sie sich fragen, was nur aus ihr geworden war.

»Sie sitzen hier genauso fest wie ich«, lenkte sie das Gespräch in eine vielleicht fruchtbarere Richtung. »Etwas stört den Funk – eine Idee, was das sein könnte?« Sie zog die Kontrolleinheit hervor und wechselte in schneller Folge die Kanäle, ohne jedoch mehr als gestörtes Rauschen zu vernehmen.

Der Daru rang offensichtlich mit sich, nickte dann jedoch langsam. »In einem der Kontrollräume der Station befindet sich ein Störimpulssender. Ich konnte ihn aktivieren, als wir ihre Leute entdeckt haben. Außerdem funktionieren unsere Kommunikatoren nur auf eine kurze Distanz – und ich schätze, dass der Verstärker innerhalb der Anlage nicht mehr in Funktion sein dürfte.«

»Unser Shuttle sollte ebenfalls über eine entsprechende Vorrichtung verfügen«, murmelte sie, obwohl das wirklich nur eine sehr vage Vermutung war, da sie eigentlich von der Technik um sie herum keine Ahnung hatte. »Wir haben die Komm so weit repariert – sie müsste funktionieren.«

»So einfach ist das nicht. Die Systeme müssen aufeinander angepasst sein.«

Konnte denn nicht wenigstens ein Mal etwas problemlos verlaufen?

Sie fuhr sich mit der Rechten über die Augen und warf einen sorgenvollen Blick zum Himmel. Der Wind war stark geworden und blies in unregelmäßigen Böen über die zerstörte Landschaft, während die Temperaturen weiter gefallen waren und die Wolken ein beunruhigendes Schwarz angenommen hatten.

Sie atmete durch und sah den Daru wieder an. »Wo genau ist dieser Sender und wo stand dieser Verstärker?«

»Direkt hinter dem Eingang. Der Verstärker ist in die Hauptsysteme integriert – also gibt es nur direkten Zugang über den Hauptkontrollraum auf Ebene drei. Aber abgesehen davon, dass das ganze Areal instabil scheint, sehen Sie nicht gerade wie ein ausgebildeter Techniker aus.«

»Ich nicht, aber Sie schon …«

ANK'RA

Siran hatte angenommen, sein unerwarteter Verbündeter hätte die Zielerfassungssysteme sabotiert oder die Stationswaffen deaktiviert – doch dem war nicht so.

Kaum hatten sie etwas an Höhe gewonnen, meldete sich die Komm und eine ernsthafte Stimme befahl die sofortige Rückkehr. Der Xhar im vorderen Teil der Maschine schaltete den Audioausgang mit einem unwilligen Knurren ab und beschleunigte weiter. Nur Sekunden später riss er den Jäger in einem gewagten Manöver nach links und Siran erkannte mit Schrecken auf den Anzeigen vor sich, dass sie nur um Haaresbreite von einer Rakete verfehlt worden waren.

»Erreichen Stratosphäre«, verkündete der Xhar so routiniert, dass Siran bewusst wurde, dass dieser Soldat die meiste Zeit seines Lebens als Pilot verbracht haben musste. »Bereitmachen!«

Noch ehe Siran fragen konnte, für was er sich genau bereitmachen sollte, traf etwas das Heck ihres Schiffes und er wurde mit Wucht gegen das Steuerpult vor sich geworfen. Mit einem nur halb unterdrückten Fluchen glitt er zurück in den Sitz, bemerkte dabei jedoch, dass er sich eine oberflächliche Schramme an der Handinnenfläche zugefügt hatte. Dieses Volk baute offenbar nicht nur ausgesprochen unästhetische Schiffe – sie verwendeten darüber hinaus unverkennbar nicht einmal die geringste Anstrengung darauf, den Innenraum annähernd sicher zu gestalten.

Er, ballte die verletzte Rechte zur Faust und lenkte seine Aufmerksamkeit auf die Anzeigen vor sich. Man schoss noch immer auf sie, doch allem Anschein nach war sein Pilot wirklich so gut, wie er von sich selbst zu glauben schien. Zweimal wich er den heranrasenden Geschossen aus, eher er mit ruhiger Stimme kundgab:

»Aktiviere Tarnfeld.« Er änderte die Flugrichtung um mehrere Grad und warf schließlich einen Blick über die Schulter zurück zu Siran. »Man wird Ihr Schiff inzwischen anvisiert, vielleicht sogar geentert und unter Kontrolle gebracht haben. Gibt es alternative Transportmittel innerhalb der einfachen Standardsprungreichweite?«

Natürlich gab es die, Siran hätte sich niemals ohne zweite Absicherung nach Ank'Ra begeben. Die 'Nachtwandel' lag knapp außerhalb des Sonnensystems, kurz hinter den sensorisch erfassten Bereichen. Er zögerte jedoch, diese Information bereitwillig zu teilen und damit weitere Mitglieder seiner Sache in Gefahr zu bringen. Besonders, da sich an Bord dieses Schiffes eine ganz besondere Person befand, die unter keinen Umständen enttarnt, geschweige denn gefasst werden durfte.

Siran hatte von Anfang an ein schlechtes Gefühl gehabt, als ihm mitgeteilt worden war, welches Schiff ihm in das Zentralsystem der Xhar folgen würde, doch war sein Protest auf taube Ohren gestoßen.

»Unsere Energie reicht für einen Hyperraumsprung – Standardreichweite«, fuhr der Xhar mit Nachdruck fort. »Das Tarnfeld wird in zweiundfünfzig Sekunden kollabieren – dann erfassen uns die orbitalen Systeme und unser Flug endet. Entscheiden Sie sich, Kaz'Dun.«

Das alles konnte eine Falle sein.

Sirans Gedanken überschlugen sich, während er jeden Schritt nachzuvollziehen versuchte, den er seit der Entwicklung des Plans, nach Ank'Ra zu kommen, unternommen hatte. War ihm irgendwo ein Fehler unterlaufen? War es möglich, dass das Imperium erfahren hatte, wer er war und was er vorhatte?

»Vierzig Sekunden.« Der Xhar klang erstaunlich teilnahmslos.

»Schalten Sie meine Konsole frei, ich gebe die Koordinaten ein ...«

KAPITEL 19

Sie hatte sein Schultergelenk wieder in Position gebracht und den Arm vor die Brust gebunden. Er schien keine größeren inneren Verletzungen zu haben, dennoch konnte Lillja ihm ansehen, dass er Schmerzen hatte. Sie hatte nicht feststellen können, woher das Blut kam, das ihm aus dem linken Ohr gelaufen war, erinnerte sich aber daran, dass das ein Hinweis auf eine Schädelfraktur sein konnte. Fenric hatte ähnliche Symptome gezeigt.

»Warum glauben Sie, dass ich Ihnen helfen werde?«, nahm der Daru das Gespräch nach einer Weile wieder auf, in der er Lillja schweigend dabei zugesehen hatte, wie sie sich um seine Wunden kümmerte.

»Weil ich Ihre beste Option bin, das hier zu überleben.« Sie rückte ein Stück von ihm zurück und betrachtete kritisch ihr Werk. Er würde nicht in den nächsten Stunden verbluten, so viel stand fest, aber er würde Schmerzen haben.

»*Überleben*«, sagte er abwertend. »Nehmen wir an, ich überlebe wirklich und wir starten den Transmitter neu, Sie kontaktieren Ihre Leute und Ihr Mutterschiff holt uns ab. Was passiert dann? Die Xhar verhören mich und anschließend werde ich exekutiert. Was genau habe ich zu gewinnen, Mensch?«

Er hatte Recht.

»Wenn Sie mir helfen, meine Leute zu kontaktieren, werde ich Sie gehen lassen«, meinte sie zögerlich. »Ich gebe Ihnen einen Teil der medizinischen Vorräte, wenn Sie wollen. Es gibt ein weiteres Lager in der Nähe des Flusses – Sie können es erreichen und mit den Vorräten und Einrichtungen dort zumindest so lange überleben, bis Ihre Leute sie abholen.«

»Und darauf geben Sie mir Ihr Wort?«

Sie nickte. »Ja, darauf haben Sie mein Wort.«

Er sah ihr über mehrere Sekunden ernst ins Gesicht, ehe er sagte:

»Ich weiß nicht, warum, aber ich glaube Ihnen.« Er richtete sich in eine sitzende Position auf und streckte ihr die Hand entgegen, um sich von ihr aufhelfen zu lassen. »Sie können mich Na'al nennen.«

Sie zog ihn auf die Beine und stützte ihn, so gut es eben ging, während sie sich langsam auf den nur bedingt intakt gebliebenen Eingang zubewegten.

»Alexandra Lillja Winter«, stellte auch sie sich nach ein paar Schritten vor. »Lillja sollte reichen.«

Vorsichtig ging sie zwischen den Trümmern hindurch, bis schließlich die Reste des Eingangs vor ihnen auftauchten.

»Geben Sie mir meinen Scanner zurück«, verlangte Na'al und Lillja zog das Gerät nach kurzem Zögern hervor und reichte es weiter. Er nahm die Schutzkappe ab und berührte in schneller Folge mehrere Punkte auf dem Display.

»Unter normalen Umständen würde ich davon abraten, die Anlage zu betreten«, meinte er schließlich und schaltete das Gerät wieder aus, gab es Lillja jedoch nicht zurück. »Die Außenhülle hält, aber die Erschütterung hat den ganzen Untergrund destabilisiert. Wir sollten uns beeilen.«

Sie nickte einfach und musterte den Eingang. Es musste sich einst um einen längeren Gang gehandelt haben, der in gerader Linie tiefer in den Berg geführt hatte. Jetzt jedoch war er voller Schutt und wirkte alles andere als einladend.

»Gibt es einen anderen Eingang?«, wollte sie etwas unsicher wissen und erinnerte sich dunkel an den Querschnitt der Anlage, den sie im Shuttle gesehen hatte. Die Soldaten hatten von zwei Eingängen gesprochen.

»Ja, einen Wartungsschacht, aber ich glaube kaum, dass ich

mehrere hundert Schritt kriechen kann – falls er überhaupt noch begehbar ist.«

Ihr Herz begann schneller zu schlagen, als sie den düsteren Gang betrat und langsam tiefer in die Reste der Anlage vordrang. Schon nach ein paar Schritten blieb das Licht hinter ihr zurück, sie zog eine schmale Leuchtröhre aus ihrem Rucksack und aktivierte sie.

»Für gewöhnlich erhellt fluoreszierendes Moos diesen Teil der Anlage«, kommentierte der Daru. »Aber die Pflanzen scheinen Erschütterung, Druckwelle und Staub nicht überlebt zu haben.«

Der Gang war lang, sicherlich dreißig oder mehr Meter und endete vor den Resten einer Tür, die jedoch bei der Explosion aus den Angeln gerissen worden war und ein paar Meter tief im Korridor lag. Lillja startete erneut einen Bioscan, bekam aber keine klaren Anzeigen.

»Außer mir waren noch fünf weitere Personen hier unten, aber ich glaube nicht, dass noch jemand am Leben ist.« Er nahm selbst sein Gerät in die Hand und gab ein paar Befehle ein. »Ich war auf dem Weg nach draußen, sonst wäre ich wohl auch tot. Warum mussten Sie das nur tun?« Er seufzte tief und ließ die Schultern hängen. Vermutlich hatte die Erkenntnis, dass alle seiner Leute umgekommen waren, noch nicht ganz sein Bewusstsein erreicht. Das böse Erwachen würde aber sicher folgen, wenn er wirklich begriff, dass er nun ganz alleine war. Wahrscheinlich würde er sich spätestens dann gegen Lillja wenden und sie sollte darauf vorbereitet sein.

Sie übertraten die Türschwelle und Lillja fand sich in einem rechteckigen Raum wieder, an dessen rechter Schmalseite ein weiterer Durchgang abging.

Die Wände ringsum waren mit Arbeitsplätzen und flachen Bildschirmen belegt. Alles sah irgendwie etwas veraltet aus und mochte vielleicht noch der ursprünglichen Ausstattung der Station entsprechen. Teile der Deckenverkleidung hatten sich gelöst und waren zu Boden gefallen, während die dadurch entstandenen Lücken einen Blick auf die Unterkonstruktion gewährten. Röhren, Kabel und Schläuche baumelten dort von der Decke und zeugten von der unerwarteten Zerstörungswucht, die ihre Sprengsätze verursacht hatten. Die gesamte Elektronik schien offline und auch als Lillja an ein Pult herantrat und einige Tasten drückte – es waren tatsächlich physisch vorhandene Schalttafeln – passierte nichts.

Na'al hob erneut seinen Scanner und drehte sich langsam um seine eigene Achse, ehe er auf einen Punkt rechts neben dem Ausgang zuschritt und sich in die Hocke sinken ließ. Mit der freien Hand räumte er ein paar Bruchstücke der Deckenverkleidung zur Seite und hob schließlich einen metallenen Zylinder auf, den er ihr entgegenhielt.

»Der Störsender.«

Das Gerät sah jenen Stücken ähnlich, denen sie in den vergangenen Wochen bereits begegnet war und sie nickte bestätigend.

Der Daru legte seinen Scanner neben sich, und öffnete eine Konsole des Geräts in seiner Hand, als Lillja ihn zurückhielt.

»Bevor Sie ihn deaktivieren, möchte ich, dass Sie mir Ihren Kommunikator geben«, verlangte sie und senkte dabei unbewusst die Hand auf ihre Waffe. Na'al zögerte einen Moment, doch dann zog er gehorsam das Kopfstück aus seinem Ohr und warf es Lillja zu, die es ungeschickt auffing und in eine ihrer Taschen gleiten ließ.

»Auch die Kontrolleinheit«, fügte sie hinzu und erkannte, dass der Daru flüchtig den Kopf schüttelte, ehe er ihr auch dieses Gerät überließ. Sie überprüfte die Einstellungen und nickte ihm anschließend auffordernd zu.

Er berührte mehrere Punkte der Konsole, dann legte er den Sender wieder auf den Boden und erhob sich umständlich.

»Deaktiviert.«

Lillja hatte ihren Audioausgang offen gelassen und fragte nun angespannt: »H'Rega? Empfängt das jemand?«

Stille.

Niedergeschlagen senkte sie den Blick und maß Na'al mit einem zögerlichen Blick, den er richtig zu deuten schien, denn er trat etwas vom Sender zurück und sagte:

»Ich habe ihn deaktiviert, aber Sie vertrauen mir nicht.«

»Richtig.« Sie zog die Strahlenwaffe und feuerte auf das Gerät, woraufhin sich ein daumengroßes Loch in seine Mitte fraß, von dem aus sich ein verschmorter Geruch ausbreitete.

»Hört mich jemand?«, wiederholte sie, doch noch immer kam keine Reaktion.

Na'al zog eine Augenbraue hoch und betrachtete die Waffe in Lilljas Hand, bis sie diese wieder in das Holster schob und entschuldigend die Schultern hob, während sie auf den zweiten Durchgang deutete.

Es knirschte über ihr und sie hob etwas angstvoll den Blick zur Decke, als ihr plötzlich die Tonnen von Gestein bewusst wurden, die auf die geschwächte Außenhülle der Station drückten.

»Warum nur in einem Berg?«, murmelte sie.

Im künstlichen Schein der Röhre erreichten sie den Durchgang und traten erneut in einen Gang hinaus, der nach ein paar Metern in einen zweiten Raum mündete, während linker Hand eine Treppe nach unten führte.

»Die Gesteinsmassen entstanden während des Terraformingprozesses«, erklärte Na'al überraschend. »Ich vermute, dass eine Fehlberechnung Schuld daran trug – normalerweise bauen sich die Erdmassen unter der Station auf, aber in diesem

Fall …« Er zuckte mit den Schultern und sah bedeutungsvoll nach oben. »Vielleicht auch irgendeine Fehlfunktion.«

»Wie starben die Xhar hier unten?«, fragte sie leise und ließ einen erneuten Bioscan laufen. Sie behielt das Gerät nun in den Händen, war sich aber nicht ganz sicher, ob sie nun hoffte oder fürchtete, ein weiteres Lebenszeichen zu finden.

»Ich weiß es nicht. Als wir die Station wiederentdeckten, fanden wir die Skelette von knapp fünfzig Xhar, viel mehr weiß ich nicht – aber Sie haben sicher die Datenbanken geladen.«

Sie nickte und bemerkte, dass der Mann ihren Blick suchte.

»Sie sollten sich eine eigene Kopie sichern und sich selbst die Daten ansehen.«

Vorsichtig und langsam ging sie die schmale Treppe hinab und folgten dem sich anschließenden Gang, der nach links abbog und an drei geschlossenen Türen vorbeiführte. Lillja hatte erwartet, dass das Chaos zunehmen würde, je weiter sie sich nach unten bewegten, doch erstaunlicherweise hielt sich die Zerstörung hier, im direkten Vergleich mit der oberen Ebene, in Grenzen.

»Soweit ich weiß, sind die Daten verschlüsselt«, nahm sie das Gespräch wieder auf. »Außerdem kann ich mit Ihrer Schrift nicht allzu viel anfangen und man würde es mir sicher zu meinem Nachteil auslegen, wenn ich so etwas heimlich machte.«

»Vielleicht – aber Sie sollten es trotzdem wagen.«

Sie folgten dem Hauptgang, der sich schlangenförmig durch die gesamte Konstruktion zu winden schien. Es war nicht gerade die effizienteste Art, die einzelnen Bereiche zu verbinden und es entsprach auch nicht dem ursprünglichen Aufbau der Station.

Sie hatten die zweite Ebene erreicht und gingen an zwei

weiteren, verschlossenen Durchgängen vorbei, als Lillja eine Blutlache entdeckte, die unter dem hinteren langsam hervorquoll.

Der Scanner zeigte noch immer keine weiteren Lebensformen, trotzdem blieb sie stehen und löste sich von Na'al, um an das Sensorfeld der Tür heranzutreten. Natürlich passierte nichts, als sie es berührte, die Energie war immerhin noch immer offline, also reichte sie die Leuchtröhre an den Daru weiter, schob die Finger in den Türspalt und stemmte die metallenen Blätter auseinander. Als sie den Spalt weit genug vergrößert hatte, fiel ihr Blick auf einen Lagerraum. Regale und Kisten stapelten sich bis unter die Decke, wobei jedoch zahlreiche davon umgefallen waren und ihren Inhalt über dem Boden verteilt hatten. Zwischen Konserven, Dosen und anderem Gerät lag der tote Körper einer jungen Frau.

Lillja brachte einen erschrockenen Laut über die Lippen und machte einen unwillkürlichen Schritt zurück, als sie sah, was die junge Daraa getötet hatte. Ihr Hinterkopf war geborsten und hatte Boden und Wände mit einer grauenvollen Mischung aus Blut und Gewebe getränkt, während der widerwärtige Gestank verbrannten Fleisches von ihr aufstieg. Sie musste an der einzigen Konsole links neben der Tür gestanden haben und war offenbar von einem von dort ausgehenden Energieimpuls getroffen worden.

»Möge sich der vergessene Traumweber ihrer Essenz annehmen«, stammelte Na'al und das Licht entfernte sich ein Stück, sodass sich erlösende Dunkelheit über die Szene legte, die sich dennoch in Lilljas Erinnerung gebrannt hatte. Sie ging rückwärts zurück in den Korridor und nahm ihren Platz an Na'als Seite wieder ein, der die Lichtquelle in der Rechten behielt, die Lillja mit einer Schlinge vor seine Brust gebunden hatte, um die verletzte Schulter etwas zu entlasten.

Sie folgten dem Korridor um eine weitere Windung, bis der Daru auf eine breite Tür deutete. »Der Hauptsteuerraum.«

Das Schott war nicht ganz verschlossen, sodass es nicht schwer war, zumindest eine Seite aufzudrücken und das Innere zu betreten. Auch hier lagen zwei Leichen, die einen ähnlichen Tod wie die Frau ein Deck über ihnen gefunden hatten.

Der Daru löste sich aus ihrem Griff und sank neben einem der Männer in die Hocke, um ihm in einer fast zärtlichen Geste die gebrochenen Augen zu schließen.

»Es tut mir leid«, brachte Lillja betroffen hervor und empfand das schreckliche Gefühl von Schuld und Machtlosigkeit in sich aufsteigen. Sie zwang sich, ihre verstümmelte Hand zu betrachten und rief mit aller Macht die Erinnerung an das schreckliche Erlebnis im Lager der Daru vor ihr geistiges Auge, doch es half nichts. Sie konnte sich nicht einreden, dass diese Männer und Frauen den Tod wirklich verdient hatten.

Na'al sah auf und sie konnte den Schmerz in seinem Gesicht sehen, trotzdem nickte er und kam umständlich wieder auf die Beine.

»Ich habe Ihr Wort, Lillja, nicht wahr?«, fragte er leise und sah ihr in die Augen. »Sie lassen mich gehen und werden mir nicht Ihre Freunde hinterherhetzen?«

»Das haben Sie«, gab sie ebenso leise zurück.

»Ich starte das Notfallprotokoll«, meinte er matt und trat an einen der Arbeitsplätze heran. Der Raum war groß, vierzig oder fünfzig Quadratmeter, und jede noch so kleine Wandfläche war mit Bildschirmen und Bedienelementen belegt. Einige der Konsolen unterschieden sich auffällig von den anderen und Lillja vermutete, dass sie nachträglich nachgerüstet wurden und aus den Beständen der Daru stammen mochten. Die meisten Geräte waren vergleichsweise alt und muteten mit ihren Knöpfen und Tasten fast antiquiert an.

Der Daru drückte ein paar Tasten, bis schließlich ein Bildschirm flackernd zum Leben erwachte und er zu einer anderen Konsole hinüber ging.

»Ich leite die Hilfsenergie um und reaktiviere den Hauptcomputer.«

Er stützte sich schwer auf den Arbeitsplätzen ab, während er zur linken Raumseite wankte und sich schließlich in die Hocke sinken ließ, um einen Teil der Konsolenverkleidung abzunehmen. Er hantierte einen Moment im Innenleben der Konstruktion, dann flammten zwei weitere Bildschirme auf und Na'al zog sich stöhnend in die Höhe.

»Bevor ich die Kommunikation wiederherstelle«, meinte er schließlich, »müssen Sie mir noch etwas versprechen, Lillja.«

»Und das wäre?«

»Ich gebe Ihnen unsere Daten, wenn Sie die Möglichkeit erhalten, sehen Sie sie sich an und bilden Sie sich Ihre eigene Meinung. Handeln Sie nach dem, was Sie dann für das Beste für sich und Ihr Volk halten.«

Ohne eine Antwort abzuwarten, gab er etwas in das Bedienfeld vor ihm ein und ein leichter Stromschlag raste durch ihren Kopf. Sie prallte zurück und fasste hinter ihr linkes Ohr und fühlte den Übersetzer unter der Haut, während der Schmerz abebbte.

»Was haben Sie gemacht?«, fragte sie scharf, obwohl ihr die Antwort recht klar war.

»Ich habe den freien Speicher Ihres Implantats benutzt – niemand wird es merken.« Er lächelte kurz, dann gab er eine weitere Befehlsfolge ein und kommentierte: »Reaktiviere Komm.«

Sie nahm die Kontrolleinheit ihres Kommunikators zur Hand und stellte sicher, dass Kanal 4 offen war.

»Hört ihr mich?«, fragte sie dann zögerlich.

»Klar und deutlich«, ertönte Azarions Stimme aus einem unsichtbaren Lautsprecher irgendwo über ihr. Offenbar hatte der Daru ihren Kommunikator mit der Station verbunden, um mithören zu können. Sie verübelte es ihm nicht.

»H'Rega hier – die Verbindung ist gut.« Der Lt. Commander hörte sich schwach an.

»Soran hier«, hörte sie endlich Cors Stimme. »Ich kann gar nicht sagen, wie froh ich bin, euch zu hören.«

»Fenric?«, fragte sie, nachdem ein Moment der Stille hinweg gezogen war.

»Ist bei mir, es geht ihm gut, allerdings hat seine Komm ein paar Probleme. Wir befinden uns fünf- oder sechshundert LE südlich der Basis. Der Khuna hat schwere Schäden davongetragen, weder Antrieb noch Sensoren sind intakt – aber vielleicht können wir mit den Resten hier unser Shuttle wieder so weit reparieren, dass wir von hier verschwinden können.«

»Hast du die Ro'ha kontaktiert?«, unterbrach H'Rega ihn.

»Ja, die Nachricht ist raus, aber ich habe keine Antwort bekommen. Unser Shuttle müsste ebenfalls die programmierte Nachricht gesendet haben, aber ich kann nicht sagen, ob sie angekommen ist.«

»Die Sendeeinheit des Transporters ist zu schwach, um eine nennenswert große Entfernung zu überwinden«, kommentierte Na'al leise und Lillja nickte.

»Wenn die Komm des Transporters zu schwach ist, kann ich es von hieraus versuchen«, schlug sie vor.

»*Von hier aus*? Was soll das bedeuten?«, wollte Cor misstrauisch wissen.

»Ich befinde mich im Hauptkontrollraum der Station. Der Transmitter musste reaktiviert werden.«

»Das ganze Gelände ist instabil …«, begann Cor, doch H'Rega unterbrach ihn:

»Versuchen Sie es und dann kommen Sie zu mir zurück.«

»Verstanden.«

»Cor, ich bin auf dem Weg zu euch«, ergriff Azarion wieder das Wort.

Während die Soldaten leise weitersprachen, schaltete Lillja ihren Audioausgang aus und sah hilfesuchend Na'al an.

»Ich habe keine Ahnung, wie ich mein Schiff erreichen soll.«

»Sie wollen wirklich, dass ich Ihnen dabei helfe?« Er lachte bitter und schüttelte den Kopf, trat aber trotzdem an eine Tafel heran und erweckte die Technik zum Leben. Lillja musste sich ein paar Minuten gedulden, bis er schließlich zurücktrat und nickte.

»Es gibt keine Videoverbindung und die Qualität ist nicht gut, aber Sie müssten Ihr Schiff erreichen können, wenn es sich innerhalb des Sonnensystems befindet.«

»Werden sie mich empfangen können, auch wenn ihre Langstreckenkommunikation beschädigt ist?«, fragte sie zögerlich.

»Ja, solange sie sich im gleichen System befinden. Wir benutzen zwei … Geräte im Orbit, um das Signal weiterzuleiten. Ihre Leute sollten in der Lage sein, dem Signal zu folgen und es auf die gleiche Weise zu verstärken, um Ihnen eine Antwort zu senden.« Er schien bemüht, sich verständlich auszudrücken und Lillja verkniff sich die Bemerkung, dass ihr die Funktionsweise herzlich egal war, solange die Komm einfach nur ihren Zweck erfüllte.

»Danke«, sagte sie aufrichtig und trat an seine Position. Schließlich legte er einen so veraltet aussehenden Schalter um, dass er auch von der Erde hätte stammen können, und nickte bedeutungsvoll.

»Sanitäterin Winter hier«, begann sie unsicher. »Ich rufe die

Ro'ha – hört mich jemand?«

Im ersten Moment passierte gar nichts, doch dann ertönte leises Rauschen um sie herum, zwischen dem sie eine Stimme auszumachen glaubte. Na'al trat sofort wieder an das Pult und nahm Zugriff auf die Komm, bis Lillja schließlich die halbwegs verständliche Stimme eines Mannes hörte.

»... Koordinator Horas ... des imperialen Aufklärers Ro'ha.«

»Winter hier – verstehen Sie mich?«

»Die Verbindung ist schlecht«, kam eine holprige Antwort. »Ich leite weiter.«

»Dale hier«, meldete sich der Captain schon nach wenigen Sekunden. »Ich bin ... sehr froh, von Ihnen zu hören.«

Sie musste lächeln und im gleichen Augenblick gegen Tränen der Erleichterung kämpfen, als ihr bewusst wurde, dass ihr Schiff noch intakt war. Es war noch nicht zu spät – und es war, hoffentlich, auch nicht alles umsonst gewesen.

»Wir haben einen automatisierten Notruf und ein Datenpaket erhalten, beides stark fragmentiert. Was ist bei Ihnen los?«

Sie atmete durch und ordnete ihre Gedanken. »Uka war von einer offenbar radikalen Gruppe aus den Reihen der Daru besetzt, die mit der Station die Kontrolle über eine Raumanomalie übernommen hat. Techniker Jargon hat uns an sie verraten, aber wir haben die Situation unter Kontrolle ...«

Das ohrenbetäubende Geräusch einer viel zu nahen Explosion irgendwo über ihr ließ sie verstummen, während zeitgleich die Verbindung abbrach und Na'al sie mit einem Ruck vom Pult zurückriss. Er hatte keine Sekunde zu früh gehandelt. Eine elektrische Entladung raste als blaue Funkenwolke über die Technik, dann verstummte das Rauschen aus den Lautsprechern und die aktiven Bildschirme gingen aus.

»Was …?«, begann sie verwirrt und wollte einen Schritt auf die Konsole zumachen, doch erneut packte sie der Daru und zerrte sie Richtung Ausgang.

»Sie müssen das Signal angepeilt haben«, sagte er gehetzt und humpelte vor ihr her auf den Gang hinaus. Ganz nebenbei bemerkte sie, dass er sich deutlich besser bewegte, als noch vor Minuten und ihr drängte sich die Frage auf, ob er vielleicht mit der Schwere seiner Verletzung übertrieben hatte, um ungefährlicher zu wirken.

Es war unwichtig in Anbetracht der Tatsache, dass irgendjemand ihre Position bombardierte.

»Was? Wer?« Sie hatte sich von seiner Hand befreit und ihn ihrerseits am Arm ergriffen, um ihn stützen zu können, während sie überstürzt über den Aufgang nach oben hetzten.

Als sie an den Mannschaftsquartieren vorbeihasteten, schlug eine Folge von fünf Geschossen über ihnen ein. Der ganze Berg erzitterte unter den Detonationen, Metall ächzte und Lillja wurde von den Füßen gerissen.

Etwas riss und brach über ihr, dann ging ein Sprühregen aus Funken und Metallspänen über ihnen nieder, gefolgt von schweren Metallplatten und Gesteinsbrocken, als die Außenhülle dem Druck der Steinmassen nachgab und sie unter sich begrub …

DAS TRÄGERSCHIFF

Es passierte. Das Auge des Zorns hatte sich für Quotaz und seine Brüder geöffnet, die Zeit des Wartens war vorüber.

Er fühlte mit jeder Faser seines Körpers, wie das Schiff beschleunigte und auf die Öffnung im Raum zuhielt. Dann tauchten sie ein und die verschiedenen Ebenen der Existenz vermischten sich zu einem einzigen, benommenen Gefühl.

Das Bild in seinem Kopf zeigte ihm Tausende von Farben, die sich in langen Fäden zogen und plötzlich zu wilden Spiralen bündelten, während sie mit unvorstellbarer Geschwindigkeit durch den gefalteten Raum flogen. Schließlich öffnete sich die andere Seite des Auges, und als sie die Ebene ihrer Feinde erreichten, verlangsamte sich ihr Flug.

Die wilden Farben wichen einem Sonnensystem. Tausende von neuen Informationen durchströmten seine Gedanken. Ein Planet der Camar-Klasse – nur Minimaleingriffe, um ihn für eine Zuchtstation der Diener brauchbar zu machen. Besetzt durch eine niedere Rasse.

Er drehte sich um und die Wand vor ihm veränderte ihre Zusammensetzung, sie wurde zu einer Kontrolleinheit, die sich mit seinen Gedanken verband. Er scannte das System und erkannte ein Schiff in der Umlaufbahn sowie ein kleineres Schiff und eine bemannte Station auf dem Planeten. Quotaz glich die Daten mit seinem Wissen ab, und als ihm bewusst wurde, was er zu tun hatte, richtete er die Zielerfassungssysteme aus und schickte Raketen der Gala-Klasse auf ihren Weg.

Das kleine Gefährt, das er nur unsauber traf, verschwand als erstes von den Sensoren. Ihm folgte das Schiff in der Umlaufbahn, als es getroffen auf den Planeten stürzte und in der Atmosphäre zerbrach. Etwas störte die Zielerfassung – ein

Sturm, der sich über der gesamten Region bildete, erkannte er. Die elektrischen Entladungen beeinträchtigten die Sensoren und die Systeme verloren das letzte Ziel.

Quotaz verband seinen Geist mit seinen Brüdern links und rechts von ihm und gemeinsam griffen sie auf die gesammelten Daten zu und versuchten, ihre Systeme anzupassen. Ihre Gedanken folgten den gleichen Bahnen, bis eine neue Signatur ihre Aufmerksamkeit auf sich zog. Es war ein ausgehendes Signal, das sich breitgefächert über das System legte, bis es sich langsam zentrierte und auf einen Empfänger zu treffen schien. Der Empfänger warf einen zweiten Strom zurück und Quotaz folgte ihm bis zu einem Punkt auf der Oberfläche. In Gedanken stimmten seine Brüder ihm zu und der Verteidiger links von ihm programmierte ein Geschoss, das Sekunden später auf dem Planeten einschlug. Das Signal brach ab – sie hatten getroffen.

Die Sensoren zeigten noch immer keine klaren Daten, also schickten sie weitere Raketen auf die gleiche Position ...

KAPITEL 20

Alles tat so entsetzlich weh.

»Sie müssen aufstehen!«, drang die gehetzte Stimme Na'als in ihre Gedanken und Lillja schlug die Augen auf. Die Luft war voller Staub und Qualm, der sich schmerzhaft in ihre Lungen fraß und sie husten ließ – doch sie lebte noch und die Station war zumindest noch so weit intakt, dass sie nicht zerquetscht worden waren. Decke und Wände um sie herum waren seltsam eingedrückt und machten nur allzu deutlich, wie unsicher es gerade um sie herum war. Ein Teil der Seitenwand hatte sich gelöst und war herabgefallen, wobei sich ein schwerer Stahlträger gelöst und sie nur um Millimeter verfehlt hatte. Er war auf den Boden geprallt und dann quer über ihr gegen die Wand gefallen, hing jedoch bedenklich schräg, als könnte er jede Sekunde ganz umfallen und sie unter sich begraben.

Die Leuchtröhre war ihr aus der Hand gefallen und lag auf Hüfthöhe. Sie griff danach und schob sich unter dem Metall hervor.

»Sind Sie verletzt?«, fragte sie an Na'al gewandt und fuhr mit einem raschen Blick über seine Erscheinung, während er den Kopf leicht schüttelte.

»Wir müssen hier raus«, sagte er seltsam ruhig und humpelte los. Auch Lillja kam vorsichtig auf die Beine und folgte ihm. Sie mussten sich an eingedrückten Wänden und zersprungenen Metallsegmenten vorbeiquälen, während die Konstruktion über ihnen bedenkliche Geräusche von sich gab und der Rauch mit jedem Schritt dichter wurde.

Ihre Augen brannten und jeder Atemzug fühlte sich schrecklicher an als der vorherige, dennoch schleppten sie sich bis zum Eingangsraum. Der Tunnel, der hier hergeführt hatte, war eingestürzt und schwere Steinbrocken waren bis in den Raum geschleudert worden, wobei einer von ihnen die Konsole gegenüber der Tür zerstört hatte.

Na'al ging seitlich hinter ihr und zog seinen Scanner aus der Hosentasche, schaltete ihn ein und starrte auf das Display.

»Zehn Schritt Schutt«, sagte er voller Resignation. Der Rauch war ihnen gefolgt – vermutlich war in einem der Kontrollräume ein Feuer ausgebrochen, das sich langsam in der ganzen Station ausbreitete.

»Ich sterbe hier nicht«, gab sie entschlossen zurück und trat näher an den Gang heran. Ihr war inzwischen leicht schwindelig geworden, aber irgendwo musste noch das Belüftungssystem der Anlage funktionieren, denn noch bekam sie Luft.

Sie ließ den Rucksack von den Schultern gleiten und sank in die Hocke. Zwischen den größeren Steinen gab es Zwischenräume, schmale und scharfkantige Wege, durch die sie sich aber vielleicht zwängen konnte.

»Na'al – was ist mit den Hohlräumen? Führen sie bis nach draußen?«

Er sah erneut auf den Scanner und sah ihr dann mit deutlicher Skepsis ins Gesicht.

»Das ist alles instabil …«

»Aber es ist möglich?« Sie wartete keine weitere Antwort ab, sondern legte sich flach auf den Boden und robbte in den schmalen Freiraum. Sollte sie doch von nachrutschendem Gestein erschlagen werden – dann hatte sie es wenigstens versucht.

Lillja schob und zog sich etwa zwei Meter unter dem Brocken hindurch, dann öffnete sich der Weg zu einer etwas größeren Kammer, die als schmaler, hoher Korridor um ein großes Bruchstück herumführte. Sie schrammte sich Ellbogen, Knie und Schultern auf, doch der Qualm blieb hinter ihr zurück und schließlich nahm die Feuchtigkeit zu, bis die Steine nass im Licht der Röhre glänzten und es langsam heller wurde.

Sie presste sich schmerzhaft an einem letzten Felsen vorbei, dann öffnete sich der Himmel über ihr und sie zog sich ins Freie. Mit rasendem Herzen taumelte sie ein paar Schritte weiter, dann sank sie auf die Knie und atmete die schwere Luft dankbar ein. Der Himmel war inzwischen schwarz geworden und dicke Regentropfen prasselten auf die zerstörten Reste der Anlage. Der Wind hatte deutlich abgenommen, aber das konnte auch nur die bedeutungsvolle Ruhe vor dem eigentlichen Sturm sein.

Lillja griff nach ihrem Kommunikator und schaltete ihn kurz aus und wieder an, ehe sie das Mikrofon aktivierte und einen Augenblick in die Stille lauschte.

»Jemand da?« Sie ließ sich zu Boden sinken, hörte dann jedoch, dass der Daru ihr gefolgt sein musste und sich gerade durch den letzten Spalt presste. Sie stand auf und reichte ihm die gesunde Hand, um ihm auf die Beine zu helfen.

»Sie sind am Leben?«, erklang H'Regas überraschte Stimme.

»Ja, ich glaube schon. Wir konnten die Anlage verlassen ...« ...« Sie hielt inne und hob das Gesicht zum Himmel. Der Regen fiel warm auf sie herab und hinterließ Furchen auf ihrer verdreckten Haut.

»Wir?«, wiederholte Cor. Er war ebenfalls im Kanal? War der Transmitter vielleicht noch aktiv?

»Es gab Kurzschlüsse und Überladungen – warum läuft der Funk noch?«

»Wir benutzen die Anlage im Khuna als Verstärker«, sagte der Lieutenant etwas unwillig. »Wer ist bei dir?«

»Ein Techniker der Daru, er hat mir geholfen, den Funk wiederherzustellen«, gab sie zögerlich an und bemerkte, dass Na'al zu ihr aufsah.

»Er hat wohl eher unsere Position offenbart!«, unterbrach sie Cor.

»Blödsinn, er stand direkt neben mir, als sie uns beschossen haben ...«

»Diese Leute opfern sich, wenn nötig. Erinnere dich an die Daraa!«

Sie biss sich auf die Lippe und nickte langsam, wobei sie den Daru nicht aus den Augen ließ.

»Werden Sie ihn los, Winter«, befahl H'Rega kalt.

»Verstanden.« Sie schaltete das Gerät aus und sah Na'al ins Gesicht. Er sah plötzlich ängstlich aus, ganz so, als ahnte er, was die Soldaten gerade besprochen hatten.

»Haben Sie absichtlich unsere Position verraten?«, fragte sie schließlich. Mit Bedacht löste sie den Riemen, der die Strahlenpistole im Holster hielt, und zog die Waffe.

»Nein, das habe ich nicht.« Seine Stimme klang fest und aufrichtig – aber was bedeutete das schon? »Ich habe mein Wort gehalten. Ich habe Ihnen geholfen, die Komm wiederherzustellen und ich habe Sie nicht verraten.«

»Ich soll Sie loswerden«, sagte sie so leise, dass sie sich nicht sicher war, ob er sie überhaupt verstanden hatte. Lillja schloss die Augen und atmete schwer aus.

»Wenn Sie dem Fluss nach Süden folgen«, sagte sie schließlich und schob die Pistole zurück, »erreichen Sie ein Lager und Boote. Dort gibt es medizinische Vorräte und Wasser, Kleidung – alles Mögliche. Bleiben Sie aber nicht zu lange dort, es kann sein, dass wir auch dorthin zurückkehren.«

Sie griff in ihre Tasche, zog beide Teile seines Kommunikators heraus und warf sie ihm kurz nacheinander zu.

Er starrte sie einen Herzschlag lang mit undeutbarem Gesicht an, dann stand er langsam auf und verharrte.

»Schießen Sie mir in den Rücken, wenn ich losgehe?«,

wollte er schließlich wissen.

»Nein. Ich habe Ihnen mein Wort gegeben, dass Sie gehen können – also gehen Sie.«

Erneut schloss sie die Augen und fühlte, wie der warme Regen über ihr Gesicht lief. Der Wind hatte wieder zugenommen und vermischte die dicken Wassertropfen in einzelnen Böen zu einem grauen Schleier. Sie war in der kurzen Zeit bis auf die Haut durchnässt, doch es machte ihr nichts aus – im Gegenteil. Sie hatte das seltsame Gefühl, dass der Regen mehr als nur den Schmutz abwusch, während er über ihren Körper lief, ganz so, als würde er bis zu ihrer Seele vordringen und sich auch dort langsam durch die Kruste aus Verlust, Leid und Schuld kämpfen.

»Es wird niemand erfahren«, meinte der Daru und sie konnte hören, wie sich seine Schritte zögerlich entfernten.

Doch, das würde man, kam es ihr in den Sinn. Sobald sie wieder auf der Ro'ha waren, würde sie einen Bericht verfassen müssen und dabei würde sie nicht lügen. Sie hatte sich entschieden und würde die Verantwortung dafür tragen.

Irgendwann öffnete sie die Augen wieder und ließ ihren Blick langsam über die zerstörte Landschaft schweifen. Hinter sich konnte sie die Krater sehen, die bei den mehrfachen Detonationen entstanden waren, und musste anerkennen, dass es tatsächlich wie ein Wunder war, dass sie überlebt hatte.

Sie schaltete den Kommunikator ein und lauschte ihren Kameraden, die sich über die Verwertung des Khunas unterhielten.

»H'Rega«, ergriff sie schließlich das Wort, »ich bin auf dem Weg zu Ihnen. Wir sollten uns einen halbwegs sicheren Ort suchen. Wenn das Gewitter erst richtig losgeht, möchte ich nicht mitten im Wald sein.«

Sie startete den Scanner und ließ sich den Kompass

anzeigen, um schließlich der Nadel Richtung Osten zu folgen.

»Kommen Sie erstmal zurück, Winter.« Er hörte sich schlecht an, sodass Lillja ihre Schritte beschleunigte.

Fernes Grollen kündigte die ersten Ausläufer des Sturms an, und obgleich sie den Blitz durch die Bäume nicht gesehen hatte, stieg doch die Sorge in ihrem Inneren. Durch den Regen hatte sich das Moos in einen rutschigen Belag verwandelt, der unangenehm nachgab, sodass sie an manchen Stellen mehrere Zentimeter tief einsank und jedes Mal mit der Angst konfrontiert wurde, wieder einzustürzen.

Schließlich jedoch erreichte sie H'Rega, der noch immer gegen den Baumstamm gelehnt am Boden saß und ihr blass entgegensah.

»Wir gehen zurück in den Tunnel«, sagte der Xhar bestimmt, ehe sie ihn auch nur ganz erreicht hatte und versuchte, sich an der umgestürzten Pflanze in die Höhe zu ziehen, sank jedoch stöhnend zurück. Sie half ihm und gemeinsam umrundeten sie das Hindernis.

Erneut rollte der Donner über den Wald, war diesmal jedoch etwas lauter und bedrohlicher.

Nur ein paar Meter vor ihnen lag der eingestürzte Teil eines Impulstunnels, der über eine steile Rampe aus Gesteinstrümmern und ausgerissenen Pflanzen erreicht werden konnte.

»Was macht Sie so sicher, dass nicht noch mehr einstürzt?«, fragte sie, während sie langsam nach unten kletterten.

»Nichts, aber ich sehe keine andere Option.«

Er stützte sich schwer auf sie, während sie sich langsam nach unten arbeiteten. Der Untergrund war rutschig und alles andere als trittfest, doch nach quälenden Minuten erreichten sie den Boden des Tunnels und zogen sich ein paar Meter in sein Inneres zurück.

Lillja ließ den Xhar möglichst vorsichtig zu Boden sinken

und sah sich misstrauisch um. Der Abschnitt war auf etwas mehr als zehn Metern erhalten geblieben, wobei sie beim besten Willen nicht sagen konnte, warum gerader dieser Teil noch intakt war. Sie waren hier unten vor dem Regen geschützt und sie ging auch nicht davon aus, dass der Tunnel volllaufen würde. Auch vor möglicherweise abbrechenden Ästen oder umfallenden Bäumen waren sie halbwegs sicher, dennoch gab es keinen für sie ersichtlichen Grund, warum nicht auch noch der Rest über ihnen zusammenbrechen sollte. Dennoch war es wohl besser als nichts.

Erneuter Donner rollte über ihnen hinweg und Lillja konnte hören, dass sowohl Wind wie auch Regen zugenommen hatten. Das Unwetter war nahe.

»Azarion, Cor – geht es euch gut?«, fragte sie schließlich über Funk.

»Es ist … in Ordnung …«, hörte sie Azarion zwischen ein paar Störgeräuschen. Offenbar beeinflusste das Wetter oder irgendetwas anderes wieder die Kommunikation. »Wir warten … Unwetter ab und ... dann … euch zurück.«

»Waren die Energiezellen brauchbar?«, ergriff H'Rega das Wort.

»Ja, aber ich weiß …, ob sie ..., um … neu ... zu starten.« Die Störgeräusche nahmen zu. Schließlich schaltete sich der Kanal ab.

Sie ließ sich zurücksinken und schloss für einen Moment die Augen. Sie war müde, erschöpft und hungrig. Sie hatte noch mindestens eine halbe Ration bei sich gehabt, die sie in einer Gürteltasche verstaut hatte. Alles andere, was sie in ihrem Rucksack aufbewahrt hatte - darunter auch die Feldflasche -, war in der Anlage zurückgeblieben. Sie tastete die Fächer ab und fand schließlich den halben gepressten Riegel, um ihn eine Weile zu betrachten. Ihr Magen rumorte hörbar beim Gedanken an etwas Essbares und Lillja setzte sich ein wenig aufrechter. Sie brach die Reste entzwei und reichte eine Hälfte an H'Rega, der jedoch mit einer beiläufigen Handbewegung ablehnte.

Sie fuhr sich mit der gesunden Hand durchs Gesicht und senkte schließlich den Blick auf ihre Linke. Der Verband war von Blut und Regenwasser schwer geworden und hing wie ein dreckiger Fremdkörper an ihr. Es tat weh, obwohl sie sich halbwegs an den Schmerz gewöhnt zu haben schien.

»Revar – wer ist das? Ein Engel oder Gott oder so etwas?«, suchte sie das Gespräch und erkannte erst jetzt, dass H'Rega eingenickt sein musste. Seine Augäpfel hatten sich nach oben gedreht, kamen jedoch wieder in Position, als ihre Worte ihn zu wecken schienen.

Ich werde Revar bitten, Ihnen einen Platz zu weisen, bis wir Ihnen folgen können, das waren seine Worte gewesen, als sie dem Tod nahe war.

»Nein«, antwortete er nach einer Weile. »Revar war mein Sohn. Er starb vor zwölf Jahren während eines Seuchenausbruchs auf einem Schiff, das zwischen Taylee und Jiserija 9 Patrouille flog.«

»Oh.«

»Das war der Grund, warum ich seinerzeit in den aktiven Dienst zurückgekehrt bin«, fuhr er bitter fort.

Unwillkürlich fragte sie sich, wie alt der Lt. Commander wohl war.

»Manchmal sind die Götter sehr grausam. Die wenigsten von uns erleben das Ende ihrer Dienstzeit und noch weniger sind dann noch gesund und stark genug, um die Bindung einzugehen und ein neues Leben zu gründen«, murmelte der Xhar, während er den Blick auf seine Hände hielt. »Ich war einer von ihnen – und dann nahmen die Götter mir wieder alles und zurück blieb einfach nur ein Soldat.«

Er seufzte und schüttelte den Kopf.

Lillja schloss die Augen und versuchte, sich zu entspannen. Das Pochen in ihrer Hand war schlimmer geworden, vermutlich ließ die Wirkung des Schmerzmittels langsam nach. Aber es war momentan nur eine unter vielen Schmerzquellen. Rund um ihr Knie, das sie sich irgendwo gestoßen haben musste, begann sich die Haut blau zu verfärben und auch an ihrer Schulter und den Armen zeichneten sich mehr Hämatome ab, als sie zählen konnte. Viele kamen von ihren Kämpfen mit den Daru, aber manche auch von den Händen ihrer Verbündeten. Außerdem brannte ihr Gesicht dort, wo die Energieklinge sie verbrannt und geschnitten hatte. Wenn sie mit den Fingern über die Wange tastete, konnte sie den Schnitt und auch das Brandmal deutlich fühlen. Möglicherweise war sie schlimmer entstellt, als ihr der kurze Blick in den Spiegel im Lager der Daru offenbart hatte.

Was war nur aus der jungen Frau geworden, die so viel Wert auf ihre äußere Erscheinung gelegt hatte?

Als sie am Tag des Angriffs ihre Wohnung verlassen hatte, war ihre größte Sorge gewesen, dass ihre Schuhe nicht wirklich zur Handtasche gepasst hatten und sie damit vielleicht einen schlechten Eindruck bei ihrem möglichen zukünftigen Arbeitgeber hinterlassen würde. Damals war ihr alles so schwierig und unendlich kompliziert und wichtig vorgekommen – ihr Abschluss, das Bewerbungsgespräch und die geplante Hochzeit. Chris. Wie lange hatte sie nun schon nicht mehr an ihn gedacht? Dabei war er einst der Mittelpunkt ihres Lebens gewesen. Jetzt war er kaum mehr als eine Erinnerung, die zu verblassen begann, wenngleich sie ihn in den einsamen Nächten noch immer bitter vermisste.

»Erzählen Sie mir, was auf der Station passiert ist«, verlangte der Xhar nach einer Weile. Der Regen war stärker geworden und zu ihren Füßen hatte sich bereits eine beachtliche Pfütze gebildet.

Sie seufzte und fasste mit knappen Worten ihre Begegnung mit Na'al zusammen, ließ am Ende jedoch offen, dass sie ihn gehen gelassen hatte.

»Sie sind zu vertrauensselig, Winter«, meinte H'Rega schließlich und maß sie mit einem langen Blick.

Sie hob die Schultern und ließ den Blick über die Tunnelwände schweifen.

»Mag sein, aber ich glaube wirklich nicht, dass er geplant hat, unseren Standort zu offenbaren. Ich denke nicht, dass es seine Leute waren, die auf uns gefeuert haben.«

»Das glaube ich auch nicht«, räumte der Xhar ein und betastete vorsichtig sein Bein. Soweit sie es unter der Schiene sehen konnte, hatte der Verband sich nicht mit Blut vollgesogen, das war gut.

»Aber ohne Sensoren können wir es nicht sicher sagen«, fuhr er schließlich fort. »Lieutenant Soran wird die Waffensignatur mit dem Khuna erfasst haben. Sobald der Sturm vorüber ist, wissen wir mehr …«

AM RANDE DES SYSTEMS

Als der kleine Jäger in den Hyperraum sprang, wurde Siran mit unerwarteter Wucht in den Sitz gepresst. Es fühlte sich an, als würde sein ganzer Körper zusammengepresst werden, er bekam keine Luft und verspürte einen schrecklichen Druck hinter der Stirn, in den Augen und Ohren. Dann ließ der Druck nach und Siran atmete mit klopfendem Herzen ein. Etwas rann über seinen Mund und tropfte auf seine Brust, und als er die Hand danach ausstreckte, erkannte er, dass seine Nase leicht zu bluten begonnen hatte.

Es war nicht der erste Hyperraumsprung, den er erlebt hatte, doch niemals zuvor war es in so einem schlecht abgeschirmten und kleinen Schiff gewesen.

Er suchte in seinen Taschen nach einem Tuch und fand schließlich ein Stück bestickter Seide, das er unter die Nase hielt, während er den Kopf erschöpft in den Nacken sinken ließ.

»Sprung erfolgreich absolviert«, kommentierte sein Pilot überflüssigerweise. Siran sparte es sich, darauf hinzuweisen, dass sie es sicherlich bemerkt hätten, wäre das Schiff während des Sprungs zerrissen oder mit einem Körper kollidiert. Der Xhar war einfach ein Soldat und als solcher hatte er in vielen Jahren, wenn nicht gar Jahrzehnten, gewisse Verhaltensmuster eingetrichtert bekommen, die er sicherlich nicht allzu schnell ablegen würde. Wenn er das überhaupt wollte.

Seine vierfingrigen Hände fuhren über die Konsolen vor sich, dann schob er die Hauptanzeige zur Seite und öffnete stattdessen zwei Hologramme, die das Sonnensystem zeigten, das sie gerade durchquert hatten. Eines zeigte eine schematische Darstellung mit zugehörigen Benennungen und

Angaben zu Distanz, Objektmasse und dergleichen, während das andere eine taktische Anzeige war, auf der Siran, neben den Planeten, eine Handvoll Schiffe und Stationen erkannte.

»Das sind die letzten Daten, die ich erhalten habe«, kommentierte der Xhar. »Kurz vor unserem Sprung wurden wir aus dem Datennetz ausgeschlossen.« Er unterbrach sich und richtete seine Aufmerksamkeit auf eine andere Anzeige, ehe er trocken sagte: »Eingehender Scan.«

»Geben Sie mir Zugriff auf die Kommunikation«, verlangte Siran und als eine Konsole vor ihm aufleuchtete, öffnete er einen sicheren Kanal zu seinem Schiff. Die 'Nachtwandel' befand sich in einem schwachen Tarnfeld, das sie vor den vergleichsweise einfachen Sensoren kleinerer Schiffe schützen würde, aber nicht hochentwickelt genug war, um das Sensorengitter des Systems täuschen zu können.

Die Xhar hatten Ank'Ra vor ein paar Jahrzehnten zu ihrer neuen Hauptwelt ernannt und das ganze System so stark gesichert, dass Siran in seinen ersten Jahren in der Organisation nicht im Traum daran gedacht hatte, dort jemals eindringen zu können. Doch die Technologie hatte sich rasant weiterentwickelt, und auch wenn die zentrale Regierung Unsummen in die Verteidigung investiert hatte, so waren sie irgendwann doch in Rückstand geraten. Siran musste den Xhar jedoch zugutehalten, dass sie sich nicht wirklich gegen Übergriffe aus den eigenen Reihen zu schützen versuchten. Sicher – es gab Personenerkennungssoftware, aber jede Technik ließ sich täuschen, wenn man nur wusste, wie sie genau funktionierte. Eine feindliche Flotte hätte es hingegen sicherlich schwer, auch nur in die Nähe des Systems zu kommen, geschweige denn, den bewohnten Planeten oder einen seiner Monde in Waffenreichweite zu bekommen.

Siran tippte seine Kennung sorgfältig ein und schickte den

Datenstrahl los, musste sich dann jedoch mehrere Minuten gedulden, bis ihn die Antwort erreichte.

»Daten und Kennung werden verarbeitet«, teilte er seinem Piloten mit und lehnte sich erneut zurück. Es konnte nicht mehr lange dauern, bis man ihnen einen Rendezvouspunkt vorschlagen und ihren Jäger andocken lassen würde.

»Das war doch sicher nicht so geplant gewesen«, ergriff der Xhar das Wort und verrenkte sich ein wenig, um Siran ansehen zu können. »Was hatten Sie auf Ank'Ra geplant?«

Augenblicklich war Sirans Misstrauen geweckt – sicher, dieser Soldat hatte ihn vom Planeten gebracht, aber das war noch lange kein Grund, ihm zu trauen oder gar solch sensible Informationen mit ihm zu teilen.

»Das ist nicht mehr relevant«, sagte er ausweichend und blickte offen in die fremdartigen Augen.

»Nicht mehr relevant?« Der Xhar lachte trocken und bleckte dabei die spitzen Zähne. Es sah stets befremdlich aus, wenn diese Kreaturen versuchten, normale Mimik und emotionale Ausbrüche zu simulieren. »Ich habe alles aufgegeben, um Sie hier herzubringen – da verdiene ich eine Antwort.«

»Es liegt nicht in meinem Ermessen zu entscheiden, wer was verdient.«

Allerdings lag es sehr wohl in seiner Entscheidungsgewalt zu bestimmen, wer welche Informationen bekam, aber das musste der Xhar nicht wissen – zumindest nicht, bis er eindeutig bewiesen hatte, auf welcher Seite er stand.

»Woher wussten Sie, wer ich bin?«, fragte er, statt zu antworten.

»Ich arbeite für den Geheimdienst. Kurz nach Ihrer Ankunft erreichte uns die Meldung, dass man Spuren von Sintez' Überresten auf KalaTaan neun gefunden hat. DNS-Fragmente in der unmittelbaren Umgebung stimmten mit den

Daten des im Jahre 89 abgesetzten und daraufhin von der Bildfläche verschwundenen Senatsmitglieds Siran Kaz'Dun überein. Ich habe auf die alten Akten zugegriffen und festgestellt, dass sich in den vergangenen acht Jahren jemand zweimal Zugang zu Ihren Daten verschafft hat. Der Ursprung ließ sich nicht zurückverfolgen, aber *dass* etwas gemacht wurde, konnte ich zweifelsfrei bestätigen. Meine Behauptung zu wissen, wer Sie sind, war ein Schuss ins Blaue, der aber offenkundig getroffen hat.«

Das war nicht möglich. Siran sah den Xhar fest an und versuchte, sich seine Gedanken nicht anmerken zu lassen, war sich aber nicht sicher, ob ihm das auch gelang. Sicher, es entsprach der Wahrheit, dass er Sintez vor wenigen Wochen getroffen hatte und ihn, nach einem leider nicht erfolgreichen Versuch, ihn für seine Sache zu gewinnen, hatte töten müssen. Doch er hatte die Leiche sorgsam zersetzt und dabei zweifellos nicht die geringste Spur hinterlassen.

So sehr Siran es auch verabscheute, Mitglieder seiner eigenen Spezies zu töten, hatte er dennoch eine gewisse Routine und Sicherheit in diesem Handwerk erlangt und es war schlichtweg ausgeschlossen, dass ihm ein solch grober Fehler unterlaufen war.

Aber falls es wirklich möglich war, dass man nachvollziehen konnte, dass Siran seine Akte verändert hatte, so würde er sich dieses Problems sehr zeitnah annehmen müssen.

Die Erinnerung an das bedeutungsvolle Ereignis in seiner Vergangenheit schob sich in seine Gedanken und für einen kurzen Moment fühlte er sich an Bord der 'Paradox' vor Nura 2 zurückversetzt, als er zum ersten Mal von den Verbrechen der Xhar während der Seuchenforschung gehört hatte. Er hatte mit unklugen und vorschnellen Aussagen und Taten selbst das abrupte Ende seiner politischen Karriere hervorgerufen, doch war er damals auch zum ersten Mal jener Person begegnet, die ihm geholfen hatte, seinen neuen Platz im Kampf für sein Volk einzunehmen.

Er schob die Erinnerung von sich und sah den Xhar eindringlich an.

»Und obwohl man wusste, dass Sintez tot ist, hat sich Flottenadmiral Tival auf die Versammlung getraut?«

Siran hatte versucht, seine Stimme neutral klingen zu lassen, merkte jedoch selbst, wie kläglich er dabei scheiterte.

»Ich habe die Informationen abgefangen«, erwiderte der Xhar.

»Und warum sollten Sie das tun?«

»Alles, was ich tue, geschieht zum Wohl meines Volkes und des Imperiums«, sagte er eine Spur zu heftig, um nur nach platter Propaganda zu klingen. »Venc Tival hätte die Xhar mit seiner Politik in eine sichere Niederlage geführt.« Er unterbrach sich und musterte Siran eingehend, während dieser die Worte auf sich wirken ließ und eine mögliche Wahrheit in ihnen suchte.

»Sie und Ihre Leute sind nicht die Einzigen, die mit der momentanen Regierung unzufrieden sind. Durch Tivals Tod wird es zu einer vorzeitigen Neuwahl der Ratsvertretung kommen müssen. Außerdem bin ich der Meinung, dass sich der Flottenkommandant um seine Flotte und nicht um Politik kümmern sollte. Beide Probleme sind seit heute gelöst«, fuhr der Xhar voller Überzeugung fort.

Also gab es sogar unter den treuen Soldaten Männer, die nicht mit dem politischen Führungsstil einverstanden waren und bereit schienen, zu äußersten Mitteln zu greifen. Interessant.

Siran betrachtete seine Hände, während er abzuschätzen versuchte, ob dies die Wahrheit war.

»Sie glauben, dass ein neuer Ratsvertreter der Xhar einen anderen Kurs einschlagen wird?«, fragte er schließlich.

»Ja. Und ich glaube, dass ein neuer Kommandant in der Lage sein wird, die richtigen Entscheidungen für unser Volk zu treffen, ohne dabei Rücksicht auf seine politische Position zu nehmen. Admiral Caras ist nun der ranghöchste Offizier und ich weiß, dass er in vielen Punkten nicht mit Tival übereinstimmte. Alle Informationen, die ich bislang einsehen konnte, lassen darauf schließen, dass er die Verteidigung der unwichtigen Systeme aufgeben wird, um mit der geballten Schlagkraft unserer Truppen den Feind ein für alle Mal zurückzuschlagen!«

Da war sie nun – die einfache und absolut haltlose Propaganda. Den Feind vernichtend schlagen zu wollen, war zwar sicher ein löbliches Ziel, das sich allerdings eher schwer umsetzen ließ, wenn man nicht wusste, wo die Nesuka herkamen. Sie hatten in den vergangenen Jahrzehnten zeitgleich an den unterschiedlichsten Grenzen des Imperiums zugeschlagen, ohne dass jemals ein Muster hatte deutlich werden können.

Es war bekannt, dass sich der Feind auf zahlreichen der eroberten Planeten niedergelassen hatte und dort ihre eigenen Soldaten züchteten, die allgemein hin als Tandaru bezeichnet wurden. Natürlich gab es dort auch Werften und weitere militärische Einrichtungen, aber über einen Heimatplaneten – oder auch nur Heimatsektor des Feindes war nichts bekannt.

Obwohl, besonders in den ersten Jahren des Krieges, unglaublich viele Ressourcen in die Beantwortung dieser Frage geflossen waren, hatte man doch noch immer keine Antwort gefunden. Zumindest hatte die Regierung – keine Regierung, so weit er wusste – die Antwort bislang finden können.

Es kostete Siran einige Mühe, sich die Zufriedenheit nicht

anmerken zu lassen, die von ihm Besitz ergriff, als ihm wiederholt klar wurde, von welch unschätzbarem Wert die Informationen waren, die seiner Organisation vor ein paar Jahren in die Hände gefallen waren.

Die Komm begann zu blinken und als Siran den Blick senkte, erkannte er, dass die 'Nachtwandel' ihn rief. Er aktivierte die Verbindung, und als sich das kleine Hologramm vor ihm aufbaute, sah er in das Gesicht einer älteren Frau, die von solch erhabener Schönheit war, dass es Siran für einen Herzschlag die Sprache verschlug.

»Treffen Sie uns bei diesen Koordinaten«, sagte sie, ohne sich mit einem Gruß aufzuhalten …

KAPITEL 21

Nach etwa einer Stunde wurde der Sturm endlich schwächer und löste sich schließlich binnen weniger Minuten vollständig auf. Der Tunnelabschnitt, in dem Lillja und H'Rega das Unwetter abgewartet hatten, hatte sich fast eine Handbreit mit Regenwasser gefüllt, das nun jedoch langsam im Boden versickerte, während sich die Wolken zurückzogen und die Temperaturen spürbar wieder stiegen.

Auch nachdem das Gewitter über sie hinweg gezogen war, hatten sie noch weitere zwei Stunden warten müssen, bis sich Cor endlich wieder über Funk gemeldet und verkündet hatte, dass sie sich nun auf den Rückweg machen würden.

H'Rega hatte die meiste Zeit geschlafen oder mit starrem Blick in die Leere geschaut, sodass Lillja ihren Gedanken hatte nachhängen können und sich irgendwann in einer Mischung aus Erinnerungen und Träumen wiedergefunden hatte. Ein paar Mal hatte sie versucht, sich Chris' Gesicht vor Augen zu rufen, aber es war stets undeutlich gewesen und sie hatte traurig festgestellt, dass sie sich bei manchen Details einfach nicht mehr sicher war.

Mit der Zeit war das Bild ihres toten Verlobten jüngeren Erinnerungen gewichen und Lillja ließ die durchaus zahlreichen schönen Momente, die sie mit der Ro'ha und ihrer Besatzung verband, in ihren Gedanken erneut aufleben. Sicher, sie hatte in den letzten Wochen viele schreckliche Dinge gesehen und getan, aber es hatte trotzdem immer wieder schöne Augenblicke gegeben, in denen sie ihren Freunden nahe gewesen und in denen sie glücklich gewesen war.

Besonders Fenric löste noch immer ein seltsam vertrautes Gefühl in ihr aus, das sicherlich mit den besonderen Fähigkeiten der Yndra zusammenhing. Sein Volk war bei der Fortpflanzung auf die Kooperation einer anderen Spezies angewiesen, was den Yndra einen recht schlechten Ruf eingehandelt hatte, jedoch auch dazu führte, dass sie empathischer als andere waren.

Sie schob den Gedanken von sich, als sich Azarion meldete:

»Wir sollten in der Nähe sein – wie weit habt ihr euch von unserer Ausgangsposition entfernt?«

»Nicht weit«, sagte sie, als H'Rega keine Anstalten machte, das Wort zu ergreifen. Lillja stand auf und streckte die müden Beine, dann kletterte sie vorsichtig an die Oberfläche und betrachtete ihre Umgebung, bis sie eine Bewegung rechts von sich wahrnahm und drei Gestalten entdeckte, die sich langsam auf sie zubewegten.

Es ging ihnen wirklich gut. Lillja ging den Soldaten mit ein paar schnellen Schritten entgegen und musste gegen den Impuls ankämpfen, Cor, der ein Stück vorweg ging, zu umarmen.

»H'Rega ist noch im Tunnel, er wird Hilfe brauchen«, sagte sie stattdessen und Cor nickte knapp, legte ihr im Vorbeigehen jedoch flüchtig die Hand auf die Schulter, ehe er sich dem eingestürzten Tunnel zuwandte.

Fenric schien zu ahnen, was in ihr vorging und zog sie kurz an sich, hauchte ihr einen freundschaftlichen Kuss auf die Stirn und sah ihr in die Augen.

»Du hast uns einen ordentlichen Schrecken eingejagt«, sagte er leise. Sie erwiderte die Umarmung und genoss für einen Moment einfach die Berührung und den Umstand, dass sie alle überlebt hatten.

»Ich habe die Einschläge bis zum Khuna gefühlt«, kommentierte Azarion, während er an ihnen vorbeiging und

Cor folgte. »Der Berg ist über dir zusammengestürzt und trotzdem bist du hier.«

Der junge Soldat schüttelte den Kopf und lachte plötzlich.

»Ich weiß gar nicht, warum sich alle immer solche Sorgen um dich machen, Lillja«, fuhr er fort, ohne sich umzuwenden. Seine Stimme war etwas lauter geworden, offenbar ging er nicht davon aus, dass sie ihm folgten. »Du bist unzerstörbar. Oh ja, Lillja, die Unzerstörbare, das hört sich gut an. Da wären wir wohl wieder an dem Punkt, an dem ich mir Gedanken über eine Karriere als Poet machen sollte!«

Er hatte den Einbruch erreicht und nahm den Rucksack von den Schultern, ehe er mit sicheren Schritten im Tunnel verschwand.

Sie musste lächeln und sah seiner Gestalt einen Moment lang nach. Azarion war ein guter Freund, in seiner Nähe schien alles irgendwie leichter zu ertragen zu sein, sogar der Umstand, dass irgendjemand sie bombardiert hatte.

»Ich habe gesehen, wie euer Schiff abgestürzt ist«, sagte sie schließlich an Fenric gewandt und bewegte sich langsam in Richtung der Xhar. »Habt ihr irgendwie erfahren können, wer euch angegriffen hat?«

»Ja.«

Vor ihnen traten Azarion und Cor, die H'Rega zwischen sich hielten, an die Oberfläche und brachten etwas Abstand zwischen sich und den unsicheren Grund, setzten dann den blassen Xhar ab und winkten Lillja und Fenric zu sich.

»Wir werden eine Trage brauchen«, meinte Cor und sah skeptisch auf den Verwundeten. Er und die anderen hatten glücklicherweise nur kleinere Verletzungen davongetragen, Platz- und Schürfwunden und sicherlich auch ein paar schmerzhafte Prellungen, aber nichts Ernstes, so weit sie das bislang beurteilen konnte.

sich so leicht und scheinbar anstrengungslos durch Vegetation und Hitze bewegte, dass er schon bald einen größeren Abstand zwischen sich und die anderen gebracht hatte, sodass der Yndra immer wieder kurz auf sie warten musste.

»Du stellst Fragen«, antwortete Azarion etwas mürrisch. Die Temperaturen waren inzwischen wieder gestiegen, und auch wenn die Luftfeuchtigkeit mittlerweile etwas erträglicher für sie war, so sah sie doch, dass er mit den Bedingungen zu kämpfen hatte. Er hatte allerdings recht – natürlich hatten sie die Zellen.

Sie schlugen einen kleinen Bogen um die Reste der Station, da noch immer damit zu rechnen war, dass weitere Teile der Impulstunnel einstürzen konnten, und traten schließlich auf die kleine Lichtung hinaus, auf der Azarion das Shuttle gelandet hatte.

Die Ro 1 hatte glücklicherweise sowohl die Zerstörung der Anlage, wie auch den Angriff unbeschadet überstanden und stand seltsam friedlich auf der Lichtung. Azarion trat an die Heckklappe heran und betätigte den Öffner – wich jedoch sofort ein paar Schritte zurück, als ihn die angestaute Hitze des Innenraums zu treffen schien. Falls Wind und Regen es abgekühlt hatten, so hatten die vergangenen Stunden, in denen die Sonne ihre alte Kraft zurückerlangt hatte und inzwischen m[illegible]auso erbarmungslos, wie bei ihrer Landung auf sie herab denn[illegible]nte, ausgereicht, um es wieder aufzuheizen.

der m[illegible]h starte wohl besser gleich die Hauptenergie«, meinte er, [illegible] jedoch vor dem rechteckigen Gefährt stehen und sah ei[illegible]ssmutig in den Innenraum.

»Ich mach das schon.« Fenric, der das Shuttle einmal umrundet hatte, kam zurück und drückte dem Xhar sein Gewehr in die Hand, ehe er die Ro betrat und sich hinter das Bedienpult setzte.

Lillja blieb ein paar Schritte zurück und löste Brust- und Hüftgurt des Rucksacks. Es war heiß und die Erleichterung, die der Regen gebracht hatte, war längst einer erneuten Schwüle gewichen, die ihr den Schweiß auf die Stirn trieb. Unter dem Gepäckstück war es fast unerträglich warm geworden und sie fühlte, wie ihre Kleidung nass am Rücken und an den Schultern klebte.

Sie setzte ihre Last ab und suchte sich die Wasserflasche heraus, hielt dann jedoch inne und betrachtete das Gefäß in ihren Händen.

»Cor und H'Rega haben kein Wasser«, meinte sie nachdenklich. Obgleich Azarion gute fünf Meter vor ihr stand, musste er ihre Worte gehört haben, denn er drehte sich zu ihr um und folgte ihr sogar schließlich in den Schatten des Waldes.

»Das macht nichts, wir brauchen nicht so viel Flüssigkeit.« Er trat noch etwas näher an sie heran und musterte ihren Nacken, bis er schließlich die Rechte ausstreckte und mit einem Finger über ihre verschwitzte Haut fuhr. Etwas überrascht sah sie zu, wie er den Finger und einen Daumen vor seine Augen hob und aneinander rieb.

»Kein Wunder, dass ihr Menschen so viel Wasser braucht. Das ist irgendwie wirklich widerlich«, murmelte er, führte die Hand näher an sein Gesicht und roch geräuschvoll daran. Schließlich legte er den Kopf etwas schräg und leckte an seiner Fingerkuppe.

Lillja verzog das Gesicht und griff sein Handgelenk.

»Azarion, *das* ist widerlich.«

Er ließ die Hand sinken und sah ihr ins Gesicht.

»Ist es?«

»Ist es!«

»Es ist salzig.«

Er lachte bei dem Blick in ihr Gesicht und nahm eine entspannte Haltung an, die Lillja fast vergessen ließ, in was für einer Lage sie sich gerade befanden.

»Das vertiefen wir nicht«, sagte sie bestimmt, konnte aber ein Grinsen nicht unterdrücken. Hinter ihnen erwachte das Shuttle zum Leben und beide wandten sich dem aufgeheizten Metallkasten zu, während Fenric wieder auf die Lichtung trat und in ihre Richtung sah.

»Die Umweltkontrollen sollten das Hitzeproblem bald in den Griff bekommen«, meinte er, gesellte sich zu ihnen und nahm Azarion das Sturmgewehr wieder ab, das sich der Xhar nachlässig über die Schulter gehängt hatte.

»Gut, dann lasst uns keine Zeit verschwenden. In Cors Rucksack sind die Relais«, meinte Azarion mit einer Kopfbewegung zu Lillja, die sich in die Hocke sinken ließ und erneut den Rucksack öffnete. Sie musste einen Moment suchen, fand dann jedoch einen metallisch glänzenden Kasten von dreißig auf fünfzehn Zentimetern und zog ihn heraus. Er war mit einem einfachen Druckschloss gesichert, das sich auf ihre Berührung hin entriegelte, sodass sie den Deckel aufschieben konnte. Das Innere der Box war mit einem Füllmaterial ausgelegt, in das passende Aussparungen für die sechs elfenbeinfarbenen Objekte geschnitten waren. Die Gegenstände waren diamantförmig und kaum dicker als zwei oder drei Zentimeter.

Lillja hob den Blick, sah aber, dass Azarion den Kopf schüttelte.

»Das sind die Energiezellen«, meinte er.

»*Das* sind Energiezellen?«

»Wiederholst du jetzt alles, was ich sage?«

Sie sah ihm in die Augen und schüttelte lächelnd den Kopf.

»Tut mir leid – ich habe einfach etwas anderes erwartet. Ich dachte, sie wären … größer.«

»Wir haben zwölf vollkommen unverbrauchte Zellen gefunden und weitere siebenunddreißig ausgebaut«, ergriff Fenric das Wort und überging ihre letzten Worte. »Hätten wir mehr Zeit, würde ich trotzdem dazu raten, die Station und die Trümmer des Schiffes abzusuchen.«

»Es wird schon reichen«, meinte Azarion daraufhin.

Der Xhar nahm ihr den Rucksack aus den Händen und wühlte nun selbst einen Augenblick darin, ehe er mehrere kleine Kästchen herausholte und sich anschließend aufrichtete.

»Das sind die Relais«, kommentierte er und hielt Lillja einen der hellgrauen Gegenstände kurz vors Gesicht. Es waren unscheinbare metallene Würfel, ohne erkennbare Ober- oder Unterseite, die Lillja wenig Aufschluss über ihre Funktion gewährten. Sie nickte trotzdem, klappte die Box mit den Energiezellen wieder zu und verstaute sie in Cors Gepäck.

Innerhalb der nächsten zwanzig Minuten demontierten sie einen großen Teil der innenliegenden Wandverkleidung und tauschten etwa ein halbes Dutzend durchgebrannter Schaltknoten. Die Umweltkontrollen hatte das Shuttleinnere auf angenehme Temperaturen herunter gekühlt, die für den Xhar zwar noch immer ein wenig zu warm, jedoch erträglich waren.

»Wie hoch ist die Spannung jetzt?«, wollte Azarion wissen, nachdem sie einen zerstörten Schaltkreis überbrückt hatten. Zum sicher zehnten Mal aktualisierte Lillja die Anzeige ihres Scanners und las das Ergebnis ab. Fenric stand mit griffbereitem Werkzeug neben ihr, während der Xhar die Haupttafeln im Cockpit überwachte.

»Sieben«, gab sie das Ergebnis durch.

»Nicht mehr?«, fragte Azarion nach.

»Nein.«

»Sicher?«

Sie sah auf und warf ihm einen Blick zu, den er jedoch nicht zu registrieren schien.

»Sicher, aber frag mich ruhig nochmal.«

Der Xhar seufzte und fuhr sich mit beiden Händen übers Gesicht, ehe er antwortete. »Zwanzig wären gut, zehn ausreichend … aber sieben …«

Sie wusste nicht einmal, um welche Maßeinheit es sich handelte, geschweige denn, welches System Azarion gerade zu retten versuchte. Sie hatte schon nach den ersten Minuten aufgegeben, ihn nach Details zu fragen und ein Teil von ihr vermutete, dass er sich selbst bei vielem nicht ganz so sicher war, wie er den Anschein erwecken wollte.

Lillja seufzte ebenfalls und aktualisierte erneut die Anzeige.

»Jetzt sind es elf.«

Aus den Augenwinkeln sah sie, dass Azarion sich zu ihr umdrehte, und fühlte den Blick seiner grünen Augen auf ihr.

»Elf sind ausreichend.«

Eine Bewegung am Waldrand zog ihre Aufmerksamkeit auf sich. Lillja drehte den Kopf, wobei ihr Blick Fenrics Gesicht streifte. Sein inneres Augenlid war geschlossen, was seinen Augen einen unheimlichen, trüben Glanz verlieh, der sie fast blind wirken ließ.

Das Erscheinen Cors und H'Regas ließ sie den Gedanken vergessen und schwerfällig aufstehen. Sie ging ihnen entgegen und nahm den freien Platz an der Seite des Lt. Commanders ein, um ihn auf den letzten Metern ebenfalls zu stützen.

»Wie weit?«, fragte Cor, als sie ihn erreicht hatte.

»Keine Ahnung. Azarion gibt sein Bestes, aber er ist kein ausgebildeter Techniker.«

Als sie die Heckklappe erreichten, ließ Lillja H'Regas Arm wieder los und eilte ein paar Schritte vor, um eine der Sitzflächen für ihn herunterzuklappen, auf der Cor ihn schließlich absetzte.

»Dein Timing ist hervorragend«, sagte Azarion und drehte sich zu Cor um, stockte dann jedoch für einen Moment, als sein Blick auf H'Rega fiel, der noch immer blass und kränklich wirkte, obgleich er zu versuchen schien, die ärgsten Schmerzen zu überspielen.

»Ihr könnt den Helm abbauen – und dann werden wir sehen, ob sich die Mühe gelohnt hat«, redete der junge Soldat schließlich weiter und sah dabei kurz zu Fenric und Lillja. Der Yndra nickte wortlos und ging hinaus, woraufhin Lillja die geöffnete Werkzeugtasche griff und ihm folgte.

»Was ist das mit deinen Augen?«, fragte sie, während sie langsam das Shuttle umrundeten.

Als sie mit den Soldaten zurückgekehrt war, war Fenrics Blick wieder normal gewesen, dennoch war ihre Neugier geweckt – wenngleich sie mittlerweile stets davon ausging, keine Antworten zu erhalten.

Der Yndra warf ihr im Gehen einen Blick über die Schulter zu, dann hatten sie den Bug erreicht und ihr Blick fiel auf den flexiblen Helm, den Azarion zwischen zwei Außenplatten geklemmt und mit mehreren Drähten fixiert hatte. Irgendwie hatte sie einen Wust von Kabeln erwartet, aber es sah vielmehr danach aus, als würden die Daten drahtlos übermittelt werden.

»Ich schätze, du meinst den Sekundenschlaf«, antwortete Fenric mit leichter Verspätung. »Du erinnerst dich – SirJi, zwei Sonnen?«

Sie nickte, öffnete den Werkzeugkoffer und suchte etwas, mit dem sie den Draht durchschneiden konnte.

»Ausgehend von einem Achtundzwanzigstundentag brauche ich mindestens zehn Stunden Schlaf – zwölf wären besser«, erzählte er.

Sie fand nichts, was einer entsprechenden Zange ähnelte und so zog er nach kurzem Zögern ein schmales Messer und begann, die Drähte vorsichtig zu durchtrennen.

»Anders als Menschen oder auch Xhar muss ich nicht die volle Zeit am Stück schlafen, damit sich mein Körper regeneriert, sondern etappenweise. Ein paar Sekunden, Minuten oder Stunden – das ist nicht relevant, solange das Verhältnis zwischen Wach- und Schlafphase halbwegs passt.«

»Und was hat das mit den Sonnen zu tun?«

Er sah zu ihr und sie konnte seinem Gesicht ablesen, dass es ihm schleierhaft sein musste, warum sie keine Parallele ziehen konnte.

»Richtige Nächte, wie auf den meisten anderen Planeten, gibt es auf SirJi nicht – das ist der evolutionstechnische Hintergrund des aufgeteilten Schlafes.« Er wandte sich wieder seiner Aufgabe zu und durchtrennte zwei weitere Drähte. »Das müsste aber auch als Anhang in meiner Akte stehen.«

»Deine Akte ist quasi komplett geschwärzt. Das weißt du – du warst dabei, als ich sie abgleichen wollte.«

»Richtig, in der Krankenstation.« Er löste den letzten Draht und zog den Helm vorsichtig aus seiner Nische, eher leise hinzufügte: »Und der Bereitschaftsraum.«

Natürlich hatte Lillja auch das nicht vergessen und schon die bloße Erwähnung reichte, um eine deutliche Erinnerung an diese berauschende Begegnung in ihr hervorzurufen.

»Ja«, erwiderte sie ebenso leise. Fenric wandte sich zu ihr um und sah ihr für einen Moment in die Augen, dann ging er dicht an ihr vorbei, um zurück zu den anderen zu gehen.

Von der Erinnerung ein wenig abgelenkt, drehte auch Lillja sich um, stieß dabei jedoch unsanft gegen den Werkzeugkasten und musste einen hastigen Ausfallschritt machen, um nicht zu stürzen. Fenric sah bei dem entstandenen Geräusch über die

Schulter und grinste, woraufhin Lillja fühlte, wie ihr verlegene Röte ins Gesicht zu schießen drohte und sie wandte ihre Aufmerksamkeit schnell wieder den Werkzeugen zu. Dafür war nun wirklich keine Zeit. Die junge Frau rief sich selbst zur Ordnung, verschloss die Kiste und eilte hinter dem Yndra her.

Im Cockpit hatten Azarion und Cor ihre Plätze eingenommen und starteten die Systeme, bis schließlich ein Hologramm vor dem jüngeren Soldaten erschien, das ihre unmittelbare Umgebung wiedergab, während am Bildrand Zahlenreihen liefen.

»Oh, ich bin so gut«, lobte sich der junge Xhar selbst.

»Du bist der Beste«, stimmte Lillja ihm zu.

»Bring uns zur Ro'ha«, verlangte H'Rega und nickte Lillja zu, woraufhin diese die Heckklappe verschloss und versiegelte. Nachdem das charakteristische Klicken ertönt war, ließ sie sich neben Fenric nieder und griff nach den Gurten.

»Bring uns nach Hause ...«

DIE 'NACHTWANDEL'

Nachdem sie an der 'Nachtwandel' angedockt hatten, hatte man den Xhar in einen separaten Raum gebracht und würde wahrscheinlich die nächsten Stunden damit verbringen, ihn zu befragen, um schließlich über sein Schicksal zu entscheiden. Wenn er Sirans Leute – und dabei kam es maßgeblich auf seine Gastgeberin Lyrana und ihn selbst an – von seiner Loyalität ihrer Sache gegenüber überzeugen konnte, stand ihm sicherlich ein angenehmes Leben bevor. Wenn nicht – nun, dann brauchte er sich zumindest über Annehmlichkeiten keine Gedanken mehr zu machen.

Lyrana hatte Siran eine knappe Stunde Zeit gelassen, damit er sich umkleiden und sein Gesicht wiederherstellen konnte. Es fühlte sich gut an, wieder in seine eigenen Züge zu blicken, stellte Siran fest, während er sich in einem ansprechenden Quartier auf sein Zusammentreffen mit der Daraa vorbereitet hatte. Er fuhr mit dem Handrücken die Kontur seines Kinns nach und musste feststellen, dass die Haut weniger straff war, als sie es hätte sein sollen. Das Alter.

Er ließ die Hand sinken, prüfte wiederholt den Sitz seiner eher schlichten Frisur und trat schließlich auf den Gang hinaus. Lyrana hatte davon abgesehen, ihm Wachen vor die Tür zu stellen, doch er zweifelte nicht eine Sekunde daran, dass sie ihn anderweitig überwachte. Er hätte nicht anders gehandelt, wäre er an ihrer Statt gewesen und so nahm er der Schönheit ihre Vorsicht nicht übel.

Siran schritt den langen Korridor entlang, der alle Quartiere dieses Decks miteinander verband, und ließ dabei seinen Blick über den flachgewebten Teppichboden gleiten. Er mochte die Kombination aus tiefen Blau- und Lilatönen, wenngleich sie hier den beengten Raum noch etwas kleiner erscheinen ließen.

Als er Lyranas Quartier erreichte, legte er die Linke auf den Rufknopf und lauschte der sanften Melodie, die daraufhin ertönte, bis sich die beiden Türblätter lautlos zur Seite schoben und ihn eintreten ließen. Siran verschwendete kaum einen Blick auf die ansprechende Inneneinrichtung und nahm nur am Rande den runden Tisch, der gesäumt wurde von hochlehnigen Stühlen, wahr. Er stand auf einem schwarzen Teppich, der in einem geschmackvollen Kontrast zu den weißlackierten Vitrinen und Schränken im hinteren Raumteil standen.

Doch all das verblasste angesichts Lyranas Erscheinung, die ihn erwartete.

Sie mochte vielleicht bereits die jungen Jahre hinter sich gelassen haben, doch was der Daraa an Jugend fehlte, machte sie mit Anmut wett. Sie war hochgewachsen, schlank und ließ ihr kupferfarbenes Haar offen bis weit auf den Rücken fallen. In ihren Augen vermischten sich Jade und Obsidian und zogen Siran in ihren Bann, während er weiter auf sie zuschritt.

»Flottenadmiral Tival ist tot«, sagte sie und strich sich eine Strähne des glatten Haares aus dem Gesicht. »Davon hätten wir nicht einmal zu träumen gewagt, Siran. Es ist so weit – das Imperium wankt und wir sind bereit, es zu vernichten.«

»Wir sind bereit«, wiederholte er.

»Ich möchte, dass du nach Jiserijas Wacht fliegst und deinem neuen Freund zu einem neuen Gesicht und einer neuen Identität verhilfst. Warte dort auf weitere Anweisungen.«

Er nickte. Es gab nur wenige, die ihm einen Auftrag erteilen durften, doch Lyrana gehörte sicher zu diesem ausgewählten Kreis und es war eine Ehre, von ihr auch nur angesprochen zu werden.

»Du wirst in die Geschichte eingehen, Siran.« Sie streckte die Hand nach ihm aus und berührte sein Gesicht. »Man wird sich an dich erinnern. Du wirst in die Geschichte aller Völker eingehen – als Held, als Verräter, als Befreier. Noch in tausend Jahren werden die Nachfahren jener, deren Grundstrukturen du zu erschüttern gedenkst, sich an deinen Namen erinnern und sie werden den Wert deines Handelns erkennen.«

Er wiederholte ihre Worte in seinen Gedanken und nickte. Der Wortlaut hatte sich schon bei ihrer ersten Begegnung in seinen Geist gebrannt und schon damals hatte er ihr geglaubt und diese Wahrheit für sich angenommen ...

KAPITEL 22

»Ich scanne das Trümmerfeld, aber ich glaube nicht, dass es dort noch etwas Brauchbares gibt.«

Cor fuhr mit schnellen Griffen über die Konsolen und starrte konzentriert auf die Anzeige, während Azarion das Shuttle dicht über die Reste des Daru-Schiffes manövrierte, das von den feindlichen Geschossen zerstört worden war. Es waren kaum mehr als ein paar Trümmer geblieben, die sich über mehrere Quadratkilometer in einem weitläufigen Tal inmitten des beeindruckenden Gebirges verteilten.

Obgleich es zumindest Azarion und Cor lieber gewesen schien, den Planeten sofort zu verlassen, hatte H'Rega befohlen, die Absturzstelle wenigstens oberflächlich zu scannen, denn schließlich würden sie so schnell keine zweite Chance erhalten, nach Uka zurückzukehren.

»Es ist kaum etwas erhalten«, kommentierte Cor und schüttelte den Kopf, als müsste er seine Aussage bekräftigen. »Keine Biozeichen, keine aktiven Energiesignaturen – nicht einmal größere zusammenhängende Hüllensegmente.«

»Gut, dann bring uns vom Planeten runter«, gab der Lt. Commander nach, woraufhin Azarion wortlos nickte und das Shuttle nach oben zog.

»Die Scans zeigen keine Hinweise auf Schiffe in der Umlaufbahn«, gab Azarion an. »Ich schlage trotzdem vor, dass wir sofort springen, wenn wir die Mesosphäre verlassen, das verringert die Chance, durch Langstreckenscans entdeckt zu werden.«

»Einverstanden.«

»Berechne den Sprung«, sagte Cor konzentriert. »Vektor steht.«

Das Shuttle beschleunigte und Lillja wurde in den Sitz gedrückt. Sie beugte sich vor, um auf das Hauptholgramm sehen zu können und beobachtete, wie der Planet unter ihnen zurückblieb und sie rasch an Höhe gewannen.

Sie hatten sich dagegen entschieden, die Ro'ha erneut zu rufen, denn falls es wirklich die Komm gewesen war, die ihre Position verraten hatte, dann würden sie so ihre Leute und sich selbst nur unnötig in Gefahr bringen. Sie würden ihre Rückkehr erst nach dem Hyperraumsprung über die Kurzstreckenkommunikation verkünden, wenn sie wieder in Reichweite ihres Mutterschiffes waren.

»Bereitmachen!« Azarion klang angespannt und ein wenig unsicher und gegen ihren Willen musste Lillja daran denken, dass der junge Soldat vielleicht technisch interessiert war und sich in seiner Freizeit ein wenig in dieser Richtung weitergebildet hatte, doch er war alles andere als ein ausgebildeter Pilot.

»Oh ... das … was … was ist das?« Der Xhar hatte sich etwas nach hinten gebeugt und sah mit starrer Haltung auf das Bild vor sich. Sie hatten den Planeten verlassen und befanden sich auf halbem Weg zwischen der Oberfläche und seinem Mond und sahen auf einen hellen, trichterförmigen Nebel, der mehrere Kilometer breit sein musste.

»Scanne das!« Lillja löste ihre Gurte und trat hinter die beiden Pilotensitze, um einen besseren Blick auf das Bild zu haben. »Azarion, los! Sammel Daten.«

»Daten … ja!« Endlich erwachte er und begann hektisch, eine holografische Tastatur zu bearbeiten.

»Das ist das Wurmloch«, sagte Lillja leise und versuchte, jedes Detail in sich aufzunehmen. Der Komplex sah wie ein gigantischer Tornado in Aufsicht aus und bestand aus Millionen verschiedener heller Farben, die sich zu einem einzigen Leuchten vermengten, während das Zentrum jedoch vollkommen dunkel blieb.

»Die Telemetrie zeigt vollkommen unbekannte Sternensysteme«, gab Cor an. »Wo auch immer es hinführt – es muss weit außerhalb des kartographierten Raums sein.«

»Etwas bewegt sich durch den Spalt«, murmelte Azarion und hob die Hand, um auf einen Datensatz in der unteren Bildecke zu deuten, dessen Bedeutung ihr jedoch nicht klar war.

»Es ist groß. Ich erfasse eine Mischung aus biologischen Komponenten und unbekannten Legierungen – was ist das?«, fügte Cor hinzu. »Empfange Energiesignaturen … der Feind.«

»Die Anomalie verliert ihre Masse«, unterbrach ihn Azarion. »Schau dir die Zerfallsrate an.«

Lillja brauchte keine Daten, um zu erkennen, dass das Wurmloch zu schrumpfen begonnen hatte. In nur wenigen Sekunden hatte sich seine Größe halbiert und je mehr Zeit verging, desto schneller schritt der Zerfall voran.

»Sie beginnt uns anzuziehen!«

»Führ den Sprung durch«, verlangte H'Rega hinter ihr.

»Verstanden.« Er atmete sichtbar durch und Lillja beeilte sich, ihren Platz wieder einzunehmen und die Gurte um Brust und Hüfte zu schließen.

»Bereitmachen. Betreten Hyperraum.«

Mit überraschender Wucht wurde sie in die Gurte geworfen und prallte in der nächsten Sekunde so unsanft mit dem Hinterkopf gegen die Wand, dass sie für einen Moment rote Schlieren vor ihren Augen tanzen sah.

»Achtung!«, hörte sie Cors aufgeregte Stimme, und noch ehe sie auch nur die Augen auf das Cockpit richten konnte, riss Azarion das Shuttle hart nach links und Lillja hörte, wie sie mit der Panzerung hinter sich über etwas schrammten.

»Ein Asteroidenfeld!«, fuhr Azarion auf und drehte sich

empört zu seinem Kameraden um. »Du hast uns mitten in ein verdammtes Asteroidenfeld geschickt!«

»Das waren unsere Startkoordinaten«, verteidigte sich der Xhar deutlich überrascht.

»Das ist mir schon klar – aber es macht einen großen Unterschied, ob man von so einem Punkt aus startet oder hier her springt! Verdammt Cor, hattest du früher nicht sogar das Kommando über ein Schiff?! Sowas musst du doch wissen! Das hier war viel knapper als nötig!«

»Das war ich – Captain, kein Pilot oder Flugkoordinator! Und jetzt komm wieder runter, Ensign Tiron!«

Die beiden Männer tauschten einen langen Blick, bis Azarion schließlich nickte und wieder auf die Anzeigen sah.

»Tut mir leid, ich ...«

»Ich weiß«, unterbrach Cor ihn leise. »Schon gut.«

»Wenn ihr so weit seid, hätte ich gerne einen Kanal zu Dale«, unterbrach H'Rega die beiden. »Und wo ist die Ro'ha?«

»Scanne«, erwiderte Azarion knapp und während die nächsten zwei Minuten schleppend vergingen, legte sich eine ungute Spannung über den kleinen Raum.

Der Xhar holte aus einem verborgenen Fach seines Sessels, das Lillja bislang nicht aufgefallen war, ein einfaches Headset hervor und zog es über – hielt dann jedoch noch einmal inne und zog mit einem unwilligen Grunzen den erbeuteten Kommunikator aus dem Gehörgang und ließ ihn in einer Tasche verschwinden.

»Ich empfange etwas«, kommentierte er, dann machte sich Erleichterung in seiner Haltung breit und er nickte.

»Verstanden.« Er warf zunächst Cor und schließlich auch den Personen im hinteren Shuttlebereich einen erleichterten Blick zu und fuhr fort: »Sie sind etwas abgedriftet.«

»Koordinaten treffen ein«, meinte Cor und schließlich wendete Azarion das Shuttle langsam und flog tiefer in das Gesteinsfeld, bis schließlich der wunderschöne Umriss ihres Schiffes von den Sensoren erfasst und wiedergegeben wurde.

H'Rega löste seine Gurte und humpelte schwerfällig zum Cockpit, woraufhin Cor seinen Platz aufgab und dem Soldaten in den Sessel half. Der Lt. Commander holte ein zweites Headset aus einem entsprechenden Fach an seinem Sitz hervor und gab etwas über die Bedienkonsole ein, bis er schließlich sagte:

»Lieutenant Commander Sha H'Rega hier – verbinden Sie mich mit Captain Dale.«

Während er in präzisen und leisen Worten die jüngsten Ereignisse zusammenfasste, ließ Lillja den Blick über ihr Schiff schweifen. Sie konnte die zahlreichen Hüllenschäden mit bloßem Auge erkennen und plötzlich kam es ihr wie ein Wunder vor, dass die Ro'ha überhaupt so lange hatte durchhalten können.

»Wir dürfen andocken«, kam endlich die erlösende Information von Azarion. »Weisen Sie mich ein.« Der letzte Satz war an irgendjemand an Bord der Ro'ha gerichtet und Lillja hörte die leise Erwiderung aus dem Headset.

»Fahre Andockschlauch aus«, gab der Soldat an.

H'Rega hatte seine Unterredung beendet und zog das Headset wieder ab.

»Ich treffe Dale auf der Krankenstation – ihr könnt euch ein paar Stunden ausruhen.«

Sie betraten die Ro'ha über eine Seitenschleuse, die direkt mit der neuen DeKon verbunden war.

H'Rega war der Erste, der in das Scanfeld trat, das den ersten Teil der neuen Dekontaminationsanlage bildete. Das helle Lichtnetz legte sich über seinen Körper und suchte nach Hinweisen auf die Seuche und anderen, potenziell gefährlichen Fremdstoffen. Für gewöhnlich gab der Computer an dieser

Stelle Entwarnung und ließ sie direkt in die angeschlossenen Wasch- und Umkleidebereiche passieren, nun jedoch ertönte ein alarmierender Warnton und die Beleuchtung wurde um ein paar Lampen erweitert, die in einem aufgeregten Rot zu blinken begannen.

»Nein«, flüsterte Lillja und stürzte zum Anzeigefeld. Sie kannte das Wort für die Seuche und nahezu alle anderen Begriffe, die in diesem Zusammenhang erwähnt wurden, doch den Schriftzug, den sie nun sah, konnte sie nicht entziffern.

»Biologische Kontamination«, ergriff Fenric das Wort und schob sie kurzerhand zur Seite, um mit einer Berührung des Feldes weitere Informationen zu bekommen. »Ein Bakterium – keine Panik.« Er drehte sich halb zu ihr um und lächelte beschwichtigend. »Wir werden trotzdem die DeKon komplett durchlaufen müssen.«

Azarion stöhnte hinter ihr, und als sie ihm einen Blick zuwarf, erkannte sie seine deutlich genervte Haltung. Die DeKon war keine angenehme Sache, auch wenn der erste Bereich seit ihrem letzten Besuch einer Station deutlich verbessert worden war. Der restliche Teil der Anlage war noch immer auf dem alten Stand.

Zur Linken H'Regas schob sich eine nur schwer zu erkennende Tür auf und der Soldat trat kommentarlos hinein, woraufhin sich der Durchgang wieder verschloss.

Lillja passierte als nächste den Bogen und erwartungsgemäß wurde auch bei ihr der Alarm aktiviert und sie musste sich eine Weile gedulden, bis sich auch für sie die erste Station der DeKon öffnete.

Es dauerte recht lange, bis H'Rega diesen Bereich freimachte und als sie in den kleinen, klinisch weißen Raum eintrat, der, bis auf ein paar Kisten, die in einer Nische der Tür gegenüberstanden, vollkommen leer war, konnte sie die

Wasserdüsen im Nachbarraum hören. Nachdem sich der Durchgang verschlossen hatte, begann sie damit, sich aus ihrer Kleidung zu schälen, warf alles recht achtlos in eine der bereitgestellten Kisten und wickelte schließlich den Verband ab, der ihre Verstümmelung verbarg. Damit sie die nächste Prozedur über sich ergehen lassen konnte, musste sie jegliche Fremdkörper ablegen, also zog sie schließlich auch den Kommunikator aus dem Ohr und warf ihn ebenfalls zu ihren Sachen.

Schließlich stand sie ein oder zwei Minuten nackt und frierend vor dem zweiten Durchgang und erinnerte sich mit einem nur noch sehr dumpf vorhandenen Schamgefühl daran, dass der gesamte Bereich überwacht wurde.

Der Durchgang öffnete sich und Lillja betrat einen noch kleineren Raum, der ringsum mit einfachen Düsen versehen war. Boden und Wände waren nass und etwas rutschig, sodass sie aufpassen musste, wohin sie trat, um nicht auf den glatten Fliesen auszugleiten.

Lillja versuchte krampfhaft, nicht auf ihre Hand zu sehen, während sich die Tür schloss und ein leises Zischen vom nun einströmenden Gas kündete, das, zusammen mit irgendeiner Strahlungsart, jegliche Erreger, Viren und Sonstiges abtöten sollte. Es brannte erwartungsgemäß auf den Schleimhäuten und in den vielen kleineren und größeren Wunden, doch Lillja biss die Zähne zusammen und hielt sich vor Augen, dass es schon bald geschafft sein würde. Das Gas wurde abgepumpt und aus den zahlreichen Düsen schoss kaltes Wasser aus allen Richtungen auf sie. Sie hielt ihre verletzte Hand zum Körper, damit sie nicht von einem der harten Strahlen getroffen wurde und während die Kälte in ihre Glieder kroch, schloss sie die Augen und zählte in Gedanken die Sekunden, bis es vorbei war.

Das Wasser stellte sich ab und ein neuer Durchgang

erschien, durch den sie den letzten Raum der DeKon betreten konnte. Zitternd und nass folgte sie den Fußabdrücken, die H'Rega hinterlassen hatte, die zur Mitte des etwas größeren Raums führten, wo sie mehrere Kunststoffkisten erwarteten. Bei ihrem letzten Durchgang hatte sie nur ihre eigenen Kleidungsstücke hier vorgefunden, nun waren es jedoch fünf Behälter. Sie registrierte den Umstand zwar, maß ihm jedoch schlichtweg keine Bedeutung bei. Vermutlich war es einfach praktischer gewesen, die neue Kleidung für alle Mitglieder der Außenmission gleichzeitig bereitzustellen, anstatt die einzelnen Kisten nach und nach in diesen Raum zu bringen.

Sie nahm sich eines der Handtücher und wickelte es mit steifen Bewegungen um den Körper, dann sah sie doch auf ihre Hand und ließ sich auf eine der Kisten sinken. Dort, wo einst ihr kleiner Finger mit der Mittelhand verbunden gewesen war, grinste ihr nun eine annähernd runde, rote Wunde entgegen. Es tat weh und sah einfach nur schrecklich aus. Ihr stiegen Tränen in die Augen und als sie sie wegwischen wollte, ertasteten ihre Finger den Schnitt im Gesicht. Auf sieben oder acht Zentimetern Länge hatte Jargons Messer ihre Wange aufgeschnitten und die Haut verbrannt. Sie war entstellt.

Verstümmelt und entstellt.

Hinter ihr erklang das Brummen der Wasserdüsen, doch sie war im Erschrecken dieser Erkenntnis wie gelähmt und reagierte auch nicht, als sich der Durchgang öffnete und jemand eintrat.

Lillja hatte dem Düsenraum ihren Rücken zugewandt, doch sie konnte hören, wie diese andere Person einen Schritt in ihre Richtung machte und dann stehenblieb.

»Geht es dir gut?« Es war Fenric. Seine Schritte näherten sich noch etwas und dann hörte sie, wie er in eine der Kisten neben ihr griff und etwas herauszog. Als er sie schließlich umrundete und vor ihrem Gesicht in die Hocke ging, erkannte sie, dass er sich ein Handtuch um die Hüfte gewickelt hatte und ihr voller Besorgnis in die Augen sah.

»Sie haben mich verstümmelt«, flüsterte sie. »Ich bin entstellt.«

Fenric seufzte und griff in einen Behälter hinter ihr, um ein anderes Handtuch herauszuziehen, mit dem er ihr vorsichtig Gesicht und Schultern abtrocknete.

»Du wirst vielleicht kleine Narben behalten«, sagte er ebenso leise, während sein Blick von ihrer Wange zur Platzwunde an ihrer Stirn wanderte. »Aber du bist am Leben. Wir alle sind es.«

Sie nickte und schluckte schwer. Aber das stimmte nicht. Nefaris Tar war tot, Commander Geir war tot, Massenkommunikationsspezialist Rhuk war tot – so viele waren nicht mehr am Leben.

»Auf Uka konnte ich das alles irgendwie ... verdrängen.« Sie lächelte bitter und drehte ihre Linke langsam und begann sich zu fragen, ob sie überhaupt das Recht hatte, so sehr um einen Finger zu trauern, wenn andere ihr Leben verloren hatten. Hinter ihnen wurden erneut die Geräusche der Düsen laut.

»Ich verstehe«, meinte der Yndra sanft und berührte ihr Gesicht. »Du bist noch immer du – nur mit ein paar weiteren Narben.«

Das Brummen im Nachbarraum erstarb und zum wiederholten Male öffnete sich die Zwischentür und Lillja hörte, dass jemand eintrat.

»Was ist los?«, fragte Cor alarmiert.

»Es ist alles in Ordnung«, gab Fenric an und warf das Handtuch, mit dem er gerade noch Lillja abgetupft hatte, in seine Richtung.

Sie atmete bewusst durch und nickte.

»Ja, ich ... ich sollte auf die Krankenstation gehen. Vielleicht kann Kalira noch etwas tun.« Sie stand auf und vermied es dabei, in Cors Richtung zu sehen, während sie sich dem Ausgang zuwandte.

»Du solltest dich vorher anziehen«, hielt Fenric sie zurück und Lillja hielt inne.

»Ja«, sagte sie und sah etwas verwirrt an sich herab. »Das sollte ich wohl.«

Während die Düsen erneut aktiviert wurden, um höchstwahrscheinlich nun auch Azarion von allen gefährlichen Stoffen zu befreien, zog sie die bereitgelegte Uniform über und stieg in die Stiefel.

»Wir haben überlebt«, murmelte sie schließlich.

»Ja, das haben wir – und wir haben die Energiezellen«, stimmte Fenric ihr zu.

»Wir haben den Reaktor zerstört, der das Wurmloch kontrolliert hat. Bitte sagt mir, dass unsere Aktion auf Uka nicht dazu führen wird, dass wir diesen Krieg verlieren«, sprach sie endlich die quälende Angst aus.

»Wird es nicht«, ergriff Cor das Wort und sie sah ihn nun doch an. »Zumindest nicht, wenn wir schnell genug handeln und das System sichern.« Er richtete sich zu seiner vollen Größe auf und nickte langsam, wobei er so ganz ohne Kampfanzug nur unwesentlich weniger eindrucksvoll wirkte. Der ganze Körper eines Xhar war mit dem natürlichen Schutz versehen, wobei die einzelnen Platten mit der darunterliegenden Muskulatur harmonierten und die Bewegungsfreiheit des Soldaten kaum einzuschränken schienen. Viele Narben und Spuren alter Kämpfe zeichneten seine Haut und langsam ließ die Verzweiflung, die ihre eigenen Verwundungen so plötzlich in ihr ausgelöst hatte, nach. Sie bemerkte, dass sie Cor anstarrte, und wandte den Blick zu Fenric, der sich inzwischen erhoben und einen Teil seiner Uniform übergestreift hatte.

»Vielleicht bringt uns das am Ende sogar den entscheidenden Vorteil«, fuhr Fenric fort. »Es ist das erste Mal, dass wir einen brauchbaren Hinweis auf ihren Heimatsektor gefunden haben.«

»Und damit die erste Chance, wirklich zurückschlagen zu können«, fügte Cor hinzu und sah ihr fest in die Augen, bis sie nickte. »Du hast gesagt, dass du sie vernichten willst – vielleicht erhalten wir schon bald die Gelegenheit dazu.«

Wenige Minuten später fuhr sie mit dem funktionsfähigen Aufzug auf Deck acht und schritt den Korridor entlang. Der größte Teil der Zerstörung war inzwischen behoben worden und auf zumindest diesem Deck war kaum noch etwas von ihrem Zusammenprall mit dem Gesteinsbrocken zu sehen.

Auf dem Gang, der im scharfen Winkel nach rechts abbog und zur Station führte, standen zwei zusammengeklappte Bettgestelle, die man offenbar hier zwischenlagerte. Die automatisierte Tür öffnete sich etwas stockend, als sie näher kam und Lillja ließ einen schnellen Blick durch die Station schweifen. Von den zusätzlich aufgestellten Betten waren nur noch drei im Hauptraum zu sehen, und da die Tür zum Bereitschaftsraum geschlossen war, ging sie davon aus, dass auch dieser zurzeit nicht mehr benötigt wurde.

Alle elf Behandlungsliegen waren belegt und Lillja erkannte unter den Verwundeten auch Crelon Reka und Ka'anda Roc, die beide noch immer nicht bei Bewusstsein schienen.

Von Kalira und dem kleinen OPG war nichts zu sehen, doch als ihr Blick erneut zum Bereitschaftsraum glitt, schoben sich die Türen gerade auf und sie sah die Dara heraustreten. Sie hielt erschrocken inne, kam dann jedoch mit schnellen Schritten auf Lillja zu und schloss sie kurz und herzlich in die

Arme. Überrascht erwiderte sie die Geste nach flüchtigem Zögern, ehe Kalira zurücktrat und eingehend ihr Gesicht zu betrachten begann, um schließlich zu einem Beistelltisch zurückzukehren und ein paar Handschuhe überzustreifen. Das System der Daru reagierte empfindlich auf Kontakt mit menschlicher Lymphflüssigkeit und so war ein gewisses Maß an Vorsicht notwendig.

Auch die anderen Patienten, zumindest jene, die wach waren, sahen nun in ihre Richtung, doch sie konnte nur in den wenigsten Haltungen wirkliche Gefühlsregungen lesen. Vielleicht war sie aber auch einfach zu erschöpft, um auf alle Details zu achten.

Kalira kehrte zu ihr zurück und führte sie zum angrenzenden Bereitschaftsraum, um sie dort auf den niedrigen Stuhl, der am Schreibtisch rechts neben der Zwischentür stand zu setzen. Sie trat etwas näher heran und betastete mit spitzen Fingern Lilljas Platz- und Schnittwunde im Gesicht und nickte schließlich.

»Das wird später kaum jemand sehen«, sagte sie und lächelte. Lillja sah an ihr vorbei und erkannte H'Rega, der auf einem der drei Feldbetten saß, während das kleine OPG über seinem Unterschenkel montiert war und den Bruch richtete. Er nickte ihr knapp zu und starrte dann wieder auf seine Verwundung.

»*Das*«, sagte Lillja leise und hob die Linke, »macht mir mehr Sorgen. Können Sie irgendetwas machen?«

Kalira griff nach ihrer Hand und sah lange auf die Verwundung herab, ehe sie traurig lächelte.

»Sobald das OPG fertig ist, werden wir einen detaillierten Scan anfertigen, aber der Schnitt sieht so weit gut aus …«

»Können Sie nicht ... irgendetwas nachzüchten?« Haut ließ sich binnen Stunden im Labor künstlich erschaffen, ebenso wie einzelne Bestandteile der Augen oder sogar ganze Organe

– warum dann nicht auch ein Finger?

»Leider nicht, zumindest nicht hier«, erwiderte Kalira leise. Sie sah aus, als wollte sie noch mehr sagen, doch da öffnete sich die Tür und Captain Simarim Dale trat ein. Der schwarzhäutige Xhar sah sich aufmerksam um und nickte Lillja leicht zu, bis er sich zu H'Rega wandte und an sein Lager trat.

»Captain«, sagte Kalira etwas unbeholfen, »wir lassen Sie alleine.«

Sie ergriff Lilljas gesunde Hand und wollte sie in die Höhe ziehen, doch Dale winkte ab.

»Sie können bleiben«, sagte er, und während Lillja sich wieder setzte, fuhr er mit fester Stimme fort:

»Wir haben die Energieträger und die Informationen. Gut gemacht, Sha.«

Er blieb vor dem Krankenbett stehen und Lillja konnte sehen, dass sich die beiden kurz ansahen, ehe H'Rega nickte und sich in eine geradere, halbsitzende Position aufrichtete.

»Können wir die Hauptenergie hochfahren?«, fragte der fahlhäutige Soldat schließlich etwas zögernd und warf einen Blick in die Runde.

»Ja, weitere Energiezellen werden gerade installiert. Wir konnten die Hauptkommunikation reaktivieren und ich habe das Oberkommando informiert. Sie schicken Truppen und ein Bergungsschiff, das uns zur nächsten Raumwerft schleppt.«

»Wann werden sie hier sein?«, warf Lillja ein und schob Kalira unwillig zur Seite.

Dale drehte sich deutlich überrascht um und musterte sie und plötzlich wurde ihr bewusst, dass es ihr ganz sicher nicht zustand, ihrem Captain diese Frage zu stellen oder ihn gar zu unterbrechen.

»Tut mir leid«, sagte sie schnell und senkte den Blick. »Ich sollte einfach still sein.«

Sie konnte den Blick seiner blauen Augen noch eine Weile auf sich fühlen, dann sah er wieder zu H'Rega.

»Truppen von Jiserija werden in vier Tagen hier sein, unsere Kreuzer und Aufklärer in frühestens zwei Wochen. Wir haben Kurs auf Uka genommen, aber nur mit Impuls werden wir Wochen benötigen.« Dale schwieg einen Moment, dann fuhr er fort: »Ich habe befohlen, den Antrieb der Ro 1 aufzuladen und werde das Shuttle unter Commander Nefegs Befehl zurück nach Uka schicken, um die Anomalie zu blockieren, bis Verstärkung eintrifft.«

Commander Nefeg? Sie war sich recht sicher, dass Jarl Nefeg vor ihrer Abreise noch den Rang eines Lieutenant Commanders innegehabt hatte. Offenbar war er befördert worden.

»Sie hat sich geschlossen, als wir Uka verlassen haben«, meinte H'Rega. »Aber wir wissen nicht, in welchen Abständen sie sich öffnet. Schafft es unser Schiff so lange?«

»Sicher.« Dale legte eine Hand an die Verkleidung der Zwischenwand und klopfte fast schon zärtlich dagegen. »Die Ro'ha hat schon weit mehr überstanden. Und sie wird auch diesmal ihrem Namen gerecht werden.«

Er nickte H'Rega und schließlich auch den beiden Frauen kurz zu, dann verließ er den Bereitschaftsraum.

Der Lt. Commander folgte ihm, nachdem das OPG seine Wunde versorgt hatte und als Lillja mit der Daraa alleine war und sie die größeren Verletzungen behandelte, richtete sie das Wort an sie:

»Techniker Jargon hat uns verraten. Er wusste von den Truppen auf Uka und er wollte sich selbst retten und alle anderen dafür opfern.« Sie schüttelte den Kopf. »Kann es sein, dass er Reka vergiftet hat, um an seiner Stelle das Shuttle zu fliegen?«

»Das ist möglich, aber momentan kann ich es nicht mit

Sicherheit sagen. Er ist noch immer nicht wach, aber es sieht gut aus.«

Lillja schwieg einen Moment und sah auf ihre Hände.

»Wissen Sie, was Ro'ha bedeutet?«

Kalira sah auf und lächelte. »Ja. Das heißt 'neue Hoffnung' …«

DAS TRÄGERSCHIFF

Die Informationen durchströmten seinen Geist, als sich Quotaz erneut mit seinen Brüdern verband und sie in größtmöglicher Geschwindigkeit alle Daten verarbeiteten, die sie während ihres Fluges durch das unbekannte System gesammelt hatten. Den größten Teil des neu Erfassten konnte er nicht verstehen und versuchte, all die Informationen über Sternenkonstellationen, Flugbahnen, Oberflächenzusammensetzungen und Entfernungen auszublenden, doch sie lagen schwer über jenen Dingen, die für ihn wichtig schienen.

Es gab in der unmittelbaren Umgebung keine Bedrohungen für ihn oder eines der drei Schiffe, zumindest keine offensichtlichen. Doch Quotaz war sich nicht sicher, ob die eintreffenden Hinweise auf eine weniger ersichtliche Gefahrenquelle deuten konnten. Sie verließen das Sonnensystem und betraten den Hyperraum, der in diesem Teil des Universums seltsam zerrissen und unvollständig wirkte.

Quotaz fühlte, wie schwer es seinen Brüdern fiel, einen Kurs zu berechnen, der sie weit genug von größeren Rissen und Brüchen entfernt hielt, ohne dabei weitläufige Umwege in Kauf zu nehmen.

Sie ließen das System, in das das Auge des Zorns sie geschickt hatte, hinter sich zurück und mit jedem neuerfassten Datensatz formte sich das Bild dieses Teils der Galaxie in den Gedanken der Besatzung und langsam begriff auch Quotaz, an welchem Punkt er sich selbst befand und wo sein Ziel lag.

Während er und seine Brüder in gemeinsamen Gedanken die eintreffenden Informationen entschlüsselten und begriffen, wurde die Stimme in ihnen laut und sprach in einem milden Gesang von ihrer aller Aufgabe. Sie dienten der *Einen Macht*, die in dieser Realität existieren durfte.

Während der Gesang lauter wurde, fixierten sich die gemeinsamen Gedanken auf ihr Ziel und vor Quotaz' innerem Auge entstand das Bild eines Planeten. Tiefgrüne Wälder und tiefe, blaue Ozeane umspannten seine Oberfläche, während sieben Monde ihn umkreisten und seine Eigenrotation verlangsamten.

Camar-Klasse, von niederen Kreaturen in seiner Grundgestalt verändert und besetzt. Er wusste nicht warum, doch es war der Wunsch der Stimme, diesen Planeten zu säubern – und er würde ihrem Wunsch nachkommen.

Er war Quotaz, ein Verteidiger, ein Bringer der Ordnung, gesandt, um die Galaxie zu reinigen. Der Feind nannte ihn *Nesuka*, den Bringer der Seuche, doch er war so viel mehr. Er war ein Geborener der *Einen Macht*, ein Vertreter der ersten und ältesten Zivilisation, die sich in dieser Realität manifestiert hatte.

Lange Zeit hatten sie sich zurückgezogen und zugelassen, dass das Chaos sich ausbreitete, doch nun waren sie erwacht und sie würden sie vernichten.

Alle …

Ende des zweiten Teils.

4384327R00228

Printed in Germany
by Amazon Distribution
GmbH, Leipzig